國家清史編纂委員會·文獻叢刊

呂留良全集

2

俞國林 編

中華書局

呂晚村先生文集補遺卷四

記序　墓誌銘　祭文

宋詩鈔序

自嘉隆以還，言詩家尊唐而黜宋，宋人集覆瓿糊壁，棄之若不克盡，故今日搜購最難得。黜宋詩者曰「腐」，此未見宋詩也。宋人之詩變化於唐，而出其所自得，皮毛落盡，精神獨存。不知者或以爲腐，後人無識，倦於講求，喜其説之省事而地位高也，則群奉「腐」之一字以廢全宋之詩，故今之黜宋者皆未見宋詩者也；雖見之而不能辨其原流，則見與不見等。此病不在黜宋而在尊唐。蓋所尊者嘉隆後之所謂唐，而非唐宋人之唐也。唐非其唐，則宋非其宋，以爲「腐」也固宜。宋之去唐也近，而宋人之用力於唐也，尤精以專。今欲以鹵莽剽竊之説凌古人而上之，是猶逐父而禰其祖，固不直宋人之軒渠，亦唐之所吐而不饗非類也。曹學佺序宋詩，謂「取材廣而命意新，不剿襲前人一字」，然則詩之不腐，未有如宋者矣。今之尊唐者，目未及唐詩之全，守嘉隆間固陋之本，皆宋人已陳之芻狗，踐其首脊，蘇而爨之久矣。顧復取而篋衍文繡之，陳陳相因，千喙一唱，乃所謂「腐」也。譬之膾炙，翻故出新，極烹芼之巧，則爲珍美矣。三朝三暮，數進而不變，臭味俱敗，猶以爲珍美也，腐乎？不腐乎？故臭腐神奇，從乎所化。嘉隆之謂唐，唐之臭腐也，宋人化之，斯神奇矣。唐宋人之唐，唐之神奇也，嘉隆後人化之，斯臭腐矣。乃腐者以不腐爲腐，此何異狂國之狂其不狂者歟？萬曆間李蓘選宋詩，取其離遠於宋而近附乎唐者，曹學佺亦云選始萊公，以其近唐調也。以此義選宋詩，其所謂唐終不可近也，而宋人之詩則已亡矣。

余與晚村、自牧所選蓋反是，盡宋人之長，使各極其致，故門户甚博，不以一説蔽古人，非尊宋於唐也，欲天下黜宋者得見宋之爲宋如此，其爲腐與不腐，未知何如，然後徐議其合黜與否。或繇是而疑此數百年中，文人老學游居寢食於唐者不翅十倍後人，何獨於嘉隆之説求一端之合而不得，因忽悟其所以，然則是集也未必非唐以後詩道之巫陽也夫。時康熙辛亥仲秋之朔，洲錢吴之振書於鑑古堂。

孫學顔：戴石屏謂本朝詩出於經，非唐人所能及。先生他文亦云：「宋人之學，自有軼漢唐而直接三代者，固不繫乎詩也。」學者能合觀此二説，而知其意義所在，則知宋腐之譏，真不啻以鴟梟笑鳳凰矣。然近代詩人，又有專以摹仿句調、聲響爲能學宋詩者，是又所謂刻畫無鹽，不自知其醜也。〇又石屏從孫答妄論宋唐詩體者云：「安用雕鎪嘔肺腸，辭能達意即文章。性情原自無今古，格調何須辨宋唐。人道鳳簫諧律吕，豈知牛鐸有宫商。少陵甘作村夫子，不害光芒萬丈長。」

録自宋詩鈔卷首。此篇孫學顔編吕晚村先生古文卷下、禦兒吕氏鈔本吕晚村文集、鈔本晚村詩文集、王煜青鈔本吕晚村先生文集亦收入。序出晚村而冠以他人者，甚多，後所録者大皆類此。

刻江西五家稿記言

葆中問於大人曰：「評稿獨詳於江右，何也？」

大人曰：「吾於是乎有感也。三百年制義之作，壞於萬曆，極於天啟，而特興於崇禎，亦即壞於崇禎。崇禎之興也繇江右，而其壞也繇金沙。當其壞也，不在壞時，每伏於極盛之際，於其興也亦然。繇成弘至於嘉隆，非無小盛衰也，然理必本之孔孟程朱，而文必摹乎周秦漢唐宋，故雖小衰，皆盛也。及萬曆之變則不然，初變爲村師之講章，繼變而爲佛經語録。是二種者，似乎異趣，而其實一家。蓋以俗學始者，必以邪學終，未有講章而不歸於佛經語録者也。然其文實俚鄙，不足以塞學士大夫之意。天啟間，乃又變而爲子書。子書猶古也，如莊之奇，列之逸，管韓之雄峭，荀揚之勁深，彼又不能爲也。第剽掇其纖詭險仄之語，以傳其鄙俚之思，甚至篇中無賊殺寇盜，即不稱名構。嗚呼！文章至此，可爲大亂之極矣！然究其淵源，實濫觴於弘正中陳王之學，故曰壞伏於極盛之際也。

「江右艾南英千子出萬曆之季，與其同鄉羅萬藻文止、陳際泰大士、章世純大力者，倡正説於天啟之間。論題則復稟傳注，體法則准諸先民，而又盡破帖括之習，直取周秦漢唐宋之文以行之。即王唐歸胡之格調，亦鎔釋蜕解，而自露精華，天下翕然信之。於是崇禎初年，始知以古文爲時文，峰起瀾湧，名不一家，則千子之力也。方是時，金沙有周鍾者，復社之盟主也。其選文行世，亦與千子埒。然人品心術，固迥然沆瀣井泥之不同，即其選文也，亦一誠而一罔。千子篤於論文，周則借以爲聲氣籠絡之用。故艾選持論斷斷，雖同席者不相假；而周則包羅遷就，無所不可，於門户豪盛之家，尤逢迎媕婀。故艾當時即爲世所欲殺，而周雖身敗名辱，至今猶有護惜稱道之者，其所操術然也。

「千子嘗從講於東林，爲復社者亦傍東林之後，以故千子篤於同學，又篤於論文，不惜與之力爭，其譏訶切直，固有人所難堪者。一時聲氣之宗，皆大惡之，不以爲愛朋友與文章之道也，而直疾其異己。然以千子故，東林不可斥爲邪黨，乃嗾四方之附和聲氣者，環而攻焉，力反其説，以浮麗爲宗，以理學爲戒，蓋自是而崇禎季年之文，復大亂而不可救矣！自戊辰而辛未，而甲戌，文氣日上，此千子之説行也。至丁丑而靡，而庚辰，而癸未，遂蕪穢不治，則金沙之説行矣，故曰興於江右而壞於金沙。夫以天啟之極弊，而艾與諸子奮其間，及其與南中爭而亂也，則在戊辰、己巳，正當崇雅黜鄭之時，而已音移律變。

「然則盛衰倚伏之故，不洵可鑒哉？千子之言曰：『文章之道，自史記後，東漢人敗之，六朝又大敗之，至韓柳而振，至歐曾王蘇而大振。故文至宋而體備，至宋而法嚴，至宋而本末源流遂能與聖賢合。』斯言也，千古之特識，即起左莊馬班韓柳歐蘇諸公於今日，無以易其説也。然而千子亦有未盡其道者，知以周秦漢唐宋爲文矣，而其爲講章佛經語録僞子之病，猶在也；知以傳注爲理矣，而其陳王陽儒陰釋之根，猶未盡也。所謂楊墨之言不息，孔子之道不著，故一時之文，亦止乎此，而不能駕軼乎古人，此則千子之所少也。天下之求上乎千子者，固當因其道而加精焉；即欲攻千子之失者，亦必於此乎鍼其痏而琢其瑕，躋當時之文於成弘嘉隆之右，則其足以壓倒千子不難耳。奈何不爭千子之所少，反取其鄙棄不屑事者以攻千子，是猶結群羊而角猛虎，適自喪其生而已，於虎何傷乎！黨力既消，公論益出，千子之説，固可以傳信古今，而當時浮競之文，久已同腐草死灰矣，豈不悲哉！宋元祐之政，足稱盛治，惟能去熙豐之弊也。其不能上擬三代者，司馬韓富諸公之所少也。繼元祐者，不紹述三代，而紹述熙豐，則不惟失元祐，而必至於宣和、靖康矣。崇禎文字之壞，何以異此！夫一江右制義之盛衰，無足深惜。吾獨感崇禎之初，直足越成弘嘉隆，闢宋制以來之所未有，而爲諸浮薄黨爭所敗，不特不能興，且覆滅焉。豈古今聖賢之源流，有不可復振者歟？抑氣運使然，所謂廢不可支者，於文字亦然歟？然其爲升降得失之故，亦概可睹矣。此吾於江右之文，獨有感也。」

「其附以楊濬餘何也？」

曰：「以文品相近，且生同時，産同地，故并及之，無它義也。」

男葆中謹識，時康熙壬戌冬至後三日。

録自吕留良評點江西五家稿卷首。鈔本晚村詩文集、王煜青鈔本吕晚村先生文集題作「江西五家稿序」，車鼎豐編吕子評語餘編卷三亦收入。

記羅稿　二則

文止先生文無專刻，其散見於社選者亦無逸義，故止就合作摘謬論次之，得文一百六十二首。四家之中，獨大士名極噪，至今群稱企之，固未必盡知大士之美也。震其氣魄議論，又多且快耳。次則大力猶有推之者，亦驚其鱗角異衆，疑其爲靈者也。至羅先生，則知者益鮮矣，然而其文實踞三公之上，以其無色聲香味之可悦也，故民無能名焉爾。大人序其品曰〔一〕：「羅爲最，陳次之，章又次之，艾終焉。」問：「楊維節之品何居？」曰：「在章、艾之間。」已而曰：「前評殊誤，羅爲最，艾次之，陳又次之，章終爾。楊較鬆薄。艾之識力高出前輩，非諸子所及也。」或曰：「昔者艾千子、吴次尾諸家亦嘗推羅爲第一矣，然其後譽漸衰，得無日久之論爲是歟？」曰：「不然。昌黎之文，李習之皇甫持正已極推尊，然至宋初，猶無信之者，待歐陽永叔出，而後千載無異辭，故近則以親信者而傳，遠必以明辨者而定。」

竊聞四公之爲人也，陳曠朗而傲踈，章豪宕而鍥刻，艾則剛正簡直而不能容物，惟羅沉靜澹易，獨無矜競之風，此四公之人品，即四公之文品也。四公生平契密，然陳、章皆爲南中聲氣所搆，致隙末於東鄉，而羅獨嶷然，始終無少間。此又以文品驗人品，信曠朗豪宕者易摇，而沉靜澹易者難動也。故擇友者但觀其文，而其人之性術可得矣。或疑有文者行多不逮，曰：「無行之人，文雖佳，定有病在。人自不察爾。」

録自吕留良評點江西五家稿之羅文止先生稿卷首。

【校記】

〔一〕大人　車鼎豐編呂子評語餘編卷三作「嘗」。

記陳稿 二則

大士爲文以誇多鬬捷驚人，故多漫成，少精構；多段幅之奇，少全體之美。今集凡有一篇半首數比之佳，固無不録。其有大謬於理者，恐後學別見，反以爲奇而效之，則誤世不小，故亦抹存以見瑕瑜之不掩。

近日坊選好竄改刪割人文字，然以施於時下之人猶可，今且污及先輩，不可也。時下之人，學問淺薄，雖有稱爲古者，其底裏不過講章時文而已，正如方言土俗，爾汝共諳。然猶有高出選家者，不足以服其心也。況乎先輩之文，源遠流長，雖極粗率之調，觸戾之詞，必有來歷，一篇之間，自成片段，與今之聲音笑貌渺不相及。古人謂身坐堂上，乃足判堂下之是非，今豈特堂下哉，直坐之門外者耳。乃欲更反門内堂上之言，不亦異乎？大士之文，粗服亂頭，不無敗闕，亦西施之病，捧心成妍，奈何以講章時文之鄙穢闌厠其間，續狗於貂，點金爲鐵，不畏天下後世，或有通人笑罵耶？

録自呂留良評點江西五家稿之陳大士先生稿卷首。

記章稿　二則

天啟辛酉，大力先生舉於省，即有章子大業之刻，而今不可得矣，亦但從艾評四家本爲據，少益之，得二百餘。嘗於國表中見「懷諸侯」二句文，嘆爲是題之絶唱，而艾本無有，則其合作中之脱漏，蓋不知有幾，可惜也。大人謂，讀章文當落其皮毛而掐其骨脈，但知章爲子派，此爲皮毛所掩也。其回斡雄勁，間架簡潔，自得古大家之遺，而思力刻深，每於奥窔族腠之間，别開幽徑，窅渺泠峭，其味無窮，第不耐粗心人領會耳。

初，東鄉之與諸公爲社友也，一時比之沛公之有三傑，蓋魚水之合也。自東鄉與復社爭辨選事，痛詆聲氣之文，其有力者欲殺之。東鄉不得已，舉己與同社之文，亦痛詆以示公，此合作摘謬之所繇作也。是書出，忌者喜得間矣，復社領袖請得令臨川，名爲慕四家，實欲傾東鄉也，因聯大士、大力入復社，深相款洽，旦夕諷刺。大力因有髫年藝之刻，以叛東鄉，而臨川之社遂有隙。吾觀東鄉摘諸公之謬，於理本不爲苛，而辭氣太戇，且雜以虐謔，既有足以致讒者。東鄉固以親暱視三公，而不慮其已中敵人之間也。夫以大力之賢，猶不免於投杼，用知盡言之難受，非虚中好學者不能。其爲友忠告而不出以善道，雖骨肉可成吴越，如此不可以不慎也。然傾嶮反覆之徒，其心術亦大可畏哉！後之締遠交而棄故人，張己之翼而離人之友，社盟之禍烈於人倫者，皆繇此道也。髫年藝所行不遠，今未之見，想當時江右多君子，必有沮毁之者云。

録自吕留良評點江西五家稿之章大力先生稿卷首。

記艾稿 三則

艾先生稿，杭本選讀齋所刻者頗不全。後於金陵倪闇公架上借得謝三賓刻本，較備，共得文一百六十三，不知其猶有遺漏否也。天傭子集聞已有全刻，時訪江右友人，皆含糊不確，行當尋東鄉之故舊及有志識者問之。

艾先生文，初亦以纂組古博爲奇，已而漸趨平淡，後於平淡中復發憤刊落爲樸鈍硬瘦之業，其品亦高矣。論者不知，則以爲江郎才盡也。先生極恨嘆，每形之書尺。蓋文品愈高則人愈難曉，固無足怪。然在先生亦有一間之未達者，但於氣體景象之間講究極精，而指歸所以然之處多所踈略，故微見其外强而中乾，質清而味薄。使於此更上一層，豈諸子敢望其項背哉！即至今無一人嘆賞，其足以陵轢古今者，可自信也。

甲戌闈中，文湛持先生得首卷，决爲陳大士，請作元；鄰房項煜亦指一卷，爲楊維斗，爭不肯下。文先生曰：「但顧眼明耳。果維斗爲會元，大士即第二，豈不極盛耶？」遂讓之。及拆號，項卷乃李青也，唱次名，果陳際泰，滿堂鬨然，頌文先生法眼，項已極慚。榜後，艾公領遺卷，適亦落項房，首篇止逗四行而罷。艾遂序刻其七藝，大意謂士子三年之困，不遠數千里走京師，而房官止點四行，棄置不顧，此豈有人心者乎？刊本四出，京師又爲之鬨然。項聲譽頓減，至不得與會推之列，遂大恚恨。至癸未，項資階已深，不應分房，而强謀入簾，陰授名士關節薦榜首，以雪甲戌之耻。是年艾不與試。未幾而國變，項與其門人節敗身辱，流離道路，相繼受戮。而艾公以一老孝廉授命成仁，星寒嶽震。嗚呼！人顧自立耳。名位得喪之間，豈足以沮抑大君子哉？

録自吕留良評點江西五家稿之艾千子先生稿卷首。

記楊稿　三則

楊滄餘先生非非室初稿，即不多；非非室二集，則其在金陵爲博士時宦稿也，亦止三十首。今併集之，得文僅七十首。先生文刻峭清寒，固年數不永，亦勢不能多也。

澹餘有至性，不妄交，與同邑朱敬之、謝士芳、謝子起、楊汝基及汝基之叔某皆爲社，稱「赤水六雋」。敬之以計偕北上，客死；丁卯省試，士芳、子起、汝基下第，歸爲盜所掠，驚躍出舟，皆溺焉。楊奔往，伏其屍而哭，且告邑宰爲建祠祀之，曰「四賢祠」。自是，澹於進取。辛未釋褐，例應授令，曰：「願更讀書十年，有實得以報國。」遂改應天教授，陞國子博士，即引疾歸，曰：「吾終不忍負四君子。今人朝得雋，暮營膴仕，無不至，安得澹然以遠大？」自期如是。與千子論學甚親，與南中名宿論文甚廣，然終不舍死友而投名社，視世之以聲勢煽薫奔競翻覆轉眼即不知誰何者，非先生之罪人也歟？

先生之文，善於用遠，含毫落墨，渺然殊不著題，而曲摺起減，則皆題之腠理骨脈也。惜其本領出於禪，故不能唐突先民耳。要此一種文境，雖先民嘆未歷矣。問同時如楊機部伯祥，亦江右之爲古文者，何爲不與？曰：「機部得蘇門風力，然其勢太直，氣近浮，要其精藴固少矣；微按之，律亦不細。澹餘文雖極變逸，然藏針線於繡紋之中，於成弘規矩，固森然也。江右諸家，正以其得先生法耳。先生之法，古文之真法也。」

録自吕留良評點江西五家稿之楊維節先生稿卷首。

刻陳大樽稿記言

復社之支，其文字行世，風氣爲之一變者，莫如雲間之幾社爲極盛。一時菁華爛漫，儁材輩出，其峥嶸足傳者，如夏允彝彝仲、周立勳勒卣、徐孚遠闇公、王光承玠右及大樽陳子龍，當時即爲四方所推重。數公者亦皆激昂自負，思以其手足之烈，支維傾折，爭名號於人間，慨然有東漢、江左之風焉。而數公之中，其才情足以揮斥、氣魄足以憑陵、光華足以炫耀、辨駁足以鼓動者，又皆服大樽先生爲之首。及其終也，有以不得志病早死，有間關播越不克有成而死，有赤腳雜田父終不見人自湮其蹟以死，皆風標挺特。而先生與夏公致命危流，大節爲尤烈。嗚呼！其平生期許，可謂皎然不欺，而先生之領袖諸賢，又豈苟然乎哉！然而氣運傾移，有非人力所挽者，雖志義有才略之士，亦且爲氣運所使而不自覺，則吾於雲間當時之文，蓋三歎而痛惜之，不能已也。

當崇禎之初，其文驟進乎古，理雖未醇，漸知有先正傳注矣，而忽焉潰決者誰與？其人有主名，其事有緣起，然而君子以爲皆天也。天欲亡人國，不欲斯文之興於此時，則必生其人其事以敗之，即志義有才略之士，亦靡然而崇其說。人品以晉爲高，詩以王李爲極，文字則以東漢魏晉齊梁爲宗，而詆黜唐宋，於宋之理學爲尤惡，如猛獸毒藥焉。至於波蕩陸沈而不可復理，則豈非爲氣運所使而不覺者與？然吾以爲諸君子之陷入其中也亦有故。彼見夫國勢窳潰，内外交乘，兵罷而不足用，財匱而不足支，士大夫習於文貌相欺而不足恃，其弊略同於宋。奮然思有以振起之，而誤信良知後人之説，以爲宋之弱不可爲，由於講理學，不講事功。於是其體取之真率脱落，其實取之功利作用，其爲鼓舞標格，不妨取之俊詭豪華。而所謂傳注先民，及唐宋大家之學，皆近於宋弱而不可爲。嗚呼！是何所見之謬哉！夫北宋有二程而不能用，其所用者爲王吕章蔡。南宋有朱子，不惟不能用，且斥其身，禁其學，而所用者爲秦湯韓賈，由是以至於亡。然則宋之弱，正弱於不用講理學之人，與信用講事功之人耳。然而諸君子者，方且謂吾兹以人力挽氣運也，而不知其所爲挽者，即氣運之使至於亡而不自覺也。

夫天下庸劣萬輩，流習頽壞，無足爲怪，惟志義有才略之士，亦不免於氣運之使，此則真所謂天矣，莫可挽矣！今觀其一時所作，雖師承文選，然其本質超然，皆不爲體調所汩没。彼其才情足以揮斥、氣魄足以憑陵、光華足以炫耀、辨駁足以鼓動者，猶英英然自出於豐詞縟句之表。使其講求理學，而得周秦漢之真源，以極夫唐宋大家之派别，則其所成就何如者。然天下將亡矣，而文章氣運反如此之極盛，則古今以來未之有也。故曰天也。

崇禎己巳，大樽與艾東鄉爭辨文體。陳主文選，艾主唐宋大家，反覆不相下。時東鄉負海内宿望，以前輩自居，而大樽一少年與之抗，至詆訶攘臂，吴中後生相傳爲快談。然不二十年而國旋破，兩公皆殉難。而大樽晚年文字，亦刊洗鉛華，獨存淡質，卒同東鄉之旨焉。此亦猶弇州之於震川，有「余豈異趨，久而自傷」之悔歟？夫文章指歸，千古一塗，浮氣消則至理自顯。安有絶世之聰明，而終不悔悟者哉？然則是稿之文，固先生之所晚悔者耳，而又何存乎？蓋先生之生平，不必以是稿傳。是稿之美而未善，亦不足爲先生諱。顧崇禎季年之文，莫著於雲間，雲間之文，又莫著於先生。其光芒四發，固自不可磨滅。而所爲氣運之變，與人力之奇，後世可以觀感者並在焉。則先生此稿，固有不可以不存者也。

録自車鼎豐編吕子評語餘編卷四。鈔本晚村詩文集於「雖師承文選」後有「規模六朝」四字（吕晚村先生論文彙鈔第八十九條、王煜青鈔本吕晚村先生文集同），文末有「因命葆中録刻之，而述斯言於端云」數字。題據刻江西五家稿記言例擬，鈔本晚村詩文集作「刻陳卧子稿記言」，王煜青鈔本吕晚村先生文集題作「陳大樽稿序」。

刻歸震川稿記言

震川全稿成，先生閲前後序文皆不愜，後於初學集見是文文附後，曰：「是雖不言制義，而太僕文章公案略見於此。」遂用之。

門人問曰：「太僕以古文爲時文，故近是耶？」

先生曰：「否。文即文耳，何古與時之有？曰古曰時，是二之也。又以古爲時，則太僕强造爲太僕之文耳。於時文且失其宜矣，奚取焉？」

曰：「時文自有格式，豈竟與古文同耶？」

先生嘅然曰：「此正後世論文之病也。今即與子言古文，夫騷賦有騷賦格式矣，奏疏有奏疏格式矣，碑誌有碑誌格式矣，其爲記序書啟論策傳贊哀誄頌辨難喻説，下至演連珠大小言之類，不各有格式乎？」

曰：「然。」

「然有謂某以古文爲騷賦，某以古文爲奏疏碑誌記序之類，則公必笑之，何也？蓋略格式而專論文，則均之古文，不可贅斯名也。夫既略格式而專論文，即時文何異焉。然則時文皆可爲古文乎？是又不然。其不可爲古文者，雖騷賦奏疏碑誌記序之類，唐荆川所謂以大地爲架、安頓不下者，皆煙消草腐，與今之時文同也。時文之足傳者，經緯終古，光景長新，與古之傳文同也。惟今人視時文，必以煙消草腐者爲正宗，見有異乎其狀者，若馬隊之驚槖駞也。而又不敢遂非之以貽笑於識者，於是乎有以古文爲時文之説。故善爲文者，自騷賦奏疏碑誌記序以致演連珠大小言之類皆一焉，而何有乎時文？其不能一者，時文則時文而已，必不可爲古文者也。非不可爲古文，不能爲時文而已矣。此可於先輩驗之，王守溪、瞿昆湖、鄧定宇、李九我、湯睡菴、許鐘斗諸公，非時文家所稱正宗者乎？然其文集具在，曾不足與太僕平衡者，何也？大都不能一者也。不能一者，非其古文不如，乃其時文故卑也。若太僕則不知有所謂時文者，故其文集亦不知有所謂古文焉。一而已，既已一乎，則以此序太僕時文也，又何爲而不宜。小子志之，而亦求夫太僕之所以一者而已矣。」

錢牧齋題歸集云：熙甫生與王弇州同時。弇州世家膴仕，主盟文壇，海内望走，如玉帛職貢之會，惟恐後時。而熙甫老於場屋，與一二門弟子，端拜雒誦，自相倡歎於荒江虛市之間。嘗爲人叙其文曰：「今之所謂文者，未始爲古人之學，苟得一二妄庸人爲之鉅子，以詆排前人。」弇州笑曰：「妄誠有之，庸則未敢聞命。」熙甫曰：「唯庸故妄，未有妄而不庸者也。」弇州晚年，頗自悔其少作，亟稱熙甫之文，嘗讚其畫像曰：「風行水上，涣爲文章。風定波息，與水相忘。千載有公，繼韓歐陽。予豈異趨，久而自傷。」其推服之如此。而又曰：「熙甫誌墓文絶佳，惜銘詞不古。」推公之意，其必以聱牙詘曲、不識字句者爲古耶？不獨其護前仍在，亦其學問種子，埋藏八識田中，所見一差，終其身而不能改也。如熙甫之李羅村行狀、趙汝淵墓誌，雖韓歐復生，何以過此？以熙甫追配唐宋八大家，其於介甫、子由，殆有過之無不及也。士生於斯世，尚能知宋元大家之文，可以與兩漢同流，不爲俗學所澌滅，熙甫之功，豈不偉哉！傳聞熙甫上公車，賃騾車以行。熙甫儼然中坐，後生弟子執書夾侍。嘉定徐宗伯年最少，從容問李空同文云何？因取集中于肅湣廟碑以進。熙甫讀畢，揮之曰：「文理那得通？」偶拈一帙，得曾子固書魏鄭公傳後，挾册朗誦至五十餘過。聽者皆欠申欲卧，熙甫沉吟諷詠，猶有餘味。宗伯每歎先輩好學深思，不可幾及如此。今之君子，有能好熙甫之文如熙甫之於子固者乎？後山一瓣香，吾不憂其無所託矣。

録自車鼎豐編呂子評語餘編卷一。題據刻江西五家稿記言例擬，鈔本晚村詩文集作「記歸震川制義序後」。

刻唐荆川稿記言

按荆川先生文，計一百六十三首，家藏止九十餘首，後於秣陵徐州來、儁李盛奕雲家出所藏，共得七十餘首；又虞山錢湘靈寄舊刻大字本，訂正三首，至是而荆川先生全稿略備矣。大人嘗稱荆川之學，初時根柢於程朱，甚正。第所得淺耳，亦自知其淺也，而求上焉。遂爲王畿、李贄之徒所惑，而駸駸於良知之説，於是乎荆川之學終無成。然其制義，雖晚年游戲宦稿，未嘗敢竄入異旨、流露離叛之意，此猶入門時從正之功也。其文超詣剪剔，寫無形之境於眼前，道雖盡之，詞於句外，言各如人，人各生面，得史漢不傳之妙。惟震川先生熟於經，故其文廣淵；荆川先生熟於史，故其文精卓。足配震川者惟荆川耳，自餘諸公，則不過時文而已矣，於古人實無深得也。艾千子刻震川稿，而以金正希合焉。大人謂正希文雖佳，然以當太僕，夫何敢！夫何敢！陳名夏輒欲以茅鹿門駕震川，而詆荆川爲未進於古法，大人笑謂牧豎譏評今古，雖顛倒淆訛而人莫之責，以其無知耳，與之辯論，即兩牧豎矣。男葆中謹識。

録自吕留良評點唐荆川先生傳稿卷首。題據刻江西五家稿記言例擬。車鼎豐編吕子評語餘編卷一摘録，前闕「按荆川先生文」至「大人嘗稱」七十四字，後「大人謂正希文雖佳」中「大人謂」三字闕，「大人笑謂」作「予嘗笑謂」。

補癸丑大題序 一

補癸丑偶評成，先生見之，曰：「是何偶之多也。既偶矣，奚補爲？」曰：「亦偶補之耳。」先生曰：「是言也近於佞。且而不聞考夫張先生之規我乎：『行年即同衛武，已去其半，中夜以興，横渠猶將不及，事固有大於此者，乃爲無益身心、有損志氣之事，耗精神而廢日月，且將久與污濁中，苟盗浮名者流動若絜長角勝者，私心竊不爲兄甘之。寫至此，手指顫震，點畫不成字。』其憤切如此。今吾友亡矣，而吾過猶存，其可哉？」曰：「昔者先生答張先生書，不更有義乎？」曰：「非吾友誰與語此。小子識之，張先生之言是也，吾未之能改也，存此以志吾過，吾偶止此矣。」因退而共名之曰更仰集，同十二科程墨行世。門人陳鏦謹記於集端，康熙乙卯重午。

録自晚村天蓋樓偶評卷首。

補癸丑大題序　二

晚村語余，天下藝事皆存而時文獨亡，余竊疑其過，反覆偶評，而嘆斯言之不我欺也。凡藝事細瑣，皆生人之嗜好，足以留之，故精多物弘，雖戲幻無益，若可與至道相終古，未有舉天下蹴踏哇唾之物而猶有不亡者。

今天下惡時文也至矣，理學家曰害道也，志節家曰失足之資也，經濟家曰於世無用也，詩古文家曰不可以名當時傳後世也。然此數家者，雖甚惡之，實皆不足以亡時文，何者？佛老陰陽醫卜書畫歌伎擊刺工賈之屬，道不同，無不相爲非笑，然其術益精而傳益久者，外人雖惡之，而爲之徒者深信而篤好之也。故天下惡時文，時文終不亡，爲時文之徒者惡之，斯真亡矣。據濃油之槧，抱凍齏之甕，秋蚓寒螿，哀吟達曙，與昔之篤學好古者何異？若有所迫脅驅使大不得已而爲之，顧斯須敝棄以爲快者何也？ 凡夫集注章句之所以尊，周程張朱之語之所以至，六經諸子左國莊騷史漢唐宋之所以合，前輩作者源流家數之所以分，體製法度創意造言之所以歸，古今典故記載成敗議論之所以辨，茫乎蕩然，一無所關切，而别有一尷尬麻糊腐爛之具，群目之曰時文。 夫如是，奚而不亡！ 然又不止此也，今之理學、志節、經濟、詩文，其初未有不起家時文者也，或終老不能爲，或爲之而不精，或精而不得其力，於是乎逡巡遁逃，取名品之最高者託焉。 試使數家者拈題伸紙，吾知其於尷尬麻糊腐爛之外，無他發明也。 故爲理學、志節、經濟、詩文不成，退而爲時文之徒，猶有足觀者。 今皆爲時文之徒不成，退而爲理學、志節、經濟、詩文，宜其蹴踏哇唾又特甚而不可返也。

文字，藝之一；時文，又文字之一耳。 世家遺澤凝結於斯，嚴師良友四方倡和資助又略備，自少至壯，其志氣神明精力非此無所用，如是以圖一時文而尚或未成，忽焉即以此不能時文之人，無祖宗之澤，師友之資，少壯攻苦之力，轉而求聖賢豪傑所欲然不能自必之事，朝爲而夕報成焉，其亦難信也。 今天下幾於無不惡時文者，然而道益害，足愈失，於世仍無用，更不足以名今而傳後，則時文之不足惡也明矣。 惡之甚，匪獨時文亡，其爲理學、志節、經濟、詩文先亡也。 使皆頫首抑志而讀是書，理學者於此得邪正之準，志節者於此析義理之微，經濟者於此審功利之非，詩文者於此辨雅鄭之故。 則晚村之所存，豈特一時文；而其所救正者，又豈特爲時文之徒而已哉。

康熙壬子仲冬長至後三日，洲錢吴之振書於尋暢樓之西閣。

録自晚村天蓋樓偶評卷首。鈔本晚村詩文集收入，題作「天蓋樓大題偶評序」，題下署「代」字。

補癸丑大題序 三

或問於吴子曰：「吾聞晚村之爲人也，倀倀涼涼，多否少唯，遇車蓋則疾走，聞異音則掩耳而逃，與人言至科舉種子，未嘗不痛疾而雪涕也。顧沾沾焉取時文批點之，而吾子又爲之流布於天下，吾甚惑焉。」

吴子曰：「予壹不知夫是書之過至於斯也。雖然，嘗聞之晚村矣：讀書未必能窮理，然而望窮理必於讀書也；秀才未必能讀書，然而望讀書必於秀才也；識字未必能秀才，然而望秀才必於識字也。是則方其指偏旁、描硃墨，便當以此事相責，又何聞乎時文？」

而或曰：「不然。逢年者以山林爲桎梏，避世者以軒冕爲塗炭，趨軌既岐，器業斯别，晚村獨不聞乎？」

吴子曰：「是未知時文，又烏乎知晚村。昔者，程子遇碑於途，有禪子同過焉，讀之，曰：『公看，皆字也。某看，皆理也。』又語學者曰：『某何嘗不教人習舉業，但於上面求必得之道，是惑也。』今晚村所見爲論語、大學、中庸、孟子之理，而公且以爲文字即晚村所見爲文字者，而公又且以爲必得之道，其滋惑也，不亦宜乎？如凡爲隱居，必當仇時文也。將世舉孝弟力田，則去父兄廬墓；舉博學宏詞，則焚經史典籍；舉高蹈丘園不求聞達，則蒼皇反覆，爲馬首之巢由而可哉？晚村則以爲文字之壞，生於人心；而文字之善，又足以正人心。隱微深錮之疾，其將回魯陽之斜曛，障支祁之潰浪。經天行地，一反其常，固非一手一足之烈，吾非斯人之徒與而誰與？而且擎拳撑腳，獨往獨來，行路之人，挨肩疊足而不顧。咄嗟！晚村其舍此識字秀才讀書者而安望耶？東萊有云：『假試課以爲媒，借逢掖以爲郵，遍致於諸公長者之側，其有豐獲焉。』予或者不失晚村意乎？猶以爲房書也，選政也，是蕭公之崇佛，達摩以爲毫無功德者也。」

刻既成，因書問答之語於卷首。洲錢吳爾堯序，時康熙壬子仲冬之朔。

録自晚村天蓋樓偶評卷首。鈔本晚村詩文集收入，題作「天蓋樓大題偶評序」，題下署「代」字。

大題觀略初刊凡例　七則

晚村喜論文，凡文字新出，同志及其門人子侄輒舉以質疑，不厭爲之塗抹詳說，日久充棟，然未嘗有定本也。癸卯更文體，塾師悉取以易策料，散失略盡。年來兒子聖錫從晚村長公無黨游，余與同坐小月泉西閣中，晨夕披析，因集諸友零星本子互訂成書，故頗有名下未見一藝者，實□闕漏之憾。儻佳製全稿，不吝貽教，將商諸晚村，更定全集，以此爲大略可也。

晚村論文，不守一格，片長節美，無不搴收，然要其至處，又極精嚴。求全體當可，正復不易，即集中所取，多瑕瑜不掩之意。門風太峻，同志稍爲通融，評語發明確暢，有所旁及，皆關切生民，根柢要道，但未免刺促駭俗，故爲節遜。行之圈點，過於冷落，亦非時目所習，頗酌增焉。總欲使聽者不驚東門之鐘鼓，非於晚村有損益也。讀者得其指歸而求進焉，斯可矣。

俗下文字禁，於東皋墨選中已發其凡，今爲推廣言之。如起講活套吾必尊一人以立極，亦未取夫○○者而深思之矣，說不足以○○者至人不以立訓，吾謂其○可以已也，吾謂其○更可以已也，天下無所爲○○也，至人必取而○○焉以明其所○○，與○○相求於靡盡，祇此○○○者之一心，亦求之一心而已，以我今日思之而愈出，是當取夫○○之○○者首推之以立隆於天下，而其說乃大著於天下，而其人遂相深於意量之間，而吾之說終爲天下之所不易，不取夫○○而○○之，或作言○○而不言其○○者何若。則○○之○不著而○○之○亦不著，覺其○傳而其○亦與之俱傳，固貴先○○而○其○也尤貴合○○而○

其○，不恃有○○之○也而恃其有○○之○，不信之於其○而信之於其○也，非○於其理之無不○而○於其心之無不○也，非異於其○而異於其○也亦非異於其○而異於其○之○也，使○○而不甚○於○○之○吾無俟取此○而深求之也使○○而爲僅○於○○之○吾亦無俟取此○而深求之也惟○○有所甚○於○○之○而尤爲不僅○於○○之○則不得不反覆○之以見其○之有所甚○而○之有所莫能外，凡與道相求之事皆與心相見之端也，固不越一二大端由繹焉而無盡，有愈求而愈覺其○○者爾，屢進而加詳焉，夫固有名言之莫罄者爾，今而知○我以○○者正其○我以○○者爾；虛縮下文 雖未遽言○○乎，其○○雖未盡此乎，吾且未言其○○者何若，即○○有不盡乎此，雖所爲○○者更自有在，吾欲明夫○○必先舉夫○○，此其事未嘗不合○○以爲量也而必先○○以爲功，此其說未可以一端竟也，吾不必進究其全，不必問其○○之所○爲何如也，而其說乃可以徐詳，未究其○○先徵其○○未與一世問從違，先與一心問疎密，予人以無已之求詳，姑未言，不具論；引述解釋 此不必徵之○○而始明也，即進徵之○○而益信，諷詠篇章何以啟我無窮之悟，流連往訓何以引人不盡之思，恍遇諸流連歌詠之餘，詞以備述而全，理以推求而出，無不可○○焉以明吾說之不誣，吾人流連往什而不得古人之所○無貴乎取○○

而○之矣即僅得古人之所○更無貴乎取○○而○之矣，可取今日之意而通之古人者，無不可取古人之言而通之今日，在當日初未嘗言○也，而以吾繹之覺有不言○而深於言○者，言○而○見不言○而○愈見，言○不言○無非言○，前之人既詠歌以傳之，後之人復由繹以求之，總以得其○○之所存，○○不欲自言也，而○人代爲言之即○人亦不欲盡言也，而吾更代爲○人言之，吾向欲求所爲○○者而不可得也，而不意忽遇之○○之○也，可從諷詠之餘而觀其藴，更可就篇什之内而究其微；【形容摹擬】吾幾爲圖維焉而覺○○之難以言盡也，更幾爲圖維焉覺難以言盡，而未始不可以言盡也，試一低徊焉試一想象焉，乃爲之穆然而深思焉，睪然而高望焉，不知幾經○○而後有此○○之一日，一思而覺其○○者，再思之而愈覺其○○也，覺有如是則○不如是則不○者，一詞之未足擬者，屢詞形之而有所未罄，覺有予人以可思，不予人以可盡，其昭然示人以可見者，即其淵然引人以不可測也，爲之即其人以溯其心者，固可即其心而穆然如覩其人也，○○乎其殆形容莫罄者乎；【比喻】吾欲正言以明之，不若喻言以明之，天下有至顯之形而可以明至微之理者，則與人正容而談不若旁通而悟也，試爲之罕譬以喻焉，此不必即○以形之者，亦何必不即○以形之也；【或有兩喻】擬似之所既罄者，復爲擬似之所難窮，形容之所既至者，復爲形容之所不盡，擬之以○而不擬之以○則其爲○○者終不可得而見也，即理而質言之不如仍即物而喻言之之爲得也；出題有君子仁者等字吾得而名之曰○○，請得尊其人於天下曰○○，統古今而○○者惟○○備帝王而○○者惟○○，爲天下正告之曰○○；有下文惟不盡○○也而○○重，非以責○○正以辨○○耳；提比吆呼虛喝夫孰是，疇則是，果何道而○○○，則試思能○○於○○者繄何人，伊何人也伊何事也，此其人爲何人，此心則何心，此意則何意，其所爲○○而○○者誰也，亦思○爲誰之○乎，此何王之風也，此誰代之治也，不得不穆然於○○之一人，果何人而有是○○也，顧誰則能○○如是也；有吾字我字其○○而○○者非我乎，安得不取吾之爲吾而正告之也，我之所以爲我者不可不○，○○而○○者非我也而○○而○○者爲我，○○者吾也；前後異稱如前先王而後聖人等昔之所謂○○今之所謂○○也，○○者即前之所謂○○也，則請進○○而論○○，此不得僅以○○目之也，故不稱○○而稱○○；承上吾於是覆思夫○○也者，不得不取○○而申論之矣，安得不重繹夫○○也，可更進而極擬之矣，所當深論焉，以見其理之有所甚全，曷不取夫○○者而深求之；上文有重語前言○○今言○○，此吾前言之所已及者也，此吾前言之所未及者也，此吾前言之所未及而無不可即吾言以通之者也，何以言○不言○何以不言○而反言○；**總提反挈**則亦何○何○何○之可○也哉，是何必取○與○而析言之哉，方其○○之時豈不○○豈不○○而○○哉，然而未可○也，凡此者何一非○○之所○也哉，然而未可一視之也，始焉有不敢○○之心，繼焉有不遽○○之心，終焉有不覺○○之心，此其中有與○○爲類者，有與○○不類者，有與○○相反而適成其相類者；**挑剔**自其○○者言之，則謂之○自其○○者言之，則不謂之○而謂之○，猶是○○也，而所以爲○○者則異，分著之而○自爲○○自爲○合觀之而○即爲○○即爲○，論○○之始未有○○先有○○論○○之後既有○○即有○○，未○之前不特無以○○也，且無以○○既○之後，不特有以○○也并有以○○，分言之而有○○之○者，合言之而又有○○之○，一言○○而即有不止於○○者，不必○○不必不○○；**有必字斷語**非或然或不然之理也，非可信可不信之說也，固非以有○有不○者之爲○而以一○無不○者之爲○也；**提比煞語**所當深體焉以究其歸，所當繹思焉以推其極，約舉焉以見○○之無遺切指焉以徵○○之靡盡，於此有不職詳而職要之圖，於此有不治煩而治簡之理，是必有○○○者裕○○之宏圖；**中股煞語**以是爲○○焉爾，斯何如○○歟，而何勿○○焉，其

○○何如已，惟此之爲○○爾，斯其○有獨○已，此際之○○何如也，其○○也有如斯；【下比即接】如斯而其○○可○矣，此其○亦甚○○也哉；【截渡頓折】初何嘗曰吾如是以○之即如是以○之也哉，起而視其○○則何如哉，○○而不期其○者○○之心○○而自無不○者○○之效也，此豈有意於○○乎而所以○○者在是矣，此其事已進於○○矣夫○○則何能○也，是惟○○而能有此○○也然惟○○而不僅能有此○○已；【後比推宕】吾於是爲○○者幸矣，吾於是爲○○者慮矣，今而後不必更言○○之○矣，而其人之○○於焉見矣，天下有○○如是者哉；【起下】吾將進而觀○○之全吾將究而考○○之備；

【通套混語】歷一境必有一境之益，進一詣必有一詣之修，○無盡○亦與之爲無盡○無窮○亦與之爲無窮，始之以心入理，終之以心化理，以心謀理，以理洽心，不於○○之外有所餘，即不於○○之中有不足，無所損於○之中，亦無所益於○之外，與天下相見仍與天下相忘，見心而不見天下，見天下無非見心，問世如其問心，觀民即以觀我，不徵勢而徵心，不恃權而恃理，以一情協群情之極，以一理觀萬理之同，不在天下而在吾心，在吾心而即在天下，以天下還天下，以天地還天地，見理之處無非見心之處，受益之數即爲受損之數，以爲○○之○其○不可以○也以爲不止○○之○其○尤不可以○也，以治統開教統之先，以聖功全性功之大，〇〇也而〇〇者何心〇〇也而〇〇者何意，試思夫〇〇之〇爲何更思夫〇〇之〇安在，試思〇〇之中其〇〇者何限更思〇〇之際其〇〇者何窮，理可用，欲亦可用，忘乎欲，并忘乎理，心外無道，道外無心，統天下於吾心，推吾心於天下，非〇〇者一心而〇〇者又一心也非〇〇者一理而〇〇者又一理也，以心求理，不過以心見心，以人見天，不過以天合天，博求衆理之分，不若靜悟一原之合，未考圻甸之同風，先觀一身之表建，一致無所不致，一有無所不有，一能無所不能，何在不形其〇〇何地不著其〇〇，一善形爲衆善，群理彙爲一理，與人同其〇〇而不與人同其〇〇，其視〇也重則其視〇也不容以或輕；虛活俗字即如，不妨，何妨，姑就，但見，第覺，祇覺，忽覺，轉覺，遥想，還想，恍然，倏思，務期；以上誠有累牘難盡者。晚村所謂老老大大，髭長面皺，猶作此等見識，思之實足愧耻。縱或當時名下偶作，猶以爲創造，今則鈔套熟爛，雖佳文亦不堪矣，況未必佳乎？

集中所痛削者，浮滑軟熟之文。晚村謂文棄實而取虛，棄勁而取柔，棄古雅而取俗惡，棄樸直明白而取含糊輕巧，皆病中人心。而事關氣運，非細故也。近時論文，直至股尾虛字，亦以「乎」「哉」爲硬，而止用「歟」字；以「矣」字「耳」字爲直，而變用「已」字「爾」字。此種議論，不知起自何人，知其心術品行必至污極下而不可問者。至章句詞采，古人無一字無來歷，出於經傳爲上，出於子史古文者次之。湯霍林用「冰兢」二字練經語無法，艾千子猶譏笑其不通，今則俚鄙滿幅。王半山悔變秀才爲學究，不知今又變學究爲白丁也。是集辭而闢之，鄺如矣。

晚村別有知言集一書，起自洪永，訖乎啟禎，程墨、大小題、房行皆統焉。其所披剥，真足發古人未盡之藏。孟舉叔同收拾參訂，行將公之。寓縣其有家藏先稿未經行世，或行世而不盡全美者，望即投贈，以盡表章之功。

晚村年來以病杜門，坐卧天蓋樓中。四方車馬之駐，概謝勿通。惟同志數子，風雨無間，於行藥下酒破寂爲歡。時復及之，故即以名書。

部帙繁重，凡經鄉會已出題文，俱不登板。今計佳製甚多，有遠勝闈墨者，其光華不可掩没，但讀闈墨不取房稿，是即村豎之見也，將於增訂全集中補入焉。

自牧漫書。

録自天蓋樓制藝合刻卷首，内目録、正文、書口皆署「大題觀略初刊」，據此擬題。

十二科小題觀略序

時下文字皆自以爲有法，而其實無法，統命曰顢頇。顢頇之患，繇其初未嘗精講於小題也。大題言盡勢足，雖精微難求，而體貌易設，渾舉崖略，猶可鋪張成篇。小題變動不居，半字隻字，稍有增損，即全理爲之改易，邈不相通。不得其道，坐受畫虎捕鼠之誚，故有自詡尊宿而猝拈枯窘閣筆失措者，其思索浮驟，遇生徑則苦澀而不能入，其間架麄忽，束縛於險仄，則昧布置之方，然後知其向所爲鉅篇鴻構，原有所未盡也。

先輩大家多從此用力，故於大題之窪突肢腠，曲盡其妙，而機趣發乎天然，無泛演怗滯之病。今之學者，自初爲文，即不講於此，而遽求速化，逞空鄙之胸，造曼繆之習，徼幸苟得，反取其套數之緒餘，以爲小題。欣然自以爲無難，誑惑後生，轉相仿竊，幾欲笑古人之徒自苦者，宜其顢頇而更不成文也。乃論者不此之爲救，反謂小題無當於性道經世之學，而思有以易之。

夫盈天地間，萬物萬事，無非文也，故曰：「皆備於我。」若曰：「吾得其要者而已。」是紛紛者舉不足問，則已取所備者而盡棄之。吾知要非其要，而得非其得，此之謂義外。告子、陸子以及近代良知之謬，未有不出乎此也。聖人教人，豈不欲其務本而達用，而曰：「興於詩。」詩之爲道，何與乎本與用也？然聖人以爲可興觀群怨焉，事父事君焉，多識鳥獸草木焉，又何説也？記曰：「不學操縵，不能安絃。不學博依，不能安詩。不學雜服，不能安禮。不興其藝，不能樂學。」小題之道，亦如是已矣。

論者又曰：「吾非惡其小也，惡夫摹肖唇吻，則訕毀駁騈，獿黠滑稽，便嬖駃豎，無所不效焉，斯不可爲訓也。」其辨，吾亦取諸詩。近代叛攻朱子者，謂朱子於詩廢序説而入之淫風，不可訓也。然桑中、氓、丰，雖序亦以爲淫亂者也，其詞曰：「期我乎桑中，要我乎上宫，送我乎淇之上矣。」「乘彼垝垣，以望復關。以爾車來，以我賄遷。」「俟我乎巷兮，悔予不送兮。」又何狎褻纖醜之曲盡也。不識當時師儒將廢此數章而不講習歟？抑别有説焉？而序又不足信歟？曰：「此其爲刺也。夫爲淫亂者之辭而所以爲刺，又烏知夫摹肖唇吻者之非所以爲戒歟？古來稱文章之雄者曰左、曰司馬，左氏於弑逆荒亂怪誕不經者，橅寫尤精彩；司馬氏傳刺客佞幸奸雄權詐者，極意刻畫，令千載下覽者如壁觀焉。使二子者而在今日，幾何其得與於斯文也。夫美惡是非邪正，人事之必然也。聖人立言，詎不專取夫美者是者正者，而必反覆互對舉之，何也？孟子知詖淫邪遁之言，而後聖人復起而不易，正以是也。故狀善而不極善之至，不足以感奮；狀不善而不極不善之至，不足以創懲。極其至者，善與善不相蒙，不善與不善不相混。化工賦物，萬彙流形，皆自然而然，盡古今事理言語之變，而至道行乎其間，此小題之義通於詩，即凡爲文章之法，以進之性道經世之學，無有二也。又何顢頇之患之有？」

時與無黨兄弟及諸子編次天蓋樓偶評小題若干首，書成，因述其所聞於先生者如此。

門人董杲謹序，時康熙癸丑仲冬之望。

録自十二科小題觀略卷首，内目録、正文、書口皆署「天蓋樓偶評」。車鼎豐編呂子評語餘編卷六、鈔本晚村詩文集收入，後者題作「天蓋樓小題偶評序」，題下署「代」字。

十二科小題觀略凡例　八則

小題爲初學從入之門。門逕一誤，終身墮坑落塹，如蠱入腹，後雖知而求治，難愈也。故子弟爲文，須先遠俗派，如時下油口活套，兒曹習之，旬日便肖，不數月輒成。使之解脱，即生龜蜕筒，白首不離毛病。凡爲父兄師友，當如妖魔狼蠆以遠之，不可以不厲也。其句調之禁，向附程墨及天蓋樓大題，兹不復重刊；然在小題爲尤要，讀者當從兩集拈閲而類推，以盡其餘。若近來論題之有俗解，論文之有俗訣，評中摘駁散見，以意逆之，自得也。

小題所以盡文字之變。除是天地間義理所窮，心思所屈，無可復生處則已，有則必須生盡。故是集家數最博，不以成格限之，不以偏嗜障之，然其中指歸固未始不一也。韓公云：「學焉而各得其性之所近。」初取所喜者引之，繼取所逆者治之，漸進漸廣，無所不學，而後能自成一家，此之謂得其性之所近。若專守一格而不知變，未見有得者也。谿淺及深，自正盡奇，是在教者因其材當其可而施，不陵節焉耳。

先生論文，以意思義論爲主，不在機調，意論達則機調自生。凡一翻一正，一開一折，定有頭一皮庸陋見識套數先到。先生謂必須撥過此番，然後有真意思、好義論出。若人人心手必然，萬喙一律者，斷無可取。

小題尤重者法。法無定本，只以恰肖題位，割清上下，不可增損移掇爲率。近日鹽油滑之非法，思有以變之，是也。然不得其真，必以麄踈爲大方，以蕩軼爲才情，以脱落爲高致，此無法之弊，與非法罪均。程子所謂「扶醉漢，扶一邊，倒一邊」，非變之善也。又有一種，假先輩講説，印板泥塑，困縛文人心思，坐置腐爛無用之地，名曰死法，壞卻後生好材質不少。學者知非法無法死法之不可爲法，則真法出矣。

比來佳文，每爲白腹選家删改壞盡，如集中「魯無君子者」，尹君明廷作，從坊本登板，已而友人以原本來較，則竄抹甚多。若提比有云：「交游日習在樂群者，亦自忘爲我生之幸矣。行誼既成，在考道者亦不知爲誰氏之益矣。」數語極有意思，而横遭劣傖腳跡點金成鐵，真文章大劫。集中不知凡幾，惜不及一一訂正。識者肯惠教之，異日改刻，亦一快事也。

前輩在文言文，不拘科目，雖諸生有作，亦得不朽。邇年諸生私刻有禁，固不必言，而行書名稿亦隨時淹没不傳，深可惜也。猶憶丁酉行卷中有錢君榜名陸燦者，其小題妙絶一世，先生最賞歎之，今已散失不多，此外更寥寥矣，故不便入集。然其文終不可泯，將來大小題、程墨皆有增訂，全集當蒐羅附入，以廣其傳。

小題選本，向多假託姓名，移甲換乙，不可究詰。今意主欣賞，未遑考核，惟所見之本是從。

先生性喜論文，而不涉世故，手捲舌辨，竟日不知疲。揜卷後或問某某何似，則已忘之矣，故其予奪去取，毫無愛憎徇借之私。嘗歎云：「士林廉耻之道，最是選家喪滅得盡，奔競諂阿，恬無愧怍，其品在儈乞之下，非士人所宜爲也。」平生知交落落，有貴顯者即隱退不復近，亦未嘗輒通書牘。自金陵歸後，患瘻失血，養疴村莊，益厭塵事，即相識罕睹之。外間或以選事致商，雖夙好之稿，從無評序，固其志操素然，亦病不能應也。

力行堂諸子同識。

録自十二科小題觀略卷首，内目録、正文、書口皆署「天蓋樓偶評」。車鼎豐編呂子評語餘編卷六録「小題爲初學從入之門」、「小題所以盡文字之變」、「小題尤重者法」三條。

十二科程墨觀略序

晚村氏評論乙丙以來諸家所選程墨之文，其子弟殺青以行世，既卒業，持卷示余。余讀而作曰：嗟乎！是豈徒懷鉛握槧爲應制舉家導夫先路哉？蓋晚村講學之書也，三代以上聚天下駿雄秀異之士，教之以司徒，升之以司馬，自天子之子、卿大夫元士之適子與國之俊選，無人不學，不必其有講法，自郊遂黨衛及乎國之中，無地非學，不必其有講名。於時禮樂斌雅之材出，孝弟廉讓之俗興，若是乎上之所挾以求士者，不出乎所命而士之勉焉以答上旨者，還以其所命命之而已。後世長育人材之意，不能善行其法，制科以詔之，多方以羅之，法愈棼而士愈僞，載之史册。文苑儒林，分爲兩科，而文與儒始岐而二之。至於有宋道學，復爲一傳，儒與學又岐而二之。

甚矣！制科之於講學不相爲通也。晚村氏深衷定志，不惜以其身屈都講之壇，願與天下遵發矇之路，衈衈乎其似憂也，憬憬乎其更有懼也。憂斯人之習於制科者，不得聞聖人之言也。又懼斯人之絶乎聖人之言，而一意於制科也。然則風厲學宫，非正道而摩切多士，皆異趨也，而可乎？故其言根柢乎六經，而繩尺以雒閩之旨，本之以辨志敬業之修，而即達之於順時榮譽之技，曰：「吾將舍是以爲教，不若自其幼學而教之之爲便也。」則其操筆也不可謂不勤，而其用志也不可謂不苦矣。而又有不便於其教者，大端有二：鹵莽於訓詁也，滅裂於學殖也。訓詁軨生，守一師説，目傭耳食，前吁後喁，若者爲隸而已矣。學殖不厚，僞體流傳，攻剽敚攘，割此據彼，若者爲蕪而已矣。隸者賤，蕪者塞，没其身於中，不一造高明之域，彼將曰：「大冠如箕，吾攫而取之，有餘力矣。何暇問世間更有何書可讀。」猶是科舉之説害之也。今十數闈之牘具在也，其爲文非不顯融也。晚村出之霿霧之中，而生面一開，則爲通人，爲魁士，爲名業，爲古人。學人生才智，無不相及，汲汲然惟恐其人之鹵莽之、滅裂之也。奈之何不以通人、魁士、古人、名業力自標置，而乃離跂攘臂於隸賤蕪塞之塲，則猶鹵莽滅裂而報予。彼則荒矣，而於晚村氏又何患焉？

海内多沉識表微之士，曩大小題二集之行，已能遵持其書而受之，復裒其應制之篇，益以擬作别製，比類同論，抉摘其疻痏，而標表其菁華，或直言而不迂，或曲言而不殺，繇此以幾於聖人之學也，不遠矣。孟子曰：「博學而詳説之。」學記曰：「先王之祭川也，先河而後海。」能探學説之詳博，而究之以反約，通河海之先後，而掖之以知本，將儒者明理致用之方，與先王設科取士之意，不賴是而較著矣乎？如以其文而已也。丹黄甲乙，儗於壯夫之莫爲；蚓竅鴉塗，譬彼孺子之能語，又何庸嚾嚾焉傳一先生之言，誰爲爲之？孰令聽之？是則好辯之稱，無惑乎外人之亟欲加之也已。

時康熙戊午冬十月，同里學人曹度書於帶存堂。

録自十二科程墨觀略卷首。按，此篇曹度帶存堂集題作「天蓋樓評選近科程墨序」，署時間爲「戊午十月廿三日」；另收入錢肅潤文瀫初編卷八，錢氏評曰：「晚村所選觀略一書，不惟論文，實且明理。此序直爲講學之書，確甚。至以制科説到講學，情弊一一拈出，令制舉家讀之，猛然深省，洵爲干城斯道之言。」

十二科程墨觀略客語後記

程墨偶評與大小題先後告成，先生之老友謂先生曰：「是書也失之直，恐不免於國武之患，子盍慎諸？」先生矍然曰：「嘻！其甚也，止勿行。」有客私於公忠曰：「聞先生之書以直，故不行世，有諸？」曰：「然。」客曰：「今天下學者得先生之書，如墮鬼窟者睹朝陽，漂窮島者遇巨舶，惟慮先生之未盡其説耳，如之何其勿行也？」公忠應之曰：「先生之評也爲吾黨，吾黨之刻也爲天下，誠有如客所云者，願爲讀者計，則善矣。抑讀者之所快，作者之所憎也？快者益快，憎者益憎，是以不可行也。」客曰：「今之鉅公，倡文教於上，惡近習之骪骳，古學之鹵莽也。思滌除而振刷之，莫不曰：『惟先生之書可以爲模楷。』海内聞風而願見者，亦感於鉅公之言矣。然則雖過直，正作者意也，宜無害。」

公忠以告先生，先生曰：「凡論人易，反己難。高座而議是非，秋毫無爽，見古今喜諛而嫉介者，未嘗不嗤其器小而識卑也。然一言訾及其身，則不禁艴然而赬作於面，雖主持者恐不免，況不盡主持者乎？」客聞而進曰：「評文之有批摘，亦不自先生始也。昔者艾千子、吳次尾、錢吉士諸家，皆以嚴峻爲世所重，其竄抹詆排有人所不堪者，然未聞有他也。即近世如定本、筆斷、蕙簡、書乘、彙選、典言之類，頗多批摘，亦未聞有他也。何獨於先生而不可？」先生曰：「否。千子諸君，可以直而直也；定本、筆斷諸選，承大雅之流風，亦猶行千子諸君之直也。天下毁譽榮辱，相積爲重輕也，皆生於習見。習於直者，聞謾駡而不驚；習於諂者，雖正言平論亦蹙蹙然逆於耳，謂不翅其詈我也。今之選本，自壬辰以後，皆務多圈極贊以媚於世，世亦久習爲宜然矣。譬之塗人，交臂爭道，厲聲瞠目，而不以爲甚迕，有丐過其間，辭稍不阿，則答僇隨之，何也？習乎丐之諂也，操丐之器，從丐之後，而欲行塗人之厲聲瞠目，其答僇不又有加乎？」

客曰：「先生之言者，庸流也。若集中作者，皆當世名碩，其志在鴻功駿烈，視毛錐少作，如蛟龍之蛻鱗，鸞鳳之孚觳，雖蹴污於泥沙，未有致雲濤之怒者也。若其以文章自命者，則善人受盡言，賢者喜聞過。曹子建謂著述不能無病，故好人譏彈其文之不善，且述丁敬禮之言爲美談曰：『後世誰相知定吾文者耶？』蓋千古好學之心類如此。故喜諛而嫉介，必非文人而後可。果其文人也，當亦如釋子之求禪，止欲共明此事耳。雖得法上座，多方不契，必遍參以決其疑，棒顱碾足，直下承當。庭叱衆呵，不作駡會。彼異端猶然，況儒林之正宗，當知音之考擊，不知古今以來有幾人劇論及此，方嗟歎之不暇，又何嫌憎之有哉？且先生之批摘，皆爲道，並非文也。文人輕軋，古猶戒之。如其道也，雖孟子不辭好辨之名，蓋其辨愈直，其心愈仁，未有以仁天下之道而獲咎者也。朱子與金溪，往復至卒不可合，猶曰：『各尊所聞，行所知，無望其必同。』至今讀朱子書者，但知其衛道之力，愛人之至，與論析之精，未見其有譏訶爭掎之過也。先生又何患也？」

先生喟然曰：「行藥挑菜之餘，圖取遮眼，瓦盆薄醉，不自沉冥，爲二三子所喧，嗟何及矣。抑吾聞之莊叟曰：『彼亦一是非，此亦一是非。』吾敢以此爲是非哉？君子不以惛耄而舍我，請以批摘我者爲是非之歸焉，可也。」

男公忠謹記。康熙戊午秋分後三日。

録自十二科程墨觀略卷首。鈔本晚村詩文集收入，題作「天蓋樓程墨偶評客語後記」。

十二科程墨觀略凡例 十三則

歷科程墨觀略，陸雯若先生遺稿，僅十分之五，先生爲增補成書。其所損益，皆以陸先生論文之法爲宗，自己酉至癸丑，雖先生自定，而續附全集，欲其合轍，猶此志也。是書乃先生自抒己見，平日與門人子侄議論，略具於是，與歷科本雖指歸不遠，然部署一更，壁壘改色，讀者心目間又别開一境界，斯有自得之樂矣。在細心者互詳之。

大小題、偶評，選與評並重。是集則惟重評而不重選，自愜心賞歎之文至意所不滿者皆録焉。總以評論有關於義理是非之微、文章升降之大則存之，其他本之不經目者甚多，即經目而不置評者亦略，非謂存此者必所選，而所選盡於此也。然即其中不滿而乙抹者，亦必世間膾炙傳誦之文，以其開後來流弊，不得不論至盡處，要亦非名構，則不足當辨駁耳。

問：「何以大小題不用直抹，而此獨見之？」曰：「大小題，房書也。房書無定本，其大段不佳者，去之可也；字句小疵者，更之可也。若程墨則一成而不可易，且士人所取則，故不得不直。蓋主司就塲屋所有爲去取意見，出於一時；選評則有古今一定之衡，日久論定，自與主司不同，故二義並行而不悖。若選評必揣摩主司之論爲不刊之典，則各題只消存首名一篇，亦無待於選家之紛紛矣。」故先生每見專選元墨者，必笑其卑鄙。

先生語學者有思辨之文，有記誦之文，二者功夫皆不可少。今人但解記誦而不知思辨，此文之所以日下也。不知思辨處得力最多，思辨長識見，記誦長機神。機神所附麗止於腔調句字；若識見長則道理精、法度細、手筆高、議論暢，文品不可限量矣。故思辨之文不必句句合度可讀，但就一篇之中，得其高出在何處，其弊病在何處，研窮剖析，擇善而從，擇不善而改，故雖不佳之文，皆可以長識見，此即格物之學所必當引繩批根，不可使有毫髮之差者也。至於腔調句字，乃所以襯簟其道理法度、手筆議論者，固不可不熟，不熟則識見雖高，不能自達。然腔調句字因時爲變，在一時中又有高下異同，各從其所主，但取其有當於己之機神者讀之極熟，到行文時自有奔奏運用之妙。即解有未當，局有未真，皆在所略，故每有平淺無奇之文，而名家反得其用，又不可不知。然此則不可以選限，並不必佳選而後有者。是集止爲學人指示思辨之法，爲增益識見之助。誠虛衷細心以講究之，則甲乙皆我師資也。若記誦之文，雖不外此中而具，然聽人自取，無一定之論矣。

論程墨者，皆執得失以爲招，故卑污者既有低腔墨裁之醜，而其才情自命者又皆以麤踈破碎傲之。先生謂此二家厥罪惟均，蓋總不講義理但講妝束，其無當於題則一也。故先生雅不喜講「變風氣」三字，謂自周秦漢以至今日文字，風氣無一日不變，何待於人之變之？惟文字所載之道，則天地虧沉，此理不滅，雖風氣極變時，必賴學者爲之救正，孟子所謂「反經」是已。故先生論文，一以理爲斷，不講風氣，不講妝束，亦未嘗專取高奇而厭薄平正也。第膚淺板腐之死法，浮誇軟俗之惡聲，自謂平正，其實似是而非，則闢之甚力，惟恐人墮入魔道鬼趣，斯獨有苦心耳。

程文因丁酉以後不作，故東皋本並前此去之，然殊多名作，不忍淹没。又諸公闈中擬程擬墨之篇，先輩多以此傳世，今亦從舊例附入。

先生嘗歎云：「先輩立心端正，故其學篤實鴻博，取多用弘，根深葉茂。雖平日做過之題，至場屋必别構以迎新，意求盡善。」此在啟禎時猶然也，今人一切苟且，惟思鈔謄便捷，於是擬題作文，或割剥新篇，或套襲舊本，竟有通首直書者。自此法得利，恬無愧怍，甚至刻文亦必揀題讀之，若稍不近闈擬者，雖佳文概不入目。嘗究其説，亦起於近時射利小人，迎合空拳白腹之意，造爲闈題，秘擬之名，每選行牘房書，必删卻閒散題目。二十年以來，不知閒題佳文，澌滅幾何，即曾經鄉會出過者，亦皆棄置不存。繇其説推之，竊恐五經四書，亦必有删定秘擬白文矣。先生評騭所及，向欲入之大題，恐習俗深痼，廢而不觀，今附刻於此集。每題之後，甚有遠勝闈牘者，閱者自當稱快。惜爲各選葬送，不能多得耳。行將增入天蓋樓大題全集中，倘有藏稿，俱望賜教。

先民宦稿，多老年涉筆，所見益高，每每脱凡入化，集中亦附一二，以存遺意。皆以刻本爲據，不敢闌入贋作。但此種與詩筒詞版同爲投贈之秘，非坊間流行所有，其未見者必多，望並擬程擬墨逸篇郵寄，以便補入及大題增定全集。

諸選評語之發明有當者，先生多圈出以示門人，有紕繆，亦與門人詳摘其故。今皆録存，餘不漫引，要以究極此理爲歸，初無毁譽黨伐之見。近日坊本頗多辨駁偶評者，先生見之輒欣然反覆。其間讕詆無狀，門人或有不平之色，先生戒之曰：「其言是，吾師也；其言非，彼坐不知耳。不知，又何怒焉。怒者，私心也。所以求明此理，豈止文字，正欲善此心耳。己心未克，此理何繇得明？況吾輩近日少庭訶面諍者，正賴此一路，庶幾得聞其過。昔晉宋時有畫者，又精於雕塑，每製將成，即置像公處而自匿複壁，聽人指議，輒爲改琢，故其像入神。曾謂儒者不如工技乎？」或請更詳論之，以祛惑亂。先生曰：「是徒起爭端，世間只有一箇真僞是非，既有兩説，實心讀書篤志正學之人，自能辨別。彼不知反求者，雖詳論亦必不能入，況此理本不易明，又爲邪説陷溺已久，固難責其遽信，則見訶宜也。彼豈有憾於我，止是蠱惑深、客氣盛耳。奈何以口舌爭勝耶？」

評語爲事甚微，然亦見人言行品地。前輩選家雖優劣不同，然皆自出手眼，不肯蹈襲，即壬辰以前，亦尚多自好。邇來猥瑣無聊，輒掩他人之説爲己有，或改頭換尾，或公然直鈔，或含糊不詳姓氏，旁注小批竟有不更一字者；間有改易，則頗失其旨，非大雅遺風也。是集悉注各選，雖小批，必詳焉。

蒐羅之力，白下徐孔廬、周雪客、周龍客、周鹿峰、倪闇公，甬上潘友碩，同郡沈憲吉、錢蒼城，所貽最富，又施愚山、謝天交、黄俞邰、顧茂倫、黄贊玉、楊祁收、萬祖繩、沈鸍山、萬吉先、王吉光、高仔肩、祝獻虞、吴曜庚、錢穉廉、沈昭嗣、項東井、凌仲遠、温令思諸公，郵致不一，戚友如胡山眉、曹稼令、吴孟舉、吴賡虞、鍾静遠、曹巨平、黄彜若、胡圓表、徐彦容、徐神功、曹友眉、徐孟博、吴奕亭、吴師魯，門人董方白、柯寓匏、曹彜士、祝兼山、張志雒，皆竭情收輯，詳載知言集叙例中。參論最契，則曹正則先生，其編次爲胡英兆、范佩荀，校訂門人則管嗣欽、董載臣、陳大始、馬籛侯，勤尤倍焉。惟吴自牧先生奄逝，不及見此書之成，先生慟曰：「吾亡以爲質矣。」因特輯刊其遺文行世，名曰質亡集，遂及諸故人，實緣吴先生起也。

增定十二科大小題偶評全集，發刻方始，此番併入行稿宦稿，四方遺軼，未見樣本，已刻未刻，速望郵寄至金陵水西門内斗門橋泰倉巷楊瑞民家，則無浮沉之患。

先生素有失血之疾，數年來又患臟毒注漏，齒落鬚白，精采頓悴。近又苦肩背痺痛，兩臂將不用，往來就醫，皆未見成效，故凡賓友過訪，皆不能晤對。然性喜文字，雖舟中枕上，藥石少間，不輟劉覽，皇皇汲汲，欲速成知言集，而苦於樣本之未備。所欲覓者，啟禎間各省同學名稿如國表二集四集五集、國表小品、國門新業、人文聚天下社、應社六子十二子、熊巖集、小品熊巖集、志機集、同聲録、會友編、明盛集、雅游集、江左友聲、豫章文正、友鄄集、秋聲集、楚文續九初集二集三集、雄風集、風始録、幾社春業、幾社二集三集四集五集六集小題、薛崖集、聽社旅誓初編二編、名稿干城、干城小品、直社二集、接要録、吉州合社、環海人文、雪巖、長汀會業、池陽彙業、此觀堂選、賓王集、流觀社、白門社、澄社初集、觀社偶見編等，刻選本則許伯贊皇明文選、楊維斗皇明制科、楊子常文徵、艾千子辛未房書、艾選錢起士各科程墨涉筆、各科房書潔、癸酉逢時録、丙子己卯秋嚴、周勒卣各科房書秉文寶持等書，四方藏書家，不乏高雅，肯傾笥見教，共成不朽，幸甚幸甚。

録自十二科程墨觀略卷首。末附「附刻先生續選凡例原本二則」，即「文體之敝也由選手」、「程子曰今之學有三而異端不與焉」，與上述第四則「先生語學者有思辨之文」並收入呂晚村先生文集卷五，題作「程墨觀略論文三則」。

東皋續選論文

癸丑夏，余尋宋以後書於金陵，得借鈔黃氏千頃齋、周氏遥連堂藏本數十種，又與諸友倡和飲酒樂甚，留秦淮再閱月。攜昔友陸雯若墨選鬻於市，市人謂風氣乍旋，此書如飆激也。余不知風氣爲何物，旋不旋，行不行，何預人事？見坊本有詬群選劣狀者，快喜，披終卷，則故是向聲，適自詬耳，又爲之索然。或曰：「彼固皆知文，而以選爲業，方將以其書媾賈聘，煽童蒙，津干謁，釣優等高第，贄帳幙，梯媒饜宮室妻妾子女臧獲之欲，其關切如此。得失交患，顧瞻皇惑，雖心知其非，不能不順時也。公始無意此數者，盍正諸？」余又烏乎正？人心之汚下也久矣，士不力學，中無所主，而丐活於外，惟知温飽聲勢爲志。凡余以爲理也文也，彼且以爲利也名也，而又烏乎正？「雖然，公刻陸君書，既續之矣，今增是集，不更使陸選流通乎？」余感其言，因合諸名本删之，共點次得若干首，以附今集後。雖與外論不同，然典型虎賁，敗骼黄金，其間苟取充塞，可詬亦復不少。嗚呼！雖甚盛，又豈吾事哉？

録自車鼎豐編吕子評語餘編卷八。篇末注出「東皋續選附録」；其後一篇即「文體之敝也由選手」，出處同，已收入爲吕晚村先生文集卷五程墨觀略論文三則之一。又據十二科程墨觀略凡例後附「附刻先生續選凡例原本二則」，即「文體之敝也由選手」、「程子曰今之學有三而異端不與焉」，是知此二篇實出東皋續選。

詩經彙纂詳解序

六經皆裁自聖心也，書以道政事，禮以謹節文，其理固顯而易明，易雖幽隱，尚有定解，至春秋祇編年紀月，取定於大聖人之筆削，其旨已微矣，然猶未有微於詩者也。當西周盛時，中林野人，漢南游女，類皆能文章，嫺吟詠，以其幽深杳渺之思，而寄之於山川草木蟲魚之變；而一時之學士大夫以怨悱孤憤之感，而藏之於微言隱諷之中，其旨遠，其義正，其學廣而博，其情幽而微。是故名卿贈答，或節其一章；聖賢考證，或借其一語。詞在此，而意婉寓於彼者，惟於詩可悟耳。噫！詩真微矣哉！論貧富而通以切磋，辯素絢而悟於禮後。

聖門七十子，可言詩者，商賜而外，不少概見。迨漢以來，齊魯毛韓輩，各持一説，則詩解多背謬而不可知矣。千餘年得晦庵傳注，而諸説稍息，然猶惜其簡而未詳也，筆峒徐公，是以有删補一書。删補出，而後學爭託焉。雖童蒙小子，每置一於案頭，朝誦而夕温之。何則？以從來之解詩者，未有如徐君之詳明也。及江子晉雲援删補而作衍義，其理愈晰而愈詳。迄今操觚者百餘家，亦競言美刺哀樂，究不知所以美刺哀樂者何在；亦競言賦興與比，究不知所以賦興與比者何存。其旨潰潰，其意拘泥，膠執如此而欲爲解詩，吾恐適爲病詩也。

予衰朽不堪，但自髫齡時常究心於詩，其搜剔於肺腸者數十餘年。往往自放於山巔水涯間，對春花秋露、蛩語鶯鳴之際，體會詩人當日作詩情形，亦躍躍如有合焉。以意逆志，是爲得之，殆實得力於子輿氏云爾。由是假筆峒之删補、晉雲之衍義，參考於麟士説約、退菴備旨，合諸家猶虞有未詳者，又搜撮於歷代名文，以盡其意，欲爲後學操八股者作一津梁。故叙次成編，篇有全旨，章有節解，有主意，有考閲，然猶不敢自信，復得仇子滄柱更相考訂而書始成。仇子曰：「予專經於易，而於書、禮、春秋亦略領焉。惟詩，尤予所朝夕涵詠而不置者也。詩解如雲，此獨可謂詳解矣。不可自私，請付諸坊刻以問於世。」時康熙庚申花朝後五日，晚村吕留良序。

録自詩經彙纂詳解卷首。卷首書名題「詩經詳解」，署「吕晚村先生彙纂，仇滄柱先生鑒定」；凡例題「詩經彙纂合參詳解」；正文題「三元堂新訂增删詩經彙纂詳解」，署「臨川筆峒徐奮鵬删補，金甫晉雲江環輯著，天池徐自溟重訂，禦兒晚村吕留良彙纂，甬上滄柱仇兆鰲參閲」。

易經彙纂詳解序

經學之有裨於天下也，帝王之經濟，聖賢之事業，悉具其中，如日月之麗天，江河之行地，亘萬古爲昭者也。況大易統三才而窮萬有，其辭顯，其旨微，其義奥，其取象最精。以伏羲創於始，文周演於中，而孔子贊於後，聚數大聖人之精神，磅礴蘊蓄於其間，此秦燼之所不敢加，何其大也。傳之後世，而易理不明，人祇視爲卜筮之書，顛倒錯繆，不一其解，將前聖人之意旨，其爲淺見寡聞者湮没不少矣。是非好學深思、心知其意，安能喻此理之妙，入其微而闡其幽也。自先輩李九我先生作尊朱約言，而易學始正；李衷一先生作衷旨，而法門已開。蒸蒸然以至今日，而諸名家究心講貫，則又有大較著者矣。獨怪舉業之家，平時舍經學而不理會，臨場應試，輒剿襲時文數篇以爲科第之資，無惑乎筋節不存，徒竊皮毛已也。余每於誦讀間，聚大全、蒙引、存疑、説統及諸家講義，採而擇之，理則從顯，義則從正，上不悖乎朱注，下以開乎愚蒙，務使先天後天之道，玩辭玩占之理，陰陽之變，鬼神之情，卦爻動靜之幾，學者展卷能解，了然心目間而無礙，庶有當耳。若夫參天地之蘊，極人事之微，明陰陽消長之至，通剛柔變化之用，雖聖如孔子，猶思卒以學之，謂無大過，而敢詡曰：理統三才，義該萬有，吾其有得也夫。亦將以告天下之善讀是經者，共相質焉。

禦兒呂晚村識。

録自易經彙纂詳解卷首。卷首書名題「易經詳解」，目録及正文題「三元堂新訂增删易經彙纂詳解」，署「禦兒晚村呂留良彙纂，男無黨葆中參訂，太史滄柱仇兆鰲先生鑒定」。

按，詩經彙纂詳解與易經彙纂詳解兩序，文風不類晚村，疑出於僞託。晚村評點時文，影響甚巨，然自康熙十三年癸丑後不復從事，惟以蒐集刊刻先儒典籍爲業，未聞有彙纂詩易諸作。然其與長子公忠書中曾曰：「舊書氣色不振，則乙卯以後文不得不繼起，此事吾意屬之汝，汝可留意，暇即閲選，吾爲託作可也。」「託作」二字，或可釋此原委。曾於南京圖書館見呂子六書評選，鈔本，署「呂留良選」（有墨筆塗抹）。六書者，楚辭、楚辭後、考工記、檀弓、中説、荀子也。其意，似亦同此。亦曾見題名金陳兩先生合稿（即金正希先生傳稿、陳大士先生傳稿），卷首一篇金陳兩先生合稿序，署款爲「時康熙四十五年仲春吕留良書」，此後人附會作僞之尤者也。書賈之爲獲利，無所不用其極；反之，可見晚村批點時文之影響，亦深且遠矣。

跋正王序

斥其學而深服其文，此文亦全力當之。如老將徂征，而遇勁敵，必整師嚴陣，無懈可乘。

録自吴肅公街南文集卷七正王序文末評語（清康熙二十八年貞隱堂刻本）。按，吴肅公與晚村有書信往還，今具存集中。吴肅公街南文集卷一禹傳子論文末附辛酉（康熙二十年）自識曰：「庚寅、辛卯之間，予從叔父學爲古文，讀史著論，多横逸紕漏，後乃漸次毁之，獨存此篇耳。吕晚村嘗見予他論，函書相箴，謂蘇氏之學與儒者悖，不宜效之。予固知少時文士習氣之難除也。此未與孟子牾，儒者呵責應難免矣。」足見晚村對吴氏之影響。

井田硯跋

此與鼓峰團硯同作，團硯歸方公，毁於火。乙卯春，方公過東莊，出此贈之，以志夙昔。留良識。

録自井田硯拓片（參見卷首圖片）。方公即魏尚策，晚村親家。

仲兄仲音墓誌銘

公名茂良，字仲音。嗜蓄古墨，因自號墨公；善畫蘭竹，得松雪、梅道人筆法，故亦號蘭癡；亂後抗志山居，又號爲西樵。萬曆己亥七月六日，公生。生而好武，六歲就傅，課暇即率群兒爲陣伍。及壯，與弟姪少年倡射會曰匡社，製窄袖戎服，習鎗棒，尤精於雙刀。時承平久，文饕武嬉，苟幸無事。里中兒見公所爲皆笑誹，公益自許。已爲邑庠生，補博士弟子員，屢踏省門不利。庚辰，以例入南雍，積分撥歷，公試輒高等，遂得拔貢。弘光元年，考授刑部司務，見奸邪執政，門户互爭，國事不可爲；涖部不數月，即謝病自免，策蹇南歸，部長追留之不得。攜家入臨安亭子山嶴中，則金陵已不守矣。馬士英、方國安挾太后從獨松關入浙，且竄且掠，山中亂不可居。臨安令唐某約公同舉事，機洩唐死。公還，避兵於邑之西鄉，同弟姪結聚，與吴公昜、陳公子龍、張公采、楊公廷樞，同受監國命。吴中無成，後挈妻子入苕之埭山宣村，事敗幾死。自是閉門灌園，繪畫自娱，人爭購之。每聞遠信，一欣然翹首。四方亦知公家所爲，輒有所遷晉。甲寅春，年七十有六，拊臂加額曰：「吾已朽，復何求？旦夕蓋棺，得全父母之遺、朝廷之禮，足矣！」亡何感疾，以八月十有六日卒。卒時猶喃喃問邸報，垂老而志不衰，克壯而命不用，忍死且三十年，而靳於蚤晚，是可悲已！公性豪爽自喜，跌宕聲色，雅不好理學家言。臨終出遺命，禁作佛事，其言正大明切。自世教衰，士大夫陷溺深錮，雖講學宿儒，每不克自振也，公獨毅然行之，頹俗亦皆驚歎。

曾祖相，沔陽別駕。祖熯，淮國儀賓，尚南城郡主。父元學，繁昌令；母贈孺人郭氏，生母黄氏。兄弟五人，公居次。娶本郡泗水守包公世傑女，和婉惇慎，事上孝，御下寬，閫治有禮；素病無育，自爲納妾婢，多舉子，撫恤如己出；有嬖妾讒搆，幾至離廢，幽怫成鼓疾，竟以此不起；然視嬖所生子，愛與諸子同，未嘗以其母故恩殺也；宗黨戚族，頌其賢爲不可及，公亦以此感悔焉；生萬曆戊戌十月十三日，得年五十，丁亥五月九日，先公卒。子六人：長開忠，殤；次進忠，娶王氏；三履忠，邑庠生，娶楊氏；四愚忠，武生，娶潘氏；三子皆先公死。五奇忠，娶孫氏；六真忠〔一〕，娶潘氏〔二〕。女三人：長適庠生鍾定，次適曹嶽起，三適胡士琳，皆同邑。孫六人：懿行，娶梁氏；懿謀，娶許氏；進忠生。懿典、懿範，履忠生。懿秉、懿臻，愚忠生。孫女三人，皆未字。以乙卯元月庚申，合葬於南官村繁昌墓之西。生子妾聶氏、陳氏從焉，丘氏生壙豫；子進忠附其右。

銘曰：建康下僚，見幾終日。靈光越興，毀家戮力。爰命職方，同爾弟姪。苕折巢傾，俛脱斧鑕。鼇背載浮，即位增秩。龍化濤翻，木葉蔽跡。翠葆南巡，絳節東出。曰咨侍御，監會群璧。西望隕涕，攀髯何及。白髮上指，豸冠有岌。死非其時，待慰幽室。

録自禦兒吕氏鈔本吕晚村文集。

【校　記】

〔一〕真忠　鈔本晚村詩文集作「乂忠」。按：吕東泰吕氏宗譜新編卷一、卞僧慧吕留良年譜長編卷一皆作「乂忠」，並注曰：「真忠字衷赤，疑即乂忠。」備考。

〔二〕娶潘氏　三字鈔本晚村詩文集闕。

祭張木翁文

嗚呼！殯宫儼然，而他人入室，未免有情，能無哀乎？方丙戌之秋季，先生得志於浙闈。越二載，署教事於姚江。十數年間，位得金多，祖孫父子，揚揚閭里。燁燁衣衫，比户之良，慄慄乎其有惕也。惟一二黠者，讒言以附和，乃無何而友失，無何而家喪，又無和而死喪相繼，又無和而骨肉星分。匪類誑誘，以剥厥靈。鄰傭攜婦，而處厥宇。置酒柩前，歡呼群飲。先生子姪，不速而具來，既醉既飽，未暮而旅退。前時雞犬，無一尚存；舊日竈陘，炊煙別起。一堂之中，徒然父櫬塵封，子靈虛設。覩聞所逮，實則靡寧。嗚呼！富貴可欲，而有時不取；貧賤所惡，而有時不辭。惟義之安，惟命之俟。允無君子，式穀庶幾。尚饗。

録自吳榜鈔本耻齋文集。

呂晚村先生文集補遺卷五

雜著

慙書

序一

僕生平有二恨：其一阿堵，其一帖括。阿堵之害，舉古今人無貴賤賢愚、男女童叟，皆蠕蠕袞袞出没生死於其中，其罪狀多端，姑不具論。獨是帖括一途，始於王臨川，臨川執拗病國，史册昭然，後世痛詆其人，而仍恪遵其制，真不可解。且臨川晚年，亦自悔其變秀才爲學究矣。彼作俑者方自悔之，而效顰者顧衆悦之，尤不可解也。世之習此技者，剪綵綴花，塗粉著糞，與聖賢理學一路，相去若河漢馬牛，要不過藉以爲功名捷徑耳。然高才博學之士，或稿項黄馘而不得一售，而一二黄口孺子，甫識「之無」，剽掇唾餘數語，便自詡青紫拾芥，舉文章經術、學問品行，一切俱可束之高閣，未仕安得有真人品，既仕安得有真事功？故甘泉先生嘗言「舉業壞人心術」，而草埜扺巇之徒，憤時嫉俗，往往倡爲「廢八股」之説，良有以也。

僕自束髮讀書，鼂夕披吟不絶，獨於帖括一途，不能爲違心之媚。雖假手倖竊科名，而所憂乃在世道。每歎取士定制，沿襲已久，神明變通，當自有法，輸攻墨守，兩者交戰，功罪未知孰先。昨得用晦制義，讀之，乃不覺驚歎累日。夫僕所恨者，卑腐庸陋之帖括耳。若如用晦所作，雄奇瑰麗，詭勢瓌聲，拔地倚天，雲垂海立，讀者以爲詩賦可，以爲制策可，以爲經史子集諸大家皆無不可。何物帖括，有此奇觀，真咄咄怪事哉！使世間習此技者皆如用晦，則八股何必不日星麗而嶽瀆尊也？

僕嘗謂欲雪阿堵之恨，定須作神仙；欲雪帖括之恨，定須登制科。然神仙難求而制科易取，僕固嘗爲其易者，鹵莽之報，實愧於心。今幸得用晦此衷，灑然暢然，復何恨於帖括哉！若夫神仙之事，當與用晦共圖之，必不令稚川、貞白拍手笑人耳。

鍾山弟黄周星題。

序二

以用晦之文，而目之曰「慙」，古今誰復有不慙者？昌黎自謂「作俗下文字，下筆令人慙，小慙則人小好之，大慙則人大好之」，斯亦昌黎之云耶？然昌黎之所慙，後世未嘗見，不知於用晦較何如？昌黎固不自存，不應小好大好之人，亦不私相鈔傳也。是昌黎之所慙，人亦從而慙之矣。若舉用晦此文示昌黎，所見人怪則有之，好於何有？然則用晦之云，當自有其所謂「慙」，初不在乎此也。

用晦年十二，即操管與同社角，社中耆宿皆謹避其鋒。其文之奇，無所不盡，忽爲南華禦寇，忽爲楞嚴唯識，忽爲三傳，忽爲騷賦，忽爲蔚宗昭明，忽爲馬班賈董，忽爲韓蘇，每出，必鬨然不能測其騰騫所至。亡何，鰲折塵揚，巢傾卵覆，家收圖籍之中，身横刀俎之下，幾殄厥祀，幸而獲生。余過弔之，竹檠木榻，皆非夙御，而手卷微吟，壞牆裂竹，未嘗見其有慙色也。風雨洊漂，甕繩無蔽，稍稍出其聲光於煙燐露蟀之餘，無不知用晦之文既醇且肆，又有不可方物者。乃反顧影咄咄，若不能一日釋然於中。問何以名「慙」，曰：「吾文不及古人耳。」天下讀其文，果不及古人乎哉！吁！其慙吾不知，知其無慙而慙爲可歎而已。

順治庚子夏，同學弟陸文霦拜手書於東皋草堂。

序三

陳祖法

塹書成，客有呰之者曰：「吕子以天縱之姿，其于諸子、百家及天文、地理、醫算等書，無不搜羅無遺，出其精神以肆力於古文詞，邁古大家而上之，名山大業，將在是矣。奚沾沾爲制藝家言，若嗜之而不知倦也。」嗟嗟。客之所爲制藝，予亦能言之矣。循訓詁，襲帖括，高者附爲神理，而得其形似，卑者勦取聲華，而流於庸陋。揣摩自恃，倖博科名，客徒知夫制藝之靡靡，而未知塹書之所爲制藝也。吕子深入乎聖賢之閫奥，而服習之者有年，故其旨一本乎傳注，而其言盡擇乎六經，特借河海奔騰之氣，日星光怪之文，山島竦峙之致，魚龍變幻之奇，以一洩理道之深奥，性命之玄微已耳，寧得爲周秦以下之書乎？客之言，固未知吕子之制藝，而予謂其實不知所爲古文詞也。年來興致疏懶，束制藝不欲寓目。日取所爲氣河海而文日星，致山島而勢魚龍者，諷詠其間，終日不知倦，又取是編諷詠之，爽豁更甚，誠不知孰爲周秦以上與孰爲塹書也。今吕子于朱子近思等書，日搆原本而校讐之，付剞劂以公海内，其欲以素所服習之者，一旦而出之閫奥之間，誠有如韓子所云「功不在禹下」。得此意也，夫而後可與讀蜑書矣。

詩三百一　無邪

聖人明立經之旨，即於駉辭取義焉。夫詩三百，無非思之所爲也，夫子懼人之入於思，而忘經教矣，即以駉之言無邪者蔽之，謂詩之大旨則如此。今夫六經，皆治心之書也，然諸經之治心也嚴，而詩之治心也以柔，嚴則可畏，柔則可親，先王曰：「吾使之畏而私伏於中，又不若使之親而盡出其私於外，至於私之盡出，與後世共見焉，則柔也而嚴之至矣。」諸經之治心也斂，而詩之治心也以生，斂則不流，生則不已，先王曰：「吾使之已而情制於正，又不若使之流而博極其情於變，至於情之博極，與天下並論焉，則生也而斂之至矣。」此詩教之所由立也。然而學詩者習於柔而失其嚴，樂於生而昧其斂，則何也？諸經治心之意顯，而詩則隱也。其所以隱者何也？凡所謂經也者，或自聖人作之，或自聖人述之，或聖賢行事而爲之下者紀之，或凡庸之編載而聖人爲之論定之，讀之者震震然有一聖人立於其前，即震震然有一聖人之意行於其内。若夫詩也者，大半出於征夫游女、狂且怨婦、窮愁之民之所爲，其所紀非盡聖賢之行事也，而又不自聖人作之，不自聖人述之，而聖人又未嘗謂若者可、若者不可，若者是、若者非是，而爲之論定之。讀之者忽以其心爲征夫游女焉，忽以其心爲狂且怨婦焉，忽以其心爲窮愁之民焉，若以爲征夫游女、狂且怨婦、窮愁之民之上，又有一聖人立乎其前，有一聖人之意行乎其内，則讀之者忘之矣。而吾謂此其不可忘者也，忘之則詩非經也。古未有征夫游女、狂且怨婦、窮愁之民之所爲而可以爲經者也，詩之所以得爲經者，自不在乎征夫游女、狂且怨婦、窮愁之民之中，而又不出於征夫游女、狂且怨婦、窮愁之民之外，是可即駉之一言以蔽之耳，一言維何？曰「思無邪」。蓋思之本然，有善而無惡，故讀令德而知其褒，讀淫亂而知其刺，詩人不自言其意而無不相喻者，率性之道也，人心之詩也；思之當然，善善而惡惡，故因其褒而令德明，因其刺而淫亂止，詩教不更言其故而無不自得者，反情之學也，先王之詩也。以人心之詩，行先王之詩，是以人心之善，無所緣則易沮，忽於詩遇我心焉，不意如是之纏綿而無遺也，豈惟無遺，將我心所未有之善，亦旁推曲引而達之矣；人心之惡，無所鑒則易藏，忽於詩發我心焉，不意如是之淋漓而難掩也，豈惟難掩，將我心所未知之惡，亦充類比醜而盡之矣。其所以能達且盡者，孰使之？詩使之也。則非詩之能使之，思之無邪者使之也。而聖人已立乎其前，而聖人之意已行乎其内矣，明此者不必執詩之爲善而後感，詩之爲惡而後戒也。帷房哀怨之辭，孤臣孝子引爲至性之事；昆蟲瑣屑之理，達人哲士得爲悟道之原。六卿之餞韓宣也，蔓草同車，百拜而賡晏饗之重；季札之觀魯樂也，邶鄘及衛，三歎而頌周禮之全。如必孰善而後感，孰惡而後戒也，穿鑿附會之説固其思，而無邪云乎哉？此讀詩法也。

按，題出論語爲政篇：「子曰：詩三百，一言以蔽之，曰『思無邪』。」按，「思無邪」乃詩經魯頌駉中文，其第四章曰：「駉駉牡馬，在坰之野。薄言駉者，有駰有騢。有驔有魚，以車祛祛。思無邪，思馬斯徂。」朱熹集注曰：「凡詩之言，善者可以感發人之善心，惡者可以懲創人之逸志，其用歸於使人得其情性之正而已。然其言微婉，且或各因一事而發，求其直指全體，則未有若此之明且盡者。故夫子言詩三百篇，而惟此一言足以盡其義，其示人之意亦深切矣。」此文即在「感發善心」與「懲創逸志」處用力焉。尾評曰：「天下稱奇觀者水耳，水至平也，而波濤洶涌則奇矣。洋洋灑灑而來，若出人意中，復出人意外，當有河漢於其言，爲蒙吏之所驚怖。」

周監於二　一節

聖人歎周禮之所由盛，而自決其從王之志焉。蓋周禮之所以文，亦二代之爲文也，而其文則美備矣，聖人又舍周何適哉？且天地之氣，日出而不窮，其必趨於文者，自然之勢也。聖人因其勢而爲之坊，使天地之氣有所留，而漸達於文，而不知其所爲坊者，正天地之文之所自出。至於坊之之道益全，則其出之之勢益盛，而人且疑夫今此之所坊，有異乎前此之所坊，於是乎欲取一代焉以爲之主，而使天地之氣止而不流，歷世聖人反而從我，豈有是哉？今天下亦知周之所以爲周乎？爲三代異尚之說者曰：「周之先王，其意一主乎文，而以文更易前世之制度。」此其說非也。

官天下者其事疎，家天下者其事密，故言制度自夏始，夏之先王以爲不如是不足以承唐虞之後也，久之而人見其近於忠矣，又久之而見其忠之弊矣，夏先王固不知也；當繼世者其法寬，當征誅者其法峻，故變制度自殷始，殷之先王以爲不如是不足以承夏桀之後也，久之而人見其近於質矣，又久之而見其質之弊矣，殷先王固不知也。然則先王之所爲制度者，皆本乎天下之不得不然，而後且從而爲之辭，又從而爲之議其後，周之爲周，亦猶是耳。然而周之獨文於二代者何也？古未有千年之國久而益强者，我周自后稷以來，與二代相終始，成敗得失之故，積久而慮深，則其監之也備，如公劉之夕陽流泉，爲徹田之始，要深明乎作貢作助之原，亶父之司徒司空，爲周官之本，固熟悉夫惟百惟倍之意，既不若二代之開國，其經營皆出於一朝；古未有一家之人生而皆聖者，我周自太王以下，比二代爲最盛，父子兄弟之間，材多而識遠，則其監之也精，如象係於文者，象復成於公旦，已大遠乎首坤首艮之文，下武始於武者，雅頌又作於成康，亦更備乎大夏大濩之作，又不若二代之創業，其功烈皆歸於一手。當是之時，自朝廷以及比閭鄉遂，典章服物，釐然見備，先王先公曰：「我不敢不監於有夏，亦不敢不監於有殷焉爾。」然已郁郁乎其文矣。若謂其意一主乎文，而以文更易前代之制度也。是欲違大典而反之於無文也，夫天下之事，自無而造有，而既有者必不能復使之無，污樽土鼓，昔且以爲文矣，而欲於瑚簋絃匏之世，污樽而土鼓焉，人情之所不能强，即聖人之所不能强也，吾從其不能强者而已矣；是又欲亂舊章而引之於靡文也，夫天下之理，即正而生變，而既變者必不可不復使之正〔一〕，采蘭佩芍，今且以爲文矣，而置於關雎鵲巢之側，采蘭而佩芍焉，人情之所不敢出，即聖人之所不敢出也，吾從其不敢出者而已矣。然則周之不得不監於二代也，夫子之不得不從周也，皆天地之勢爲之也，則皆聖人之時爲之也。

按，題出論語八佾篇：「子曰：『周監於二代，郁郁乎文哉。吾從周。』」朱熹集注曰：「言其視二代之禮而損益之。」是文即以此爲準的，論述從變之因，繇勢時爲之也。尾評一曰：「上下數千年，經天緯地，都在裏許。豈經生家識解！即以文章觀，亦自光芒萬丈。」二曰：「此方見三代聖人作述原頭，純是天理本然。就時文説，則文武周公制作，一團私意，并夫子尊王述祖，亦是私意曲全矣，即蘇氏父子論六經制作，皆墮此義。」

【校記】

〔一〕不可不復使之正　第二「不」字，疑爲衍文。

子語魯太　一節

聖人正樂之始，先以一成之節詔太師焉。蓋一成之節不明，則樂雖正而不可作矣，此則有司之事也，故先以語太師，謂若所可知者如是。昔者魯備六代之樂，夫子自衛反魯，欲取其闕失而悉正之，而特恐奏樂者之失其傳也，則不第既正之後，無以循序而盡其神，即欲正之時，亦無由審微以考其變。於是首語魯太師樂曰：「帝王無一定之制，或以象德，或以象功，此樂之本乎王道者也，不可知者也；天地有自然之情，忽而成方，忽而成文，此樂之生乎人心者也，其可知者也。」然則人心之樂與王道之樂，有異乎哉？而非也。王道之所能變易者，諸律有還主之均，而一律之自爲終始者，非神明之所能改；亦各音有迭廢之位，而七音之自爲周旋者，非運會之所能更。然則帝王之制，其所以歷千古而不忘者，非即此天地自然之情，根於人心者深也哉！得人心之樂，而後可以求天道之樂，故樂其可知也。凡樂必有其始作，拊爲父而鼓爲君，會守者咸具矣，自無聲而至有聲，蓄之者厚，自有聲而開衆聲，出之者盈，殆翕如也，闕略而參差焉，非始也；凡樂必有其從之，治以相而訊以雅，發揚者益出矣，廣大則易於容奸，而獶雜者不得入，清明則易於離節，而促數者無由生，殆純如也，皦如也，繹如也，侵淫而紕繆焉，非從也。以是始，以是從，凡樂之一成盡之矣。由此而六成焉，出以此，由此而九成焉，降以此，六九變，而成不變也；由此而小成焉，分以此，由此而大成焉，合以此，小大殊，而成不殊也。蓋考樂在儒者，而作樂在有司。儒者不與有司習，則其理愈高，其説愈謬，舍易而求難，而不知大樂之必易也，故幾上下而識興衰，末世之矇瞍每喻其微，而當日之君卿不明其故，明其故也，仍不出有司之所守而已矣；抑有司不與儒者親，則其聲日流，其變日遠，去和而就濫，而不知大樂之本和也，故受依永而成克諧，隆古之鳥獸咸通其教，而後世之伶倫不識其方，識其方也，固不外儒者之所聞而已矣。

按，題出論語八佾篇：「子語魯太師樂。曰：『樂其可知也：始作，翕如也；從之，純如也，皦如也，繹如也，以成。』」朱熹集注曰：「時音樂廢缺，故孔子教之。翕，合也。從，放也。純，和也。皦，明也。繹，相續不絶也。成，樂之一終也。」又引謝氏曰：「五音六律不具，不足以爲樂。翕如，言其合也。五音合矣，清濁高下，如五味之相濟而後和，故曰純如。合而和矣，欲其無相奪倫，故曰皦如。然豈宮自宮而商自商乎？不相反而相連，如貫珠可也，故曰繹如也，以成。」晚村自記曰：「少孤喜嬉戲，嘗於度曲絲絃，粗解各均旋宮自然之度。牛鐸蘆吹，此理長在，工尺四上，即是鍾吕。今樂猶古也，惟衆律高下一定之等，諸儒爭求未得，亦當坐不諳音度而憑空説理，故難明耳。試從俗樂中合絲竹肉兩端之盡而求之，元聲未嘗不可尋也，惜無明義習數者就正此事。紛紛是古非今，轉説轉遠。拈此至後幅，未免嘮叨一餉。」知乎此，始悟前論之不虚耳。

子使漆雕 一節

賢者進取其大，於聖心更有當矣。夫子之使開，非於開見小也，而開之自見爲更真，則其所見爲更大矣，安得不欣然有當於聖心也哉？今夫仕也者，性分之事也，而後世且以爲功名之途，故三代以下無治功，即無學術也，雖一二賢智之士，各出其所長，非不足以與世相補救，而意盡於無餘，斯業終於有定。君子不謂其功名之有所歉焉，性分之中，實有其瀰淪而難盡者矣。聖人之門，無求仕之學，無不仕之學，或出或處，皆俟聖人之論定而授之。其仕也，量盡於仕者也；其未仕也，量亦盡於未仕者也。有漆雕開者，其可仕者與？其未可仕者與？吾不得而知也。而夫子則知之深、驗之久、施之當其時，謂開也可以出而仕矣。自子使之，而後知開之果可以仕者也，而開故欿然退，夷然遠也，對曰：「吾斯之未能信。」嗚呼！此豈猶人之見也哉？天地民物之大，謂與吾身無與者，此其人先不能自見其身者也，俯視吾身，與天地民物，尚未得其親切之故，則其本原有疑焉者矣，古之人以田間處之而不損其所本無，以天子投之而不益其所固有，誰則能大定如是也，亦求信乎本原而已爾；禮樂刑政之微，謂皆吾心可略者，此其人先不能自治其心者也，內省吾心，與禮樂政刑，猶多得其闕失之端，則其細微有蔽焉者矣，古之人一夫之不獲而具曰予辜，一物之未格而具曰予疚，誰則能精詳如是也，亦求信乎細微而已爾。夫信之分量不同矣，聖人信之而爲聖，賢者信之而爲賢，信之各有其滿志也，而第得一未信之意，則已爲賢之所不可域，而聖之所不能加；抑未信之境詣不同矣，聖人未信其爲聖，賢者祇未信其爲賢，未信之自有其殊塗也，而忽見一斯爲未信之處，則已爲賢之所不能公，而聖之所不可私。以是知其見者大也，功業之卑也，其力非不足，而明囿於其先，規模因之以不遠矣，開非實見其大，其所謂斯者何得也，其所謂未信者又何分也，夫吾人亦最難得此曠然之識耳，此豈較淺深於疇昔者哉；以是知其志之篤也，治效之虛也，其智非不達，而器限於其外，氣象因之以不化矣，開非所志之篤，其所謂斯者何指也，其所謂未信者又何據也，夫吾人亦最難得此毅然之氣耳，此豈計成否於異時者哉！是意也，夫子嘗以微觀及門而無或喻者也，一旦得之於開，雖欲不説，烏得而不説？自開言之，而後知開之果未可以仕者也；自子説之，而後知開之未可以仕而果可以仕者也。其使也，不病乎其未信也；其未信也，不病乎其説也；其説也，不病乎其使也。此後世以爲功名，而聖賢以爲性分之事也。

按，題出論語公冶長篇：「子使漆雕開仕。對曰：『吾斯之未能信。』子説。」朱熹集注曰：「信，謂真知其如此，而無毫髮之疑也。開自言未能如此，未可以治人，故夫子説其篤志。」引程子曰：「漆雕開已見大意，故夫子説之。」

又引謝氏曰：「開之學無可考。然聖人使之仕，必其材可以仕矣。至於心術之微，則一毫不自得，不害其爲未信。此聖人所不能知，而開自知之。其材可以仕，而其器不安於小成，他日所就，其可量乎？夫子所以説之也。」是文亦只在此處盤旋，而尾評曰：「其所言都非恒目所經，恒臆所有，從赤心片片説來，浩然日月經天，江河行地。」晚村自記曰：「作家每苦『説』字難下注腳，皆因『斯』字不確，『未信』處無巴鼻也。程子謂『見大意』，朱子謂『篤志』，一是横處説，一是豎處説。上蔡『不安於小成』，只是兩説反面耳，饒氏分作三樣看，拙矣。融洽聖賢語，於此頗有微長。」「融洽聖賢語」，正是此文之佳處。

女與回也　全節

與方人者方人，就其所自知者進之也。夫子貢喜方人，而令之自方，獨不敢當顔子，斯其自知審矣，知之審，則自治將不暇，故夫子亟進之。且學道而必捐聰明、去知識，此異學之所以爲教，而聖人不然，聖人之通大而實，非聰明知識之至，則其於大也必有所歉，而本原之際無由窺，於其實也必有所遺，而散殊之分無由盡，故聖人甚樂得夫聰明知識之材，而惟恐其聰明知識之不至，則爲之取其已至者以震其所未至，即其未至者而勉其所必至，正所以教聰明、教知識也。聖門諸賢，首稱顔子，其同科而相近者不乏人，而夫子每與子貢相衡量焉，豈抑回以進賜也哉？蓋實以愈賜者止有一回，而可以如回者止有一賜，而他人所不得而望焉者，其知類也。其知類而其所以知者不類，所以知者不類，則其所知亦終不類也。何則？知之量無涯，入其中而取少取多，各有其自足之處；知之分有定，明其故而在彼在此，反生其自安之情。此皆足爲知累者也，而莫先於去其所自足。子謂子貢曰：「女與回也孰愈？」微子言，吾固知回之愈賜也，微子言，賜亦固知夫回之愈賜也，子則以爲此非真回、此非真賜也；子貢對曰：「賜也何敢望回。」微賜言，子固知賜之不敢望也，微賜言，吾亦固知賜之不敢望也，子貢則以爲自有真回、自有真賜也。回有回之聞焉，回有回之知焉，聞非加深也，而體常湛於默識，斯出之也若何思，何思者，思之盡也，借聞爲之引其端，而知輒竟其委，雖得意忘言，得言忘象，似於一之中無復推詳，而已曲盡夫擬議變化之故，則聞一以知十矣；賜有賜之聞焉，賜有賜之知焉，聞非加渺也，而用素熟於億中，斯入之也有獨得，獨得者，得之少也，恃聞爲之開其往，而知即逆其來，雖緣感爲應，應復爲感，似於一之外頗多旁達，而終不離乎將迎對待之間，則聞一以知二矣。若是者，回果有真回矣，賜果有真賜矣，回未必真回，賜已得真賜矣，所謂愈者信不可愈，而望者信不敢望矣，弗如矣，而子則曰「未也」，微賜言，吾固知其弗如也。分之有定者，受之不可不順，使回舍其靜悟，而從事於推測之途，回有所不必，而未嘗無得於回，使賜舍其思維，而從事於自然之域，則賜有所不能，而先已大失其賜矣，賜之能順受其分也，吾與其順受者也；量之無涯者，求之不可不深，使回寶其明睿，而不必圖格致之功，則理不虛集，回亦有弗如之賜，使賜養其探索，而亦不必希神奇之詣，則識有漸臻，賜亦無終弗如之回矣，賜之能深求其故也，吾與其深求者也。此又夫子所以去其自安之情也。

按，題出論語公冶長篇：「子謂子貢曰：『女與回也孰愈？』對曰：『賜也何敢望回。回也聞一以知十，賜也聞一以知二。』子曰：『弗如也。吾與女弗如也。』」朱熹集注曰：「一，數之始。十，數之終。二者，一之對也。顏子明睿所照，即始而見終；子貢推測而知，因此而識彼，無所不悦，告往知來，是其驗矣。」又引胡氏曰：「子貢方人，夫子既語以不暇，又問其與回孰愈，以觀其自知之如何。聞一知十，上知之資，生知之亞也。聞一知二，中人以上之資，學而知之之才也。子貢平日以己方回，見其不可企及，故喻之如此。夫子以其自知之明，而又不難於自屈，故既然之，又重許之。此其所以終聞性與天道，不特聞一知二而已矣。」尾評曰：「一涉機鋒油口，便是叢林壁落頭乞兒相；一涉訓詁膚穀，便是講院壁落頭乞兒相。兩乞相盡處纔有箇題目，向此文討取得下落。」

子曰回也　一節

有大賢之仁，有群賢之仁，異之於其心也。夫仁一而已，而心之不違與至則有異，三月與日月則有異，夫子分論之，正所以深勵之與？且自人有心，而仁之理已存乎其中矣。顧仁存乎心之中，而心時出於仁之外，仁已立乎心之外，而心反求入乎仁之中，於是乎離合之端見，而往來之勢分，主客之形成，而久暫之分定。仁之爲仁，亦爲之去留深淺於其間。夫仁則豈可有去留深淺於其間者哉？吾嘗以此靜驗及門而各見其故，殆無以過回。人心未有不與仁爲一者，私入而爲之二也，私烏能遽入哉，此必有授之以隙者，而後彼得而乘其間，方其隙也，我能覺焉即合爾，及間焉，則反與私爲一矣，雖欲力返其故，而終以私爲歸藏之地，故不患夫私之必入，而患心之與仁，無親切之意也；人心未有不以仁爲主者，己勝而爲之敵也，己烏能遽勝哉，此必有示之以離者，而後彼得而攻其弱，方其離也，我能操焉即存爾，及弱焉，則反以己爲主矣，雖欲自還其初，而終與己有憑依之勢，故不慮夫己之能勝，而慮心之於仁，無純固之守也。回也何如乎？回無異仁也，而其心異，回亦無異心也，而其心之於仁異。夫人事深者，天機日淺，回又非離人事以爲治也，日用飲食之故，無一之不安於心者，即無一心之不安於仁，積之至於三月，蓋未能臻乎不息也，然不息亦已久矣；嗜欲去者，清虚自來，回又非守清虚以爲養也，見聞言動之微，無一之不體於心者，遂無一心之不體於仁，循之及於三月，殆未能泯乎不遠也，然不遠則已復矣。若夫其餘，固無異心也，則亦當無異仁也。然心處既失之餘，其視仁也甚尊，以爲甚尊而跂及之境生，以爲甚尊而危疑之情變，以危疑之情，當跂及之境，吾見其飄摇而靡定矣，又况有甚親者，引之於其後也；心在既分之時，其視仁也過難，惟其過難而游移之見出，惟其過難而惕厲之功頻，以惕厲之功，挾游移之見，吾知其難苦而難居矣，又況有甚適者，狎之於其先也。則日月至焉而已矣。蓋理欲不並域而藏，各視夫心之所喻以爲向，所喻在理，所向在欲，其偶也，所喻在欲，所向在理，亦偶矣，此貴乎致知也；危微不中道而立，各從夫心之所習以爲歸，習於微，雖危而即歸於微，可必也，習於危，雖微而即歸於危，亦可必矣，此貴乎積誠也。誠由日月之至，以求三月之不違，由三月不違，以馴至於無可違，而後知仁之真無異也。

按，題出論語雍也篇：「子曰：『回也，其心三月不違仁，其餘則日月至焉而已矣。』」朱熹集注曰：「心不違仁者，無私欲而有其德也。日月至焉者，或日一至焉，或月一至焉，能造其域而不能久也。」引程子曰：「三月，天道小變之節，言其久也，過此則聖人矣。不違仁，只是無纖毫私欲。少有私欲，便是不仁。」又引張子曰：「始學之要，當知『三月不違』與『日月至焉』内外賓主之辨。使心意勉勉循循而不能已，過此幾非在我者。」是文以「心異」爲「仁異」破之，確乎不俗。尾評一曰：「説理至此，直是家常淡飯，無甚好看處，字字明白着實，一刀兩截，細心人咀味，自然無窮。」二曰：「近來亦知心不違仁不是仁不違心解，然寫來究竟蒙混，總不曉心與仁分際，但胡猜啞謎耳。乃群謂論理貴細膩，貴圓熟，此皆强名也。決破籓籬，只須鶻突，不著痛癢而已。」

如有博施　全節

觀聖賢之論仁，善推其心而用無不全矣。夫博施濟衆，未嘗非仁，而以此求仁，已先失其本矣，誠取譬於立達間，仁亦求其至近者耳。今夫天地萬物，皆吾一體事也，而以爲有内外之殊焉，是岐而二之矣。主内者曰：「八荒洞然，皆在吾闥。」此其説虚而無功，於是乎學者欲以實驗之，凡天地萬物，有一不得其所，非仁也。此其説較實矣，而吾謂其虚而無功也等，何也？一體之全夫天地萬物者，其理也；一體之不即全夫天地萬物者，其勢也。理本然而不能即然，勢不及而有以相及，則一體之與天地萬物，自有其親切之處，求仁者之所以實致而可爲。昔者子貢思仁者之治不見於天下也，慨然欲得夫博施而能濟衆者焉，而猶幾幾乎未敢信其爲仁。嗚呼！何仁之難也。夫仁之爲仁，下學與聖人同其責者也，帝王與匹夫共其任者也。必博施濟衆而爲仁，則必有聖人之仁，無下學之仁，然後可，有帝王之仁，無匹夫之仁，然後可，有聖人爲帝王之仁，無匹夫而下學之仁，然後可；不寧唯是，必博施濟衆而爲仁，則聖人不能，不如下學，帝王不能，不如匹夫，聖人爲帝王者不能，不如匹夫而下學。彼水土未平，頑讒未革，誅殛未措，鳥獸草木未時，而君咨於上，臣儆於下者，所謂帝王而聖人者非耶？然且不得爲仁，又何遽爲聖哉？嗚呼！何其難也。夫仁者非難也。仁者之心何如乎？己欲立而立人矣，己欲達而達人矣，非有所擬議而然也，非有所準量而出也。吾正吾性，即與天下正其性；吾遂吾情，即與天下遂其情。仁者之心體，大都如是。仁之爲仁，豈有歉乎哉？而抑有歉焉者，則反之不能得其通，而推之不能實其力，亦未知夫爲仁之有方也。仁之爲道也，極乎自然，而求仁者則必出之以强，天地萬物，皆與一體有强合之迹，我自盡其所强，而自然者即得乎其中；仁之爲道也，本乎大公，而求仁者則必驗之以私，天地萬物，皆與一體有自私之意，我克擴其所私，而大公者即全乎其内。故井田封建，靜悟於生人之初；禮樂兵刑，熟悉夫飲食之故。生殺者，志氣之舒慘也；厚薄者，手足之親疎也。澤必遍乎百昌，固精微之自周；治不過乎九州，亦等殺之所及。帝王之仁以此，匹夫之仁亦以此；聖人之仁以此，下學之仁亦以此。帝王非有餘，匹夫非不足；聖人非無憾，下學非難幾，能近取譬，此可謂仁之方也已。如必博施濟衆而爲仁，何以處夫匹夫而下學者也？并何以處夫帝王而聖人者也？

按，題出論語雍也篇：「子貢曰：『如有博施於民而能濟衆，何如？可謂仁乎？』子曰：『何事於仁，必也聖乎。堯舜其猶病諸。夫仁者，己欲立而立人，己欲達而達人。能近取譬，可謂仁之方也已。』」朱熹集注曰：「近取諸身，以己所欲譬之他人，知其所欲亦猶是也。然後推其所欲以及於人，則恕之事而仁之術也。於此勉焉，則有以勝其人欲之私，而全其天理之公矣。」引程子曰：「醫書以手足痿痹爲不仁，此言最善名狀。仁者以天地萬物爲一體，莫非己也。認得爲己，何所不至，若不屬己，自與己不相干。如手足之不仁，氣已不貫，皆不屬己，故博施濟衆，乃聖人之功用。仁至難言，故止曰：『己欲立而立人，己欲達而達人，能近取譬，可謂仁之方也已。』欲令如是觀仁，可以得仁之體。」又引曰：「論語言『堯舜其猶病諸』者二。夫博施者，豈非聖人之所欲？然治不過九州，聖人非不欲四海之外亦兼濟也，顧其治有所不及爾，此病其濟之不衆也。推此以求，修己以安百姓，則爲病可知。苟以吾治已足，則便不是聖人。」此文融貫聖語殊妙。尾評一曰：「其卷舒極大，其控駕極安，其斡旋極密，可謂光前絶後。」二曰：「論語只此章仁字從本體説入，徹上徹下，是西銘骨子，不理會西銘過，不能解書，安知此文之佳！」

子與人歌 一節

天高地下，萬物散殊，善流行於其間，無所往而不與人遇也。顧遇恒人則善日見少，而遇聖人則善日見多，何則？聖人之心精，斯其入之也深，故一善而衆善出焉；聖人之心虚，斯其感之也全，故小善而大善備焉；聖人之心誠，斯其出之也敬慎而周密，故一事之善而德性尊焉；聖人之心和，斯其接之也易直而安詳，故一時之善而氣象備焉；聖人之心公，斯其及之也廣大而不遺，故天下之善而一人受焉，一人之善而天下受焉。於何見之？於子與人歌見之。名卿贈答而賦雅頌之章，猶存拜賡規諫之義，閭里謳吟而來倡和之什，不失采風問俗之心，此有取乎歌也，子與人歌，子亦猶是也；或言短而意彌長，述者之所感，子爲作者之所未傳，或情深而聲彌淡，聽者之所悟，爲歌者之所未覺，此有取乎歌之善也，子與人歌而善，子亦猶是也。而子之心，則已與善相深矣，忽而聞焉，欲其善之與我洽也，聲輟而善隨逸焉，而彼之曲折未盡出也，夫所謂曲折者，人能之，人未即解之，子解之，子又未即能之，如是而人之善隱，子之善亦隱矣，必使反之，則人所能者亦解焉，子所解者亦能焉，而曲折乃盡出也；而子之心，則已與善相發矣，漸而即焉，喜其善之與我親也，理得而善斯秘焉，則我之畛域未盡化也，夫所謂畛域者，人有之，子未嘗無之，子有之，人安得有之，如是而人之善微，子之善亦微矣，而後和之，則人所有者固有焉，人所無者亦有焉，而畛域乃盡化也。然則一歌也，而聖心之精且深也如此，其虛而感之大也如此，其誠敬周密也如此，其和易而安詳也如此，其公而無可私、廣大而不遺也如此。此可爲天下取善之法矣，善之來也無端，其往也亦無端，寂然而生，我無以留之，則竟謝焉矣，我不欲謝之，則亦竟留焉矣，其中至賾，其外至庸，無心者不能取，而有心者取之，聖人所以有格物窮理之學也；此可爲天下與善之則矣，善之大也無量，其細也無量，紛然而至，以一人盡之，而已盡於一人矣，不以一人盡之，而并盡乎天下矣，其用萬殊，其體一本，有心者不能與，而無心者與之，聖人所以有存神過化之功也。

按，題出論語述而篇：「子與人歌而善，必使反之，而後和之。」朱熹集注曰：「必使復歌者，欲得其詳而取其善也。而後和之者，喜得其詳而與其善也。此見聖人氣象從容，誠意懇至，而其謙遜審密，不掩人善又如此。蓋一事之微，而衆善之集，有不可勝概者焉，讀者宜詳味之。」所謂「有不可勝概者」，即文中「一善而衆善出焉」、「小善而大善備焉」之謂也。此首無尾評。

孔子曰才　然乎

聖人忽有感於用才之世，而深慨古語之有當焉。夫才之所以難，在古人亦不自知其言之有當於何代也，夫子有感於難之故，則見其足以深長思焉爾。今夫言有理至而事不至者，存其理，而數世之事皆得而證焉，此先見理而後見事者也；有事至而理乃至者，思其事，而數世之理皆得而實焉，此先見事而後見理者也。然則得古人之事，思古人之言，此聖人辭先之意也；得古人之言，信古人之事，此聖人意後之辭也。於是乎記者既列舜武兩朝之才，而遂述夫子之歎曰：「吾嘗上下古今，而知古今之天下，不恃一才爲之也，而未始不以才爲之也。」無一日不生才之天地，無一代不用才之帝王，使生者足以濟其用，用者足以盡其生，則自隆古以迄今兹，將有治而無亂，才之爲才，烏有不足哉？而吾謂誠如是也，則才賤而不足貴，可畏而不足惜，自隆古以迄今兹，亦將有亂而無治。何則？天地之生才也，非治極而將亂也不生，非亂之至也不生，非亂極而將治也不生；帝王之用才也，非治極而將亂也不用，非亂之至也不用，非亂極而將至也不用。蓋天地能生之而不能用之也，帝王能用之而又不能生之也，故當其治極而將亂也，天地生之而無帝王用之；當其亂之至也，帝王不欲用之，而天地故生之；當其亂極而將治也，帝王欲多用之，而天地且慳惜而不盡生之。若是乎相需殷而相過疎，則何也？非天地愛才而有生有不生也，非帝王棄才而有用有不用也。有用有不用者，氣運之所以開；有生有不生者，氣運之所以定。天地不得已而生，帝王不得已而用，知其不得已而用也，則生之者益少；知其不得已而生也，則用之者益慎。吾今而知才之爲才，其不數數見也，雖天地無如何，雖帝王且無如何也。然猶以爲未嘗生，生則不可量也；以爲未嘗用，用則不勝計也。而又有異焉者，亦既生之，亦既用之矣。當其時，都俞颺拜，何如其隆也；奔奏先後，何如其衆也。由今思之而以爲異焉者，且不獨由今思之而以爲異焉也。在昔先民有言曰：「才難。」斯言也，其有感於治極而將亂者耶？其亂之至而致思者耶？其亂極而治而以爲不易得者耶？是殆未見夫天地帝王既生且用，而猶有未易者也，然且其言之咨嗟愛惜、顧慕而遠望也如此，使其較量於都俞颺拜之時，考論於奔奏先後之内，吾不知其咨嗟愛惜、顧慕而遠望者，又當何如也。即以彼所言，思我所見，信乎？否乎？不其然乎？

按，題出論語泰伯篇：「舜有臣五人而天下治，武王曰：『予有亂臣十人。』孔子曰：『才難，不其然乎？唐虞之際，於斯爲盛。有婦人焉，九人而已。三分天下有其二，以服事殷。周之德，其可謂至德也已矣。』」朱熹集注曰：「『才難』，蓋古語，而孔子然之也。才者，德之用也。唐虞，堯舜有天下之號。際，交會之間。言周室人才之多，惟唐虞之際，乃盛於此。降至夏商，皆不能及，然猶但有此數人爾，是才之難得也。」此文取「孔子曰：『才難，不其然乎』」

兩句爲題，然上下勾連，依然是以全節爲意。尾評一曰：「其來也無端，其去也不測，縱横排闔，決百瀆而東，能縮全理於毫鋒，按脉則不失累黍，技至此，吾不得而知矣。」二曰：「得動下文，而語仍虚還，便稱能品矣。直使末節凌空飛舞，涉險弄潮，真令長年失色。放翁過無義灘，亂石塞中流，湍激渦盤，望之可畏，舟過乃不甚覺，蓋操舟之妙也。」

子在川上　一節

川流與道爲體，聖人見其不容已之實焉。蓋道體之隱於人心，不若著於川流者之無不共見也，逝者不舍，本然者如是，當然者即如是，夫子又豈有隱義哉！今夫道，兼動静以爲體者也，而聖人之觀道也，每於其動示之。於是乎天地之間，凡物之動者皆可以悟，而異學亦以爲然，聰明自得之士，亦無不以爲然。此皆明於動，而不明乎其所以動者也。何也？異學之所謂悟者，於動之初，忽見夫不動之原，則遂欲絶其既動之後，是内外異本者也，故其於道也，虚而無據；聰明自得之士之所謂悟者，於動之時，忽見夫必動之故，則遂謂已得其自動之天，是知行殊致者也，故其於道也，暫而不有。觀其悟之所由生，多得之於偶動之物，而未嘗有得於恒動之物，可知也。夫偶動者，其端也；恒動者，其實也。於其端見道之動，於其實見道之所以動，然則天地之間，亦有物焉無端而實存焉如是者乎？

夫子嘗在川上矣，忽而歎曰：「逝者如斯夫，不舍晝夜。」夫天地之間，其自無而有者，吾不知其何所始也，浸假而有者來矣；其自有而無者，吾不知其何所歸也，浸假而無者往矣。方其來也，與我相迎，有者據之，無浸假之非有也，庸詎知有之所以爲無也耶；方其往也，與吾相積，無者玩之，無浸假之非無也，庸詎知無之所以爲有也耶？使浸假而來者輟焉，有輟其有矣，無亦輟其無；浸假而往者滯焉，無滯其無矣，有亦滯其有。然則往者逝也，來者亦逝也；無者逝也，有者亦逝也。今夫川，古人臨之曰「此今日之川也」，浸假又爲吾人今日之川，古人與吾人各自私一今日，而川之今日，殆不可得而私也，以是知天下未有無其今日者矣，而其故而益新者有如斯與；吾人遇之曰「此當前之川也」，浸假而又爲後人當前之川，吾人與後人得共留其當前，而川之當前，自不可得而留也。以是知天下無可執其當前者矣，而其通而益久者有如斯與？如斯者，蓋不得不趨於變也，一息之不變，即不可以終古，屈伸嘘吸之微，密爲推移，而晝夜之事出焉，晝夜變，而在晝夜之中者無不變也，而斯其最著者矣；蓋不得不貞於常也，終古而無常，即不可以一息，元會開閉之數，遞爲通復，而晝夜之常定焉，晝夜常，而與晝夜行者無非常也，而斯其最明者矣。由此思之，斯之自爲逝耶？抑有所以逝者耶？晝夜之能使不舍耶？亦有不舍於晝夜者耶？逝之自有所不舍耶？抑不舍之所以爲逝耶？以是知有體者，即有其體之者；有自然之體者，即有體乎自然者也。見體而不見夫體之者，異學之所以虚而無據也；見自然之體而不見夫體乎自然者，聰明自得之士之所以塹而不有也。夫天地之間，無物之不體乎道也明矣。物生乎氣，氣必乘乎化，化必統乎理，理必本乎心。理也，化也，氣也，與物爲不舍者也，而物之自爲舍者，心也。心存與存，心息與息，故觀天地之心者於復，復者，天地之動也，於此不已，真不已矣；觀聖賢之心者於獨，獨者，聖賢之動也，於此無間，真無間矣。

按，題出論語子罕篇：「子在川上曰：『逝者如斯夫，不舍晝夜。』」朱熹集注曰：「天地之化，往者過，來者續，無一息之停，乃道體之本然也。然其可指而易見者，莫如川流。故於此發以示人，欲學者時時省察，而無毫髮之間斷也。」引程子曰：「此道體也。天運而不已，日往則月來，寒往則暑來，水流而不息，物生而不窮，皆與道爲體，運乎晝夜，未嘗已也。是以君子法之，自强不息。及其至也，純亦不已焉。」尾評曰：「時而莊嚴，時而瓌詭，文盡蒙叟之奇，旨窺考亭之奥。」晚村自記曰：「明明言道，卻云不可鑿破，此即一句合頭，萬劫驢橛也；明明就川言道，卻云不可著川，此即『莫將境示人』也。此等説數盛行，書理漆闇矣。正朱子所謂如猜啞謎，又不可説破，自有箇黑腰子者。愚竊謂陽明之傳，至龍溪而發露殆盡，至李贄則又加猖矣，一點無忌憚心傳，呵佛駡祖，靡所不至，究其學，則一黑腰子之學也。隆萬以後，學士大夫無人理會正道，只從此處討生活，下稍學究秀才，越没巴鼻，弄成不尷尬東西，更不像模樣。朱子云：『不是説秀才做文字不好，此事大有關係在。』其言千古不爽也。嗚呼！是誰之過歟？」

或問子産 怨言

分論列國之材，皆以表微也。蓋子産子西管仲，當世稱之熟矣，然子産之德隱於刑，子西之名浮於實，管仲之功抑於罪，非夫子各爲論定焉，三子亦幾無以自白哉。聖人之論人，非求異於衆也，各就其平生而權衡之。或略焉，或詳焉，使其人自爲質，亦足以大服其隱而已矣。列國執政之材，如鄭之僑、楚之申、齊之夷吾，非皆稱賢大夫者哉？或人連類而及之，未必無優劣之見者存也。而夫子或斷以其心焉，或限以其品焉，或定以其事焉，無憂劣之見者存也，而優劣已較然其不可易。今夫子産，明察以斷者也，當其鋤强族、鑄刑書，威期於必立，不避貴者之讐，法期於必行，不干賤者之譽，跡其所爲，不幾與後世天資刻薄之人，同所操之術哉？然後世用其術以强國，而子産則用其術以愛民。以其術强國者，數十年殺僇之運，於是乎開；以其術愛民者，數十年生聚之氣，於是乎厚，操術同而所以操術之心不同也。至於今，術去而心獨存，由其心以思其所操之術，蓋委曲繁重以求達吾不欲委曲繁重之意，意亦良苦也，惜乎以王者之心，行霸者之術，純王則仁矣，純霸則忍矣，雜乎王霸之間，則惠而已矣。若夫王之所必外，霸之所必討，君子之所不道也。即賢如子西，又何以稱焉？吾觀其人，知辭位之爲義，而不知僭竊之爲大不義也；知修政之爲禮，而不知滑夏之爲至無禮也。其始也，不難舍楚之千乘以成名，抑何廉也；其卒也，不能忍鄭之一賂以賈禍，又何貪且愚也。好名之士，敗於簞豆，類如是矣，然而夫子不著其說也，彼之云者，以爲是烏足以當吾責備焉耳。然則名之易敗也，心術之不可知也。若管仲其人者，天下固奇其才，而吾黨每深求其隱，得毋重疑其心而名幾易隳乎？不知仲之罪，在後世效其罪者之事；而仲之功，在當時服其功者之心。大抵王者之服人也，使人自忘，教化神而政令簡，故被其恩者不以爲恩，而寒暑怨咨，無損於覆載之大；伯者之服人也，使人不忘，功過明而賞罰必，故受其怨者亦不以爲怨，而死生感泣，反深於放廢之人。今即觀於奪駢邑一事，至疏食没齒而無幾微怨恨焉，伯氏獨非人情也哉？以是知其功之不可掩，而才之不易得也。夫雜乎王者，尚有不求共白之懷，惟操之者太急，故必怨詛於始，而歌誦於終，子産是已；純乎霸者，亦有深入人心之處，惟留之者無餘，故雖愧厲者固多，而匿詐者亦不少，管仲是已。彼子西者，既無王者求仁之心，復無霸者服世之術，以是卒及於亂，又何足與二大夫較量優劣也哉？

按，題出論語憲問篇：「或問子産。子曰：『惠人也。』問子西。曰：『彼哉。彼哉。』問管仲。曰：『人也。奪伯氏駢邑三百，飯疏食，没齒無怨言。』」朱熹集注曰：「子産之政，不專於寬，然其心則一以愛人爲主，故孔子以爲惠人，蓋舉其重而言也。」又曰：「子西，楚公子申，能遜楚國，立昭王，而改紀其政，亦賢大夫也。然不能革其僭王之號。昭王欲用孔子，又沮止之。其後卒召白公以致禍亂，則其爲人可知矣。彼哉者，外之之辭。」又曰：「蓋桓公奪伯氏之邑以與管仲，伯氏自知己罪，而心服管仲之功，故窮約以終身而無怨言。荀卿所謂『與之書社三百，而富人莫之敢拒』者，即此事也。」○「或問：『管仲子産孰優？』曰：『管仲之德，不勝其才。子産之才，不勝其德。然於聖人之學，則概乎其未有聞也。』」文中論子西，曰：「吾觀其人，知辭位之爲義，而不知僭竊之爲大不義也；知修政之爲禮，而不知滑夏之爲至無禮也。」微言大義已存乎其中，順康之際，士大夫讀至此，能不爲之動容乎？尾評一曰：「子長合傳，以有意聯絡爲奇，此文則又以無意聯絡爲巧。隨物賦形，各開生面，神光離合，自然一氣，不見黏接縫痕，此蠶室中未盡伎倆也。」二曰：「散散淡淡，無甚出奇處，細味之，自覺其妙。如子産之惠，人多泛設，此卻從他嚴刻處看出，與柳下之介、首陽之不念舊惡同一關棙。講彼哉鉤摘甚辣，而仍是渾涵語氣。管仲節大約作鋪張語耳，獨將王者服人處襯託一層。凡此非具絶大本領者，莫想臨摹也。」

君子有九　一節

君子善思之用，各授之以則也。夫君子之思，固無所不致其慎也，而操之者則有要矣，故詳列九思以爲慎思之法。今夫處一身之至虚，而運一身之至實，蓋莫尊於思矣，而洪範直夷之於五事之列，而且繫其後，此何説也？未能善用其思，則事事之中無思，事事之中無思，則事事之外有思矣，故夷其列也；能善用其思，則事事之始有思，事事之始有思，則事事之成一思矣，故繫其後也。通之爲睿，作之爲聖，慎之惟君子。乃有謂天下之思多，而君子之思少者，非也，應感之變無方，而遇於前者至一，坐馳焉而旁落者出矣，惟君子於至一之外無所增焉，故少也；抑有謂天下之思少，而君子之思多者，亦非也，日用之迹甚近，而盡其量者至精，率應焉而簡佚者衆矣，惟君子於至精之内無不足焉，故多也。然則君子何時何事而不慎吾思也哉？而要其大端，則有九者。其一在視，視之體本明也，心亡則不能辨物，而亂色蔽之，明失矣，君子思去其所蔽，則惟明；其一在聽，聽之體本聰也，心蕩則不能審音，而奸聲壅之，聰失矣，君子思去其所壅，則惟聰。由是著於容而有色，色根於心者也，思過剛過柔，非色之德也，必於温；由是徵於躬而有貌，貌從乎心者也，思近諂近瀆，非貌之德也，必於恭。及乎聲相感而言出焉，有聲以心者，即有不及聲以心者，然而皆心之聲也，於其所發思所存，烏得而不忠？及乎動相接而事彰焉，有動以心者，即有不及動以心者，然而皆心之動也，於其所行思所守，烏得而不敬？凡此皆以順用吾思者也，而又有以逆用吾思者。如疑者，心之疚也，恥於問，則疑終不釋，而非思問，則所疑先未盡出矣；忿者，心之慝也，及於難，則忿終不懲，而非思難，則所忿卒未盡泯矣。至於見得，尤心之自出而爲緣者也，其流底於訟師者，其源操於取舍，思合於義，而後無苟得之患也哉。若此者，固非捷獲於臨幾也，一物之交，思之各得其理，然涵泳於平昔者不深，則理中之曲折，皆吾思所未經閲歷之處，及乎臨幾，思雖欲入而圖功，已不識其從入之方矣，以九者合治乎其先，則理積於虛，無物而已備萬物之用，故知周常變而不窮，於以知靜存之所持，在異流爲絶慮之源者，君子正於此深致知之學也；又非力持於當境也，一務之末，思之必分其介，然省察於端倪者不豫，則介内之危微，皆吾思所最易忽略之區，及乎當境，思雖欲留而詳審，已不復有少留之暇矣，以九者分治乎其著，則介晰於隱，細務而各極成務之全，故神明肆應而不亂，於以悟動見之所岐，在曲學爲朋從之擾者，君子正於此嚴謹獨之功也。

按，題出論語季氏篇：「孔子曰：『君子有九思：視思明，聽思聰，色思温，貌思恭，言思忠，事思敬，疑思問，忿思難，見得思義。』」朱熹集注曰：「視無所蔽，則明無不見。聽無所壅，則聰無不聞。色，見於面者。貌，舉身而言。思問，則疑不蓄。思難，則忿必懲。思義，則得不苟。」引程子曰：「九思各專其一。」又引謝氏曰：「未至於從容中道，無時而不自省察也，雖有不存焉者寡矣，此之謂思誠。」尾評一曰：「冲夷瀲灎，挹之無窮，掉臂游行於理窟中，如登程朱之堂而聞其討論，此豈徒以才見者！」二曰：「册子上言語，紐捏巴攬來説，終是不似。朱子云：『須是爛泥醬熟，縱横妙用，皆由自家，方濟得事。』老蘇平生因聞『升裏轉、斗裏量』之語，遂悟作文妙處，所爭在熟不熟也。此文無他奇，只是道理熟耳。」

日知其所　二句

推内求之心，有無時不自驗者焉。蓋所亡所能，亦因人心爲得失者耳。日知而月無忘焉，豈猶有優游之候歟？今夫時積而日，日積而月，日月積而終身焉，固無人不行乎其中也。顧聖賢之日月嘗多，而恒人之日月嘗少，非獨少也，爲吾所得有之日月少也；抑聖賢之日月過速，而恒人之日月過遲，非獨遲也，爲吾所不覺之日月遲也。夫來者不相期，而吾所需者不與之俱來；去者不相待，而吾所留者忽與之俱去。於是乎聖賢之視日月，愈多而愈速，此其心如將見之，何則，理之賦於生初者，罔弗全也，然必我生之後，一一取而體之於身，而此理始爲我歸，則雖道成無乎不具，非有加也，雖天亶必多未明，已爲減也，故不言有而言亡，亡固不足諱也，第既亡矣，欲一一而體之，則固日有其未得而必當得者焉，是所亡也，不寧惟是，聖人之所亡在器數，賢人之所亡在神明，恒人之所亡在覯記，所亡一也，而其所亡不一矣，其所亡不一，而能知其所亡仍一也，特無如昧昧者之不見一亡也，又無如昧昧者之僅見一亡也，不見一亡者拒於中，僅見一亡者諉諸外也，且亡亦何定之有，我願自此奢焉，則亡從生矣，我願自此止焉，則亡從息矣，今夫人有嗜欲之物，必謀之未至，而後悟其亡也，亦必積之愈多，愈覺有歉焉，而後悟其亡也，不然者，數年從事，一朝或悟其無聞，寧獨非知其所亡者哉，惜也，吾不知數年之間，其所謂一朝者何限也，今果有人焉，如是日知其所亡；知所亡，則必爲其所能矣，然而未可恃也，何則，功之期於始業者，罔弗力也，然必敬業以往，一一集而守之於中，而此功始爲我受，則雖博極群理無餘量，未敢慶也，雖堅守成轍無餘謀，未敢少也，故又不慮亡而慮能，能亦不足多也，夫既能矣，欲一一而守之，則固月有其已得而又有繼得者焉，是所能也，不寧惟是，恒人之所能在服習，賢人之所能在艱鉅，聖人之所能在神奇，所能同也，而其所能不同矣，其所能不同，而欲無忘其所能仍同也，特無如倀倀者之不執一能也，卒無如倀倀者之不保一能也，不執一能者圖未獲，不保一能者喪已成也，且能亦何幸之有，昔之所無，爲今之所有，則後之無者進矣，今之所有，復爲後之所無，則昔之無者又至矣，今夫人有藝事之末，必習成自然，而後信其能也，亦必釋兹在兹，左宜右有焉，而後信其能也，不然者，逾時捷獲，畢生遂守兹弗失，寧獨非無忘其所能者哉，惜也，吾不知畢生之内，其所謂逾時者何許也，今果有人焉，又如是月無忘其所能？

按，題出論語子張篇：「子夏曰：『日知其所亡，月無忘其所能，可謂好學也已矣。』」朱熹集注曰：「亡，無也。謂己之所未有。」引尹氏曰：「好學者日新而不失。」此文取「日知其所亡，月無忘其所能」兩句爲題，故文中不論及

「好學」兩字。晚村自記曰：「『知』字與『無忘』字對，不與『能』字對，朱子謂『知』與『無忘』，『檢校之謂』。如此看，方形容得『好』字出。『日新不失』意，包裹言下，故列之圈外。書理本自如此，初無難解，然嘗舉以語人，都笑不信也。」尾評曰：「題爲學問套語，活埋久矣，此獨每字出奇，兩峰屹峙中，洞壑靈異，別有天地非人間，豈直夢游天姥。」

衛公孫朝　全節

聖無所學，故無不學，即王道而益信其無師也。夫天下安有足爲孔子師者？無可師，斯無不學耳。即文武之道觀之，賢與不賢，皆學之矣，豈皆孔子之師哉？嘗謂士師賢，賢師聖，師至聖人止矣，聖無可師，則反師衆人，蓋衆人之學聖人者極其至，而聖人之學衆人者盡其餘也。何也？聖人之道，有統同者，有散殊者。其統同者，雖生乎千世之下，與千世之上之聖人，若函丈間者，此非學之所能幾也，天也；若其散殊者，雖神靈天亶之聖人，不得不由於學。當其盛也，以聖人學聖人，在未分之時者也；當其衰也，以聖人學衆人，在既分之後者也。至既分之後，則其爲學也倍難，而聖人若以爲無難，則人也而天矣。周之聖人，文武當其盛，孔子當其衰。文武以聖人學聖人，其傳之也一家，其議之也一堂，故天下第見有文武之道，而不復見文武之學；孔子以聖人學衆人，其收之也甚勤，其得之也甚博，故天下共見有孔子之學，而不能見孔子之師。此公孫朝之所以疑也。曰：「仲尼焉學？」夫仲尼則豈有所學而爲仲尼者哉？仲尼而猶學也，其惟文武之道乎？或曰：「仲尼而學文武之道，則必得文武其人焉師之然後可。」則是文武必不可作，仲尼將一無所學，而道亦竟墜於地耶？而非也。道之統同者，仲尼之所求必文武，文武之所求亦必仲尼，文武仲尼而外，無一得而與也，此不墜於地而亦不在人者也；道之散殊者，文武之所求不必仲尼，仲尼之所求不必文武，文武仲尼而外，無一不得而與也，此未墜於地而在人者也。人之中有其賢者，道之中有其大者，禮樂刑政之屬，王朝之不能守者，列國之名卿時明其意，故府之遺老或見其全，賢者而後識其大與，識大而後爲賢者與，而總之賢者則識其大者而已；人之中有其不賢者，道之中有其小者，名物度數之微，有司之失其傳者，一技之精，良工猶守其法，一器之用，草野或辨其名，不賢者而後識其小與，識小而後爲不賢者與，而總之不賢者則識其小者而已。賢者不賢者，莫非人也；大者小者，莫非道也。文武之道，豈不至今存哉？然而識大者學大，識小者學小，識大者不學小，識小者不學大，故賢者師賢，不賢者師不賢，賢者不師不賢，不賢者不師賢，文武之道，其墜於地耶？其不墜於地耶？幾幾乎不可知也，故曰：「未也。」惟我夫子，於賢者得其大焉，於不賢者得其小焉，而後我周一代之典章，燦然明備於萬世。然則文武之道之不墜，不賴有夫子之學，夫子之無不學，不又賴有賢不賢之識哉？乃究未嘗有賢者曰：「孔子，吾之弟子也」，不賢者曰：「孔子，吾之弟子也」。吾徒習見其事，亦未嘗敢曰「吾師亦嘗師之」云者，何也？聖人之取於人者無不盡，而人之裨於聖人者無可加也。故以爲學，豈惟文武，蓋實學於賢不賢；以爲師，豈惟賢不賢，蓋未嘗師於文武。以爲學，文武之道不足盡其學；以爲師，賢不賢之識皆可以當其師。夫子焉不學？而亦何常師之有。

按，題出論語子張篇：「衛公孫朝問於子貢曰：『仲尼焉學？』子貢曰：『文武之道，未墜於地，在人。賢者識其大者，不賢者識其小者，莫不有文武之道焉。夫子焉不學？而亦何常師之有。』」朱熹集注曰：「文武之道，謂文王武王之謨訓功烈，與凡周之禮樂文章皆是也。在人，言人有能記之者。」文中得出「聖人學衆人」一條，拓展朱子之意，其功大矣，而文則妙矣。尾評曰：「大意衹問孔子何師，答曰『無師』云爾。『文武之道』數句，是子貢反跌文法，正決言其無所從學也。時論多云，不宜重『道』字，宜重『學』字。出夢換夢，魘魅益深。果若彼言，『道』字又何不可重之有？得此一番闡明，方不負端木語妙。」

大畏民志　二句

得畏志之所自，即訟可以悟本矣。蓋民志而至於大畏，必有其所以畏者在也。此雖爲訟言之「乎」，而知本之道，已不外是。嘗讀司刺之職，則曰「斷中」，小司寇之職，則曰

「登中」，以是知士師敕法之理，即天子傳心之道也。夫易遁者心，難遁者法，乃使天下不見有難遁之法，而止見有不易遁之心，此其故必有深焉者矣。明其故也，士師得之以爲士師，天子即得之以爲天子。今由夫子無訟之言，而知無情之不得盡辭如此，則非特震之於鈎金束矢之際也，入大吏之庭而思震，其爲震也幾何也，周禮之户口版籍，咸隸於秋官，以是知爾室之中皆閭黨，已久納於大吏之庭矣；亦非特威之於狥衆讀法之下也，觀正月之象而思威，其爲威也幾何也，虞典之奸宄蠻夷，悉統於司寇，以是知飲食之繼爲兵戎，又更出於正月之象矣。若是者，惟民有志，畏之實難，至於大畏民志，斯無訟之至乎？然而大畏者，民之爲之也；其所以大畏者，則非民之爲之也。習朝廷之律令而不驚，而一行之失，恐修士之知而戒之必嚴，非朝廷之勢輕於修士也，吾所畏之，故不存焉耳；違君公之典章而不懼，而一禮之愆，聞賢宰之名而變之必速，非賢宰之權重於君公也，吾所畏之，故忽至焉耳。夫其所畏之故則何也？吾於是憬然於經之所爲本末也。命臣以簡孚，而必稱伯夷之降典，謂刑之生於禮也，此猶其後者也，必先有德明惟明之帝，而後能用降典之伯夷；訊馘於聞人，而必頌皐陶之淑問，謂獄之成於學也，此猶其後者也，必先有敬明其德之侯，而後能教淑問之皐陶。然則大畏民志，無訟之實也，猶新民之説也；所以大畏民志，使無訟之實也，即明德之説也。無訟者，新民之一，使無訟者，明德之一，此自爲本末者也，兼而言之者也；由無訟而思新民，其爲新民者不一，由使無訟而思明德，其爲明德者不一，此異末而共本者也，耑而言之者也。兼言之而本在，耑言之而本在，此謂知本矣。蓋天下有求本之理，不更有求末之理，猶之夫子之言，得無訟之道，不必更得聽訟之道，故知本不復言末也。知本，則本之自全者，其始無旁落之虞，其終必無偏舉之弊矣，不更言終始矣；知本，則本之漸致者，其先無淩節之施，其後必無逆至之應矣，不更言先後矣。然此言可以知本，而不足以盡本，又何也？重華之德，豈殊文祖，而放殛之典，繼乎平章；文武之德，豈遜成康，而刑措之風，遲乎孫子。然則無訟固不足以盡明德，并不足以盡新民也哉。

按，題出大學：「子曰：『聽訟，吾猶人也，必也使無訟乎。』無情者不得盡其辭。大畏民志，此謂知本。」朱熹集注曰：「猶人，不異於人也。情，實也。引夫子之言，而言聖人能使無實之人不敢盡其虛誕之辭。蓋我之明德既明，自然有以畏服民之心志，故訟不待聽而自無也。觀於此言，可以知本末之先後矣。」此文取「大畏民志，此謂知本」兩句爲題，而此釋本末之章，乃涉上文演來，故文中不僅僅抱此八字不放也。尾評一曰：「近習靡蔓，觀者頭岑岑其欲下矣。得此瞻雅安詳，幾於陳記室之檄，使我心開神朗。」二曰：「古人謂讀書須知出入法。見得親切，是入書法；用得透脱，是出書法。惟君乃不愧斯言。」

詩曰妻子　兩節

道有漸進之序，可於詩與聖言喻之矣。夫詩言兄弟而溯及妻子，夫子因詩之言妻子兄弟而又及父母，皆無高卑遠邇之見也，子思則曰：「此與吾自之説相發明矣。」嘗謂道無對待而有對待之象，道無層累而有層累之形，此皆後學者之漸進而生者也。對待者，漸進之極際，漸進無盡，則對待亦無盡，故終身由之而不至也；層累者，漸進之近功，漸進不已，則層累亦不已，故當境求之而即得也。即得者，實得焉；斯不至者，亦馴至焉。此其故虛擬之，亦可實證之；全舉之，亦可曲喻之。如吾言道而有遠邇高卑，而對待之象視此已；行與登必有自，而層累之形視此已。然而過焉者，立一高遠之境，以求之卑邇之中，而不可得也，則廢然返矣；即不及焉者，守一卑遠之説，以求夫高遠之忽至，而不可得也，則亦廢然返矣。何則？是猶見於對待而無見於層累也，是猶見於層累而無見於漸進之實也。無已，則與觀於棠棣，棠棣言兄弟也，言兄弟而忽及妻子矣，言妻子而又及兄弟矣；則又觀於夫子之讀棠棣，棠棣言兄弟，兄弟已也，言兄弟及妻子，妻子兄弟已也，而夫子又忽及父母矣。是説也，可以喻道矣。天下一事必有一事之理，而一事之理既盡，則必有不止於是之用；萬事必有萬事之推，而萬事之推無本，則亦終不得彼此之通。今夫妻子合而兄弟翕焉，妻子若卑邇也，兄弟若高遠也；兄弟翕而室家宜、妻帑樂焉，兄弟若卑邇也，室家妻帑若高遠也；妻子合、兄弟翕而父母順焉，妻子兄弟若卑邇也，父母若高遠也。由此推之，當其未合與翕，必有所以致是者，妻子兄弟未可以爲卑邇也；及其既合與翕以及於順，已必有不止於是者，父母又不可以爲高遠也。若是乎高卑遠邇之無定位，而行遠自邇、登高自卑之必有實功也。道之有序，亦若是而已矣。得其意而通之，妻子兄弟父母皆道也，而皆不可以盡道也。何也？就詩人言之，妻子之道也，兄弟之道也，不必其爲父母之道也，若以爲父母之道，有不盡於此者矣；就夫子言之，妻子兄弟之道也，父母之道也，不必其言君子之道也，若以爲君子之道，又有不盡於此者矣。然而有順推之勢，無逆施之理；有不期之效，無失實之功，大略然也。然則君子之道，又豈外是哉？

按，題出中庸：「君子之道，譬如行遠必自邇，譬如登高必自卑。詩曰：『妻子好合，如鼓瑟琴。兄弟既翕，和樂且耽。宜爾室家，樂爾妻帑。』子曰：『父母其順矣乎。』」朱熹集注曰：「夫子誦此詩而贊之曰：『人能合於妻子，宜於兄弟如此，則父母其安樂之矣。』子思引詩及此語，以明行遠自邇、登高自卑之意。」按，中庸引詩出小雅棠棣：「棠棣之華，鄂不韡韡。凡今之人，莫如兄弟。死喪之威，兄弟孔懷。原隰裒矣，兄弟求矣。脊令在原，兄弟急難。每有良朋，況也永歎。兄弟鬩於牆，外禦其務。每有良朋，烝也無戎。喪亂既平，既安且寧。雖有兄弟，不如友生。儐爾籩豆，飲酒之飫。兄弟既具，和樂且孺。妻子好合，如鼓瑟琴。兄弟既翕，和樂且湛。宜爾室家，樂爾妻紹。是究是圖，亶其然乎。」孔穎達疏曰：「言周公閔傷管、蔡二叔之不和睦，而流言作亂，用兵誅之，致令兄弟之恩疏，恐天下見其如此，亦疏兄弟，故作此詩以燕兄弟，取其相親也。」朱熹集注，乃毛傳之引申，晚村八股，又朱注之發揮。尾評一曰：「題只作上節注脚語，每於合離斷伏之間，回顧躊躕，亦只了卻注中一『意』字，實下一語不得。世人貪發話頭，便生吞琴瑟，活剥壎篪，幾忘卻首節在。讀此狂喜。」二曰：「題不得下實詮，輒以輕快取之，然而空滑多，奇警少矣。如飲村酒，不醉人，但敗肚耳。憑空結撰，層疊不窮，其所解悟者是實理，他人都認做乾矢橛也。」

詩曰嘉樂　二節

引詩以明得天之故，知庸德之必極其至也。夫栽培傾覆，物之於天也有然，而況有大德者乎？讀嘉樂之詩，可無疑於受命之故矣。子思引以結庸行之至，以言費之大者。若謂吾言大德而及於天之生物，而知天之培覆如是其不爽也，而竊有慮焉。以天視聖人，聖人亦一物也，其能有此大德也，則以爲物之栽者也；大德而必得位禄名壽也，則以爲天之培之者也。斯二者，天與人各操其一焉，天不能必人之皆類乎栽，人反能必天之皆出乎培也哉？兩相需，夫是以兩相遁也。而又不然。天無爲者也，以人之有爲，而天之爲著焉，亦人爲之自著而已；天無心者也，以人之有心，而天之心見焉，亦人心之自見而已。其所爲有爲而有心者何也，德也；其所爲自著而自見者何也，命也。然則栽培傾覆，天固盡人而同之，固盡古今之人而同之者哉？ 其故莫詳於嘉樂之詩。 其曰：「嘉樂君子，顯顯令德，宜民宜人。」言君子有此令德，而顯顯然其昭著，則天下嘉樂之矣，説者曰：人在上者也，民在下者也，言君子有此令德，則上下無不宜也。 曰：「受禄于天。」言令德之君子爲天下主，天若論定而寵貴之者然。 曰：「保佑命之，自天申之。」言天既寵貴君子，又必維持之，啟佑之，反覆眷顧之云爾。 夫天之於君子也，既寵貴爲天下主，而又維持之，啟佑之，反覆眷顧焉如此，何其盛也，令德故也。 令德，庸德也；庸德，大德也。 德，人所主也；命，天人參焉者也。 人不克自得其所主，而與天爭其所參，天必不予；人既克自得其所主，而欲天惜其所參，天亦不能。 故大德者必受命。 然亦有不必大德而受命者，繼統之天子是也，此其命皆其祖宗受之以遺其孫子，故有德易以興，小不德不足以亡，一時自以爲得天之易，而不知祖宗之德有淺深，則子孫之命有延促，故其時雖有位禄之及，而名壽有所不能干；亦有大德而不必受命者，聖人而在下是也，此其命皆自天地受之以移其氣數，故無德可以貴，小有德不足以賤，一時皆以爲得天之難，而不知天地之德有甚尊，則氣數之命有甚薄，故其身既獲名壽之奇，則位禄有所不必計。 凡此者，皆天也，而所以必之者，德也。 德莫庸於孝，而推之可極於天。 嗚呼，費哉。

按，題出中庸：「子曰：『舜其大孝也與！ 德爲聖人，尊爲天子，富有四海之内。 宗廟饗之，子孫保之。 故大德必得其位，必得其禄，必得其名，必得其壽。故天之生物，必因其材而篤焉。故栽者培之，傾者覆之。詩曰：「嘉樂君子，憲憲令德。宜民宜人，受禄於天，保佑命之，自天申之。」故大德者必受命。』」朱熹集注曰：「此由庸行之常，推之以極其至，見道之用廣也。而其所以然者，則爲體微矣。」晚村自記曰：「聲始極歎賞此文，謂『只講大意，不屑屑於題面，極肖題神，文氣古甚』。○論章意，舜只做一樣子耳，次節已結住，第三節便推開通論矣。許東陽謂次節即泛言理之必然，此則太驟看注。舜年百有餘歲，則此節正結上起下之詞，熟讀白文數遍自見。乃有謂通章只就舜身上説，不識何據。或曰出存疑達説等書。吁！此余向欲盡去天下講章也。講章之説不息，孔孟之道不著。」尾評曰：「攀援虞周作伴，直是惡夢中譫囈。翻弄詩詞，亦飯土嚼蠟，獨於德命分合處鑿鑿言之，此中消息甚微，殆手探天根，足躡月窟矣。」

唯天下至　參矣

推誠明之全量，由盡性以極其至焉。夫吾性中，本統人物而位天地者也，惟至誠能盡之，則兼盡之，則已贊之，則已參之矣。中庸言道首言性，性，天命者也。天不僅於一人命之，蓋人人命之者也；不僅於人人命之，蓋物物命之者也。人物各命以一性，則人物各命以一天地，然而人人不能天地，物物不能天地者，非所性之有殊，而能盡與不能盡之别也。其所以不能盡者何也？天命一也，而氣質不一，受清者人矣，受濁者物矣，惟其受者濁也，故不能誠，即能誠也，必不能明，不能誠而明，故物必不能自盡其性，而物與物隔，物與人隔，物與天地隔，於是乎有盡物性之人，無盡人性之物矣；氣質不一也，而嗜欲又不一，得純者誠矣，得駁者人矣，惟其得者駁也，故不能誠，或能誠也，亦不能爲自誠明之誠，不能爲自誠明之誠，故人有不能自盡其性，而人與人岐，人與物岐，人與天地岐，於是乎皆能盡人性之人，皆爲求盡性於人之人矣。自今思之，其爲天下至誠乎？天下氣質之偏者不可謂誠，全者亦不可謂誠，即猶有氣質者亦不可謂誠之至；天下嗜欲之多者不可謂誠，寡者亦不可謂誠，即求盡嗜欲者亦不可謂誠之至。故誠爲至誠，則凡天下之有誠有不誠者，不可得而幾也；天下之由不誠以及於誠者，亦不可得而加也。由是以其誠而知，則爲生知，以生知知吾性之理，形上形下，罔不格矣；以其誠而行，則爲安行，以安行行吾性之事，由仁由義，靡不中矣。故唯天下至誠爲能盡其性。夫性，一而已，上而爲天，下而爲地，聚而爲人，散而爲物，皆是性也。至誠能盡之，斯無不盡之矣，然盡則俱盡者，天下之理未始不一；而盡必兼盡者，天下之分未始不殊。則人其同體者也，同體而異性乎？至誠由己以推之，而有所以變其氣質之道，而有所以治其嗜欲之宜，則人性盡矣；而物其共命者也，共命而各性乎？至誠由人以及之，而有所以用其氣質之權，而有所以遂其嗜欲之法，則物性盡矣。夫至誠盡性之能事，至於盡人性、盡物性如此，然則天地之内，惟人物而已矣。

天地之所以爲天地，惟能盡人物之性而已矣，然而天地且有不能盡焉者。人物有氣質，天地能生之，未必能變之、用之也；人物有嗜欲，天地能容之，未必能治之、遂之也。而至誠則已變之矣，治之矣，用且遂之矣，則凡天地之化至而育不至，育至而化不至，化育至而皆有所不至，天地固懸一事以待至誠。即懸一位以待至誠，而天位乎上，地位乎下，至誠位乎中也久矣，而人且疑其可贊而不可參也，是猶論官者，克任厥事，而猶謂其不足立乃位也。豈其然哉？若是者，非謂其盡性之後，而後見其盡人物之性以贊化育、參天地也，實可以參天地，而後謂之贊化育；實可以贊化育，而後謂之盡人物之性；實能盡人物之性，而後謂之盡其性；實能盡其性，而後謂之天下至誠。非具聖人之德，居聖人之位者，其孰能與於斯。

按，題出中庸：「唯天下至誠，爲能盡其性；能盡其性，則能盡人之性；能盡人之性，則能盡物之性；能盡物之性，則可以贊天地之化育；可以贊天地之化育，則可以與天地參矣。」朱熹集注曰：「天下至誠，謂聖人之德之實，天下莫能加也。盡其性者德無不實，故無人欲之私，而天命之在我者，察之由之，巨細精粗，無毫髮之不盡也。人物之性，亦我之性，但以所賦形氣不同而有異耳。能盡之者，謂知之無不明而處之無不當也。贊，猶助也。與天地參，謂與天地并立爲三也。此自誠而明者之事也。」尾評一曰：「理則繭絲牛毛，文則排山倒海，此種景界，自造制義來，得未曾有。」二曰：「聲始云：『語語是程朱説性，絶非荀揚所能窺測，不具如此識力，終非大家。』又云：『苦心舉示，不奈許多道理，何故其透快處，時落蘇氏文章，有大驚小怪習氣在。』」

其次致曲　二句

求人道之誠，由偏而得全者也。蓋誠一也，而必俟致曲而能有者，則不謂之至而謂之次矣。至於有誠，又安可量？且天盡人而予以性，則盡人而予以參贊之權矣，而獨尊一人以爲不可及，則以天下無不足於性之人，而有不足於誠之人也。然則人第求足其誠焉而已，而又不能，則吾又謂其無不足於誠，而有不足於性，非不足於性之理，而不足於性之氣也。蓋理止一原，氣有萬變，受理者無一異，受氣者無一同。惟無一同也，故天下皆有未足乎誠之質；惟無一異也，故天下皆有取足乎誠之功。則不得不推夫理全而氣又全者謂之至，則不得不分夫理全而氣偶偏者謂之次矣。而抑有疑焉者，至、次之名，相去而實相近也，其必與聖人未達一間焉然後可，而下此遂無足幾者耶？不知人之品量，雖甚懸絶，而以誠視之，則止有至、次而已矣；以至誠視之，則皆爲其次而已矣。何則？自大賢以下至於恒庸，其未得爲誠一也；自恒庸以上至於大賢，其可以爲誠亦一也。蓋其未得而誠者，惟曲之故，而其可以爲誠者，亦惟曲之故。其所謂曲者何也？當夫理全而氣全，則天下之氣皆統於理而不分，此之謂性；當夫理全而氣偏，則天命之理反附於氣以自見，此之謂曲也。蓋理虛而氣實，實者得，則虛者無不得矣，故性見於誠之後；氣私而理公，私者盡，則公者亦無不盡矣，故曲見於誠之先。然則至之獨尊乎次者，惟誠以前無此曲折耳；然則次之微遜乎至者，亦惟誠以前多此曲折耳。曲折者何？翳惟致曲。曲之囿於稟受者，其體超於稟受之初，而離稟受無所求體也，即其所囿者而一致之，致其不及而無弗及，致其太過而無或過，致之所以爲充盈也；曲之分於散殊者，其本立於散殊之上，而去散殊無所得本也，即其所分者而各致之，致其所知而無弗知，致其所行而無弗行，致之所以爲積累也。今夫人有僞妄而不能誠者矣，未有充盈而不能誠者也；有虛間而不能有其誠者矣，未有積累而不能有其誠者也。惟曲有自達於誠之功，斯誠無不各給於曲之勢；亦惟誠無或離於曲之道，斯曲無不共極於誠之原，一曲之自有一誠也，衆曲之止有一誠也。彼以順行而有之，此以逆取而有之；彼以統同而有之，此以博求而有之；彼以神靈而有之，此以漸次而有之。其所以爲誠者不同，而誠固無二誠也。蓋莫不生於二氣，而近健者剛居多，近順者柔居多，惟不能自克其剛柔之用，故乾坤之理恒虛；亦莫不出於五行，而得木者仁嘗勝，得金者義嘗勝，惟不能自極其仁義之純，故天地之性難返。誠由致曲而至於有誠，而誠之所極，又豈有畛域哉！

按，題出中庸：「其次致曲，曲能有誠，誠則形，形則著，著則明，明則動，動則變，變則化，唯天下至誠爲能化。」

朱熹集注曰：「其次，通大賢以下凡誠有未至者而言也。曲，一偏也。形者，積中而發外。著，則又加顯矣。明，則又有光輝發越之盛也。動者，誠能動物。變者，物從而變。化，則有不知其所以然者。蓋人之性無不同，而氣則有異，故惟聖人能舉其性之全體而盡之。其次則必自其善端發見之偏，而悉推致之，以各造其極也。曲無不致，則德無不實，而形著動變之功自不能已。積而至於能化，則其至誠之妙，亦不異於聖人矣。」晚村自記曰：「時自湖上歸，胸臆尚不惡，憶坡公詩：『所至得其妙，心知口難傳。策杖無道路，直造意所便。』又：『行至孤山西，夜色已蒼蒼。清吟雜夢寐，得句旋已忘。尚記梨花村，依依聞暗香。』西湖、東坡，一時在目也，下筆灑然。」尾評曰：「天理爛熟，隨地湧出，渾浩流轉。吾驚怖其言如河漢無極也。萊峰、震川、理齋，俱當讓一頭地。」篇中「嘗」字避諱。

此天地之所以爲大也

竟以大言天地，其所以爲大者一也。夫天地之所以爲大，即仲尼之所以爲大也。知天地，不必更言仲尼矣，故中庸直指之以明引譬之義。且天下之最易相忘者，大約在人耳目之前者也；天下之最難相信者，大約在人耳目之外者也。今有理焉，既在人耳目之前，又在人耳目之外，則忘之益易，信之益難矣。而吾以爲無易也，無難也，但不忘其耳目之前者，又何難信其耳目之外者哉？今由萬物與道而及小德大德如此，此伊誰之德歟？推二儀太極之初，此蓋虚而無所麗矣，忽而生天而麗於天，忽而生地而麗於地，忽而生天地之間而麗於天地之間，此無不全，則此無不在也，而天地得之爲最先，吾歸之於最先者而已；極參伍變化之際，此蓋紛而無所聚矣。忽而見天而聚於天，忽而見地而聚於地，忽而見天地之間而聚於天地之間，此無不得，則此無不同也。而天地出之爲長存，吾統之於長存者而已。雖然，此以爲天地，誰則謂其非天地也，而吾以爲猶未知天地者也，言天地者必及此，言此者不必主天地，吾以此言天地而人喻，吾以此不言天地而人疑矣，不言天地而人疑，則其所謂喻者，亦未嘗深思而明察也，人各有一天地在其意中，見天地，不見天地之大耳，見其大也，此則真吾意中之天地矣；此以爲天地之大，誰則謂其非天地之大也，而吾以爲猶未知天地之大也，言天地之大者必至此，言此者不必專天地之大，吾以此言天地之大而人悟，吾以此不言天地之大而人驚矣，不言天地而人驚，則其所謂悟者，亦未嘗周通而廣覽也，人各有一天地之大在其意中，見其大，不見其所以爲大耳，見其所以爲大也，此則真吾意中天地之大矣。是故天下言大者，至天地焉而止，吾言大，亦至天地焉而止，彼之言大，大以象，此之言大，大以道也，大以象，謂非天地不足以極其大，大以道，謂非大不足成其爲天地焉爾；天下言天地者，至其大焉而止，吾言天地，亦至其大焉而止，彼之大天地，以分殊，此之大天地，以理一也，以分殊，謂天地自有所以大，以理一，謂天地亦止此所以爲大焉爾。然則天地之不私其大可知也，使大而可私，則天之内不復有地，地之外不復有天，而天地之各成其大已如此矣；然則天地之不分其大可知也，使大而有分，則大天者不足以兼地，大地者不足以兼天，而天地之共有其大又如此矣。此天地之所以爲大也。

按，題出中庸：「仲尼祖述堯舜，憲章文武，上律天時，下襲水土，辟如天地之無不持載，無不覆幬，辟如四時之錯行，如日月之代明。萬物並育而不相害，道並行而不相悖，小德川流，大德敦化，此天地之所以爲大也。」朱熹集注曰：「天覆地載，萬物並育於其間而不相害，四時日月錯行代明而不相悖。所以不害不悖者，小德之川流；所以並育並行者，大德之敦化。小德者，全體之分；大德者，萬殊之本。川流者，如川之流，脈絡分明而往不息也；敦化者，敦厚其化，根本盛大而出無窮也。此言天地之道，以見上文取辟之意也。」此文取末句「此天地之所以爲大也」爲題，而「此」字囊括上文，故實爲全章之題，正尾評所云：「句句説仲尼，卻句句只説天地，許多夾帶添補之法，到此都用不著。只緣人止做得『大』字，故仲尼終在天地外；此文止做『所以爲』三字，故仲尼即在天地中。鴈過長空，影留寒水，此境界但許嚙木札人參取耳，依口學舌者當之，未免喪身失命。」

孟子曰天　全節

大賢以王道言兵，凡兵者皆詘矣。夫天時、地利，固戰勝之具也，而必勝不如人和，人主可不思得道以致之哉？且天高地下，人生其間，紛爭而不得和，而戰之事以起，而所以戰之術以深，凡皆以求勝也。然有百戰百勝，而不勝之理自在，及未嘗一戰而必勝之理又自在，豈其爲術特殊與？抑求勝於戰之内，不若求勝於戰之外也；求勝於戰之時，又不若求勝於戰之先也。自君子不言戰，而天下之言戰益多；自天下爭言戰，而君子之言戰益少。遂疑天下之不善戰者，莫君子若矣，而吾謂天下之至善戰者，則莫如君子。何則？天子求勝於戰之内與戰之時，則曰天時、曰地利、曰人和；君子求勝於戰之外與戰之先，則曰得道。天下言天時，言地利，亦言人和，其視人和，猶之乎天時地利也，先有一必戰之意以求人和，故生聚教訓之法，霸者用之，屢盛而屢衰，其盛者，人和也，其衰者，不得道之人和也；君子言得道，亦言人和，其視人和，非猶夫天時地利之人和也，先有一不戰之意以求人和，故仁漸義摩之事，王者用之，愈隱而愈顯，其隱者，得道也，其顯者，得道則人和，而天時地利亦環至而立效也。自天下言之，天時、地利、人和無異也，而吾以爲大異也，天時雖精，等而下之，至不得與地利等，地利雖險，推而上之，亦僅可與天時抗，以言乎人和，則皆不如也，夫六神七殃，不廢吉凶，伊闕孟門，不棄形勢，然人和可以得天地，而天地不可以得人和也，不然，以弱小而或受久遠之圍，以富强而僅效堅壁之計，宜多易奏之功矣，而不勝者如是，委去者如是，則何故哉，謂其不如，誠哉其不如也；自君子言之，人和其要也，而吾以爲尤有要也，天下誰能助我者，而自我多之，則已不勝其多，天下誰非助我者，而自我寡之，則并不止於寡，惟至於得道，則無不勝也，夫關梁要害，不忘修謹，稱干比戈，不廢明威，然人和而有不恃之地利，亦得道而有不求之人和也，不然，以仇敵而生肘腋之中，以腹心而望河山之外，宜多相悖之理矣，而所順者如是，所畔者如是，又何故哉，謂其必勝，誠哉其必勝矣。蓋天時地利，亦爲有國之需，而得道人和，自具兼收之效，則天下之至善戰者，尚有過於君子哉？孔子曰：「我戰則克。」蓋得其道矣。

按，題出孟子公孫丑下：「孟子曰：『天時不如地利，地利不如人和。三里之城，七里之郭，環而攻之而不勝。夫環而攻之，必有得天時者矣，然而不勝者，是天時不如地利也。城非不高也，池非不深也，兵革非不堅利也，米粟非不多也，委而去之，是地利不如人和也。故曰：城民不以封疆之界，固國不以山谿之險，威天下不以兵革之利。得道者多助，失道者寡助。寡助之至，親戚畔之；多助之至，天下順之。以天下之所順攻親戚之所畔，故君子有不戰，戰必勝矣。』」尾評曰：「天時地利人和，當時想有此三說，皆爲用兵言耳。孟子因爲推論，側出人和以得民心爲要。翫下『多助』一段，正是説人和，而上加『得道』二字，正欲人求所以得人和之本，故曰：『有不戰，戰必勝。』原不專主用兵言也。看書精細至此，真恨古人不見我矣！文之奇幻雄深，又屬餘事。」

今有受人　罪也

齊臣自有得爲之責，罕譬焉而知愧矣。夫大夫則未有無所得爲者也，非反諸其人，即立視其死。牧且有然，而曰爾何無罪與？嘗謂國家受才臣之患，不若受庸臣之患深，何則？才臣之患在敢爲，天下共見其喜功之多敗，故雖有可原之心，而其罪彰；庸臣之患在不敢爲，天下共白其尸位之無他，故雖有甚深之禍，而其罪隱。夫庸臣亦不自意其至此也，惟避害之計切，而匡濟之術無聞，持禄之念深，而進退之義不立，故阿世苟容，其患甚於殘忍刻薄之所爲，而庸臣之學術，長爲厲於民生國步之間。以平陸大夫論，有大夫所得爲者焉，有大夫所不得爲者焉，有大夫所不得爲而自有其得爲者焉，而大夫概曰：「此非距心之所得爲也。」嗟乎！其果無所得爲也哉？夫老羸之轉，有轉之者也，壯者之散，有散之者也，此非大夫之所得爲也，然有所得爲者，在未轉與散之先；即老羸之轉，雖欲不轉焉而不可得也，壯者之散，雖欲不散焉而不可得也，此真非大夫之所得爲也，然不得爲而自有其得爲者，在既轉與散之際。當未轉與散之先，固有爲之求之一法焉，蠲租賑恤之德，沮格於下施，亦請之之無術也，悉草野之隱微，而呼號爲可信，審政府之通計，而措置爲可行，豈非所得爲者乎，而大夫曰「否」，此未知服官之難者也，有成例焉，不可以瀆告，有上旨焉，不可以逆攖，於是舉其不欲求與不善求之私，而并責其罪於朝廷，則求之一法廢矣；然既轉與散之際，尚有反諸其人之一法焉，貪殘刻吝之政，因循於已壞，亦爭之之無人也，不以膏脂事權貴，則去就可輕，不以催科博殿最，則進退自裕，豈非不得爲而自有得爲者乎，而大夫曰「否」，此未盡仕宦之巧者也，將沽名乎，無以保首領，將植節乎，無以長子孫，於是隱其不肯反與惟恐反之意，而盡諉其罪於功令，則反之一法又廢矣。譬之爲人牧焉，既不求夫芻牧，又不反其牛羊，主者不以爲非，牧人不以爲疚。胔骼蔽野，寵眷不衰，僚友徒屬，轉相秘授。蓋自受事之始，以迄報績之終，獨有立而視其死之一法爲極良耳。言及此，距心之罪不可掩矣。不得爲而遂無所爲，何貴乎有康濟之略，謂是勢之無可如何也，無可如何之勢，忠臣以之盡瘁，鄙夫即以之養奸，若之何浚民之生，爲大夫養奸地也；且有可爲而終無所爲，何貴乎有明哲之謀，謂是情之必不得已也，必不得已之情，烈士以之殉身，僉壬即以之誣禄，若之何斂民之命，爲大夫誣禄計也？然而幸也，大夫其猶知乃罪也，進無以匡時，退無以潔己，惟此引咎難安，猶足愧包羞集詬之倫；然而惜也，大夫其僅知乃罪也，進無以匡時，退無以潔己，雖或撫躬自悼，卒成夫玩世詭時之學。嗚呼！此距心有距心之罪，不得上歸於王，故王亦自有王之罪，亦不得下移於距心也哉。

按，題出孟子公孫丑下：「孟子之平陸。謂其大夫曰：『子之持戟之士，一日而三失伍，則去之否乎？』曰：『不待三。』『然則子之失伍也亦多矣。凶年饑歲，子之民，老羸轉於溝壑，壯者散而之四方者，幾千人矣。』曰：『此非距心之所得爲也。』曰：『今有受人之牛羊而爲之牧之者，則必爲之求牧與芻矣。求牧與芻而不得，則反諸其人乎，抑亦立而視其死與？』曰：『此則距心之罪也。』他日，見於王曰：『王之爲都者，臣知五人焉。知其罪者，惟孔距心。爲王誦之。』王曰：『此則寡人之罪也。』」朱熹集注引陳氏曰：「孟子一言而齊之君臣舉知其罪，固足以興邦矣。然而齊卒不得爲善國者，豈非説而不繹，從而不改故邪？」是文末言「王亦自有王之罪，亦不得下移於距心」者，正所謂「萬民有罪，罪在朕躬」也。尾評曰：「立而視其死，是後世巧宦家傳衣鉢，被此作以痛哭笑駡盡發之，令汝曹無言抵對。」

孟子道性 一節

記大賢之告儲君，首發性善之旨，復引以盡性之人焉。夫性善之説，古今之所未發也；堯舜之盡性，又古今之所最尊也。孟子之告世子必以此，敬世子乎？悟之也。嘗考禹謨言心而不言性，是性之名，古未立也；湯誥言性而不言心，是性之理，中古亦未明也。至孔子始明其理。然而繼善之言，則猶就造化言之也；相近之言，則已合氣質言之也。至子思則其理愈明矣。然而言天命，猶未嘗直指其故；言盡性，猶未嘗直指其人也。聖賢豈能異同損益於其間哉？天下言性者少則其言渾而全，言性者多則其言尊而正，言性者大亂則其言斷而盡，親而有據，勢使然也。於是孟子受業於子思，而盡發其旨。當是時，天下言性者紛起，有謂性無善惡者，有謂性有善惡者，有謂性可忽善而忽惡者，至有謂性且本惡者，由其説，不至於胥天下而桀紂焉不止。孟子懼之，爲之明其理，且立其名曰「性善」；而又爲之指夫全其理，且實其名者曰「堯舜」。嘗以此教弟子、待來學，蓋稱述不衰矣。至是滕世子就見，乃即以其説啟之，何歟？古之世子，其教始於深宮阿保之年，則固有之良，出於本然者無損，由是進之以勳華，亦但充其義而盡其類，故三公坐論而不驚，今則宦官宮妾而已矣，習俗深，則必爲之返其原，不則本基既失，而後此之敷施何託乎；抑古之世子，其業成於入學齒胄之後，則大同之量，習於論説者既深，由是極之以綏猷，亦止尊所聞而行所知，故五帝程功而不讓，今則富强功利而已矣，趣向卑，則必爲之立其極，不則規模既隘，而繼此之法制安行乎？昔者嘗三見齊王而不言事，曰「我先攻其邪心」，是言也，猶此旨與？然而孟子不明其意也，世子又一無所辨難也，而諄諄然，而嚾嚾然，但聞其委曲而詳盡者，無非此理也，其指陳而引據者，無非此人也，約略記之，則以爲道性善，言必稱堯舜云，吾於是而知性善之説爲至精也。人之未生，此理自在兩間，兩間者，善而已矣，而分而爲陰陽，陰陽皆善也，自毗陽而亢焉，毗陰而凝焉，兩間且有不善矣，而究不可謂所毗者非陰陽，則究不可謂毗者非善也，化其毗者而善矣，惟天地實化之，天地亦僅全此善耳；人之既生，此理具歸一體，一體者，善而已矣，而列而爲仁義，仁義皆善也，自過仁而兼愛焉，過義而爲我焉，一體且有不善矣，而究不可謂所過者非仁義，則究不可謂所過者非善也，正其過者而善矣，惟堯舜實正之，堯舜亦僅全此善耳。此其理，雖盡悉其説，學士大夫猶或震之，況世子之問未深矣。而孟子以至震之説，加易震之人，以甚深之義，施未深之問，而且以難盡之語，試之以不盡之詞，信乎否耶？吾固知其反也。

按，題出孟子滕文公上：「滕文公爲世子，將之楚，過宋而見孟子。孟子道性善，言必稱堯舜。世子自楚反，復見孟子。孟子曰：『世子疑吾言乎？夫道，一而已矣。成覸謂齊景公曰：彼丈夫也，我丈夫也，吾何畏彼哉？顏淵曰：舜何？人也；予何？人也，有爲者亦若是。公明儀曰：文王我師也，周公豈欺我哉？今滕，絶長補短，將五十里也，猶可以爲善國。書曰：若藥不瞑眩，厥疾不瘳。』」朱熹集注曰：「性者，人所稟於天以生之理也，渾然至善，未嘗有惡。人與堯舜初無少異，但衆人汨於私欲而失之，堯舜則無私欲之蔽，而能充其性爾。故孟子與世子言，每道性善，而必稱堯舜以實之。欲其知仁義不假外求，聖人可學而至，而不懈於用力也。門人不能悉記其辭，而撮其大旨如此。……時人不知性之本善，而以聖賢爲不可企及，故世子於孟子之言不能無疑，而復來求見，蓋恐別有卑近易行之説也。孟子知之，故但告之如此，以明古今聖愚本同一性，前言已盡，無復有他説也。」又引程子曰：「性即理也。天下之理，原其所自，未有不善。喜怒哀樂未發，何嘗不善。發而中節，即無往而不善；發不中節，然後爲不善。故凡言善惡，皆先善而後惡，言吉凶，皆先吉而後凶，言是非，皆先是而後非。」尾評曰：「此是程朱以後一則論性書，如布帛菽粟、耒耜陶冶，爲宇宙一日不可少者，莫僅作文字念過。」

請野九一一節

助不可不行，貢不可盡廢，通其意於徹也。夫井地之法，惟助當必行耳，然貢亦有可兼者，以佐助之難行也。野與國中分治之，其即周徹之遺意也歟？且從來新進喜事者好言變更，然不敢顯畔祖宗之制，則必援返古之説以售其私，而假借之術，其弊深於蔑古；老成守法者力持由舊，然不能參劑朝野之宜，則必執非今之見以絶其類，而矯激之過，其患即復於從今。此帝王良法美意，每壞於主張之偏甚者不少也。惟審乎地之所不齊，因乎時之所不悖，主古之善者，以兼行古之不善者，則善者固善也；復古之不善者，去今之不善者，以濟古之善者，則不善者亦善矣。如分田制禄，古法之最善者，助也；其不盡善者，貢也；兼善不善而通之者，徹也；由古法之不善，而爲今之尤不善者，假貢而爲今之自賦也。然則滕今日宜何從？三代之制互異，而其實從同，九一固取一，什一亦取一也，其爲善與不善，所爭止在因革損益之間；近世之號亦陽奉，而其實陰違，廢助固廢其九一，用貢亦廢其什一也，其爲不善之不善，所分直在仁暴公私之際。然則法古者，但得其九一什一之意而已矣，其詳不必盡合也；救今者，亦去其廢九一什一之害而已矣，其名不必盡罷也。此其道宜仍夫徹之遺意而變通之，吾得而有請：嘗聞周制，國至四郊，爲六鄉六遂，凡十五萬家，都鄙則在鄉遂之外，所謂甸稍縣畺者也。其於都鄙也，爲之建其長，食采者也，立其兩，佐貳也，設其伍，大夫五也，陳其殷，旅士也，置其輔，府史胥從也，滕之五十里，有如是之都鄙乎，則謂之野而已矣；其於鄉遂也，比長里宰，下士也，閭胥鄰長，中士也，族師鄙師，上士也，黨正縣正，下大夫也，州長遂大夫，中大夫也，鄉老鄉大夫，公卿也，滕之五十里，有如此之鄉遂乎，則謂之國中而已矣。且古之都鄙也，叔伯之食邑在焉，公孤之采邑在焉，然且井牧其田野，是知世禄之必出於助也，於是小司徒制之，井邑丘甸，咸以四起數，則其體方正，方正則尤宜於助焉，滕之野，豈無沃衍之區，足煩經畫者乎，雖阡陌久更，而都鄙皆野人，則復古也易，此不可不亟正之者也，正之者，亦正其九一耳，而必復夫助焉，環而耕者，既忘會斂之文，借而耕者，已受班秩之誼，如是而叔伯之所供，公孤之所御，庶幾其隆養也哉；抑古之鄉遂也，遂人以興鋤利甿焉，里宰以歲時合耦焉，未嘗輸税於郊畿，是知徹田之專行夫助也，然而大司徒制之，比閭族黨，皆以互相聯，則其體奇零，奇零則可通於貢矣，滕之國中，況有溝澮之界，久供任地者乎，雖良法貴一，而鄉遂依君子，則輸將也便，此其可以兼用之者也，用之者，亦用其什一耳，即可使自賦焉，尊其征者，猶因斂賄之名，寬其征者，已損多加之實，如是而利甿者及乎老穉，合耦者洽其室家，庶幾其遍德也哉？蓋助法之善，本無不可行之地，況又有野之平曠者也，蓋去國遠，則凶豐難察，故但行助，而縣正以叙賞罰斂稼事，則亦無曠土惰游之患矣，或謂野兼山林陵麓，未必能通九一之規，不知隨地爲井，則隨地爲助，齒角羽翮之利，此公於民而不損於民者也，又何疑助之難復乎；抑自賦之不善，本可以不行之道，而其如國中之錯壤何也，蓋去君近，則情僞易知，故可行貢，而司稼以年上下出斂法，則亦未嘗有定額取盈之患矣，或謂國中多闤闤朝市，豈其盡同什一之際，不知國宅無征，則非穀無貢，園廛漆林之異，此輕其無田而重其非田者也，又何慮貢之流弊乎？ 況鄉遂地寡，而都鄙地多，則行貢自不及行助之廣；且九一數厚，而什一數薄，則行貢又正用行助之寬。徹法雖未盡詳，而大義已略備於此。

按，題出孟子滕文公上：「使畢戰問井地。孟子曰：『子之君將行仁政，選擇而使子，子必勉之。夫仁政，必自經界始。經界不正，井地不均，穀禄不平，是故暴君汚吏必慢其經界。經界既正，分田制禄可坐而定也。夫滕，壤地褊小，將爲君子焉，將爲野人焉。無君子，莫治野人；無野人，莫養君子。請野九一而助，國中什一使自賦。卿以下必有圭田，圭田五十畝，餘夫二十五畝。死徙無出鄉，鄉田同井，出入相友，守望相助，疾病相扶持，則百姓親睦。方里而井，井九百畝，其中爲公田。八家皆私百畝，同養公田。公事畢，然後敢治私事，所以别野人也。此其大略也，若夫潤澤之，則在君與子矣。』」朱熹集注曰：「文公因孟子之言，而使畢戰主爲井地之事，故又使之來問其詳也。井地，即井田也。經界，謂治地分田，經畫其溝塗封植之界也。此法不修，則田無定分，而豪强得以兼并，故井地有不均；賦無定法，而貪暴得以多取，故穀禄有不平。此欲行仁政者之所以必從此始，而暴君汚吏則必欲慢而廢之也。有以正之，則分田制禄，可不勞而定矣。……此分田制禄之常法，所以治野人使養君子也。野，郊外都鄙之地也。九一而助，爲公田而行助法也。國中，郊門之内，鄉遂之地也。田不井授，但爲溝洫，使什而自賦其一，蓋用貢法也。周所謂徹法者蓋如此。以此推之，當時非惟助法不行，其貢亦不止什一矣。」尾評曰：「此是周徹法，卻不純是周徹法，故孟下箇『請』字。周徹亦井田九一，但公田斂法不同，故下箇『而助』字。徹兼貢法，貢只是什一，後來加重爲自賦，故下箇『什一』字。助法善必當復，貢之名可不必復，故下箇『自賦』字。就滕壤而言，故下箇『野』與『國中』字。無一字無着落，無一義不疏明。」

孔子之謂　二節

唯時聖能合三聖之全，知異而聖益不同也。蓋孔子之異於三聖者，實以知聖合三聖之大，而其所以能合者，則尤在乎知也。觀之樂，復觀之射，不可得其獨尊之故哉！且以天下視聖人，凡爲聖人無異也；以聖人視聖人，而後悟聖人亦自有其偏全焉。不知一聖之全，不知群聖之偏也；不知一聖之所以全，亦不知群聖之所以偏也。觀其後，見并包之量有甚宏；遡其先，見本源之際有獨至。此其説可善喻而得之。吾列叙四聖而分系之以名，得無謂清、任、和之與時，各專一聖人之號，而莫能相兼，將同類而並觀也哉？此明乎聖之謂聖，而未明乎孔子之謂孔子也。今夫春秋冬夏，析之無不可以極一氣之理，而必以備序者爲元運之周；速久處仕，分之無不可以盡一聖之德，而必以統同者爲變化之至也。然而時也者，循環而不見其始，流行而不見其終，是可以觀孔子之聖，而未可以觀孔子之聖之事矣，則猶未明乎孔子之謂也。孔子之謂集大成。夫春秋號樂，統名金奏；詩頌和平，必依磬聲。蓋以建中和而總條貫，以降天神，出地示，實惟金聲玉振主之。何則？編金之鏗也，編石之辨也，匏土之函胡也，革木之隆大而無餘也，絲之哀而竹之濫也，大不揜細，短不淩長，分而觀之，始終咸具，此所謂條理者也。然八音各自有其端，而不能共爲端；各自有其止，而不能共爲止。合同而化之外，有爲之綱紀者焉，則金聲所以始條理，而玉振所以終條理也。吾於是憬然於孔子之事矣。洪纖清濁，翕然萬殊，始之所以極其變也；清越和平，詘然一貫，終之所以成其章也。故有鎛鐘以宣其氣，而有特磬以飭其歸，猶之有神明以開其天，而有化裁以入其域，知事也，聖事也。孔子之集大成以此。然而知也，聖也，不第孔子有也。知清而後能清，知任而後能任，知和而後能和，三子未嘗非知也；知清而必底乎清，知任而必底乎任，知和而必底乎和，三子又未嘗非聖也。然而集大成必歸孔子者，非其聖之有至有不至，而由其知之有大有不大矣。此其理猶射者然，射而不至，直不可謂之射；至而不中，則已及乎百步之外矣。雖失鵠焉若毫釐，固不爲病，然有發必破的者過之，終不若其至而中者之巧力兼絶也。然則三子之止於清、任、和也，聖限之乎？知限之乎？孔子之集大成也，聖異之乎？知異之乎？以是知賦受之散殊，雖聖人不能無厚薄，惟克盡夫賦受之量，斯散殊皆可以盡性，學聖者固恃有力行之功；而理道之中正，雖聖人不能無明蔽，惟推極夫理道之原，斯中正自出於窮神，學聖者尤貴得致知之要。其在易曰：「知至至之」，致知也，知之在先，故可與幾；「知終終之」，力行也，守之在後，故可與存義。然而皆統乎知矣。則知也，聖也，在孔子者一而無端，在學孔子者分而有序。

按，題出孟子萬章下：「孟子曰：『伯夷，聖之清者也。伊尹，聖之任者也。柳下惠，聖之和者也。孔子，聖之時者也。孔子之謂集大成。集大成也者，金聲而玉振之也。金聲也者，始條理也。玉振之也者，終條理也。始條理者，智之事也。終條理者，聖之事也。智，譬則巧也。聖，譬則力也。由射於百步之外也，其至，爾力也，其中，非爾力也。』」朱熹集注曰：「張子曰：『無所雜者清之極，無所異者和之極。勉而清，非聖人之清。勉而和，非聖人之和。所謂聖者，不勉不思而至焉者也。』孔氏曰：『任者，以天下爲己責也。』愚謂孔子仕、止、久、速，各當其可，蓋兼三子之所以聖者而時出之，非如三子之可以一德名也。或疑伊尹出處，合乎孔子，而不得爲聖之時，何也？程子曰：『終是任底意思在。』……此章言三子之行，各極其一偏，孔子之道，兼全於衆理。所以偏者，由其蔽於始，是以缺於終。所以全者，由其知之至，是以行之盡。三子猶春夏秋冬之各一其時，孔子則大和元氣之流行於四時也。」尾評曰：「識趣淵微，矩步雄闊，殆非細儒所敢聞。其筆法奇矯，亦當在正蒙理窟中求之。」

此五人者　友矣

進斷大夫友德之心，惟自忘故能使人忘也。夫使獻子而有不能忘貴之友，是猶獻子之有挾也。斷以不與之友，而五人之忘貴也可知，則獻子之不挾也更可知。今天下諸公子爭下士，士應之以千百計，謂非賢公子能自忘其貴不至此。嗚呼！此正震震然以貴收之耳。使其身生韋布，即折節相傾納如今日，豈有歸之者哉？友之者曰：「吾以如是之貴而下士，則莫不爲我致也。」其致以德？仍致以貴也。爲之友者曰：「彼以如是之貴而下士，則安得不爲之死也。」非死其德，仍死其貴也。蓋其視貴也重，而以輕用之，天下阿合苟容者流，鮮不爲貴所驅使，固無足怪，獨奈何有下士之德而挾貴以行，其所得士，止阿合苟容，阿合苟容之出其門，士之所以不至也，亦甚愧於孟大夫之取友矣，大夫之友，無大夫之家，固也，使大夫而自有其家，大夫之友，亦必久矣不與大夫友，亦固也，然亦幸而大夫之友，無大夫之家者耳；倘不能無大夫之家，即無之矣，或陽示以貧賤之肆志，而陰感其富貴之輕身，或外飾以脱略之形骸，而中藏其精工之媚術，辱車騎於市井之間，爭飲食於傳舍之内，以就好賢之名，而成輕侯王之節，若此者，無獻子之家，而實有獻子之家者也，於是聲聞於諸侯，而權重於國，封地日以侈，奉邑日以廣，大夫即欲不自有其家，何可得哉，然則幸而大夫之友，無大夫之家者耳。而又不然。大抵權門赫奕之氣，多成於承旨藉餤之人，居勢者不自知其勢之可尊也，有慕勢而來者，而勢尊矣，有來而善張其勢者，而勢益尊矣，推崇之事盡，則箕倨少間，遂驚其有屈己之奇，知其庭必無賢者之跡也，此固獻子之有賴乎五人也；若夫賓客諛佞之風，又多開於驕矜縱恣之主，附勢者不敢遽謂其勢之可親也，有乘勢以招者，而勢親矣，有招以益重其勢者，而勢愈親矣，頤指之習成，則迎合至深，反謂其有忘形之雅，知其人必無正直之交也，此則五人之有賴乎獻子耳。不然者，五人有高世之行，而獻子無樂道之誠，此五人者必不得合；即合焉，而嫌隙生於燕媟之間，讒譖來於忌嫉之口，獻子之家，又安得五人之名而稱之也哉？且獻子以百乘之家而求友，天下聞聲影附，進於前者，不可勝數，要皆求友於獻子者也，而獻子之友，卒僅以五人著，是五人以外，皆不與之友矣。其不與之友何也？有獻子之家者也。然則大夫之友，無大夫之家，其以爲幸也亦宜。非幸獻子，幸五人也，幸五人即所以幸獻子也。不然，此五人者亦有獻子之家，則不與之友矣。嗟乎！世流日下，朋友道衰。布衣昆弟之好，每見棄於仕宦之時；平居道路之人，忽言歡於顯榮之日。至於曳裾侯門，雖執鞭有欣慕焉；或且挾其聲勢以奔走天下，天下不以爲非，交游不以爲恥。若而人者，不爲孟大夫所斥，亦五人之罪人矣哉！

按，題出孟子萬章下：「萬章問曰：『敢問友。』孟子曰：『不挾長，不挾貴，不挾兄弟而友。友也者，友其德也，不可以有挾也。孟獻子，百乘之家也，有友五人焉：樂正裘，牧仲，其三人，則予忘之矣。獻子之與此五人者友也，無獻子之家者也。此五人者，亦有獻子之家，則不與之友矣。非惟百乘之家爲然也。……用下敬上，謂之貴貴。用上敬下，謂之尊賢。貴貴、尊賢，其義一也。』」此文取「此五人者，亦有獻子之家，則不與之友矣」爲題，實是做全章文。朱熹集注曰：「孟獻子，魯之賢大夫仲孫蔑也。張子曰：『獻子忘其勢，五人者忘人之勢。不資其勢而利其有，然後能忘人之勢。若五人者有獻子之家，則反爲獻子之所賤也。』……此言朋友人倫之一，所以輔仁，故以天子友匹夫而不爲詘，以匹夫友天子而不爲僭。以堯舜所以爲人倫之至，而孟子言必稱之也。」尾評一曰：「雄辨易騁，然第爲五人作傳，與章意『不挾』去遠矣。着力折取末句，字字爲五人寫照，卻字字爲獻子傳神。」二曰：「人遇此等題，説得蘭盟石契，似一幅正交論耳。今日卻翻出疾邪詩辨奸論心手，或危言似激，或微文似嘲，吾知其胸中有幾許不平，無處消得，借題抒寫。」

舜發於畎　於市

歷數遇合之奇，其遇合之前可思也。夫舜説諸人，其表見於世者，大約從其發與舉之後觀之耳。試數其所發所舉之由，不出於一而若出於一，君子不得不致思於其際矣。今夫人當貧賤，則未有不思及古之富貴人者，曰「何其不類我也」，此其人於古人無與也，其意薄也；人當貧賤，則未有不思及古之貧賤而後富貴人者，曰「何其不異我也」，此其人於古人猶無與也，其氣矜也。不實見古人之所以富貴，不實見古人之所以貧賤而富貴，不特富貴非古人，即貧賤亦非古人，則安得不取古人衆著之迹而詳觀之？夫古之生而富貴者有幾人哉？使運會有隆而無污，德業有全而無歉，則皆生而富貴可也。而不能也，於是乎五帝之末而有舜。當帝之終，王之始，生舜於其間，不於青宮，則於群后，夫豈不足以徵庸而受終也哉？而必自歷山來也。則帝佐之所發可見也。自是以後，無布衣而爲天子者，猶有布衣而爲相，則必賴夫舉之者矣，後數百年而有傅説，當殷室衰復之會，又數百年而有膠鬲，當周家興革之時，此二人者，帝胄焉可也，望族焉可也，而一則於胥靡，一則於負販，則王佐之所舉可按也；自是以後，無舉於天子者，猶有舉於諸侯，則亦仍夫舉之而已，王降而霸，管夷吾之功尊，霸降而外裔，孫叔敖、百里奚之業偉，此三人者，獨不可出之華閥哉，獨不可出之故國哉，而或則於纍囚，或則於九澤，或則於五羖，則霸佐之所舉可驗也。當其世之變也，此數人者固不知也，及乎既發與舉，而後知世之變也如此；當其與世俱變也，此數人者又不知也，及乎既發與舉，而追意夫未發與舉之初，而後知與世俱變也如此。而抑有説者，於畎畝不即爲舜，於版築不即爲説，於魚鹽不即爲鬲，於士不即爲夷吾，於海不即爲敖，於市不即爲奚，而此數境者，獨見重於數人，若爲發爲舉，不在數境，而自在數人，則何也；而抑有説者，不於畎畝何損於舜，不於版築何損於説，不於魚鹽何損於鬲，不於士何損於夷吾，不於海何損於敖，不於市何損於奚，而此數人者，必見重於數境，若爲發爲舉，其在數人者，正在數境，又何也？悲憫窮愁，未必盡生君相，厚生福澤，嘗以此豢庸材，而或者曰：「舜，聖帝也。説與鬲，猶賢輔也。夷吾敖奚，直偏霸材也。是殆不可同年而語矣。」然而雖聖賢不免焉如是，即偏材不免焉如是，謂以此難聖賢也，則其待偏材過刻，謂以此厚偏材也，則其待聖賢又過薄矣。然而非薄也，非刻也，若畎畝，若版築，若魚鹽，若士，若海，若市，皆可以爲舜而有説鬲焉，皆可以説鬲而有夷吾敖奚焉。顧其人自爲之，非天意也，而天意也。

按，題出孟子告子下：「孟子曰：『舜發於畎畝之中，傅説舉於版築之間，膠鬲舉於魚鹽之中，管夷吾舉於士，孫叔敖舉於海，百里奚舉於市。故天將降大任於是人也，必先苦其心志，勞其筋骨，餓其體膚，空乏其身，行拂亂其所爲，所以動心忍性，曾益其所不能。人恒過，然後能改。困於心，衡於慮，而後作。徵於色，發於聲，而後喻。入則無法家拂士，出則無敵國外患者，國恒亡。然後知生於憂患而死於安樂也。』」尾評一曰：「上下數千年，眼大心雄，何處着一語餒餡。」二曰：「全旨正欲人『動心忍性，增益其所不能』，所謂『若要熟，須從這裏過』也。時文輒作感士不遇賦，即有慷慨氣燄，亦是窮秀才攀古人作空頭門面語耳。今日甕齏鶉結者，『苦其心志』五句，大率不免，塵埃中安有如許天才宰相耶？讀此令人浮氣都盡。○是案也，案中不可着議論，此卻純乎議論矣。仍是案，不是斷。似奇反正。因想作文有何體格，總爲鈍漢説法耳。」

孔子登東　二句

推聖人以作則，而先得其峻極之量焉。夫聖人之中有孔子，亦猶夫方之有鎮而嶽之有宗也，而要其視下之益小，有可與登者之所見相喻者，此固難爲未登者道也。今天下異流爭尚，幾欲分一人之統而與之並峙，危乎？曰：不危。其高出於尋常萬萬者自在也。

夫古人往矣，其高出於尋常者，亦古人自得之耳，何恃而不危？恃後之人，有馴致乎其域者，以其身體之，睪然於古人之俯視斯世如是也，而後知其高出於尋常者，本歷終古而不遷，以待攀躋者之自驗焉耳。得不重思我孔子哉！孔子集群聖之成，古今不得配，帝王不得加，豈復有能至焉者乎？則高出於尋常者，其孰從而知之？嘗竊不自量，庶幾願學焉，然而不敢驟也，久之自以爲進矣，百家其下矣，而孔子如故；然而不敢止也，久之自以爲益矣，諸子其後矣，而孔子如故。然則孔子其可至者耶？其不可至者耶？未可知也。則所謂高出於尋常者，又孰從而信之？雖然，以吾之所未至，度孔子之已至，以吾未至之所見，度孔子已至之所見，恍然得孔子之爲孔子矣。殆猶登山然，而或者猥曰：「孔子者，非積累之所致也，非有根抵之可尋也，又非離群絶俗、睥睨一世者也。」今試取登山者而問之曰：「而能一蹴而至其顛乎？能不歷原麓而飛越上下乎？能平崔嵬巀嵲與峛崺㟝嶁一視乎？」曰：「不能也。」不能，則何足以語孔子！雖然，此論孔子之爲孔子，猶問登山者之所由登也。吾不知孔子果何以成孔子，而第論夫既成之孔子，亦猶不知人果何以能登山，而第論夫已登山之人。則孔子非有意於尊己也，而有不得不尊，非有意於藐世也，而有不得不藐者，其所處然也。今夫魯，負環瀛，帶沂泗，兼隸郲莒，奄及淮徐，地非不廣也，而有登東山者焉，則以爲無幾，魯其微者也，東山其下者也；今夫天下，南極吴越，北抵燕代，東漸齊魯，西逾秦晉，徑非不遠也，而有登泰山者焉，則以爲不盡。小魯小天下，自未嘗登者聞之，鮮不笑而卻走也，後有登者，輒自信其不誣，準此而推，魯不止於東山，登東山而衆山皆絀矣；天下不止於泰山，登泰山而東山且絀矣。然則人固有在一國而輕於一國者，亦有重於一國者，未有重於一國而一國反輕者也；人固有在天下而屈於天下者，亦有尊於天下者，未有尊於天下而天下反屈者也。且東山泰山，非甚難測也；魯與天下，非真弱小也。然而所處之地崇，則所見之物細已如此，況於不可限量之人，臨群焉淆亂之世哉！然而天下能信登東山泰山之可以小魯小天下，而不能信孔子者，何也？東山泰山可長存而測焉，而孔子不可復測也；可相繼而及焉，而孔子不可幾及也。不知孔子亦止一先登東山泰山者耳。奕奕者自若也，喦喦者未嘗頹也。人各有一東山泰山，未嘗一登，而諉之曰：「不能一蹴而至也，不能舍原麓而飛越上下也，不能使崔嵬嶻嵲等於峛崺㟝嶁之易也。」是以東山泰山爲終不可登之地，而且并疑夫小魯小天下之未必然也，又何足以語孔子！

按，題出孟子盡心上：「孟子曰：『孔子登東山而小魯，登泰山而小天下。故觀於海者難爲水，游於聖人之門者難爲言。觀水有術，必觀其瀾。日月有明，容光必照焉。流水之爲物也，不盈科不行。君子之志於道也，不成章不達。』」此文取「孔子登東山而小魯，登泰山而小天下」二句爲題，不涉上下文。尾評曰：「題步甚窘，轉側易爲淩犯，扶牆捫壁，神氣索然，安得雄奇浩瀚如許！讀一再過，疑有神龍蜿蟺，雷雨暴注。」

居仁由義　二句

就所居與由而大其事，知仁義之爲事本矣。蓋居仁由義，士之尚志有然耳，而大人之事，已不外乎此，天下又安有事之備如士者哉？聞之古者天子、諸侯、卿大夫以及庶民，無一不出於學，則無一非士也。學而爲天子焉，學而爲諸侯焉，學而爲卿大夫焉，學而爲庶民焉。位遞降而卑者，人因乎事也，蓋其爲事愈尚，則其爲人愈微；職遞分而衆者，事因乎志也，蓋其爲志益薄，則其爲事益少。故可以統乎諸侯而爲天子，統乎卿大夫而爲諸侯，統乎庶民而爲卿大夫。自大夫以下爲庶民，統乎人者也，小人之事也；自大夫以上至天子，皆能統人者也，大人之事也。先王位士於大夫之下、庶民之上，而不畀之以事，若曰「自此以上皆若事，自此以下皆非若事」云爾。夫士何遂得爲天子、諸侯、卿大夫哉？其所學之仁義同也。自三代以來，無學而爲天子、諸侯者，於是大人之事尚屬之天子、諸侯、卿大夫，而仁與義尚屬之士。天子、諸侯、卿大夫不復知有仁義，故雖有大人之事，直與無事等。若夫士也，其居則在仁如此，其路則在義如此矣，而又不得爲大人，則其事亦不著，何怪天下之重疑其無事也？雖然，吾特慮士不尚志，則不能居仁而由義焉耳。果居仁矣，一體之愛至，則天地萬物之愛與之俱至，極之誅殛不廢於帝廷，放伐不傷於王世，總以全夫愛之之方，夫愛之之方，則久在儒者一體中矣；果由義矣，日用之宜得，則散殊高下之宜與之同得，極之受禪而不疑其泰，力征而不病其貪，總以協夫宜之之理，夫宜之之理，則已歸儒者日用間矣。由是而卿大夫焉可也，諸侯焉可也，天子焉亦可也，惟其備也，舉而措之者也；由是而不卿大夫焉可也，不諸侯焉可也，不天子焉亦可也，亦惟其備也，全而歸之者也。蓋帝王之功，各本乎時勢之所至，故因革損益，歷代皆有不得不偏之業，士惟無時勢之可憑也，故凡有時勢之所不能外，及夫爲所得爲，止成其一代之勳華，或反遜此純全之體；聖賢之出，各從夫君國之所需，故鉅細汙隆，名臣各有不得不官之責，士惟無君國之可定也，故凡有君國之所不能盡，及夫見所可見，縱極此一臣之經畫，亦僅分其廣運之餘。由是觀之，大人之事，惟士能備之耳，轉而問世之大人，其果何事也哉！

按，題出孟子盡心上：「王子墊問曰：『士何事？』孟子曰：『尚志。』曰：『何謂尚志？』曰：『仁義而已矣。殺一無罪，非仁也。非其有而取之，非義也。居惡在？仁是也。路惡在？義是也。居仁由義，大人之事備矣。』」朱熹集注曰：「非仁非義之事，雖小不爲，而所居所由，無不在於仁義，此士所以尚其志也。大人，謂公卿大夫。言士雖未得大人之位，而其志如此，則大人之事，體用已全。若小人之事，則固非所當爲也。」此文取「居仁由義，大人之事備矣」二句爲題，重在「仁」、「義」二字，而又細析「備」字。尾評曰：「『備』字若不從仁義得來，也只説得三代下大人之事，怕粘帶上文，輕置上句，即離根脱空矣。此文説『備』字好，只是透徹『仁義』原流，看他安頓上句，又何嘗疊架。」

仁也者人 一節

體仁即所以盡道，貴於人見其合也。夫仁與道，皆因人而得名者也。知所爲仁，即知所爲道矣，言者宜得其合哉！嘗謂上下定位，使無人焉成能於其中，則理之顯藏，可以不設，又安有紛然不一之名哉？惟予兹藐焉，混然中處。聖人因爲之推其所由生曰：是有其本然者焉，性始之德不一，而統之以仁，仁兼衆德也；又推其所由成曰：是有其當然者焉，日用之體不一，而統之以道，道涵衆理也。聖人又何樂乎多爲之名哉？固欲人返而得之，即推而行之已耳。乃名立而説紛，群爭乎其名，而漸失其命名之實，於是乎人與仁離，即仁與道離，不寧惟是，并道與人離，異流者起，病支離之學，而且謂聖賢文字之錮也，豈非言者之過哉？蓋天下物在而則麗焉，未有物之先，見則之一神，既有物之後，見則之兩化，要亦爲之論晰則然，而使無是物，則則亦難稱，固無分先後者也；氣形而理付焉，觀氣於至虚，得理之冲漠，觀氣於至實，得理之流行，要亦爲之研究則然，而使離是氣，則理亦難見，固無分虚實者也。今欲明所謂道，當先明所謂仁。仁必極乎廣被，此猶從施暨言之也，百骸之理而疾痛之必應，此憯怛惻隱之所自生矣，别聲被色，無不見天地之心，有返觀而識其充周耳；仁必驗乎散殊，此猶從推致言之也，一體之私而愛養之必至，此太和變化之所各正矣，血氣心知，無不通性命之故，有當前而悟其純全耳。蓋仁也者人也。仁之理虚，必附於人以自著，而究當仁所得著之處，又不可以仁名；抑人之質滯，必存其仁以自全，而及夫人當既全之時，又不僅以仁顯。後之人遂欲於人之外求仁，而又於仁之外求道，此所謂言者之過也。夫仁以體道，而所以能體者，惟人爲之凝聚也，故就仁而言，元善一虚位耳，合之於人，則遇尊而作忠，遇親而作孝，群倫政教之大，皆吾心不煩擬議之端，即吾身不容闕略之事，非體用之一原哉；人以弘道，而所以能弘者，惟仁爲之曲成也，故就人而言，絪緼一游氣耳，合之於仁，則曰「明而及爾出王」，曰「旦而及爾游衍」，經曲威儀之細，皆吾性不假强合之迹，即吾學不能損益之天，非顯微之無間哉！故不知其合，豈惟仁也，由仁之有裁制而義出焉，由仁之有品節而禮出焉，由仁之有知覺而智出焉，由仁之有貞固而信出焉，言之將不勝其分；苟知其合，止有此人也，義即人之所宜也，禮即人之所履也，智即人之所知也，信即人之所守也，亦且盡歸於一。無非仁也，無非人也，合而言之道也。

按，題出孟子盡心下：「孟子曰：『仁也者，人也。合而言之，道也。』」朱熹集注曰：「仁者，人之所以爲人之理也。」

然仁，理也；人，物也。以仁之理，合於人之身而言之，乃所謂道者也。程子曰：『中庸所謂率性之謂道是也。』○或曰：『外國本，「人也」之下，有「義也者宜也，禮也者履也，智也者知也，信也者實也」，凡二十字。』今按如此，則理極分明，然未詳其是否也。」「或」人所言，爲此文所據。尾評曰：「仁、人、道三字，畫不成界，便搓不成團，搏沙和泥，都無是處。此等文真可謂推赤心置人腹中，瞞他不得。」

録自慙書，康熙初年刻本。按，順治十七年，晚村選自作八股文三十首，彙而成集，名之曰慙書。今傳本卷首有黄周星、陸文霦序，另陳祖法古處齋文集卷一有慙書序，兹據以收入爲序三。晚村與黄氏結識於順治十八年，其黄九煙以奇才吟見贈歌以答之詩曰：「壬辰湖上逢老杜，謂我酷似閻古古。舊年城北遇太沖，又云略似老崑銅。今年邂逅黄進士，更比泗州戚綏耳。」其詳，請參看何求老人殘稿倀倀集之考釋。陸文霦，字雯若，崇德人，東皋遺選序曰：「予時年十三，因與從子約同里孫爽子度、王皞浩如者十餘子爲徵書。浩如乃以雯若來會，予之交雯若始此。」則晚村與雯若之定交，在崇禎十四年。

又按，黄序曰：「僕生平有二恨，其一阿堵，其一帖括。……昨得用晦制義，讀之，乃不覺驚歎累日。夫僕所恨者，卑腐庸陋之帖括耳。若如用晦所作，雄奇瑰麗，詭勢環聲，拔地倚天，雲垂海立，讀者以爲詩賦可，以爲制策可，以爲經史子集諸大家皆無不可。何物帖括有此奇觀，真咄咄怪事哉！使世間習此技者皆如用晦，則八股何必不日星麗而嶽瀆尊也。」推許頗高。要之，亦由其文之妙也哉。先是，晚村與雯若有房選之事，晚村庚子程墨序云：「乙未之冬，燕坐玄覽樓，群居塊然，無所用其心，因與雯若同事房選於吴門。」行略云：「其議論無所發泄，一寄之於時文評語，大聲疾呼，不顧世所諱忌。」所謂「天蓋樓」選本者，風靡全國，以至四十年後之曾静，「因應試州城，得見吕留良所選本朝程墨及大小題房書諸評，見其論題理，根本傳注，文法規矩先進大家，遂據僻性服膺，妄以爲此人是本朝第一等人物，舉凡一切言議，皆當以他爲宗。其實當時并未曾曉得他的爲人行事何如，而中間有論管仲九合一匡處，他人皆以爲仁只在不用兵車，而吕評大意，獨謂仁在尊攘」，遂私淑爲「宗師」，「不惟以爲師，且以他爲一世的豪傑」，至謂「明末皇帝該吕子做」，於是有「張倬投書岳鍾琪案」。其始也，亦繇曾静「錯解」晚村之評語。詳見大義覺迷録。其八股亦有是心也，故黄氏稱之。今傳本文中有旁批，有尾評，有自記，前兩項當爲雯若所爲。至於是書何以「慚」名，陸序曰：「問何以名『慚』，曰：『吾文不及古人耳。』天下讀其文，果不如古人乎哉！吁！其慚吾不知，知其無慚而慚爲可歎而已。」吾謂晚村之所慚，必因順治十年「易名光輪，出就試，爲邑諸生」事，其所試之文爲八股，而今日卻要將昔日之八股編輯成集，斯慚在焉。又，文集卷一與某書有云：「丙午所爲，亦一時偶然，無關輕重，相知者喜其有書長足録，未免稱許過當，聞者因而疑之議之，亦其情也。足下又從而洗刷勸勉之，益令人慚死耳。」「丙午所爲」即棄諸生事。是書卷首有「晚村先生小影」一幀，爲畫師謝文侯所繪。

吕晚村先生文集補遺卷六

雜著

吕晚村先生論文彙鈔

弁言

吾鄉吕晚村太翁先生倡明理學，其微言大義，往往散見於文評。門人清溪陳大始先生纂成四書講義，有志之士皆知尊信折衷，可謂盛矣。而論文之法，惜無有彙而録之者，識者不無遺憾焉。鍴自束髮讀先生書，蓋嘗留心記憶。今年春三月，先生之曾姪孫程先景初過鍴蝸廬，相與商輯論文以惠後學。夫學者得講義以明理，復得論文以知法，理法兼備，行文無不宜之矣。因彙集天蓋樓諸刻，蒐羅掇拾，共得三百餘條，以爲講義外書。語多雜見，不便分類，稍以所論古今先後、綱領節目第其次序，令語意相承，首尾貫串，雖未敢謂無遺漏之虞，而於先生論文之要旨，大略備矣。蓋昔者講義之集，專以發明書理而設；今者是書之編，祇及於行文之法而止。使學者誠能反覆涵泳於其中，而更沉潛體會乎講義之精理，則議論識見，知其必有異於尋常者矣。是書與講義，謂其實相表裏焉可也。刻既成，爰記其所以采輯之意於簡端。

康熙五十三年歲次甲午夏六月三日，同里姻家後學生曹鏞謹書。

吕晚村先生論文彙鈔　三百一條〔一〕

1　程子曰：「今之學有三，而異端不與焉，一訓詁，一文章，一儒者。」余按今不特儒者絶於天下，即文章、訓詁皆不可名學，獨存異端耳。昔所謂文章蘇王之類也，訓詁則鄭孔之類也，今有其人乎？故曰不可名學也。而又有自附於訓詁者，則講章是也。儒者正學，自朱子没，勉齋漢卿僅足自守，不能發皇恢張，再傳盡失其旨，如何王金許之徒，皆潛畔師説，不止吴澄一人也。自是講章之派日繁月盛，而儒者之學遂亡，惟異端與講章觭互勝負而已。異端之徒，遂指講章爲程朱，而所爲儒者亦自以爲吾儒之學不過如此，語雖誇大，意實疑餒，故講章諸名宿，其晚年皆歸於禪學。然則講章者實異端之涉廣，爲彼驅除難耳，故曰獨存異端也。永樂間纂脩四書大全，一時學者爲靖難殺戮殆盡，僅存胡廣、楊榮等苟且庸鄙之夫主其事，故所摭掇多與傳注相謬戾，甚有非朱子語而誣入之者，蓋襲通義之誤而莫知正也。自餘蒙引存疑淺説諸書，紛然雜出，拘牽附會，破碎支離，其得者無以逾乎訓詁之精，其失者益以滋後世之惑，上無以承程朱之餘緒，下適足爲異端之所笑非，此余謂講章之説不息，孔孟之道不著也。腐爛陳陳，人心厭惡，良知家挾異端之術，窺群情之所欲流，起而抉其籬樊，聰明向上之士，喜其立論之高，而自悔其舊説之陋，無不翕然歸之。隆萬以後，遂以攻背朱注爲事〔二〕，而禍害有不忍言者，識者歸咎於禪學，而不知致禪學者之爲講章也。近來坊間盛行本子，淺陋更甚，又有增改各刻，愈出愈謬，然且家呫户嗶，取其簡便。穢惡既極，勢不得不變，變則必將復出於異端，此有心吾道者之所深憂而疾首也。朱子教人但涵泳白文，有未得而後看本注，看注未得而後看或問，今當依之爲法，以本注爲主，無論新舊講章，一切弗泥，即大全中亦但看程朱之言，其餘諸儒合於注者取之，否則闕之。如此，則進可以求儒者之學，退亦不失爲古之訓詁，或庶乎其可也。

2 朱子集注，字字秤停而下，無毫髮之憾，故雖虚字語助，念去似不着緊要者，思之其妙無窮。憑人改换一二字，便弊病百出，乃知其已至聖處也。惟歸震川先生行文見得此意，其至平極淡處，都從道理千錘百鍊而出，不但人不能爲，亦不能知矣。

3 朱子云：「東晉之末，其文一切含糊，是非都没理會。」秀才文字如此最可憂。其病止是鶻突不通，而其流至於悖理非聖。

4 洪永之文，質樸簡重，氣象闊遠，有不欲求工之意，此大圭清瑟也。成弘正三朝，猶漢之建元元封、唐之天寶元和、宋之元祐元豐，蔑以加矣。嘉靖當極盛之時〔三〕，瑰奇浩演，氣越出而不窮，然識者憂其難繼。隆慶辛未，復見弘正風規，至今稱之。文體之壞，其在萬曆乎？丁丑以前，猶屬雅製；庚辰令始限字，而氣格萎薾；癸未開軟媚之端，變徵已見；己丑得陶董中流一砥，而江湖已下，不能留也；至於壬辰，格用斷制，調用挑翻，凌駕攻劫，意見龐逞，矩矱先去矣；再變而乙未，則杜撰惡俗之調，影響之理，剔弄之法，曰圓熟，曰機鋒，皆自古文章之所無，村豎學究喜其淺陋，不必讀書稽古，遂傳爲時文正宗。自此至天啟壬戌，咸以此得元魁，輾轉爛惡，勢無復之，於是甲乙之間，繼以僞子僞經，鬼怪百出，令人作惡。崇禎朝加意振刷，辛未甲戌丁丑，崇雅黜俗，始以秦漢唐宋之文〔四〕，發明經術，理雖未醇，文實近古〔五〕；庚辰癸未，忽流爲浮豔，而變亂不可爲矣。此三百年升降之大略也。

5 先民精於理學，每自有發明，不由訓詁，却正得傳注之妙。自嘉隆以後，邪説浸灌，叛道反攻，若有發明，必悖程朱，又不如墨守之爲愈。近時名爲「遵注」，實不明注義，但聲喚幾箇注中字樣，便自謂得法。作家蕪穢滿紙，此不特爲邪説所鄙笑，并訓詁老學究，亦嘅訕其不通矣。將來窮則必變，此一群枵腹捷舌之徒，豈能出二氏之手？其必折而入於邪説可知。有心斯道者，其憂畏當何如也！

6 注中字字實落，非極精細人，不能依注體貼。蓋其中義理辨析甚賾，粗心者不肯講究，乃喜爲空玄儱侗之説，似乎高妙。若可解不可解，不必有研窮詳審之功，而坐踞顛頂，誰復反而爲其難者？此書理之終不可明，而文日趨於妄也。

7 先輩文見理的當，只是體會注意仔細，不從講章出身耳。從講章出身者，老死無通理。

8 先輩作文定靠注。注所有者必不略，所無者必不增，此是古人敬謹樸實，有法度、有學識處。

9 古人文字造極，只是細心靠實，無一句游移活蜕。此後人以爲不必然者。古人以爲非此不成文字，而後人試擬之，則又力疲神喪，而不能至者也。

10 先民不可及，只在精細老實處，似乎板近，而其實高遠。若後人弄虚頭作稀奇事，乃先民之不屑汚齒頰者也。

11 循章演句，討取虚神語氣，近日村裏教書、坊間選手、三等秀才皆云云，何足以論學者之文乎？學者之文，所見高卓，泚筆直達其所見，意盡而止。有所發明於經傳，裨益於後學，斯善矣，又何必虚神語氣之有乎！或曰：「時文自有當然之則，公亦重言法矣，豈學者不當以法求乎？」曰：「非謂可以無法也。法從理生，即虚神語氣亦從理生。理不足而單論法，此時下之似法而非法也。理既足而法有未盡，此古人之所輕，而非其所不知不能也。昔歸太僕自謂作文已，忽悟已能脱去數百排比之習，向來亦不自覺，何況欲他人知之，爲之驩然。然則古人用力之處，非今人之所知也明矣。」

12 秀才説道理，做得極高妙，然試令返之胸中，決自以爲未必然者也。此便不是道理，故不落油花，即歸支離悶塞。若説得出底，即是胸中信得及底，此外更有何奇？先輩所爭者，只是此箇境界耳。

13 子曰：「辭達而已矣。」「言之不文，行之不遠。」聖人非欲省文，正爲文章家指出自古真訣耳。凡文必先有義理，有意思議論，而後以章法、句法、字法達之。今人不復知本，作古文但講規模，作詩但講聲調，作時文但講圓熟活套。其言不文，先不可謂之辭；即有成辭者，亦不可謂之達；即有能達者，亦止可謂之達辭，不可謂之辭達。辭達有所以達者在也，今所達者何耶？

14 文章之病，只是不能達與求多於達之外二者。然看來求多於達外，即不知達之妙，即不能爲達，其實一病而已。如近日時文，只恨不能達，何嘗求多於達外？然偏有許多隔壁閒文，排場鬼話，豈非不能達者必求多於達外乎？

15 文章須得大頭腦，則下面意理細曲處皆包貫到。從瑣碎支節尋湊合之法，雖綳布成局，不能達也。

16 有德者必有言，八股與詩、古文只體格異耳，道理、文法非有異也。言爲心聲，書爲心畫，古人於顰笑舉止，足以窺人底裏，況經營成章之言乎？故凡棄實而取虛，棄勁而取柔，棄古雅而取熟爛，棄樸直明白而取含糊輕巧，皆病中人心，而事關氣運，非細故也。

17 今人作文，皆不犯手做，依樣畫葫蘆，便謂得法了事。見有不討便宜、字字實做者，反笑以爲走向拙路。嗚呼！做人而不肯犯手做者，知其必無好人；做文而不肯犯手做者，知其必無好文。嘗語子弟曰：「汝怕題目痛耶？題目螫汝手耶？如何遮東掩西，只討得一場没理會？」

18 凡文不肯正面實講，只是道理不明，講不出耳，乃生旁敲借擊討便宜法，此不學者無聊之術也。後且反謂不宜正面實講，豈不斷絶讀書種子耶？

19 凡爲文欲求深一步者，只爲不見本位耳。見本位，則不敢求深矣。凡文多閒文做作者，亦爲不見正意，胡亂綳布。若知正意之所在，則做作便不是。

20 文字樸實頭，説得出即見思學交至之功。若求仿套於爛册子，與撰新異於白肚皮，未有能工者也。

21 時手爲文，只巴攬大話爲妙，不知聖人之大，不靠此大話擡舉也。要尋大話，便是不曾見聖人大處。論語中瑣瑣屑屑記載細事，都是聖人全身，所謂動容周旋中禮者，盛德之至也。先輩只平平叙去，而聖人之表裏已徹上徹下，是之謂所見者大。

22 增一分大樣閒話，則少一分真實了義。故今人支蔓之詞，先民非不能，寔是用不着，亦無許多閒工夫也。

23 大凡説道理，愛張大決不如愛平實，平實之張大，其大乃真也。

24 凡爲大言者，其中無可大，而假於言以大之，吾正薄其不能大也。按之有骨，咀之有味，又何歉乎大言？

25 凡欲自文闊大，强説入朝廷宫禁，道理便有不足。豈不帖帝王家，文便不闊大耶？正坐眼孔小耳。

26 作論語題最難，蓋聖人語中至味，淺淡不得，做作不得，軒一分便亢，輕一分便卑。體貼融會，不失尺寸，端讓作家耳。

27 蘇東坡作昌黎廟碑，久不下筆，忽得二句云：「匹夫而爲百世師，一言而爲天下法。」以下便順勢疾書而就。其作温公碑云：「公之德，至於感人心、動天地，巍巍如此，而蔽之以二言，曰誠，曰一。」後叙其略。一時遂以其文爲至。古人於此用力，不是練詞句、尋議論，正如畫像者，必將其人形貌、精神熟視於心目間，所見既的，忽然下筆，乃能神肖。今只於口鼻眉目較分寸，於衣摺着色求工巧，雖模樣依稀，畢竟非其人也。

28 論格者詳於排場關目，矜才者盡於機勢横流。若於題之要害，無樸實頭本事，則兩者總成死法。然所謂樸實頭本事，非呆填敷演幾句詞語之謂也，必於理實有所見，信筆直達，無須假揑始得。

29 作文可想見其人之胸懷體段，韓子謂「仁義之人，其言藹如」，有一分仁義，見一分英華。二者有偏勝，則其言有剛柔，不能借，不可掩也。庸人止流露浮僞、圓融俗腸，畸形者又多傲岸過高之思。惟端人正士，其光明俊偉洋溢紙墨間，雖圭角有未化，精微有未盡，所言不無粗處，則視所見之淺深，所養之厚薄，要非庸流所能望矣。

30 陳百史評歸震川「舜明於庶物」文云：「參用易語，爲後人借徑。作此題宜從虞書斟酌論議。」先生曰：「用易語何害？後人安能借徑？易語於諸經尤難用，正苦人不肯借耳。學者爲文，自當根本六經，融會貫通而雜用之，但問理合與否。熟於心而注於手，汩汩然來，足以發吾意，而不自知其爲何經乃佳。若作此題必據此書，便是笨伯死法，必無佳文矣。此種議論最淺鄙，皆不會讀書人秘訣。世間四書備考、五經類語等俚鄙不通之書所由來也。」

31 六經語惟易最難用，亦無人敢用。只震川、荆川能縱横驅駕，點金丹，鑄寶器，自具神仙鼎竈。俗眼訶其卦名，甚謂易不可用。六經不可入文，乃反以村談市諢爲妙耶？又云「開後來習套」，吾未見後來更有何人能如是用經者。若以妄填易卦之不通而追論作者，是以暴秦燔書而罪及燧人，白圭壑鄰而議連神禹也。總是不知其理而單論字眼，則似兩先生與不通者同，其實自己不通耳。

32 天下極奇極幻文字，正在目前經傳中自具，不患手拙，只患腹枵。

33 用經用古，全在自己，開點得妙，則頑鐵皆黄金；僅摭詞句以爲點染者，反使黄金成頑鐵也。

34 嘗謂昔日秀才難做，近日忒易。當時極陋劣秀才，巾箱中亦須鈔經子古文摘段各一本，史學則王鳳洲，再少則蘇紫溪、諸理齋鑑各一部，學者猶鄙笑之。今都不消得矣，可歎也。

35 精乎理，熟乎經，馳縱乎古今文字之變化，而後能順心脱手，快然出之而不疑，天下之樂孰過於是？震川先生文，每用六經成語，如天造地設，而或且譏之。嘗自謂己未墨中用「齟齬不合，劳苦不堪」八字，横被醜詆。丁未中庸「位育」題文用「山川鬼神，莫不乂安，鳥獸魚鱉，莫不咸若」，房考大劄批一「粗」字。因歎舉子剽竊坊間熟爛語，五經、廿一史不知爲何物，豈非屈子所謂「邑犬群吠吠所怪」歟？

36 大家文引用成語，雖有異流誕詞，然自我引用，又別自意義。朱子講語亦時借二氏之言，却未嘗於理有弊病。只看道理如何，此不足爲大家病也。

37 艾千子每以後世事實、語言不宜入四子口中，是也。然議論警快處借用意理，亦別見發明，正得史論之力。聖賢實學原期貫串古今，但須無謬於題義耳。若必字字要周朝口角，恐當時先無此排偶語氣矣。

38 不窮世故之變，不足以盡事理之變。情形不真，意致便改。文章高下，傳與不傳，亦在此耳。

39 熟於史傳，見古來之情形；熟於世故，見今人之變態。聖人作易作詩之妙，亦只是此心此理透明耳。模寫到至處，便是不朽文字。

40 聖賢之道，不外人情物理，於此道得明快固也。第情理透矣，而不本之聖學，則情理愈透，愈流入百氏之術，亦未爲得也。蓋三代與後世，不獨規制景象不同，其立心與議論迴乎天淵之絶，不可雜和也。

41 只是人情事理透明爛熟，下筆作文自然曲盡。世間讀書人自謂能識道理，及至一事至前，不覺首尾衡決，手足無措，是讀書時於處事接物不去體驗，書自書，人自人，不相關涉。作文亦只依樣葫蘆而已，究竟含糊鶻突，無益也。

42 人品高者，爛熟世故之言，盡是看透義理之言。時手開口便露俗腸，直是瞞人不得。

43 秀才做時文，亦即可打疊經濟，能見其大，自不同經生家言。程子所謂：「期月三年，皆當思其作爲如何乃有益。」

44 今人讀書作文，何嘗有所樂存焉？只爲富貴利達，由此不得不然耳。則是初上學時，便已棄絶天爵矣，故先儒教人尋孔顔樂處。

45 文之至者，未有不動人者也。其不動，文未至也。文至矣，情卒不動者，其今之文人乎！何故？曰：「其性與人殊，但知文之能決科，而不復有忠孝也。」

46 讀文字至警切處，須有箇悚動意。便是時文秀才也定有些身分。若毫無志氣人，裹外麻木，便日日講習聖賢至論，也針劄不入，況時文乎！

47 前輩論文，謂神理亘古常新，字句脱口成故。今以枯管枵腹襲取套詞，若村學童描硃，老弋陽度曲，淺陋雷同，令人嘔吐。若能發揮名理，而以古文氣骨行之，神奇滅没，莫知端倪，令靡靡者欲襲而不可襲，豈非絶代一快哉！

48 艾千子評章大力文云：「文至東漢，愈排愈疏，愈整愈俚。大力於時文，恨未窺西京以上耳。天下不知有古文，此腐儒之罪也。天下知有古文，而不知辨西京之古、東漢之古，則亦近日名人不讀書之罪也。」先生曰：「文之古在神理，不在辭句，并不在排整散行間也。自秦漢晉魏六朝唐宋來，皆有其美，有其病，豈得舉一廢百哉？千子之言，似高實過。善學古者，多讀書自會耳。」

49 昔人稱梅聖俞詩能寫難狀之景如在目前。梅集只是清真刻削，不着脂粉耳。不着脂粉而精采穠麗，神氣生動，自左傳莊子史記而外，其妙不傳矣。

50 即語言之下得見其人，此是文章第一等妙處。司馬遷爲史家之冠也，只得此妙。吾謂唐荆川從史漢得力，正爲此也。若他人學史漢，止在段落、筆意、詞句間摹擬形似，從何處夢見古人哉？

51 史記之妙，只是摹寫情事逼真，口角形神都到。而奇古在其中，法度在其中，非别尋奇古、法度以爲摹寫也。

52 太史公妙絶古今，只精於排場耳。排場出色，則件件皆佳。

53　看左傳國語公羊穀梁及史記漢書，同叙一事，各見妙筆，此詳彼略，東漲西坍，情事不殊，境界各異，此所謂化工手也。

54　古文中能縮大爲小，第一算公穀。以短節促拍爲排塲縹渺之勢，令人讀之不覺其短促，此公穀之妙也。今人以刻仄尖纖爲公穀，失之遠矣。

55　學公穀，須得其用意深細刻鋭，與筆法峭冷變逸處，不徒摹肖其口角已也。文字中自有此種妙境。艾千子以爲「蝸徑蚓穴，終傷大雅」，則不足以極古今之能事矣。

56　似穉氣而却有别趣，見思致，此種從公穀得來。

57　刻入深際，躍出象表，能傳言外之言，開境外之境，此種妙處，源於莊叟，而禪家竊之爲機鋒作用者也。

58　筆情滉漾蹀躞而不能自止，惟漆園老子有此狡獪耳。

59　一種慨慷感歎之情淋漓欲絶，此風騷遺妙也。東漢六朝間頗知踪跡，又爲詞句所移，降入柔靡。後來一變，而此妙失傳矣。

60　戰國策之刻峭、尖雋，無秦人之雄厲則不大；無漢人之寬閒、渾浩、流轉則氣脈不高深。

61　文之峭崛者必少雄浩之概，其疏闊者又必無堅鍊之音。此唐以後名家所不能兼也。

62 「古削」出佛經語録及後世子書講説，非先秦以上之「古削」，則不貴耳。看周秦文字，乃知「古削」之真妙也。

63 冷語閒情做作入妙，是韓詩説苑得趣文字。

64 子長之文峻，孟堅之文緩。峻故變幻不測，緩故蘊蓄有神。退之從峻出者也，永叔學退之，却以緩得峻。子固學永叔，却純用其緩。

65 有轉必束，隨束即轉，界限斬然，而首尾廻旋炤顧，是曾子固間架法度。

66 昌黎作文奇奇怪怪，人莫測其際。獨其議論文字特醇古，有三代以上雅頌氣象。

67 腠理極密，而體勢極寬。渾侖看有渾侖之妙，碎拆看有碎拆之妙。古人服倒杜詩韓文，正爭此耳。

68 一倡三歎，歐曾古文勝地。

69 圓渾流逸，曾南豐頓挈處，其氣度每如此。

70 淺淺發揮而意理開拓，機勢沛然，是坡翁樂境。

71 熟於史學，便多無中生有一法。東坡「殺之三，宥之三」，開想當然一例，是其家傳史論習氣。然蘇氏文章奇横，亦出於此。

72 昔人學古文皆變化不令人易見，今人鈔套古文惟恐人不知，此真僞之辨也。如韓歐記序碑志文字，皆極意摹仿史記，然不能指其摹仿者何篇，此所謂變化也。韓之變化，節節生奇，固不易蹤跡；歐精於法度，似猶可蹤跡，然奇藏於拙，巧出於平，令人不知其法度之精，其變化又别。

73 六朝琢句，效之每落纖靡；三唐長調，學者亦嫌俳悶。文家遂戒不可爲，而并薄古人，不知其自少本事耳。金丹入手，雖鐵石皆能開點，如陸宣公偏以俳調見奇，永叔、子瞻時爲工句，而氣體自高，何嘗貶損其光芒哉！

74 艾千子謂文須爾雅，誠然。然古文中自有似樸拙近俗，而實高古者，不可以一格熟眼觀也。世間惟假爾雅而實惡俗一種爲最不堪耳。

75 古文中能用長句者亦不多數人。朱子用之集注，尤見精神。袁黄不通文章之道，而改爲佻削。甚矣，小人之無忌憚也！時文中惟歸震川先生有此神力，能使數十百字成一句。他人便覺冗漫矣。

76 筆之不妙亦坐不讀古。古不獨經史子集之大者，如檀弓公穀説苑大戴禮韓詩外傳之類，若不曾讀，亦不能盡用筆之變。

77 有綫索可尋，無蹤影可捫，方圓奇偶，隨手散結，皆成異觀。文至此方許講古文法度，辨古文家數。時人漫無欛柄，略曉得有立柱作骨、呼應穿插之樣，便哆然以爲無難。正如弋陽腔説九宫十三宫牌名板眼，老海鹽已掩口嘲之，况真崑腔乎？

78 摹古大家文，不在排奡，不在怒張，只於開閤關鎖處，步驟得法，頓挫得神，自然扼要爭奇，此大家腦髓處也。

79 摹古之縱蕩易，摹古之堅峭難，班駁易，樸茂難，豪壯易，靜穆難。

80 起手换頭處轉拓得開，則超遠不測；轉關押尾處停蓄得住，則悠閒有餘味。不熟古文間架出落，無從得此筋節。

81 踈踈浩浩，淡淡悠悠，若無意爲古者，乃所爲真古也。

82 有用古文極熟套頭語，而能化腐臭爲神奇者，所爭在氣脈，不在皮毛也。不然，李于鱗文字千補百衲，逐句是秦漢，徒見其萎薾齷齪耳。

83 欲學古人，弗求形似，須先得其氣。欲得其氣，須先開膽力。膽力何由開？只是看得道理明白，坦然無疑，横衝直撞，無所不可，隨他觸發議論。不論金銀銅錫，皆可開點寶丹，則膽力足而氣沛然矣。但區區補衲幾句古文，麻布夾紵絲，死口取活氣，何處討此景象來？

84 自有制義以來，論文者甚多，然吾以爲知文者，艾東鄉先生一人而已。於古今體格之變無所不知，故其見處極高，非餘子所及。所少者，理境不精耳。其自作也亦然。文品老而益尊，得古人皮毛落盡之妙。自謂一意掃除，覺古人深處頗有所窺，漸有「潦水盡而寒潭清」之意。且有詩云：「昔友陳與羅，巨刃摩天揚。蛟龍盤大幽，鬼語爭割强。凌獵經與史，嘈雜奏笙簧。近者思簡淡，净洗十年藏。先民有典型，震澤方垂裳。古貨今難售，刲羊亦無衁。」誠確論也。但理境不精，則簡澹高老，無有至味出其中，未免外彊中乾（六）。時流因謂江淹才盡。先生甚不平斯語，蓋所爭衹在外面一着，斯先生之高於俗眼者。雖有古今雅鄭之不同，亦尚落皮毛上事耳。

85 經制題無經學則議論無本，雖鋪設夸詞，不過奄寺之頌美，吏胥之謀猷而已。本之經矣，而不熟於史，則於成敗得失之故，人情物理機勢之變，不能發攄明快。惟黄陶菴兼攬其勝，故能言經生所不能言。

86 遇經制題，不爲新奇驚坐之談，但按事入情，昌明剴切，令讀者如家人婦子商量甘苦，而生民原始與聖人法制本來，無不通達。惟陶菴能之，得力應從陸敬輿奏劄中來也。

87 凡熟於史學者，必重論事而輕説理，好牽引而略本位，務新奇而翻舊案。崇禎間極尊此派，雲間尤盛。陶菴閎博淵靖而綜核史家，故亦不免此習，然其文較有體骨，不同浮華捷給者。但學者須辨此弊，正不必舍先生之長，而效其矉也。

88 崇禎初，一變爲古文之學，多以馳騁浩衍、雄深蒼勁爲勝。惟金正希於簡嚴淡靜中自出奇詭，令人一望不易入，久而心爲之移，又迷離而不能出，此先生之超越一時者也。

89 明季之文莫盛於雲間，雲間之文莫著於陳大樽。雖師承文選，規摹六朝，然其本質超然，不爲體調所汩没。且運用更見遒逸，此杜少陵自許「齊梁後塵」，所謂「轉益多師是汝師」也。今人貌爲漢魏盛唐，乃真卑靡矣。

90 陳大士先生文，人但驚其奇縱，不知其法脈細凈處。是爲老作家，凡一字入其手，必有兩義。文即有八比，或多排小比，亦必每比各有義，不犯合掌、架屋之病。義雖多，局雖碎，而章法首尾有體，股法次第相生，定一氣呵成，轉轉見妙。此皆古文正法，非鈔套時文之所有也。又有一種，略去畦町，標舉指歸，而已得要妙者；有淡點冷逗，疏疏若不經意，而迥不可及者；有直破中堅，樹立奇偉，而餘地輕置不顧者。此皆古文之變别，又法之最高者矣。特其理求超，而每失之邪異；論求新，而每失之駁雜。入情過快，多俚俗之談；發抒急盡，傷神藴之妙。千子譏其「心粗手滑」，此則先生之所不得而辭者耳。

91 文字首辨雅俗。俗有出於文氣者，有出於理體者。墨裁之俗，如乞兒登門喝采，作吉祥富貴語；油腔之俗，如弋陽村劇，塲上塲下同聲，此俗之出於文氣者也。至未嘗講究義理，而妄論書旨是非，未嘗稍習古人行文之法，而哆談先輩法度，止靠講章一本，自以爲學問盡於此，此俗之出於理體者也。然文字之俗，不過希世速售，彼亦心知其鄙，故稍有知識，即能改變。若理體之俗，占地高而執説近乎正，更牢不可破。此一種俗，人尤難識辨，故自以講章爲文，不特理體壞，文氣亦壞，此不可不首辨也。

92 出講義語録之俗，此最難辨，其俗非世間甜熟之俗，乃老辣過也。文人須留意。

93 俗在識見議論，不在字句也。古人粗枝大葉，每不揀擇句字，然識見定正大，議論定精醇。

94 法脈出落，不可不講。然無蒼秀氣骨，而着意於此，以爲老鍊，其老鍊處正是惡俗處也。

95 古人説道理樸實頭處，儘粗服亂頭，葉大枝疏，不似後人含糊活蜕。然其理既真，愈盡愈渾厚。糟粕煨燼，隨手拈來，無非至寶。後人講究浄詞，其所吐露，不堪噦嘔。故文之精粗，以理爲斷，不關詞也。

96 理足則語無精粗，西銘，理之至精也，潁封人、申生、伯奇如何拉雜闌入？

97 先輩謂文字大段卓越，句字不足介意，如神王者，疥癬豈能爲害？若尪削之人，雖五官肌膚無恙，然長桑君望而却走矣。

98 文章有魔調，似演義非演義，似科白非科白，此自古文人之所無，故曰「魔」。然亦有高下二種：下者出於講章小説，湯睡菴之類是也；高者出於佛經語録，楊復所之類是也。至啟禎之間，又有以莊列史漢大家而運用佛經語録，如金正希、陳大士皆不免於此，其品愈高，其魔愈深，真學古者於此當更高着眼孔。

99 自有時文以來，惡爛之調，庸鄙之法，皆作俑於湯霍林。而今人方尊秘，以爲宣城之派，亦嗜痂逐臭之見矣。

100 宣城派行，無識者目之爲「渾融」，近以此論元家衣鉢矣，而不知其實含糊混賬，亦足以驗人心之污下，而日趨於模稜鄉愿之路也。文字佳惡，固不盡在此，然凡事必有法度，必有定體，其必欲去之而快者，非異端則俗學。即此細事可見，亦學者之所宜辨也。

101 有客論近來滑調空行之弊，寔始於唐君德亮。曰：「不然。唐之空滑，猶本之古文，後來之空滑，本於講章，此不可同年而語。出自古文者，猶有思致奇趣，但少實理耳。正如吏部論出身，一爲科甲，一爲雜流，其高卑貴賤固迥殊也。但講章之爛惡，粗事古學者即知其非，其以古文爲空滑者，到説道理處無可支吾，必借佛經語録之套以自名高老，以爲古文之旁通横溢無所不可，而不知其爛惡與講章同也。此又如科甲與雜流，到溺職削籍，則一而已矣。」

102 文字足以觀人性，學也足以卜其生平，故以貴重爲難。然所貴重者，初不在奇正濃淡間論也。奇正濃淡，止是服飾，不關骨相。骨相貴重者，緼褐衮舄，其儀一也。惟骨相輕賤，而後講服飾。試看世間講服飾者，必市井倡優與不學之紈褲〔七〕，其輕賤可知矣。乙丙之間，以詞華爲貴重，而流於穠怪；乙未以後，以講章爲貴重，而流於村鄙；辛丑以後，又以吉祥大話爲貴重，而流於乞媚。總皆以服飾講貴重，而不知其真輕賤也。學者但當求骨相，骨相既好，隨時服飾，其貴重自在。

103 老手作文無他奇，隨他裝束入時，只是骨性不改耳。

104 文之貴賤分於骨氣，不可以形模求也。近人輒以夸大之詞、重滯之調、粗俗之論充之，此乞兒贊富貴，非當身富貴也。骨氣之賤，至此爲極。然則何以救之也？無他法，只是多讀古，不急求必得之道，如此則心正，心正則骨氣亦轉矣。

105 文必以筋骨爲主。筋骨之渾脱處即是氣度，其流利處即是風神。無筋骨而講風神、氣度，皆芻狗之文繡也。筋骨須從古文求之，向熟爛本頭中尋取，那可得？

106 意足則神思安閒，此氣度可學，而不可以套取貌爲也。

107 昔人謂文以意爲主，以氣爲輔，以辭采、章句爲兵衛。如烏隨鳳、魚隨龍、師衆隨湯武。不則，如荆川所云：「貧人借富家之衣，莊農作大賈之飾，竭力裝做，醜態盡露矣。」

108 文以氣爲主，有氣方能曲。曲而晦澀軟滑，是無氣也，非曲之過也。一往粗直，亦是無氣。

109 文無迺蕩迤演之氣，囚瑣婞嫛，皆行尸坐魄耳，未嘗以崛鶩駕奇，自然排闥驚群，得此氣也。

110 孫若士云：「勢者，馭文之善物。」可謂知言矣。然取勢必先鍊氣，鍊氣必先明理。理明則題之髖髀腠理皆以神遇，奏刀騞然，謋然已解，如土委地，所謂目無全牛也。但向文法中求勢，那可得？

111 大江大河終古奔騰東注，而其象只如新出，人以爲氣浩大也。不知單是氣，便有盡時，氣之所以不盡者，須有箇本原在。東坡自言如萬斛泉瀉地，曲折無不如意，他亦止解得氣上事耳。

112 文之一氣呵成者，必用逆不用順。蓋用逆勢，則一句蹙一句，一層剥一層，瀾翻雲湧，勢不可遏，讀至終篇，恰如一句方佳。若用順勢，則數行之後，語氣溘然止矣。

113 凡文之長於騁驟取勢者，每不肯寔講正面，此正其不濟事處。

114 作文一落筆即思作轉，李營丘、郭恕先畫一尺樹必無一寸直枝，此即文家三昧。然有學轉而反成輕薄者，此非吾之所謂轉也。吾所謂轉，轉以意；彼所謂轉，轉以詞。轉意極難，轉詞極易，學轉者當於轉中求難，不可於轉中求易。

115 禪家薦機，只在轉語，轉不出便墮鬼國。文字妙處，也都在轉語，轉不出便入死地。然禪家之轉，要轉却理字令盡。文字之轉，要轉得理字令不盡，此不盡之轉也。

116 凡文轉句之捷，其來必紆。一句將轉，數句前必先有布置。其勢欲下，其理已足，故一句即轉耳。若已至此句，然後索轉，只有撞壁柱，豈能轉？又豈能捷乎？今人不求所以捷轉之法，而徒欲其轉之捷，其不入於空滑者鮮矣。

117 文必有開合。開者，先縮退一步，所以先補其滲漏之處也。

118 但用本文白戰，愈轉愈奇幻。舊人往往爲之，入近人手，便覺油纏可厭。蓋舊人以理爲層疊，以意思爲變滅，不僅於聲調求多，故可貴也。

119 凡能精於跌法，則題之虚神無所不出，屈曲無所不盡矣。但其爲過也，則未免有剜肉成瘡之病，是在善學者耳。

120 行文得大意所在，屈曲間自然靈變。

121 今人亦好講婉曲，然心思不靈巧，手筆不奇矯高脱，祇成婆子舌頭，一味軟俗而已。

122 縱横者欠委婉，委婉者欠縱横。

123 文章曲折，本乎題理之所有，則千變萬化，總能妙合自然，但於語氣求肖，於文調求轉，便走入斷港死路。

124 凡文之曲轉者，其腕力必柔婉，其徑路必幽細。若於曲轉中，但見其腕力之遒雄，徑路之昌達，先輩中惟熙甫，近時惟正希，可以語此耳。

125 鬆之妙在筆快，筆快之妙在意多而語雋，則無閒文衍調。一句閒衍，便謂之「泛」、謂之「懈」、謂之「膚」，率不可以語鬆也。

126 文之典麗者，必須流動之致，矜莊過甚，而無風神行乎其間，如讀初唐箋啟，使人悶塞。

127 文之奇橫者，以其變化於法度之中，不可捉搦而自合，乃爲真奇橫耳，非蔑棄繩尺之謂。文之有體，猶人之頭目手足也，頭未訖而手已生，目下降而足上出，豈復成形貌哉！

128 古人謂：「行乎不得不行，止乎不得不止。」予謂：「必行處要止便止，止處要行便行，方是文章之至。不如此，不足以爲奇，不足以爲横。」

129 文之不能爲奇，大概犯粘皮帶骨之病。

130 凡文章爭新出奇，只一箇切題入情，真是變化不窮之法。

131 文到極奇快處，止是真耳。昌黎所謂醇而後肆。不醇之肆，詫異也，非肆也。不能肆而曰「醇」，膚陋熟爛也，非醇也。

132 文貴有真氣。真則行文必簡樸，用意必刻深，遣詞必淡雅，此先輩之所以可貴也。

133 文人心思，正當在人所不用處，用出奇勝來爲妙耳。如何今人論文，都要驅入腐爛無用之死地去。

134 昔人論作文，只是一個翻案法耳。此説甚淺，然議論文字須用此法，乃有奇境開闢。盡將從前呫嗶瑣説翻駁一新，拔趙幟而立漢幟，固非辣手不辦。

135 立論文字不在一味蠻斷，須先放他出路，如追窮寇，必寬圍使逸其出路，乃是垛截死路也。蘇氏父子作論，刻毒正在鬆處。

136 凡文要過火求新，每於理上別生病痛。看先輩文，便無此等蹺蹊。

137 心不尖不能入，手不快不能出。天下名區奧迹，爲鈍根封錮者多矣。

138 文最忌熟，熟則必俗。故士龍「怵他人之我先」、退之「惟陳言之務去」，習之以爲造言之大端，即書畫家亦惡熟俗，以「熟裏生」爲訣，正謂此也。今人爲文，惟恐一字一句不熟到十分，萬手雷同，如一父之子，尚得謂之文乎？

139 老手行文，如書畫大家晚年製作，俱從極奇横、秀潤、工緻中來。故淺淺疎疎數筆，令人玩之有不盡之味，即文家所謂「絢爛之極，乃造平淡」也。

140 凡刻劃奇巧，常患尺斷寸續，無渾成之致，猶山之嶮峭者，每不能高大也。

141 文字到奇妙處，只是言人之所不能言，却是言人之所必欲言耳，不是别尋蹺蹊家當。

142 淩虚之文，須有奇情，有快腕，有古文間架起伏，乃見勝塲。不則，如游絲罥塵煤，愈裊娜飛揚，愈見其蕪穢耳。

143 有力量氣魄，則卷舒之際自生奇偉。凡假外間好議論、藻采以爲勝者，皆非自得者也。

144 凡行文無奇情古色，如村師講故事，街頭説演義，皆有授受援引，言之鑿然，只是白肚鄙妄耳。

145 徑貴生，生則變换不窮；筆貴硬，硬則回幹入古；氣貴横，横則運旋有力；法貴細，細則工巧入神。知此者鮮矣。

146 古今文章難盡，止是靈氣往來日新不息耳。道理只是這道理，不曾有甚詫異也。

147 文字中靈境極難得，以其必從實地開出也。名山勝境終古登臨，而奇變如一日，以其寔也。桃源醉鄉只好紙上恍惚耳，何靈之有？

148 空靈之文患理不足耳，理足則空靈愈佳矣。

149 程朱之理，若無莊、列之思致，也發越不靈。

150 於語言字句之外，别有一種風神纏綿兜裹之，在畫家謂之「氣韻」，診脈謂之「胃氣」，地理謂之「生氣」，皆是物也。文家得之爲文情，此不可以迹象求者。

151 談言微中，而意思探索不盡，所謂神理也。取神理，則品最高矣，然非老手從艱苦中烹錬來，亦不可得。

152 山無峰巒起伏，即爲頑山。水無波瀾蕩洄，即成死水。文章佳境，亦只在起伏蕩洄處得意耳。

153 文字有學者氣，有大人名士氣，有和尚氣，有村教書氣，有市井氣。時下最是市井氣多，其典型則村教書氣而已，惟學者氣絶少。

154 文至簡當地，真不多些子，後來只是閒套頭，儘力添揑，具眼者以爲未嘗道得一句半句也。

155 先輩文於謹嚴潔净中，别具一種風格，非後人之所能爲，亦并不使後人知愛。蓋其源流甚高甚遠，隆萬後從講章求之，便相隔萬山矣。

156 文有其貌似拙，其勢似寬，其語似粗，却正先輩極精邃大法力處。艾東鄉以後，知之者鮮矣。

157 艾千子善講拙樸之妙。拙樸者，奇巧之極，近人所不曾夢見也。然有平直之拙樸，有渾浩之拙樸，有幽峭之拙樸。

158 手寫此處，眼注彼處，近人爭尚此巧。然許多動下閒文活套，亦濫觴於此。故機巧作用，終不若古人樸拙真實之難及而無弊，不獨時文爲然也。

159 有似整非整、似散非散、似着意非着意、似筋節非筋節、似脱落非脱落者，真得古人疏、拙、瘦、硬之妙。近人見之，如爰居駭鐘鼓矣。

160 千子評歸震川中庸「和也者」二句文云：「此篇吾頗病其傷於俊，不類他作樸拙莽直。」何也？先生曰：「『俊』字極評得好，人所不易解，惜其論止在語句上耳。後有翻其案，以爲正病其『莽』，此笑府所謂『周文王似蒸餅』之類是也。」

161 文之佳者，祇是尋常結構，公家道理耳，獨覺其幽微深奥者，能不用頭一皮思路論頭也。凡卒乍見得頭一皮便落筆，其文定庸熟膚淺。

162 凡文求雋巧動人，正是本領不濟事處。

163 淵明「采菊東籬下，悠然見南山」，此亦只是尋常眼前實景。看他説出甚容易，爲甚千古詩人刻劃不到，摹仿不來？可知語句之妙，不可向語句中踪跡也。見地高，胸次洒落，下筆自有箇迥絶處。

164 文章到極妙，只是得其神情於語句之外，用意都在淡蕩間，令人往復不已，而其味愈出。此非近人之所能領也。

165 文章有疎、逸、硬、辣之氣，然此數字，昔賢之所貴，而時人之相戒以爲不可近者，如何如何。

166 杜子美詩最多拙樸俚碎之句，然其牢籠物態，雕鎪人情，正於拙樸俚碎中得古來不傳之妙，故昔人稱云「子美詩之聖，堯夫又別傳」。荆川先生自言其詩率意信口，不調不格，以寒山、擊壤爲宗，而其譏當時名家消磨剥裂於月露蟲魚，以景差、唐勒、曹植、蕭統爲聖人而冀爲其後。又自謂聞人詩文，如羅刹國人驟聞華音，不省爲何説。其唾駡如此，正有得於少陵宗旨耳。其行文刻畫皆在俗情細事，而天真爛熳，無中生有，空際散花，遂成奇絶。乃知後人之以修飾浮麗爲雅者，正古人之所謂俗也。

167 先輩論文以本色爲第一。唐荆川謂具千古隻眼人，信手寫出如寫家書，便是宇宙間絶好文字。無他，只是入情入理，自然曲折如法。情不真，理不當，即專説好話，講繩墨，不可謂之有法也。

168 今人未嘗不遵傳注、論先輩。然理則講章之理，法則學究之法，調則枵乞之調，豈可以此爲傳注、先輩哉！言之不文，行之不遠，古文、時文皆文也。今之腔板，謂之俗可耳，亦名曰文，豈不可恥？故當先辨雅俗，而後問其疏密、美惡。

169 王李鍾譚之論詩，爭取舍於濃淡，其不知詩同耳。嘗見錢虞山謂臺閣詩，近世惟李西涯得體。吾見西涯詩只是真雅，真雅便自然、莊嚴、華貴，論文亦當得此意。

170 先輩論文必高華。高華如庾鮑老杜，稱其清新俊逸，故知所爭在氣骨，不在詞句也。但詞句高華尚不是，況今日之詞句那得有高華哉？直謂之卑污而已！

171 如置太白於殿庭，作宮中行樂豔調，而本色高致自在，此之謂真雅。若是俗骨，雖理解不謬，格局如法，而俗不可醫，即不可以言文。

172 近文亦講典制，亦講機局，亦講風調之頓蕩、詞采之韶令，只難逃一「俗」字耳。不食左國之腴，安能望其雅秀？

173 畫家最貴者，氣韻之秀潤，而最惡者曰甜。甜者亦自以爲秀潤，而不知其寔俗也。兩者相似而極相遠，何以辨之？畫之秀在神骨，而不在布設、烘染；文之秀在思理、氣脈，而不在聲調、句字。凡布設、烘染、聲調、句字中求秀，即未有不落甜俗者也。

174 作文初落想時，如向萬里外轉出，只在眉睫之間耳，此法之善也。然方其初發端時，便已開口見喉，及讀之終篇，却又悠然不盡，此又法外之善也。

175 今人好言「醇雅」，不知二字極難承當。「醇」之反爲偏僻，所知也，而不知膚鄙之非醇；「雅」之反爲粗悍，所知也，而不知淺滑之非雅。

176 文章中「名貴」二字最難爲，其不可以貌爲也。於體格、法度不細密，則雖高亦爲疎脱；若過於細密，則又入卑俗；無光華則爲枯澀，着意於光華，則又失之膚。此皆名貴之所反也。必湛深古學，又精於時文之法，陶洗錘鍊，皮毛落盡，乃見真相耳。

177 名手行文，多於外邊遠處得來思議，於對面閒情得來風神，然其刻琢正在箇中。

178 文以靜氣爲至貴，而時論每以俗文之卑弱無氣者當之，不知靜出於雅，正與俗反，靜文必矜卓，正與卑反，靜則骨勝於肉，正與弱反也。

179 文章着色，不在堆垛隊仗，但骨氣高貴，雖淡淡烘染，自覺陸離，凡以豐肌縟肉爲色者，真穢相也。

180 詞多而理少則浮，語重而氣俗則穢，皆肉勝之害也。若理真則但覺詞之高貴，氣雅則但覺語之端凝，又何骨肉之可分乎？

181 先輩論文必平實。平非庸也，而況可以俗當之乎！實非肥也，而況可以醜當之乎！按脈中理，不少不多，不浮不沉，斯平實之正則耳。

182 有雄剛之氣，而能出以淡遠，方奇。一着浮囂粗莽，便不成氣質。

183 精切中見古雅乃佳。單講精切，多俚鄙；單講古雅，多泛軼。此合作之難也。

184 胸無識趣，則所揚詡皆卑庸；有識趣，而無淹洽之資與烹鍊之法，亦淺鄙而無可觀。

185 字不多設而義藴弘深，局不開張而氣象閒遠，如此乃足當「簡鍊」二字。

186 文家惟「鍊」之一字最難説，此是積學深思鎔煅而成，須火候到此自得，不可以貌爲而捷取也。今人不講於此，徒就聲口、詞句求之，其軟者流爲熟爛，硬者流爲俗賴。皆自以爲鍊，而不知其入於魔道也。

187 今人最不解「鍊」字，但團弄時下詞句，至軟混熟爛處，自以爲鍊，不知正與作家之鍊相反。作家之鍊，正要淘汰凡近，獨存古人之精英。所謂鍊者，鍊其出鋒，非欲其模稜倒角也。

188 意鍊而得深，氣鍊而得高，局鍊而得脱灑，語鍊而得精微。「鍊」之一字，文章之妙訣也，然以語枵腹捷口之人，教他鍊箇甚麼？

189 予論文最不喜「圓」字。圓者，軟熟之美稱。文至軟熟，其品極下，更無長進之日，亦無救拔之方。成弘大家文，未嘗不圓，然其圓處，純是顔筋柳骨，何嘗有一點軟熟氣？可知世間所謂圓者，非真圓也。

190 評文者動曰「渾融」，曰「圓密」，曰「閒静」，曰「韶秀」，此數者，固古人文字中至高至美之品。然觀評者之所指，則實未知此數者是如何，而漫以含糊、軟熟、不着邊際者當之，不知其非數者，而彼固自有主名也。其名維何？曰：「只一『混』字盡之。」「何以爲『混』？」曰：「只講調頭，不論義理。」

191 文貴清辣。「清」字人所愛，「辣」則群然噪之矣。然清而不辣，不成作家。其所謂清，乃白肚皮捞漉不出活計耳。即修飾盡善，亦止是空疎軟媚，非吾所謂清也。

192 文境明快直達，郭青螺所謂「清空一氣如話」者，此本色品骨最高之文，非摹擬修飾之所及也。

193 有蒼老之骨而後能爲輕快之文，無本領而依口學舌，徒見其淺劣白撰而已。白傅詩老媪能解處，却是作家不到處，他是如何用工來？

194 清異之文，必精於鍛鍊，方有神味，但用空纏，便不堪尋玩。須令人上口爽脆，久咀益鮮，而無糟魄之可厭，乃爲佳耳。

195 清空一氣如話之文，每失之淺薄，失之直盡，失之俚，失之枯硬，失之放。能以歐曾之頓宕醇愉，行蘇氏之明快曲暢，方奇。

196 清真之文欠弘達，弘達之文欠切實。

197 樸實簡老之文每嫌澀縮。澀縮者，理不足而氣不達也。

198 文無他奇，只要見得分明，則一切蒙混纏繞皆用不着，其文必潔净。潔净則轉摺出落皆自由自在，故便利。便利則發必中的，而所擇愈簡而愈精，斯爲老到，老到則高矣。

199 文有使人一望而知其爲老手者，其間架方圓，猶夫人也，語句虚實，亦猶夫人也。但言不妄發，必中要害，莊子所謂「犁然有當於人心」者，此却大難，須火候到此乃得。

200 作家到純熟脱化時，用意越濃，出手越淡；用力越重，出手越輕；用筋節越老辣，出手越秀嫩。此種境界，强迫取之不得也。

201 文到漸老漸熟，只是要言不煩，愈讀愈有味而已。

202 荆川詩有云：「文入妙來無過熟，書從疑處更須參。」不參必不能熟也。

203 有精細處，亦有粗疎處；有奇縱處，亦有緊嚴處；有老辣處，亦有游戲處。數者不備，不成老手。

204 凡自命古學者，多失之粗疎；而專精理法者，則又成講説俚鄙之習。兩家分據門户，畸互勝負以爲救，而文章之道盡矣。不知其所謂古學與理法，皆從假襲，故各不相通耳。不相通便非真理、真古也，但真讀書人，則兩者自一。

205 吾論文之訣，止有一「切」字。切則奇平、樸秀、清華、老嫩皆佳。否則，寬帽頭胡叫唤，醉漢嘷喃，婆子絮聒，醜梨園排場科諢，枉費精神，總於題目無當。朱子所云「不曾抓着癢處，何望掐着痛處」，此時下作者之所以不堪也。

206 古人謂作文須捉得正身字面着。所謂正身者，只是確切字面，更無他字可替代也。然此語正難，要看得道理熟極，做得文字熟極，方能得之。今人之文，捉得此字眷屬者，已爲親切，其次或是鄰里知識，其甚者陌路猩獞亦算數矣。只一字捉得正身着，能使一句精湛，一段精湛，一篇精湛。古人之文所以不可及者，只字字正身耳，更有甚奇特事！

207 朱子謂李盱江文字皆從大處起議論，蘇眉山家皆從小處起議論，此指發端言耳。惟大小具備，斯縱横莫當。若有小無大，則叙次雖極錯落，終屬小家；有大無小，則平點必忽略無味矣。

208 震川先生云：「爲文須有出落。從有出落至無出落方妙。」惟先生真不愧斯言。由其胸中自有爐鞴，取題之精神，烹鍊融結，自成法界。外間紛紛，止向糟粕煨燼揣摹形象，何足以論此乎？

209 唐荆川先生謂：「首尾節奏，天然之度，自不可差，而得意於蹊徑之外，則維神解者可語。」予謂：「神解只在天然之度，若俗人所見之度，即非天然。殆莊子所云『不疾不徐，有數存焉於其間』者乎？」

210 文字最怕一口囫圇皷煞，以下説過又説不過，如此亦勢所必然，而題中之曲折精義，反無處發洩矣。

211 舊人行文，大約前以輕淺引入，其力量俱留在中後，令人愈入愈驚其難盡。今人所有，在起手數行已和盤傾倒，以後不是游演了却，便是説了又説，另生枝節，皆不識養局法也。

212 先輩必不以上下互插爲高。在上爲侵淩，在下爲添繞，故不爲也。慶曆之末，此法始盛，然猶以隱然自然爭巧，今則竟有不論道理，毫無意思，但取字様互見以爲得法，則愈趨愈下矣。

213 立柱分做，固是古格，然出之須變化生動。古人立柱之法，亦只要每股各有意義，不合掌、不倒亂、不複疊耳。今之論者，但取字様吆呼道破，即以爲得法，而其中毫無意義，乃仍不免於合掌、倒亂、複疊，則立柱適增醜惡，爲不讀書人開支架捷法矣。故論文總以意理爲主，莫墜死套子下。

214 郝伯常云：「古之爲文，法在文成之後。今則法在文成之前，以理從辭，以辭從文，以文從法，資於人而無我，愈有法而愈無法。」此言良然。

215 或偶，或單，或整齊，或零散，或大散行中藏小偶，或對偶中有參差長短，或流水直下，而其實對仗精工，令人不覺。或排比到底，而起伏開合，只似一股。但看人作法如何，豈有一定之法？況文之佳惡，初不在此，若以此論大家古訣，多見其陋也。

216 艾千子評歸震川先生「老吾老」一節題文云：「古筆單行，得韓、歐之神。」陳百史評云：「中段單行，非數句數節不可。若單句題忽於中段散落，則漫漶不緊嚴矣。」先生曰：「文之古不古，高不高，豈以單行偶對分耶？二評皆柢，而陳論尤陋。數句數節，先輩多以短比對副到底。而開合、轉折、變化出奇無窮。單句題亦有波瀾議論，忽於中段用散落別開生境者，豈可作此死板説法耶？」

217 先輩作文無他奇，只如題立局，不減不增，不倒不亂，規矩自然，變化萬狀，便是絶奇處。

218 一題衆拈，變格勢所必至。但變而仍當於理法，正是文人弄奇，妙境無窮處。如不當於理法，雖正格無益也。

219 題有分開處，有合併處，有側重一邊處，惟水屑不漏者爲佳。

220 行文之有整有散，因其理勢所至，作者亦有不知其然之趣，郝伯常所云「文成而法立」也。

221 先輩文降而爲陵駕立局，他也有個陵駕之體。如吴因之「知及之」篇全重仁守，他便開口喝破，自始至終只此一意。若隨手亂竄，絶無關目手法，并不可謂陵駕立局也。

222 凡難立局題，細看注中意義，必有天然生路。若不體注而妄鑿，便是黑風吹墮羅剎國。

223 立局文字，不嫌股法多，不嫌柱子反覆，但欲氣貫而義暢耳。

224 隆慶辛未，「生財有大道」一節題文，鄧黄兩墨皆脱胎於震川先生，然黄得其骨，鄧得其皮毛耳。亦見先輩之取法前人，各有脱化融液之妙用。不似今人直鈔無耻，且失其本意也。

225 汪洋渲迤之文，須節節有意思、有實際、有頓挫，方成巨觀。不則，一望黄茅白葦而已。

226 長文易虚浮，短文易枯寂，皆理不足也。理足只是道得着。道不着時，千言萬句，看來只如無有；道得着時，數語隻字，自是意味無窮。然須不是偶輳，將數十册理學書，一一在尺田寸宅中打疊過來方得。

227 短文貴長勢，在轉换有不窮之氣；短文貴長韻，在蕩折有言外之神。彼枯索以爲短者，非能短者也。

228 短文貴鍛鍊。如丹家銀母，一圭刀可開點千萬乃是耳。又如作畫，尺山寸樹，須通身縮小，若於中忽作徑寸人物，便不成畫矣。

229 短文無變换則窘於邊幅，無意思則枯索，無老峭之致則穉子初試筆，僅免曳白耳。

230 小講最難。先輩最初不甚有小講，有亦只二三語虚冒發端，後來演成長段，反正皆礙，所以爲難也。今更可笑，則一小講已説盡全理，下又有總挈。總挈盡矣，又有提比。重三疊四，不成文字，豈止於屋上屋、頭上頭乎！此則昔之村教書、初開筆童子皆知之，而今之作家名宿不知，蓋求昔日村師蒙童而不可得矣。

231 或疑小講不是點上文處，曰：此論亦坐看煞了時論格式。小講點上文直起，此法最古。後來用虚籠數語爲小講，而後入題，此爲近古法。若小講説完全題，而入題又從新説起，乃時下俗法也。反執俗法以譏古法，不亦謬乎？若小講單冒本題，不承上文，還可點清；若小講承矣，落題又承，不但逐節畫斷，無此文氣，并無此格式，則又以亂竄無法之法，譏最古有法之法，不更謬乎？

232 近人最不解作小講之法，大都開口説盡，已是一篇小文字，後邊反成贅複。其餘或入手太隔遠，或別生枝節，亦總無是處。此皆近時村教書、俗選手不識法度，蒙童開筆便錯，壞却多少好資質，可歎也！

233 説理文字所貴曰真、曰實、曰醇。不真，則雖有如無。真而不實，則淺薄而無味。真實而未醇，則養之未深，有苦心極力之象，而無優柔厭飫之神。

234 説理的確難矣，的確而出之超越、洒脱、流動則更難，到此方是自得。故凡自以爲的確，而驅而納之村學鄙説之中，而不知出者，其所爲「的確」乃大不的確者也。

235 人只爲看得題目艱隱，舉手輒成結滯，以其膽怯也。胸中多少石塊疑團，眼前多少迷陽郤曲，必無放曠之作，但心際了了，手底了了，原不曾見有甚棘礙處，故理明則膽自大，膽大則文自逍遥縱恣耳。

236 堅悶之理，能以雋快發之，此是名士風流。然最易攙入晉人陰界去，非精於講究者不易爲也。

237 理明則如説話，淺淺淡淡，脱口輕便，而意味深長，是爲最上。

238 説理如數家具，如看螺紋，如瀉缾水，不弄口頭禪，亦無頭巾氣，是本色佳文矣。

239 道理見得高闊圓足，則落手處不嫌輕，落墨處不嫌淡，自有含咀雋永之妙。但不許白撰家傍口舌作生活耳。

240 理題有經學氣，無講章氣，大是難事。

241 至艱深者能以至淺易達之，言理家最貴此種。

242 言當乎理，則似乎平淺，而深切至味，乃所謂高也。俗學之平淺，則真平淺矣。此須講究有得者，於此信得及耳。

243 凡細實文苦悶嗇，高爽文苦疎略，透過此境，方是迥絶。

244 有講極粗事物而其理極精者，亦有爲玄微之言而仍極粗者，其精粗皆以理之切不切爲分。

245 放筆直書，最是理題快事。俗子含含糊糊，怕觸着人，敢百口保其不曾夢見也。

246 能將人情粗淺意寫入理致精細中，另有異樣神采，此非大家老手不辦。詩家不解少陵、長慶善用俚俗，妄生議論，亦只坐無此見識力量耳。

247 説道理，疆界不分明便不成道理。若不曾融貫通會，則疆界皆生隔礙，此訓詁之家終不可與入道也。

248 理真則文愈輕而力愈厚，愈淡而味愈永。此可爲知者道耳。

249 文到高妙處，只是理明。理明者，不着粧點色相，亦不用空活機鋒，自然神義俱得。

250 贍麗之文，每不耐久者，中無有也。以實義爲體，以古調爲用，斯光景常新矣。

251 經制題，摭實者無當大義，虛弄者不知典章，兩者各失其病，同歸於不學。蓋其摭實者，亦不過從時文中鈔掠膚詞而已，於源流本末，初未嘗習，固與弄虛者之不知典章一也。到此須少不得古學。

252 典制之文，疎則議略，核則疑滋，皆不求曉暢於大義也。詳於古而不窒於古，晁董之所以爲大家，其風軌如是。

253 典制文貴高華，非藻贍之謂也。必以議論爲主，而氣魄輔之，使讀者但快其所欲言，而忘其纂組之麗，乃爲高華。若填綴字句，張皇聲調，正如優人盛設帝王將相服飾耳，其寒賤骨度不可易也。

254 華贍典核，方許作典制文字。白肚兒郎且將身葬書册中，尋箇出頭日子，莫學架空捷法，弄得下梢没理會。

255 揣摩融潤文字，最忌題外尋閒話，題内湊浮詞，便俗爛不堪入眼。

256 作長題有二法：略去枝蔓，直取腦髓，發得透徹，而餘文亦得，此一法也。逐節錘鍊，虚實環生，全於關鎖結裹處着精神，剪裁合度，此亦一法也。若隨手敷衍，忙碌碌地只辨空點，此是游方扯空拳架子，不足以當一戰。名爲如題挨講，其實謂之無法而已。

257 長題以裁剪高簡而映帶不漏稱妙手矣，然免不得一個「忙」字。如飛騎趲驛，未嘗不經歷州縣，然無一州縣入其眼中。作家所以能閒暇者，得題中理要，而以奇偉思議行之，不沾沾以牽聯點綴爲長，而自然牽聯點綴入妙，此用意與調文之不同也。

258 長題能作短篇，須知是賣弄本領，不是討便宜法。若不得他鍛鍊切當，渾身筋節處，而徒賞其遮架輕快以爲奇，便不識短篇之妙。

259 零亂題不可在鋪衍處尋出色，須在提處、收處用力錘鍊之。於此得手，到中幅隨意布置，總不費力。

260 累墜題後人多用淩駕破碎，或短比輕點，不能如先民實做，正是力量薄。然時眼看慣，反喜變亂，而憎此爲板重。不道文字合如此，非板重也。板重之病在詞調，不在意理。

261 累墜題挨講，非先輩第一等剪裁法力，不易動筆。試開手數行，便索然無氣矣。一用空架，又率滑不堪入目。

262 題之搭合，本無義理，做作便成牽鑿。所謂「生薑樹上生，只得繇你説」耳。然義理精熟人，説來定合自然，其餘各就所見發洩。

263 搭截題須有自然之巧，不傷正位而得之乃佳耳。

264 慶曆以後，講提、挽、串、插，愈巧而古法亡矣。舊人作極無理搭截題，也只隨路布置，而奇巧自存，不賴提、挽、串、插也。然以語時人，反以爲無法矣。

265 後來講提、挽、鈎、渡，費無數小巧伎倆，非稗即鑿，不則節外生枝。看古大家作搭截題，只消順文直行，而未嘗無照應攔截之法，此文字以自然大雅爲第一流也。

266 長題不能駕馭，只坐無識。搭題多苦絆縶，只坐欠理。法生於識，巧生於理，其不可方物處，正不可移易處。若離理識而別尋巧法，即走入拙工死路。

267 長搭題要訣，只是隨起隨滅，即渡即走。若在各正位掛搭一絲，即成敗闕。

268 長搭題貴省得出，却遺不得；貴插得入，却添不得。善省者在趁勢，勢逆則逆，勢順則順，輕重曲折，映帶而出。或一筆而得數節，或一語而得數句。隨手有無，忽隱忽現，此省得出也。善插者在起波，波平則收束見奇，波起則轉换入妙，遠近斷續，接渡無痕。或頻呼而非真，或暗渡而不覺，前斷後截，各還天然，此插得入也。

269 筆勢頓跌處不可直，轉折處不可停，渡接處不可順。凡文皆然，而搭題尤甚。

270 凡文之妙，在無閒話。搭題之妙，尤不可有閒話。凡文之所謂閒話者，空放一句，便是閒話。搭題之所謂閒話者，實講一句，便是閒話。做上句便有下句在，做下句便有上句在，做中段便有上下在，令讀之者應接不暇，目不及瞬，方謂之無閒話也。

271 凡搭題，因挽挈而生議論者，大拙也；即議論而爲挽挈者，大巧也。

272 搭題有字面之映帶，有意理之回顧。字面之映帶貴無意，惟無意故位置不紊。意理之回顧須實發，惟實發故意態横生。

273 搭題之串插映帶，作家與俗工同此蹊徑耳，只是出手不同：一則費盡氣力，不得討好處；一則若不經意，而共驚其巧。此豈可以死法求之？

274 割裂題全看他渾成。渾成者，奇巧之至，若出自然也。無奇巧而講渾成，則膚泛而已矣。忙窘題全看他生發。生發者，博辨之至，確切不移也。無博辨而講生發，則但鄙而已矣。

275 引證題夾和正語，是討好法，亦是惹厭法。不着相便討好，着相便惹厭，只在用筆雅俗間辨之。

276 敘事用散體，借幾句史贊套話作假古文，第一可憎，以其無意思議論也。意論多，則轉折自夭矯，起伏自縹緲矣。

277 比喻題一說破正義，不但失行文之體，即十分奇暢，亦索索無味矣。讀韓文中應科目與人書、雜說、獲麟解、毛穎傳，古人正於此得文章之妙。

278 欲作小品佳文，亦須從讀書大本領處用工夫。不博不雅而徒講靈巧，則但有俗想，徒講規則，但成俗法，曠劫無出頭日也。

279 今之作小題者，大概坐不肯刻劃之病。然使今人爲刻劃之文，必成奇醜，何則？緣不讀書，則無根柢，無古脈，無心得，不過鄙俚杜撰而已。不讀書人，總無一而可。今人皆講變風氣，吾謂正難，有志之士急多讀根本之書，然後議變始得。

280 小題固以花簇生動爲佳，然使無層出意思，則雖欲花簇生動，而有所不能也。時手技窮，輒舍意而求之調，三疊四疊，徒增醜態耳。

281 凡一句題，俱宜悟折劃層次之法。

282 題有層次，先須段畫分明。

283 小題渾做則死，逐字拆開便活，逐字挨講則死，伸縮分配便活。故凡文字之拙，俱從渾沌中來。

284 逐字拆散做，文之生發已無數，於拆散中顛倒回互，生發又無數，於拆散倒互又分虚實、賓主、正反，則生發更無數。後生得此訣，題目無窘步矣。

285 凡文至無生發處，入作家手，即無生發是生發，得此訣也，變化宇宙，生心在手，總無窮途死地矣。

286 凡作疊字題，都要從實際做出乃佳。今輒以空腔調弄，或借偏旁反面疊字挑剔，此皆無本領人無聊活計也。

287 兩句相似題，以移掇不去爲妙。若庸搆則换却詞語，彼此可通套矣。一則無法，一則腹白耳。

288 人謂俚題不難於堆積，難於空靈。吾謂不難於輕秀，難於質實。惟不以詞勝而以意勝，乃真所謂空靈輕秀也。

289 治窘以贍，治俗以雅，庸人之所謂難也。作家則又難在刻劃精切，運用無痕處耳。

290 慶曆以前，先輩作虚縮題，只認得本位界限分明，步步倒縮，節節順生，到恰好處便住，而下句自然接合，此爲動下神品。慶曆以後，始開挑逗襯託法門，似巧而實拙，似靈而實死，已犯續尾添足之病，非古法也。今文并不會慶曆之挑逗襯託，而別撰一副醜調，即在聖賢口中自作吆呼，自作商量辨難，曰：「我動下矣。」究竟下何曾動？贏得摇頭擺尾，做出許多惡狀耳。

291 取下文，先輩善用順逼，慶曆後始作反激，極易討好，然不及先輩處亦在此。

292 做小題者，未講動下，先要講割下，只在看得本題界限清耳。

293 虛題，須看其虛在何處。虛在上較急，虛在下較寬。急則不容停筆，故當以虛養之於前；寬則尚有餘情，故當以虛宕之於後。

294 人亦知虛題苦難支架，於是用文外之文，語外之語，如演義所云「按下不題，且聽下回分解」者，可怪可笑，而相習成風，至今奉爲虛題秘密藏法。選家濃圈密贊，若非此不可者，毒誤後學不小。

295 虛題能實發，又不攘奪，只是理足而心細耳。

296 近日坊選好竄改删割人文字，然或施於時下之人猶可，今且污及先輩，不可也。時下之文，學問淺薄，雖有稱爲古者，其底裏不過講章時文而已，正如方言土俗，爾汝共諳。然猶有高出選家者，不足以服其心也。至於先輩之文，源遠流長，雖極粗率之調，觸戾之詞，必有來歷；一篇之間，自成片段，與今之聲音笑貌，渺不相合。古人謂身坐堂上，乃足判堂下之是非。今豈特堂下哉，直坐之門外者耳。乃欲更反門内堂上之言，不亦異乎？蓋先輩之紕繆，但當批乙，不當删改。批乙，則古之得失與吾之是非，皆可共見，雖摘駁前賢，而其不敢自是之意固在也；删改，則誣妄矣。

297 近日一種議論，謂文字忌入衰亂憂危震動之言，而務爲諂阿、吉祥，自稱冠冕得體，是秦始皇之碑銘勝於三代之謨誥也。看詩書所載，古聖賢告君皆憂危震動之言居多。李文靖爲相，日取四方水旱、盜賊、不孝、惡逆之事奏之，真宗慘然變色，同列皆以爲不美。劉元城論名相，舉此事以爲惟李沆得大臣體。夫告君尚以危言爲得體，豈行文反以阿諛爲得體耶？成弘以前，未嘗有此，即題目亦未嘗避忌。自嘉靖中重符瑞禱祀，始以忌諱爲戒。流至末年，習成諂媚之俗，闈中專取吉祥，偶有句字之觸，雖手拔必黜。士子從未仕時，即學爲諛佞，安得復有品行事功哉？有志於世道人心者，當力破之。

附録

八家序文摘鈔一條

298 先生嘗語學人曰：「今爲舉業者，必有數十百篇精熟文字於胸中，以爲底本，但率皆取資時文中，則曷若求之於古文乎？夫讀書無他奇妙，只在一熟。所云熟者，非僅口耳成誦之謂，必且沈潛體味，反覆涵演，使古人之文若自己出，雖至於夢囈顛倒中，朗朗在念，不復可忘，方謂之熟。如此之文，誠不在多，只數十百篇，可以應用不窮。」又曰：「讀書固必熟而後用，亦有用而後熟，此又不可不知也。若必待熟而後用，則遂有雖熟而不用者矣。此其法當先勉强用之，用之既久，亦能成熟。譬之人家有百十僮僕，爲主人者，終日不曾呼喚使令，此等亦遂成偃蹇。今但遇有事，輒呼而用之，久久習常，其初猶必俟主人之命而後至，其後主人雖未命之，亦自能窺承意指，趨蹌而前矣。」

程墨凡例二則

299 先生語學者有思辨之文，有記誦之文，二者功夫皆不可少。今人但解記誦而不知思辨，此文之所以日下也。不知思辨處得力最多，思辨長識見，記誦長機神，機神所附麗止於腔調句字；若識見長，則道理精、法度細、手筆高、議論暢，文品不可限量矣。故思辨之文不必句句合度可讀，但就一篇之中，得其高出在何處，其弊病在何處，研窮剖析，擇善而從，擇不善而改，故雖不佳之文，皆可以長識見，此即格物之學所必當引繩批根，不可使有毫髮之差者也。至於腔調句字，乃所以襯簟其道理法度、手筆議論者，固不可不熟，不熟則識見雖高，不能自達。然腔調句字因時爲變，在一時中又有高下異同，各從其所主，但取其有當於己之機神者讀之極熟，到行文時自有奔奏運用之妙。即解有未當，局有未真，皆在所略，故每有平淺無奇之文，而名家反得其用，又不可不知。然此則不可以選限，並不必佳選而後有者。是集止爲學人指示思辨之法，爲增益識見之助。誠虚衷細心以講究之，則甲乙皆我師資也。若記誦之文，雖不外此中而具，然聽人自取，無一定之論矣。

300 論程墨者，皆執得失以爲招，故卑污者既有低腔墨裁之醜，而其才情自命者又皆以麤踈破碎傲之。先生謂此二家厥罪惟均，蓋總不講義理而但講妝束，其無當於題則一也。故先生雅不喜講「變風氣」三字，謂自周秦漢以至今日，文字風氣無一日不變，何待於人之變之？惟文字所載之道，則天地虧沉，此理不滅，雖風氣極變時，必賴學者爲之救正，孟子所謂「反經」是已〔八〕。故先生論文，一以理爲斷，不講風氣，不講妝束，亦未嘗專取高奇而厭薄平正也。第膚淺板腐之死法，浮誇軟俗之惡聲，自謂平正，其實似是而非，則闢之甚力，惟恐人墮入魔道鬼趣，斯獨有苦心耳。

墨評舊序一篇

301 今日文字之壞，不在文字也，其壞在人心風俗。父以是傳，師以是授，子復爲父，弟復爲師，以傳授子弟者，無不以躁進蠶取爲事。躁進蠶取則不得不求捷徑，求捷徑則斷無出於庸惡陋劣之外者。聖人之言曰：「性相近，習相遠。」子弟之初爲文，未有無性者也。教之者曰：此轉苦不合，此語苦不熟，此一筆太遠，此一解太高，此一字一句未經諸貴人用。凡室中有光頭綫裝書，一切戒勿觀，朝而鋤，夕而燒薙之，不至於庸惡陋劣焉不止。未幾而揣摩成，以取甲乙如拾遺也。吾聞之，先輩大家，研究聖賢之書，浸淫於古文字，不知墨幾丸，退筆幾簏，敗紙殘稿幾百束，而不敢幾一得；今之圈鹿欄牛，胎毛尚濕，調弄之無，鈔仿套數，朝塗而夕就矣。群謂某某已如法，將必售，則果如若言；其所謂轉不合、語不熟、筆太遠、解太高、句字未經用及好閱光頭綫裝書者，大約未必售，售亦離離如曉星，輒曰其人數偶耳。嗚呼！何其言若符券也。人之愛其子弟，則期之以聖賢，或爲名臣豪傑，最下亦不失爲文章之雄，何至突梯滑稽，驅之使與雞鶩鳧等？吾讀其文，知其父兄先生之所願望，不過爲拜塵黄門、由竇尚書、吠籬侍郎而已，故其言曰：「制舉業之於科目，猶叩門之有甎楔也，門啟斯擲之耳。且君之欲入斯門也，何爲也哉？爲其美官也，爲其多得錢也。」然則其視舉業也，猶之乎穿窬之有鍬鍤，盜俠之有斧匕耳。排其闥，發其秘藏，負匱揭篋，擔囊而趨，又何甎楔之有？程子曰：「子弟患其輕俊，當教以經學念書，勿令其作文字。」古之人以聖賢之學爲學，故其視文字也猶糠粃糟魄然，慮其玩物而溺志也。今天下之視文字，殆不啻糠粃糟魄矣，豈皆學聖賢之學者與？人未有不戀其妻若子者矣，而游方之外者，吸光景，練精炁，以離坎爲媾精，以嬰胎爲孕育，其視棄妻子直敝屣耳。情生者無不以爲難，然而文信侯亦能之，故一妻子也，或敝屣之以度世，或敝屣之以釣奇，其心之善不善，豈直雲淵也哉！今天下之輕視夫文字也，亦若是而已矣。惟其視文字也輕，故明知其庸惡陋劣而不以爲耻，曰：「吾以釣聲利、弋身家之腴而已。」程子曰：「灑掃應對，可以至聖人。」則知舉業亦可以爲伊傅周召。然而聞此説也，則群啞啞而笑矣。魏收引據漢書以斷宗廟事，諸博士笑曰：「未聞漢書得證經術。」今天下豈特以制舉業爲糠粃糟魄也哉？其視四書五經，亦猶博士之於漢書焉爾。謂其中有吾所當致知而力行者焉，則又群啞啞而笑耳。以故學究之支離，儇薄之荒僻，佛老異端之説，浸潤陷溺焉而不知其非。比年以來，亦復知有傳注矣。然非真知傳注之有切於己所當致知而力行者也，特以時尚焉耳、科條焉耳，則其視傳注果無異於異端佛老之説也。無異於異端佛老之説，則今日可以爲傳注者，明之日復可以爲異端佛老，何則？其心壞也。以既壞之心而求明書理，不明書理而求文字之復古，是鍛根株而求華實、塞江河之源而求波濤之奇險也，有是哉？天下明知爲庸惡陋劣而不顧者，謂挾其術無不應也。蒲伏新貴人之門，求其平生得力之處，以爲枕秘。僥倖苟竊之徒，鼓其空腹，妄爲大言，至污極鄙，鄭重而受之，如長史右軍筆法，戒其子弟，雖千金弗傳矣。然三家之村，五都之市，比户聽之，其枕秘如一也。雖有才人，困躓場屋間，不能自振，亦復稍稍爲之。故一省餬名之士，幾及萬人，其不能揣摩如法者約二千餘人，其不願如法者，數十人而已，餘擾擾數千，皆所謂如法者也，而題名者不及百人耳。所謂不願如法者，榜必有數人焉，離立於其間，此數人者，殆天所以扶斯文於不墜乎？然世卒謂如法者獲多，故雖屢受鍛刖而不悔。不知夫如法者以數千人中而得數十人焉，不願如法者以數十人中而得數人焉，其於多寡之計當必有辨矣。且庸惡陋劣一也，而數十人得舉，數千人得黜者，何也？曰：「數十人幸，而數千人不幸也。」夫所貴乎庸惡陋劣者，謂挾其術無不應耳，而亦有幸不幸焉，吾又何樂乎爲庸惡陋劣者乎？故曰：「文字有常賢，科目無常遇。」其人當遇，雖轉不合、語不熟、筆太遠、解太高、句字未經用及好閲光頭綫裝書，而不能禁其爲遇；苟不當遇，雖庸惡陋劣，極揣摩如法，而不能强其爲遇。人知文字不與禄命爭得失，則其作文字與讀文字之心，皆不出於釣聲利、弋身家之腴，然後視文字也重。重則禮義之悦根於心，而廉耻之道迫於外，雖日撻而求其庸惡陋劣也不可得矣。雖然，以予腐儒之力，與億萬庸父兄先生爭，其勢必不勝，又况其躁進躐取之法，更有出於文字外也。

跋

曾叔祖四書講義，清溪陳大始先生所編，海内誦習久矣。當時專取發明集注，而論文之旨趨概未及也。今年暮春三月，程與曹子鍴研幾肄業於樸韻書屋。翻閲各選，相與商略纂輯，共得三百餘條，彙爲一帙，附以八家序文摘鈔一條，程墨凡例二則，歷科墨評原序一首，付之剞劂，與講義并行於世，未必非操觚家一助也。時康熙五十三年甲午六月之望，曾姪孫程先謹識。

録自曹鍴編吕晚村先生論文彙鈔。原書「弁言」、「跋」無題，題爲整理者擬補。其中「程子曰今之學有三而異端不與焉」條，另見吕晚村先生文集卷五程墨觀略論文三則之一；「洪永之文，質樸簡重」條，另見吕晚村先生文集卷五東皋遺選前集論文；「近日坊選好竄改删割人文字」條，另見吕晚村先生文集補遺卷四記陳稿二則之二；附録程墨凡例二則，另見吕晚村先生文集補遺卷四十二科程墨觀略凡例十三則之四、五；墨評舊序一篇「今日文字之壞」條，另見吕晚村先生文集卷五今集附舊序。

【校記】

〔一〕三百一條　原作「三百二條」，據實際條數改。

〔二〕背　原作「皆」，據吕晚村先生文集卷五程墨觀略論文改。

〔三〕極盛　原作「盛極」，據吕晚村先生文集卷五東臯遺選前集論文改。

〔四〕之　據吕晚村先生文集卷五東臯遺選前集論文補。

〔五〕吕晚村先生文集卷五東臯遺選前集論文此句後有「名搆甚多，此猶未備也」九字。

〔六〕免　原作「勉」。　彊　原作「疆」。

〔七〕褲　原作「縺」。按，紈褲即紈絝。

〔八〕謂　原作「爲」。

呂晚村先生文集補遺卷七

雜著

天蓋樓杜詩評語

游龍門奉先寺

〔旁批〕「陰壑生靈籟，月林散清影」：細。

望嶽

〔眉批〕言而萬里，青山可掬，如此望嶽，開口便成作家。

〔旁批〕「岱宗夫如何，齊魯青未了」：其無可奈何之意，形容奇絶。

〔眉批〕「盪胸生曾雲，決眥入歸鳥」：亦奇。

暫如臨邑至山湖亭奉懷李員外率爾成興

〔旁批〕「鼉吼風奔浪，魚跳日映山」：亦奇。

奉贈韋左丞丈二十二韻

〔旁批〕「讀書破萬卷，下筆如有神」：下一字奇妙。整理者按：指「破」字。

〔旁批〕「騎驢三十載，旅食京華春」：本來驕夸，終自寒乞。

〔旁批〕「白鷗波浩蕩，萬里誰能馴」：賴有此結，少伸意氣。

贈衛八處士

〔眉批〕此篇甚有古意。

〔旁批〕「夜雨剪春韭，新炊聞黄粱」：此近體中佳句，古詩有態矣。

同諸公登慈恩寺塔

〔旁批〕「自非曠士懷，登兹翻百憂」：亦善道。

〔眉批〕「回首叫虞舜」至「日晏崑崙丘」：奇邁。

九日寄岑參

〔旁批〕「出門復入門，雨脚但仍舊」：粗粗近古。

示從孫濟

〔旁批〕「淘米少汲水」至「放手傷葵根」：樂府佳處。

橋陵詩三十韻因呈縣内諸官

〔旁批〕「空梁簇畫戟，陰井敲銅瓶」：奇古。

夏日李公見訪

〔旁批〕「牆頭過濁醪」：似陶。

自京赴奉先縣詠懷五百字

〔旁批〕「歲暮百草零」：古句。

彭衙行

〔旁批〕「煖湯濯我足，剪紙招我魂」：且得兩句樂府。

〔旁批〕「衆雛爛熳睡，唤起霑盤飧」：下字奇。整理者按：指「睡」字。

雨過蘇端

〔眉批〕此老往往露寒乞態，亦真亦醜。

送韋十六評事充同谷防禦判官

〔旁批〕「鳥驚出死樹，龍怒拔老湫」：奇。

玉華宮

〔眉批〕時格古意，亦自奇邁。

九成宫

〔旁批〕「立神扶棟梁，鑿翠開户牖」：奇。整理者按：指「鑿」字。

北征

〔題批〕長篇若焦仲卿妻，工在拙中，古不可及，老杜北征亦古亦時，亦工亦拙矣，何以不純？

〔眉批〕取杜詩以忠義，自是宋人一病。詞家雖不可忠義，要看手段，即離騷亦然，且如丈夫經天緯地事以來，豈只忠義云乎哉！

〔旁批〕「慟哭松聲迴，悲泉共幽咽」：此處不宜着料。

〔旁批〕「老夫情懷惡」至「生理焉得説」：描寫情狀周折，然終欠古雅。離亂遺興，亦自侮弄。

〔旁批〕「不聞夏殷衰，中自誅褒妲」：筆有造化。

〔旁批〕「煌煌太宗業，樹立甚宏達」：結亦古澹。

晦日尋崔戢李封

〔旁批〕「起行視天宇，春氣漸和柔」：近陶。

義鶻行

〔眉批〕怪事癡語，漫寄感慨。

遣興五首

〔旁批〕「北里富薰天」：奇。其一

〔旁批〕「白馬蹴微雪」：雋逸。其二

新安吏

〔旁批〕「借問新安吏」至「何以守王城」：字字古色。

〔旁批〕「白水暮東流，青山猶哭聲」：忍不住。唐人點綴，忽露本色。

〔旁批〕「眼枯却見骨，天地終無情」：怨恨無限，語自渾渾。

〔旁批〕「送行勿泣血，僕射如父兄」：得體。

石壕吏

〔旁批〕「暮投石壕村」至「老婦出看門」：不整不韻，正是古意。

〔眉批〕「吏呼一何怒，婦啼一何苦」：古樸可諷。

〔旁批〕「存者且偷生，死者長已矣」：着二句，覺勢駿。

〔旁批〕「老嫗力雖衰，請從吏夜歸」：豈無實事？實意要寫得出，話得好。

〔旁批〕「天明登前途，獨與老翁别」：結更痛絶。

新婚别

〔眉批〕古雅蒼邁。情深態。將此篇置漢魏間，亦自崢嶸。

〔旁批〕「兔絲附蓬麻，引蔓故不長」：略爲比興，便露感慨。

〔旁批〕「嫁女與征夫，不如棄路傍」：只二句，恨極。

〔旁批〕「暮婚晨告别，無乃太匆忙」：閨怨淒恨，如問哀訴。

〔旁批〕「妾身未分明，何以拜姑嫜」：六句，人情所難言處，説得痛快。

〔旁批〕「生女有所歸，雞狗亦得將」：本是俗諺，却成古句。

〔眉批〕「勿爲新婚念，努力事戎行」：此一轉，更有力量。它詞家見不到此。

〔旁批〕「婦人在軍中，兵氣恐不揚」：用事無跡。

〔末批〕劉云：曲折，詳至縷縷。凡七轉，微顯條達。

垂老别

〔旁批〕「男兒既介胄，長揖别上官」：悲壯。

〔眉批〕「孰知是死别，且復傷其寒」：死生衣食，反露傷感，只是一意。下二句，較警策。

無家别

〔旁批〕「但對狐與狸，豎毛怒我啼」：虚景。

〔旁批〕「四鄰何所有，一二老寡妻」：實景。

〔眉批〕「近行止一身，遠去終轉迷」：怨歌委屈，自感自遣，寫情入盲。

〔眉批〕「人生無家别，何以爲蒸黎」：聲氣俱盡。

夏夜歎

〔旁批〕「永日不可暮，炎蒸毒我腸」：古。

〔旁批〕「昊天出華月，茂林延疏光」：似謝。

〔旁批〕「仲夏苦夜短，開軒納微涼」：似陶。

立秋後題

〔旁批〕「日月不相饒，節序昨夜隔」：古樸。

〔旁批〕「罷官亦由人，何事拘形役」：練達。

赤谷西崦人家

〔旁批〕「溪回日氣煖，逕轉山田熟」：幽致。

昔游

〔旁批〕「人棺已上天」：奇。

〔眉批〕「妻子亦何人」至「有興入廬霍」：妻子何人，丹砂竟負，廬霍猶青，少陵已矣，轉覺白髮新詩無謂。

佳人

〔旁批〕「但見新人笑」至「牽蘿補茅屋」：六句古意。

〔眉批〕「但見新人笑」至「牽蘿補茅屋」：古不足，今有餘，無非佳句。

〔旁批〕「在山泉水清，出山泉水濁」：二句更古。

〔眉批〕「侍婢賣珠回」至「日暮倚修竹」：以下六句，頗着點綴，清新秀麗，而貞淑傷感，盡在言外，妙與上等。

有懷台州鄭十八司户

〔題批〕此老多情憐才，於鄭虔、李白更繾綣。

〔旁批〕「山鬼獨一脚，蝮蛇長如樹」：故作奇語，惱俗。

〔旁批〕「從來禦魑魅，多爲才名誤」：歷世名言。

遣興五首

〔旁批〕「嵇康不得死，孔明有知音」：如此用事，亦晦。其一

〔眉批〕「陶潛避俗翁」：借陶嘲弄，真是遣興。其三

〔校勘〕「裋」：短。其五

〔旁批〕「清江空舊魚，春雨餘甘蔗」：奇。其五

夢李白二首

〔眉批〕以死别形生離，愈是充苦。其一

〔旁批〕「魂來楓林青，魂返關塞黑」：二句稍著色。其一

〔眉批〕「落月滿屋梁，猶疑照顏色」：形容夢境，忽落佳句，作者亦不知所謂。其一

〔眉批〕少陵五古，才情狼藉。於古道雖不純粹，然此老氣力高大，出言成家，譬秦始、漢高目空前聖，自可開天立法。今世自李北地來，争尚摹擬，惹出閑神野鬼，規行矩步，塗抹殘脂剩粉，便以爲高出李杜，是子噲子之習爲禪受，挾堯舜而笑湯武也。優人介胄，欺駭小兒，令人絶倒。其二

〔旁批〕「千秋萬歲名，寂寞身後事」：名言。怨語。其二

遣興五首

〔校勘〕「風悲」：風吹。其一

〔旁批〕「諸將已茅土，載驅誰與謀」：傷時得體。其二

前出塞九首

〔眉批〕「走馬脱轡頭，手中挑青絲」：古。其二

〔旁批〕「隔河見胡騎，倏忽數百群」：辭意俱得。其五

〔旁批〕「逕危抱寒石，指落曾冰間」：句雖佳，非古體。其七

後出塞五首

〔旁批〕「落日照大旗，馬鳴風蕭蕭」：古邁。其二

西枝村尋置草堂地夜宿贊公土室二首

〔旁批〕「捫蘿澀先登，陟巘眩反顧」：似謝。其一

兩當縣吴十侍御江上宅

〔旁批〕「行邁心多違，出門無與適」：能自言其不能，乞詩見長者。

鐵堂峽

〔眉批〕「徑摩穹蒼蟠，石與厚地裂」：畫。

〔旁批〕「嵌空太始雪」：奇。

鹽井

〔旁批〕「鹵中草木白，青者官鹽烟」：奇景能道。

寒峽

〔旁批〕「此生免荷殳，未敢辭路難」：意外結行路難，有味。

青陽峽

〔旁批〕「岡巒相經亘」至「奮怒向我落」：奇景妙巢。

石龕

〔旁批〕「熊羆咆我東，虎豹號我西」：故作奇語，句恣。
〔旁批〕「驅車石龕下，仲冬見虹霓」：古。
〔旁批〕「奈何漁陽騎，颯颯驚蒸黎」：此老渾渾，好説時事，惹得人稱詩史。

積草嶺

〔旁批〕「連峰積長陰」至「慘慘石狀變」：工。

泥功山

〔旁批〕「白馬爲鐵驪，小兒成老翁」：稚。

〔旁批〕「哀猿透却墜，死鹿力所窮」：拙。

鳳凰臺

〔旁批〕「安得萬丈梯」至「豈徒比清流」：老癡兒話，可笑。

萬丈潭

〔旁批〕「告歸遺恨多，將老斯游最」：看得情狀。

發同谷縣

〔旁批〕「賢有不黔突，聖有不暖席」：變化。

〔旁批〕「平生懶拙意」至「仰慚林間翮」：情景宛然。

飛仙閣

〔旁批〕「歎息謂妻子，我何隨汝曹」：調笑感憎，極致。

龍門閣

〔旁批〕「目眩隕雜花，頭風吹過雨」：奇。

石櫃閣

〔旁批〕「清暉回群鷗，暝色帶遠客」：新奇。

劍門

〔眉批〕「珠玉走中原，岷峨氣悽愴」：此老感時懷古，無處不着識見，亦得斤兩。

〔末批〕自戲自解，必如此結束，方有風騷氣味，不落俗儒套語。

成都府

〔旁批〕「翳翳桑榆日，照我征衣裳」：得兩古句。

〔旁批〕「初月出不高，衆星尚争光」：可比不必比。劉評最得。

〔眉批〕「自古有羈旅，我何苦哀傷」：善自遣興。

〔末批〕劉云：語次寫景，注者屑屑附會，可厭。

贈蜀僧閭丘師兄

〔旁批〕「練練峰上雪，纖纖雲表霓」：清新。

丁香

〔眉批〕漫興，俱可删去。

〔旁批〕「晚墮蘭麝中，休懷粉身念」：宋人語耳。

麗春

〔旁批〕「如何此貴重，却怕有人知」：可笑。

〔校勘〕「貴重」：貴種。

遭田父泥飲美嚴中丞

〔題批〕題便新奇。

〔眉批〕「回頭指大男，渠是弓弩手」：村謡古語，情致委折，亦美亦諷。

戲贈友二首

〔眉批〕「勸君休歎恨，未必不爲福」：事雖恰好，句未瑩。

溪漲

〔眉批〕「當時浣花橋」至「水中有行車」：四句可摘。

冬到金華山觀因得故拾遺陳公學堂遺跡

〔旁批〕「雪嶺日色死」：奇。整理者按：指「死」字。

山寺

〔眉批〕「諸天必歡喜」至「高人憂禍胎」：序事近癡。

將適吴楚留别章使君留後兼幕府諸公

〔旁批〕「不意青草湖，扁舟落吾手」：逸。

〔旁批〕「隨雲拜東皇，挂席上南斗」：新。

草堂

〔眉批〕「大官喜我來」至「賓客隘村墟」：語有古態。

太子張舍人遺織成褥段

〔眉批〕「掌握有權柄，衣馬自肥輕」：節何狷介，辭太憨直。

宿青溪驛奉懷張員外十五兄之緒

〔旁批〕「漾舟千山内」：奇。

故司徒李公光弼

〔旁批〕「死淚終映睫」：奇。

客居

〔眉批〕「峽開四千里」至「相傷終兩存」：好景不合，生愁。

杜鵑

〔眉批〕「西川有杜鵑」至「雲安有杜鵑」：自是此公放肆，故作癡語，非誤也。

贈崔十三評事公輔

〔眉批〕「飄颻西極馬」：「極」，稍變。

〔旁批〕「活國名公在」：奇。整理者按：指「活國」二字。

覽柏中丞兼子姪數人除官制詞

〔眉批〕題古俗，詩亦拙。

遣懷

〔眉批〕「氣酣登吹臺」至「雁鶩空相呼」：四句，竟須摘出。

園官送菜

〔眉批〕序固可笑，詩亦無謂。

課伐木

〔眉批〕「牆宇資屢修」至「爲我忍煩促」：到底可笑。

〔眉批〕詞家序事如此，亦是絶倒。

種萵苣

〔眉批〕此事比前甚得，但詩亦平平。小料大論，終不自勝。

贈蘇四徯

〔旁批〕「一請甘饑寒，再請甘養蒙」：奇。

殿中楊監見示張旭草書圖

〔眉批〕「悲風生微綃，萬里起古色」：形容字耳，神妙至此。

晚登瀼上堂

〔題批〕李于鱗詩云：「老母須微禄，郎官亦冗員。」亦好。整理者按：指詩中「衰老自成病，郎官未爲冗」二句。

〔旁批〕「開襟野堂豁，繫馬林花動」：秀。

〔旁批〕「春氣晚更生，江流静猶湧」：意細辭壯。

〔眉批〕「衰老自成病」至「不復夢周孔」：聯「吕葛」亦好，「夢周」加「孔」有變化，且稱韻。

槐葉冷淘

〔題批〕題可存，詩可去。

〔旁批〕「經齒冷於雪，勸人投比珠」：可笑。

〔眉批〕「路遠思恐泥，興深終不渝」：老杜極善用事，此等改缺亦多。

阻雨不得歸瀼西甘林

〔旁批〕「恐泥勞寸心」：「恐泥」屢用屢不佳，是爲雅累。

奉酬薛十二丈判官見贈

〔眉批〕「忽忽峽中睡」至「爲我下青冥」：似散似律。

〔旁批〕「莫學泠如冰」：好笑。

寫懷二首

〔眉批〕「放神八極外，俛仰俱蕭瑟」：玄旨名言，從莊子來。

北風

〔題批〕在近體中可備變格，甚有古意，入古詩則格下矣。

送重表姪王砅評事使南海

〔眉批〕「次問最少年」至「得辭兒女醜」：奇事。

解憂

〔眉批〕「得失瞬息間，致遠宜恐泥」：屢用「恐泥」，公可失笑，此句爲甚。彼家鑪錘，累且如此，學問可易着哉！

過津口

〔旁批〕「物微限通塞，惻隱仁者心」：儒生頭巾語。

次空靈岸

〔校勘〕酈元水經注：「湘水縣北有空舲峽」，當作「空舲」。

〔題批〕空舲峽、花石戍，好地名，正是詩料。

題衡山縣文宣王廟新學堂呈陸宰

〔眉批〕「高歌激宇宙」：自負自怨。

飲中八仙歌

〔眉批〕因具題其人，别成一格。

〔旁批〕「知章騎馬似乘船，眼花落井水底眠」：奇。整理者按：指「水底眠」三字。

今夕行

〔眉批〕俠氣淋漓，寄無限感慨。

高都護驄馬行

〔眉批〕「長安壯兒不敢騎」至「何由却出横門道」：必如此結束，方是大家詠物。

兵車行

〔眉批〕「車轔轔，馬蕭蕭，行人弓箭各在腰」：如此起，不如自注。知爲樂府遺音。

〔旁批〕「哭聲直上干雲霄」：「干」字少崢嶸。

〔旁批〕「道旁過者問行人，行人但云點行頻」：亦具古體。

〔眉批〕「去時里正與裹頭，歸來頭白還戍邊」：詞意蒼然。

〔旁批〕「且如今年冬，未休關西卒」：一轉更古。

〔旁批〕「生男埋没隨百草」：雖押韻，亦奇。

投簡咸華兩縣諸子

〔眉批〕「君不見空牆日色晚，此老無聲淚垂血」：結得衰倒。

白絲行

〔題批〕命題若「白絲」、「錦樹」等，只三字已具意態。

〔眉批〕忽作美人怨口，冉冉風情，難出閑花野草，不知所之。結不喚醒，幾失故意。

醉時歌

〔眉批〕「諸公衮衮登臺省，廣文先生官獨泠」：起又别。

〔眉批〕「杜陵野客人更嗤，被褐短窄鬢如絲」：若「短褐」，必作「裋褐」，則如此「短」字何。

〔眉批〕「但覺高歌有鬼神，焉知餓死填溝壑」：俠烈。

麗人行

〔眉批〕「態濃意遠淑且真，肌理細膩骨肉匀」：畫不能盡。

〔眉批〕「紫駝之峰出翠釜，水精之盤行素鱗」：俳句一變，便自神色。

渼陂行

〔眉批〕「岑參兄弟皆好奇，攜我遠來游渼陂」：開口便磊落。

〔旁批〕「半陂已南純浸山，動影裊窕冲融間」：疊用四字，亦怪。

〔旁批〕「船舷暝戛雲際寺，水面月出藍田關」：不問如何，自是佳句。

〔眉批〕「咫尺但愁雷雨至，蒼茫不曉神靈意」：突出此結，接神靈雷雨，忽忽有情。

秋雨歎三首

〔眉批〕「闌風伏雨秋紛紛，四海八荒同一雲」：奇。其二

病後過王倚飲贈歌

〔旁批〕「但使殘年飽喫飯，只願無事長相見」：亦古亦俗，終是大家語。

醉歌行

〔眉批〕「風吹客衣日杲杲，樹攪離思花冥冥」：玄奇。

〔校勘〕「樹攪離思花冥冥」：「攪」，劉本作「覺」。

奉先劉少府新畫山水障歌

〔眉批〕「堂上不合生楓樹，怪底江山起烟霧」：起得奇妙。

〔旁批〕「堂上不合生楓樹，怪底江山起烟霧」：他人題畫，那敢如此？

〔旁批〕「豈但祁岳與鄭虔，筆跡遠過楊契丹」：亦奇。

〔眉批〕「悄然坐我天姥下」至「真宰上訴天應泣」：畫耶？真耶？杳冥恍惚，筆底有神。

〔旁批〕「野亭春還雜花遠，漁翁暝踏孤舟立」：氣勢莽蒼時，着此二句閑澹，正如風雨後煙樹夕陽。

〔眉批〕「吾獨胡爲在泥滓，青鞋布襪從此始」：結得意外佳處。

〔旁批〕「大兒聰明到」至「貌得山僧及童子」：尋常俗語，却是古意。

天育驃騎歌

〔眉批〕不知題畫題馬，但覺神氣流動。

〔眉批〕「如今豈無騕褭與驊騮，時無王良伯樂死即休」：感慨痛絶，大手詠物，自合如此，不必有情無情。

驄馬行

〔旁批〕「雄姿逸態何崷崒，顧影驕嘶自矜寵」：甚得。

〔旁批〕「隅目青熒夾鏡懸，肉駿碨礧連錢動」：奇。

〔旁批〕「赤汗微生白雪毛，銀鞍却覆香羅帕」：秀。

〔眉批〕「吾聞良驥老始成，此馬數年人更驚」：變化。

蘇端薛復筵簡薛華醉歌

〔眉批〕「文章有神交有道」：只七字，便足人情物理。

〔眉批〕「近來海内爲長句，汝與山東李白好」：任情佳句，近或李獻吉時有。

〔眉批〕「氣酣日落西風來，願吹野水添金杯」：悲歌蕭颯，可感可誦。

哀王孫

〔題批〕侯景之亂，有白頭烏數千飛入建業。先是，童謡云云。

〔眉批〕樂府遺音。

〔旁批〕「慎勿出口他人狙」：生。整理者按：指「狙」字。

曲江三章章五句

〔眉批〕「短衣匹馬隨李廣，看射猛虎終殘年」：此句此意，從天外得來。其三

哀江頭

〔眉批〕「輦前才人帶弓箭，白馬嚼齧黄金勒」：賦中雜比，正是妙處，了不可覺。

〔旁批〕「翻身向天仰射雲，一箭正墜雙飛翼」：似真似喻。

〔旁批〕「明眸皓齒今何在，血污游魂歸不得」：竟如此結，筆力絶人。

〔眉批〕「清渭東流劍閣深」至「江水江花豈終極」：必着「清渭」四句乃結，所以回瀾決峽，氣象渾渾。

送孔巢父謝病歸游江東兼呈李白

〔旁批〕「巢父掉頭不肯住，東將入海隨烟霧」：從入海上，弄出許多佳句。

〔旁批〕「詩卷長留天地間，釣竿欲拂珊瑚樹」：直抵舊路，但神化無跡。

瘦馬行

〔眉批〕「天寒遠放雁爲伴，日暮不收烏啄瘡」：形容至此，鬼神可泣。

偪側行

〔眉批〕「曉來急雨春風顛」至「泥滑不敢騎朝天」：四句古樸，最難造句。

冬末以事之東都湖城東遇孟雲卿因爲醉歌

〔眉批〕「人生會合不可常，庭樹雞鳴淚如霰」：偶出古詩，無出亦好。

〔旁批〕「照室紅爐簇曙花，縈窗素月垂文練」：細。

〔旁批〕「向非劉顥爲地主，懶回鞭轡成高宴」：突兀。

閿鄉姜七少府設鱠戲贈長歌

〔旁批〕「饔人受魚鮫人手，洗魚磨刀魚眼紅」：奇。

〔旁批〕「無聲細下飛碎雪，有骨已剁觜春葱」：虚用才合。

〔旁批〕「齘」:「怪」平聲。

〔旁批〕「偏勸腹腴愧年少,軟炊香杭緣老翁」:人情。

洗兵行

〔眉批〕似歌似律,又是一體。○初唐又勁,排律又雜。

〔旁批〕「三年笛裏關山月,萬國兵前草木風」:是律調,入律更壯,倒用亦壯。

〔旁批〕「鶴駕通宵鳳輦備,雞鳴問寢龍樓曉」:拙。

〔旁批〕「張公一生江海客,身長九尺鬚眉蒼」:竟承上實用。

乾元中寓居同谷縣作歌七首

〔眉批〕七歌備收,可創奇格。

〔眉批〕「有客有客字子美,白頭亂髮垂過耳」:奇邁老成。其一

〔旁批〕「中原無書歸不得,手脚凍皴皮肉死」:下一「死」字,妙絕。其一

〔眉批〕「長鑱長鑱白木柄,我生託子以爲命」:更奇。其二

〔眉批〕「四山多風溪水急,寒雨颯颯枯樹濕」:幽奇玄古,感傷無限。其五

〔眉批〕此歌此意，自不可少。其六

杜鵑行

〔眉批〕奇怪備疑。

〔眉批〕「萬事反覆何所無，豈憶當殿群臣趨」：必得此結。

戲題王宰畫山水圖歌

〔眉批〕「十日畫一水，五日畫一石」：起便奇妙。

〔旁批〕「能事不受相促迫，王宰始肯留真跡」：最得人情理趣。

〔眉批〕「巴陵洞庭日本東，赤岸水與銀河通」：玄語忽從空來。

〔眉批〕「焉得并州快剪刀，剪取吴松半江水」：奇絶。

戲韋偃雙松圖歌

〔眉批〕看它題畫歌行，篇篇奇，篇篇别。老語玄思，李翰林不及。

徐卿二子歌

〔旁批〕「孔子釋氏親抱送，並是天上麒麟兒」：奇。

〔眉批〕「小兒五歲氣食牛，滿堂賓客皆回頭」：意甚俗，調高，殊不覺翻成佳句，詩故難言哉！

百憂集行

〔眉批〕「憶年十五心尚孩，健如黄犢走復來」：老人説兒事，有情有態，恍忽畫間。

〔眉批〕「即今倏忽已五十，坐卧只多少行立」：可憐情狀，人所諱道，亦人所難道，道出却好。

〔旁批〕「癡兒不知父子禮，叫怒索飯啼門東」：調笑戲侮，却成豪邁。

短歌行贈王郎司直

〔眉批〕「王郎酒酣拔劍斫地歌莫哀，我能拔爾抑塞磊落之奇才」：長句起，奇放又别。

〔眉批〕「青眼高歌望吾子，眼中之人吾老矣」：此句法，老杜常有，它人少能倅，李北地或見耳。

入奏行贈西山檢察使竇侍御

〔眉批〕别備一體。

〔眉批〕「爲君酤酒滿眼酤」：必依方言解，乃得。

〔旁批〕「與奴白飯馬青芻」：奇。

大麥行

〔眉批〕「大麥乾枯小麥黄」：如此摩擬，何妨。

〔旁批〕「婦女行泣夫走藏」：怪得甚古，有所自來。

〔尾批〕黄童謡云：「小麥青青大麥枯，誰當穫者婦與姑，丈夫何在西擊胡。」每句中函問答之詞，公句蓋原於此。

苦戰行

〔眉批〕「苦戰身死馬將軍，自云伏波之子孫」：起古率。

觀打魚歌

〔旁批〕「赤鯉騰出如有神，潛龍無聲老蛟怒」：别出奇態。

又觀打魚

〔旁批〕「倔强泥沙有時立」：奇。整理者按：指「立」字。

〔眉批〕「干戈兵革鬭未止，鳳凰麒麟安在哉」：言外着力。

越王樓歌

〔眉批〕「綿州州府何磊落，顯慶年中越王作」：奇又别。

海棕行

〔旁批〕「蒼稜白皮十抱文」：拙。

〔旁批〕「海㯶焉知身出群」：亦拙。

嚴氏溪放歌

〔旁批〕「知子松根長茯苓，遲暮有意來同煮」：調未暢。

春日戲題惱郝使君兄

〔題批〕新奇。整理者按：指「惱」字。

桃竹杖引贈章留後

〔眉批〕收備一格。

冬狩行

〔眉批〕「有鳥名鸜鵒」：忽出鸜鵒，勢陡。

〔旁批〕「禽獸已斃十七八」至「胡爲見羈虞羅中」：此一段見狩之無遺。

〔眉批〕「清晨合圍步驟同」、「春蒐冬狩侯得同」：兩「同」字不同。

〔旁批〕「況今攝行大將權」：奇緊。

〔眉批〕「朝廷雖無幽王禍，得不哀痛塵再蒙」：變化妙。

〔旁批〕「嗚呼，得不哀痛塵再蒙」：就上一轉，有力有味。○因玄宗而道代宗，下「再」字，一言萬感。

閬山歌

〔眉批〕「松浮欲盡不盡雲，江動將崩未崩石」：「未」字活。

憶昔二首

〔眉批〕「宮中聖人奏雲門，天下朋友皆膠漆」：樸處正不可到。其二

韋諷録事宅觀曹將軍畫馬圖引

〔眉批〕「國初已來畫鞍馬」：起調誰能如此突兀。

〔旁批〕「神妙獨數江都王」：借客相形。

〔旁批〕「將軍得名三十載，人間又見真乘黄」：起。

〔旁批〕「曾貌先帝照夜白」：開。○好馬名。整理者按：明皇雜録：「上所乘馬有玉花驄、照夜白。」

〔旁批〕「龍池十日飛霹靂」：接得神變。

〔旁批〕「貴戚權門得筆跡」：且插且粘。

〔旁批〕「昔日太宗拳毛騧」：細。

〔旁批〕「其餘七匹亦殊絶」：省。

〔旁批〕「可憐九馬争神駿」：合。

〔旁批〕「顧視清高氣深穩」：良工良馬，一言道出。

〔眉批〕「借問苦心愛者誰，後有韋諷前支遁」：陡入支遁，提醒韋諷，奇絶。真假混言，最是妙處。

〔旁批〕「憶昔巡幸新豐宫，翠華拂天來向東」：别以本事，結出許多感愧，更奇。

丹青引贈曹將軍霸

〔眉批〕「將軍魏武之子孫，於今爲庶爲清門」：歌行起結，變態無滯。

〔旁批〕「清門」：清門猶言高門，寒門一作青門，猶言白門、朱門耳。於句更妙。

〔眉批〕「丹青不知老將至，富貴於我如浮雲」：作家以經語入詩，亦自玄脱，它人拈花弄柳，或露俗態。

〔旁批〕「凌烟功臣少顔色，將軍下筆開生面」：奇。

〔眉批〕「玉花却在御榻上」至「圉人太僕皆惆悵」：一時氣象，種種畫出，益知良工苦心。

莫相疑行

〔眉批〕「晚將末契託年少，當面輸心背面笑」：情態宛然。

赤霄行

〔眉批〕「孔雀未知牛有角，渴飲寒泉逢觝觸」：起用二禽，變化不測。

〔旁批〕「江中淘河嚇飛燕，銜泥却落羞華屋」：用事神化。

狂歌行贈四兄

〔眉批〕「與兄行年校一歲，賢者是兄愚者弟」：粗粗平平，正是古意。

〔旁批〕「兄將富貴等浮雲，弟竊功名好權勢」：它人所諱。

〔旁批〕「四時八節還拘禮，女拜弟妻男拜弟」：它人所避。

茅屋爲秋風所破歌

〔眉批〕「八月秋高風怒號，卷我屋上三重茅」：作家粗疏語，亦不可少。

荆南兵馬使太常卿趙公大食刀歌

〔眉批〕章法句法，又是一格。

〔旁批〕「蜀江如綫針如水」：句法。

〔旁批〕「妖腰亂領敢欣喜」：怪。

〔旁批〕「悲臺蕭瑟石巃嵸，哀壑杈枒浩呼洶」：起甚奇怪，不知所來。

〔旁批〕「敢決豈不與之齊」：重上。

古柏行

〔旁批〕「孔明廟前有老柏，柯如青銅根如石」：起直遂。

〔旁批〕「霜皮溜雨四十圍，黛色參天二千尺」：氣概。

〔眉批〕「雲來氣接巫峽長，月出寒通雪山白」：詠物句，誰能如此！

〔旁批〕「大厦如傾要梁棟，萬牛回首丘山重」：變化，句句不同。

最能行

〔旁批〕「小兒學問止論語，大兒結束隨商旅」：妙處它人不能。

君不見簡蘇徯

〔眉批〕「君不見道邊廢棄池，君不見前者摧折桐」：兩「不見」，奇崛又别。

縛雞行

〔尾批〕本無深意，只結得好，便全首精神唤起。

李潮八分小篆歌

〔旁批〕「吾甥李潮下筆親」：「親」字亦似押韻。

〔眉批〕「大小二篆生八分」、「開元已來數八分」：「八分」兩作墜底。

醉爲馬墜諸公攜酒相看

〔旁批〕「不虞一蹶終損傷，人生快意多所辱」：名言。

〔眉批〕「語盡還成開口笑，提攜别掃清溪曲」：情事宛然。

〔眉批〕「何必走馬來爲問」：突出二字，恰好。整理者按：指「走馬」二字。

〔尾批〕劉云：起結皆不羈。

寄狄明府博濟

〔旁批〕「太宗社稷一朝正，漢官威儀重昭洗」：有斟酌。

〔旁批〕「誰謂荼苦甘如薺」：剪裁好。

〔眉批〕「早歸來，黄污人衣眼易眯」：結有古意。

寄韓諫議注

〔題批〕意外言外，似題非題，神奇雋永，别爲一格。

〔旁批〕「今我不樂思岳陽，身欲奮飛病在牀」：起得突兀。

〔眉批〕病懷奮飛，恍入洞庭見韓注矣。便説出許多夢境，捕風提影，自是辭家幻手。

〔旁批〕「影動倒景摇瀟湘」：「倒景」二字，即是「影」字上用「影」字，又作本字用，無一妙處，不拘乃得。

〔眉批〕「恐是漢代韓張良」：突出「韓」字成句，取奇亦以韓注故，本無他意，不可虞注、趙注。

〔旁批〕「國家成敗吾豈敢」：下四句自謂。

〔旁批〕「美人胡爲隔秋水」：變前句，斡轉。

〔尾批〕劉云：此編渺茫恍惚，幾失韓注，末竟不合。

魏將軍歌

〔旁批〕「將軍昔著從事衫，鐵馬馳突重兩銜」：用險韻，蓋奇妙。

〔眉批〕「被堅執鋭略西極，崑崙月窟東嶃巖」：太宗北征，北斗南望，亦崑崙月窟東耳。

别李祕書始興寺所居

〔眉批〕「妻兒待米且歸去，他日杖藜來細聽」：苦不苦，悟不悟，詞家得意處，正是禪機侮弄。

〔尾批〕劉云：磊落真率，語短而暢。

大覺寺高僧蘭若

〔眉批〕亦是一格。

觀公孫大娘弟子舞劍器行

〔眉批〕此序亦得。○序尾有詩意，詩却不及此事。

〔旁批〕「昔有佳人公孫氏，一舞劍器動四方」：二句直率。

〔旁批〕「觀者如山色沮喪，天地爲之久低昂」：二句倔强。

〔眉批〕「㸌如羿射九日落，矯如群帝驂龍翔。來如雷霆收震怒，罷如江海凝清光」：四句體別狀別，以神化肖物，是吴道子寫意筆耳。

〔眉批〕「老夫不知其所往，足繭荒山轉愁疾」：一事感慨，百懷雜遝，亦深情，亦妙手，機在脱劍、着劍。

〔尾批〕劉云：濃至慘黯，如野笛中斷聞者，猶不堪也。

白皃行

〔眉批〕「君不見黄鵠高于五尺童，化爲白皃似老翁」：亦是自謂。

〔旁批〕「化爲白皃似老翁」：故作怪語。

錦樹行

〔題批〕題曰「錦樹」，使人刮目。

〔眉批〕「飛書白帝營斗粟，琴瑟几杖柴門幽」：白帝一城名耳，當時偶好，却添它幾處詩態，處處自好。

〔眉批〕通篇無他，只是悲怨，做得慷慨豪邁，不可滯泥。

寄從孫崇簡

〔旁批〕「吾孫騎曹不記馬，業學尸鄉多養雞」：兩事一隱一見，用得好。

〔旁批〕「龐公隱時盡室去」：又見。

〔旁批〕「武陵春樹他人迷」：又隱，例用上法。

夜歸

〔眉批〕「傍見北斗向江低，仰看明星當空大」：頗似山謠，亦自豪快。

醉歌行贈公安顏十少府請顧八題壁

〔眉批〕「君不見東吴顧文學，君不見西漢杜陵老」：劉云：眼前人，着兩「不見」，唐突可人。

〔眉批〕「是日霜風凍七澤，烏蠻落照銜赤壁」：豪氣激人。

可歎

〔眉批〕卒卒序事，無甚風味。

嶽麓山道林二寺行

〔眉批〕不排不行，又是一體。

〔眉批〕「殿脚插入赤沙湖」：「赤」字得平聲，更妙。

〔眉批〕「久爲野客尋幽慣」：「野」作「謝」，是。

〔旁批〕「山鳥山花吾友于」：畢竟不好。整理者按：指「友于」二字。

劉九法曹鄭瑕丘石門宴集

〔旁批〕「秋水清無底，蕭然浄客心」：起便好。

〔旁批〕「能吏逢聯璧，華筵直一金」：對上雖工，然畢竟率直無味。

題張氏隱居

〔旁批〕「杜酒偏勞勸，張梨不外求」：張梨杜酒，本無佳致，又爲後人作俑。

對雨書懷走邀許主簿

〔旁批〕「座對賢人酒，門聽長者車」：款款得情致。

〔眉批〕「門聽長者車」：「聽」字在邀客，故細。否則，不若「來」字矣。

巳上人茅齋

〔題批〕可删。

〔旁批〕「巳公茅屋下，可以賦新詩」：無謂。

房兵曹胡馬

〔眉批〕看它寫峻耳，絶工潤，豈尋常工家畫。

〔旁批〕「竹批雙耳峻」：奇。整理者按：指「竹批」二字。

〔旁批〕「風入四蹄輕」：又奇。整理者按：指「風入」二字。

〔旁批〕「所向無空闊，真堪託死生」：他人賦寫，安能意外如此？

〔旁批〕「驍騰有如此，萬里可横行」：到底大家。

冬日有懷李白

〔眉批〕「短褐風霜入，還丹日月遲」：短褐猶短衣，不必有，出自好。若據漢書作「襦」，便不稱詩句矣。此可與知者道。

假山

〔眉批〕子美序長題，亦古亦拙。

〔旁批〕「望中疑在野，幽處欲生雲」：形容假山無相，可爲詠物句法。

李監宅二首

〔旁批〕「雜花分户映，嬌燕入簾回」：細。其二

與任城許主簿游南池

〔旁批〕「晚涼看洗馬，森木亂鳴蟬」：閑澹。

故武衛將軍挽詞三首

〔眉批〕挽將軍歌，恰得如此悲壯，惜李廣有傳無詩。

杜位宅守歲

〔眉批〕「盍簪喧櫪馬」：用「盍簪」，即有，出亦不妙。

陪鄭廣文游何將軍山林十首

〔旁批〕「剩水滄江破，殘山碣石開」：奇。其五

〔旁批〕「緑垂風折笋，紅綻雨肥梅」：新媚可人。其五

〔旁批〕「銀甲彈箏用，金魚换酒來」：未瑩。其五

〔旁批〕「涼月白紛紛」：奇。其九

〔眉批〕暗中摸着此首，知爲老杜。其十

重過何氏五首

〔眉批〕「花妥鶯捎蝶，溪喧獺趁魚」：二字新奇。整理者按：指「捎」、「趁」二字。其一

〔眉批〕「山雨樽仍在，沙沉榻未移。犬迎曾宿客」：極意圖寫重來。其二

〔旁批〕「翡翠鳴衣桁，蜻蜓立釣絲」：序景幽閑。其三

〔眉批〕「手自移蒲柳，家纔足稻粱」：着二字，深厚便見，其人豈必多言？整理者按：指「自」、「纔」二字。其四

〔眉批〕五言律，傾寫情致，誰能如此圓轉透達？其五

陪諸貴公子丈八溝攜妓納涼晚際遇雨二首

〔眉批〕「纜侵堤柳繫，幔卷浪花浮」：堤柳浪花，別是對法，此老常爾。其二

官定後戲贈

〔眉批〕「耽酒須微祿，狂歌託聖朝」：感歎忠厚。

贈高式顔

〔眉批〕「昔別是何處，相逢皆老夫」：乍問乍憶，百年感慨，兩句盡之。老邁少及。

〔眉批〕「平生飛動意，見爾不能無」：玄活空闊，得意外意。

得舍弟消息二首

〔旁批〕「浪傳烏鵲喜，深負鶺鴒詩」：着「浪傳」，「深負」便到。其二

月夜

〔旁批〕「遥憐小兒女，未解憶長安」：人情委曲如此，寫出則難。

春望

〔眉批〕感慨詩，却如此壯麗，故難。

晚行口號

〔旁批〕「遠愧梁江總，還家尚黑頭」：喪亂思歸，偶及江總，未必如評者意外別立書法。

獨酌成詩

〔旁批〕「醉裏從爲客，詩成覺有神」：情真興到，頗有能色。

春宿左省

〔旁批〕「明朝有封事，數問夜如何」：最得。

送賈閣老出汝州

〔眉批〕「西掖梧桐樹，空留一院陰」：不必言送言別，竟如此起，老邁可法。

送翰林張司馬南海勒碑

〔旁批〕「詔從三殿去，碑到百蠻開」：磊落。

奉陪鄭駙馬韋曲二首

〔旁批〕「韋曲花無賴，家家惱殺人」：奇邁。其一

〔旁批〕「美花多映竹，好鳥不歸山」：生。其二

奉答岑參補闕見贈

〔題批〕元唱勝。

至德二載甫自京金光門出乾元初與親故別有悲往事

〔旁批〕「至今猶破膽，應有未招魂」：對無跡。

〔眉批〕「近侍歸京邑，移官豈至尊」：問一「豈」字，而無限感傷，盡在言外。詩可以怨，近體能騷。

觀安西兵過赴關中待命二首

〔眉批〕「奇兵不在衆，萬馬救中原」：感慨激烈，却成佳句。其二

寄高三十五詹事

〔旁批〕「天上多鴻雁，池中足鯉魚」：容易，用事可厭。

路逢襄陽楊少府入城戲呈楊四員外綰

〔眉批〕「寄語楊員外，山寒少茯苓」：因「茯苓」成篇，渾然一氣，似言似柬，不失佳句。

〔旁批〕「兼將老藤杖，扶汝醉初醒」：此是戲意。

不見

〔眉批〕「世人皆欲殺，吾意獨憐才」：悲壯俠烈，兩言落千秋知己之感。

〔旁批〕「世人皆欲殺，吾意獨憐才」：敢言。

〔旁批〕「敏捷詩千首，飄零酒一杯」：敏捷粘詩，飄零脱洒，句便不同。

秦州雜詩二十首

〔旁批〕「遲回度隴怯，浩蕩及關愁」：悲壯。其一

〔旁批〕「水落魚龍夜，山空鳥鼠秋」：雋逸。其一

〔旁批〕「秦州城北寺，傳是隗囂宫」：曰寺曰宫，便成感慨。其二

〔旁批〕「清渭無情極，愁時獨向東」：深沉超脱，兩到。其二

〔旁批〕「馬驕珠汗落，胡舞白題斜」：新奇。其三

〔眉批〕「鼓角緣邊郡，川原欲夜時」：字字深入。入説鼓角後，得此二句，更幽悽歎感。

其四

〔旁批〕「秋聽殷地發，風散入雲悲」：秋聲四起，俯仰颯然。其四

〔旁批〕「萬方聲一概，吾道竟何之」：收拾寬闊。其四

〔眉批〕豈不自喻喻人，但可意念，不可言泥。其五

〔旁批〕「哀鳴思戰鬭，迥立向蒼蒼」：新。其五

〔眉批〕直遂，然終是大家口。其六

〔眉批〕「莽莽萬重山，孤城山谷間」：兩句，畫出山城陰森慘澹氣象。其七

〔旁批〕「烟塵一長望，衰颯正摧顔」：用事活，寄興深。其七

〔眉批〕在張騫若刺，於時事乃風，意不主張。其八

〔旁批〕「從天此路回」：萬里客程，五字提醒。其八

〔旁批〕「牽牛去幾許，宛馬至今來」：對得圓活，而嚴整恰好。其八

〔旁批〕「一望幽燕隔」至「羌笛暮吹哀」：特借張騫起興，後四句感慨。其八

〔眉批〕「稠疊多幽事，喧呼閲使星」：淺淺感興。其九

〔旁批〕「烟火軍中幕，牛羊嶺上村」：畫意。其十

〔旁批〕「黄鵠翅垂雨，蒼鷹饑啄泥」：當有感諷。其十一

〔眉批〕「秋花危石底，晚景卧鐘邊」：神聚一字，所謂詩眼。整理者按：指「卧」字。其十二

〔旁批〕「俛仰悲身世，溪風爲颯然」：飄脱。其十二

〔眉批〕「未暇泛滄海，悠悠兵馬間」：頗有乘桴之興。其十五

〔旁批〕「落日邀雙鳥，晴天卷片雲」：二句閑澹。其十六

〔眉批〕「採藥吾將老，童兒未遣聞」：並上三結一意。其十六

〔旁批〕「邊秋陰易夕」：密。其十七

〔旁批〕「西戎外甥國，何得近天威」：風刺事體。其十八

〔旁批〕「候火雲峰峻，懸軍幕井乾」：奇峭。其十九

〔尾批〕此老于東柯仇池，垂涎縷縷，避世多感，吾亦嘗云。其二十

〔眉批〕末首意境，當如此結束，但風格在廿首中亦末耳，然斷不可少。其二十

野望

〔眉批〕比賦皆得，不必有注有爲。

天河

〔旁批〕「縱被微雲掩，終能永夜清」：竟説天河，它意自有，不必絶蹤。

東樓

〔眉批〕「傳聲看驛使，送節向河源」：結太澹，不稱前意，似須痛快。

山寺

〔題批〕此題得注，益見詩好。

〔眉批〕「亂水通人過，懸崖置屋牢」：此景能畫，十字更難。

〔旁批〕「懸崖置屋牢」：「置」、「牢」二字似拙，在此無妨，以其恰好。

從人覓小胡孫許寄

〔眉批〕老癡無滯，留下口號，誤殺小兒。

蓄劍

〔旁批〕「虎氣必騰上，龍身寧久藏」：二句拙。

銅缾

〔眉批〕「側想美人意，應悲寒甃沉」：幽深温婉，竟托何處。

即事

〔眉批〕「秋思抛雲髻，腰支賸寶衣」：極感慨，少藴籍。

〔尾批〕結甚得體。

歸燕

〔眉批〕亦屬删例。

〔旁批〕「四時無失序，八月自知歸」：太率易。

促織

〔旁批〕「草根吟不穩，牀下夜相親」：何草草。

螢火

〔眉批〕若有所喻。

〔旁批〕「幸因腐草出，敢近太陽飛」：悲傷得體。

蒹葭

〔旁批〕「暫時花載雪，幾處葉沉波」：新。

日暮

〔眉批〕風塵蕭颯，恍忽將軍出塞，小幅大圖，丹青許許。

〔旁批〕「城頭烏尾訛」：奇。整理者按：指「訛」字。

〔旁批〕「黄雲高未動，白水已揚波」：應「未」字。整理者按：指「已」字。

夕烽

〔旁批〕「每日報平安」：要注。整理者按：指「報」字。

秋笛

〔旁批〕「相逢恐恨過，故作發聲微」：句滯。

擣衣

〔眉批〕「亦知戍不返，秋至拭清砧」：閨人怨恨，開口便盡。
〔旁批〕「已近苦寒月，況經長別心」：意外象外。
〔尾批〕劉云：此晚唐極力仿佛之者。

月夜憶舍弟

〔旁批〕「露從今夜白，月是故鄉明」：看句法變化。○便新。

天末懷李白

〔眉批〕「文章憎命達，魑魅喜人過」：怨恨深曲。

空囊

〔眉批〕「翠柏苦猶食，明霞高可餐」：有古游仙意，顧作空囊。起亦奇。

〔旁批〕「囊空恐羞澀，留得一錢看」：「一錢」結空囊，更妙。

送人從軍

〔眉批〕悲壯奇邁，無所不有。

酬高使君相贈

〔眉批〕「草玄吾豈敢，賦或似相如」：此結要注，要原作，乃有味。

游修覺寺

〔旁批〕「詩應有神助，吾得及春游」：豪放稱情。

後游

〔旁批〕「寺憶曾游處，橋憐再渡時」：切切後游。

〔旁批〕「江山如有待，花柳更無私」：稍放意外，着題更妙。

有客

〔題批〕老杜兩字題，或即詩，或用意，往往入妙。

爲農

〔旁批〕「圓荷浮小葉，細麥落輕花」：細嫩。

北鄰

〔旁批〕「愛酒晉山簡，能詩何水曹」：輳對法。

寄楊五桂州譚

〔眉批〕「聞此寬相憶」：二字承轉，有力有神。整理者按：指「聞此」二字。

琴臺

〔旁批〕「酒肆人間世，琴臺日暮雲」：着二句，寫相如漫世不羈，最得。

〔眉批〕「歸鳳求凰意，寥寥不復聞」：結頗弱，或入君臣感慨意，亦得。

春夜喜雨

〔眉批〕「野徑雲俱黑，江船火獨明」：不必有所托，不可無此意。

〔眉批〕「曉看紅濕處，花重錦官城」：雋秀。

遣意二首

〔旁批〕「一逕野花落，孤村春水生」：天然佳處，不用點染。其一

〔眉批〕「野船明細火，宿雁聚圓沙」：「沙」、「火」上看「圓」、「細」二字於野船、宿雁，有情。其二

〔旁批〕「雲掩初弦月，香傳小樹花」：初弦、小樹，亦自着意。其二

江亭

〔旁批〕「水流心不競，雲在意俱遲」：玄意可禪可道，稍過則宋矣。當善法。

〔眉批〕「寂寂春將晚，欣欣物自私」：幽玄自得。

朝雨

〔眉批〕「風鴛藏近渚，雨燕集深條」：「風鴛」、「雨燕」等，往往造出。

晚晴

〔旁批〕「村晚驚風度，庭幽過雨霑」：細。

〔旁批〕「夕陽薫細草，江色映疏簾」：清新。

〔眉批〕「書亂誰能帙，杯乾自可添」：用事真得造化。

范二員外邈吴十侍御郁特枉駕闕展待聊寄此作

〔旁批〕「幽棲誠簡略，衰白已光輝」：有韻簡牘耳，然未俗。

梔子

〔旁批〕「梔子比衆木，人間誠未多」：何必如此計算。

〔旁批〕「於身色有用，與道氣傷和」：亦未必精。

可惜

〔題批〕往往提出二字爲題，奇簡有詩態，信不草草。

〔旁批〕「寬心應是酒，遣興莫過詩」：隨口語。

落日

〔旁批〕「落日在簾鈎，溪邊春事幽」：起清逸。

〔旁批〕「啅雀争枝墜，飛蟲滿院游」：畫意。

〔眉批〕「啅雀争枝墜，飛蟲滿院游」：是真景，「游」字亦得其狀，但不如秀「墜」字秀拔耳。

〔旁批〕「濁醪誰造汝，一酌散千愁」：發一句意，稱酒説愁，便有奇致。

獨酌

〔旁批〕「仰蜂粘落絮，行蟻上枯梨」：款款幽致，真獨酌時風色。

〔旁批〕「薄劣慚真隱，幽偏得自怡」：二句可榜春門。

〔眉批〕「薄劣慚真隱」至「不是傲當時」：忽得四句有道之言，詞家正合如此，見風人態。

廣州段功曹到得楊五長史書功曹却歸聊寄此詩

〔旁批〕「漢節梅花外，春城海水邊」：俊秀。

〔旁批〕「銅梁書遠及，珠浦使將旋」：活。

得廣州張判官叔卿書使還以詩代意

〔眉批〕「鄉關胡騎遠，宇宙蜀城偏」：深厚嚴整，乃精采流動，故難。

〔旁批〕「忽得炎州信，遥從月峽傳」：好對法。

贈别鄭錬赴襄陽

〔旁批〕「爲於耆舊内，試覓姓龐人」：圓活。

舟前小鵝兒

〔眉批〕「鵝兒黄似酒，對酒愛新鵝」：頗工細。

〔眉批〕「客散層城暮，狐狸奈若何」：結似有感者。

水檻遣心二首

〔眉批〕「細雨魚兒出，微風燕子斜」：閑澹自然。

屏跡三首

〔眉批〕「漁舟個個輕」：此「個個」言得恰好。

寄高適

〔旁批〕「詩名惟我共，世事與誰論」：却如近日五李諸君口語。

悲秋

〔旁批〕「家遠傳書日，秋來爲客情」：真情細道。
〔眉批〕「愁窺高鳥過，老逐衆人行」：高不及鳥，老猶同人，俯仰興歎。
〔旁批〕「老逐衆人行」：句法絶世。

客夜

〔旁批〕「秋天不肯明」：「江平不肯流」，兩「不肯」，奇絶。

〔眉批〕「入簾殘月影，高枕遠江聲」：三四工細，佳句，猶可造入。起平平，老成，最所難道。

〔旁批〕「老妻書數紙，應悉未歸情」：未歸之情，非一紙可悉。

客亭

〔眉批〕「聖朝無棄物」至「飄零任轉蓬」：後四句稍縱，亦自大家。

戲題寄上漢中王三首

〔旁批〕「百年雙白鬢，一別五秋螢」：新。其一

贈韋贊善别

〔眉批〕人情客思，種種盡態。

題玄武禪師屋壁

〔眉批〕稠疊用事，有味無跡，錘爐之妙。

〔尾批〕似得真隨，見畫意。

玩月呈漢中王

〔校勘〕「關山同一點（點，世本作照）」：「點」字巧，「照」字合。

春日梓州登樓二首

〔尾批〕感物自傷。其一

花底

〔旁批〕「忽疑行暮雨，何事入朝霞」：寫景流麗。

〔眉批〕意外象外，水花鏡月。

柳邊

〔旁批〕「枝枝總到地，葉葉自開春」：真是柳邊春色。

〔旁批〕「紫燕時翻翼，黄鸝不露身」：借得好。

鄭城西原送李判官兄武判官弟赴成都府

〔旁批〕「遠水非無浪，他山自有春」：憑高送遠，且憂且感。

奉送崔都水翁下峽

〔眉批〕「白狗黄牛峽，朝雲暮雨祠」：眼前景，聯綴便成佳句，豈非化工？

陪李梓州王閬州蘇遂州李果州四使君登惠義寺

〔眉批〕「遲暮身何得，登臨意惘然」：是入寺感慨。

涪江泛舟送韋班歸京得山字

〔旁批〕「飄零爲客久，衰老羡君還」：情得。

送竇九歸成都

〔眉批〕「文章亦不盡，竇子才縱横」：起老邁。

泛江送客

〔眉批〕「二月頻送客」：只五字，唤起無限離思。

〔旁批〕「烟花山際重，舟楫浪前輕」：看「輕」、「重」二字，於浪前出際，最得。

〔旁批〕「淚逐勸杯落」：緊。

〔旁批〕「愁連吹笛生」：寛。

上牛頭寺

〔眉批〕「青山意不盡」：説青山，奇崛可誦。

〔旁批〕「衮衮上牛頭」：「衮衮」字，此處難下，下却好。

上兜率寺

〔眉批〕偶然説，偶然道，亦非大病，今人如此，則傳笑記問家矣。

泛江送魏十八倉曹還京因寄岑中允參范郎中季明

〔眉批〕「見酒須相憶，將詩莫浪傳」：意新，詞老。

〔旁批〕「若逢岑與范，爲報各衰年」：直遂。

送何侍御歸朝

〔旁批〕「山花相映發，水鳥自孤飛」：活對。

數陪章梓州泛江有女樂在諸舫戲爲艷曲二首以贈章

〔眉批〕「立馬千山暮，回舟一水香」：此時命句，難得如此風力。

〔旁批〕「使君自有婦」：用舊句，恰好。

〔旁批〕「莫學野鴛鴦」：直作戲詞，乃有風韻。

惠義寺送王少尹赴成都分得峰字

〔眉批〕「苒苒谷中寺，娟娟林表峰」：寺曰「冉冉」，峰曰「娟娟」，新妙可人。

巴西驛亭觀江漲呈竇十五使君二首

〔眉批〕「向晚波微緑，連空岸脚青」：「脚」字亦好，但杜詩無此對法。其二

行次鹽亭縣聊題四韻奉簡嚴遂州蓬州兩使君

〔旁批〕「馬首見鹽亭，高山擁縣青」：秀拔。

〔旁批〕「長歌意無極，好爲老夫聽」：感慨。

倚杖

〔旁批〕「山縣早休市，江橋春聚船」：畫。

章梓州水亭

〔題批〕要注。

送元二適江左

〔旁批〕「晉室丹陽尹，公孫白帝城」：對法活。

〔旁批〕「經過自愛惜，取次莫論兵」：正承上來。

放船

〔旁批〕「送客蒼溪縣，山寒雨不開」：老。

〔旁批〕「青惜峰巒過，黄知橘柚來」：新。

對雨

〔旁批〕「西戎甥舅禮，未敢背恩私」：渾厚。傷感。

西山三首

〔眉批〕「烟塵侵火井，雨雪閉松州」：對「松州」，俱好。其二

遣憂

〔眉批〕「亂離知又甚，消息苦難真」：寫得亂中情態。

〔旁批〕「受諫無今日，臨危憶古人」：傷時不諱。

早花

〔旁批〕「西京安穩未，不見一人來」：感慨。題却如此，句甚奇。

〔眉批〕「西京安穩未」至「山花已自開」：圓轉清暢，即四句可誦。

歲暮

〔眉批〕字字聲色。

有感五首

〔題批〕五首大都深沉感慨，憂時不平，切切騷意。

〔旁批〕「諸侯春不貢，使者日相望」：對法。其二

〔眉批〕「天中貢賦均」、「日聞紅粟腐」：即「天中」二字，亦奇；「紅粟」，亦奇。妙處要知造句。其三

愁坐

〔旁批〕「高齋常見野，愁坐更臨門」：好思致。

〔旁批〕「十月山寒重，孤城水氣昏」：好句法。

陪王使君晦日泛江就黄家亭子二首

〔眉批〕「山豁何時斷，江平不肯流」：嘗與顧生登富陽峰，觀江山，忽憶二句之妙，工入造化。其一

〔旁批〕「山豁何時斷，江平不肯流」：玄奇。其一

〔旁批〕「稍知花改岸，始驗鳥隨舟」：細。其一

玉臺觀二首

〔眉批〕「宫闕通群帝，乾坤到十洲」：壯麗。用事流動，真有仙意。其二

〔旁批〕「人傳有笙鶴，時過北山頭」：「笙鶴」二字，連得自好。其二

渡江

〔旁批〕「春江不可渡，二月已風濤」：作家開口。

〔旁批〕「渚花張素錦，汀草亂青袍」：奇。

暮寒

〔旁批〕「沉沉春色静，慘慘暮寒多」：幽玄。

雙燕

〔眉批〕亦大家語。

百舌

〔旁批〕「知音兼衆語，整翮豈多身」：拙。

自閬州領妻子却赴蜀山行三首

〔旁批〕「物役水虛照，魂傷山寂然」：句法。其一

〔旁批〕「衫裛翠微潤，馬銜青草嘶」：畫。其二

〔旁批〕「僕夫穿竹語，稚子入雲呼」：實。其三

〔旁批〕「轉石驚魑魅，抨弓落狖鼯」：虛。其三

過故斛斯校書莊二首

〔旁批〕「此老已云殁，鄰人嗟未休」：老邁。其一

長吟

〔尾批〕非佳境，得吟態。

軍中醉歌寄沈八劉叟

〔旁批〕「野膳隨行帳，華音發從伶」：新。

倦夜

〔旁批〕「重露成涓滴，稀星乍有無」：寫景工妙。

送舍弟穎赴齊州三首

〔眉批〕心中事，口頭語，紙上詩，看之似易，作之甚難。其一

〔旁批〕「此行何日到，送汝萬行啼」：對法。其一

嚴鄭公階下新松得霑字

〔眉批〕大是自寓。

〔旁批〕「移根方爾瞻」：險。整理者按：指「瞻」字。

嚴鄭公宅同詠竹得香字

〔眉批〕「雨洗娟娟浄，風吹細細香」：「香」字下得好。

觀李固請司馬弟山水圖三首

〔眉批〕「此生隨萬物，何處出塵氛」：人情詩格，都合如此。其二

春日江村五首

〔眉批〕「群盗哀王粲，中年召賈生」：格别。其五

〔旁批〕「群盗哀王粲，中年召賈生」：對法。其五

春遠

〔旁批〕「肅肅花絮晚，菲菲紅素輕」：奇。

宴戎州楊使君東樓

〔眉批〕「勝絶驚身老，情忘發興奇」：真情實景，練作佳句。

渝州候嚴六侍御不到先下峽

〔旁批〕「船經一柱觀，留眼共登臨」：是題意。

禹廟

〔眉批〕此詩可與禹貢争勝。

〔旁批〕「早知乘四載，疏鑿控三巴」：知之早也。

又雪

〔旁批〕「南雪不到地，青崖霑未消」：便好。

〔旁批〕「微微向日薄，脈脈去人遥」：細寫。

南楚

〔旁批〕「無名江上草，隨意嶺頭雲」：清新自在。

船下夔州郭宿雨濕不得上岸别王十二判官

〔旁批〕「風起春燈亂，江鳴夜雨懸」：奇俊。

上白帝城

〔旁批〕「城峻隨天壁，樓高更女牆」：造對。

曉望白帝城鹽山

〔旁批〕「翠深開斷壁，紅遠結飛樓」：細畫。

王十五前閣會

〔眉批〕「鄰舍煩書札」至「何幸飫兒童」：後四句麗甚。

熱三首

〔旁批〕「乞爲寒水玉，願作冷秋菰」：複。整理者按：指「玉」、「冷」二字。

晚晴

〔旁批〕「晚照斜初徹，浮雲薄未歸」：冉冉有態。

〔旁批〕「江虹明遠飲，峽雨落餘飛」：寫景奇絶。

宿江邊閣

〔旁批〕「暝色延山徑，高齋次水門」：下字新。整理者按：指「延」、「次」二字。

白鹽山

〔旁批〕「他皆任厚地，爾獨近高天」：句别。

灩澦堆

〔旁批〕「天意存傾覆，神功接混茫」：意玄，語渾。

瞿唐懷古

〔眉批〕是大年瞿唐峽圖，四十字與千里江山爭勝，令人夢想西蜀耳。

〔尾批〕結上，談天説王，有大意在，非草草押韻者。

陪柏中丞觀宴將士二首

〔尾批〕佳人，非指坐客，當有女樂耳。觀「紅妝」句可見。其一

〔旁批〕「繡段裝簷額，金花帖鼓腰」：「簷」，猶云帽檐耳，蓋額之「簷」也。要對「鼓腰」，故如此倒。練生。其二

〔校勘〕「一夫先舞劍，百戲後歌鐎」：「鐎」，一本作「樵」。鐎，刀斗也，對「劍」字似切，當時或擊鐎而歌耳。其二

送李功曹之荆州充鄭侍御判官重贈

〔眉批〕氣韻飛動。

歷歷

〔題批〕用得恰好。

驪山

〔眉批〕感慨詩，難如此壯麗。

吾宗

〔眉批〕樸實，無好致。

〔旁批〕「在家常早起，憂國願年豐」：對法好，但句不瑩。

〔尾批〕非不老成，只是精采不流動，便開宋人門户。

送田四弟將軍將夔州柏中丞命起居江陵

〔旁批〕「空醉山翁酒」：重此處亦可。整理者按：指與首句「離筵罷多酒」重「酒」字。

覆舟二首

〔旁批〕「篙工幸不溺，俄頃逐輕鷗」：結有象，無味。其一

社日兩篇

〔旁批〕「陳平亦分肉，太史竟論功」：起得老蒼。其二

江月

〔旁批〕「天邊長作客」：「做」音雖是，不作「做」音乃佳。

孤雁

〔旁批〕「誰憐一片影，相失萬重雲」：詠物詩，難得如此佳句，無色相，有意味，玄而不

脱，乃勝。

〔旁批〕「望盡似猶見，哀多如更聞」：細。

〔旁批〕「野鴉無意緒，鳴噪自紛紛」：起結大是押韻，與「孤雁」不切，亦不妙。

九日諸人集於林

〔旁批〕「老翁難早出，賢客幸知歸」：拙樸。其一

〔眉批〕「賦詩分氣象，佳句莫頻頻」：莫句辭然。此結終不稱。其三

月圓

〔旁批〕「照席綺逾依」：三字未瑩。整理者按：指「綺逾依」三字。

不寐

〔旁批〕「氣衰甘少寐，心弱恨容愁」：句亦衰弱。

鷗

〔旁批〕「雪暗還須落，風生一任飄」：寬無好致。

〔眉批〕有以格力勝者，有不及纖巧者。

〔尾批〕劉云：子美賦物，別自爲體，異于唐人纖巧。

麂

〔題批〕若有所喻。

雞

〔眉批〕老杜詠物詩，多可發笑，此首即寓大意，亦不免村學究祖師也。

送鮮于萬州遷巴州

〔旁批〕「祖帳維舟數」：「數」字，得送行態。

瀼西寒望

〔旁批〕「水色含群動，朝光切太虚」：新。

〔旁批〕「年侵頻悵望，興遠一蕭疏」：鍊。

〔旁批〕「猿掛時相學，鷗行炯自如」：工。

送王十六判官

〔校勘〕「鳴櫓已沙頭（已，一作少）」：「已」字勝，作「失」字亦得。

不離西閣二首

〔旁批〕「地偏應有瘴，臘近已含春」：細。其一

〔校勘〕「無家住老身（住，一作任）」：「任」字勝。其一

〔尾批〕詩含語意，結構委折。

謁真諦寺禪師

〔眉批〕「問法看詩妄，觀身向酒慵」：亦悟亦活，詩意禪意。

入宅三首

〔旁批〕「奔峭背赤甲，斷崖當白鹽」：奇。其一

〔旁批〕「峽口風常急，江流氣不平」：對法。其三

熟食日示宗文宗武

〔校勘〕「松柏邛山路（邛，一作邙）」：邛山無謂，借邙山感慨無疑。

又示兩兒

〔眉批〕「今節成吾老」：曰「催」曰「成」，字皆有味。整理者按：「催」指熟食日示宗文宗武「汝曹催我老」句。

晴二首

〔眉批〕「久雨巫山暗」、「碧知湖外草」：一三與「青惜峰巒過，黄知橘柚來」略同。其一

〔旁批〕「碧知湖外草，紅見海東雲」：句法。其一

喜觀即到復題短篇二首

〔旁批〕「巫峽千山暗，終南萬里春」：就有歸秦意。其一

〔眉批〕「病中吾見弟，書到汝爲人」：互言，俱得未死，相見悲絶。其一

〔眉批〕「待爾嗔烏鵲，抛書示鶺鴒」：好用寫鵲鶺，令鯉魚、鴻雁等一無變化，便爲事累。其二

〔旁批〕「江閣嫌津柳，風帆數驛亭」：自謂謂人，兩情冉冉。其二

月

〔旁批〕「萬里瞿唐月」：作「月」是。

歸

〔眉批〕「虚白高人静，喧卑俗累牽」：「虚白」、「喧卑」，有出乃得。

月

〔旁批〕「羈棲愁裏見」：有三字自對。整理者按：指「羈棲愁」三字。

〔旁批〕「羈棲愁裏見，二十四回明」：對法。

孟氏

〔眉批〕與吾家篇略同。

秋峽

〔旁批〕「江濤萬古峽，肺氣久衰翁」：不顧斤兩，直如此作對，多少豪横。

〔旁批〕「不寐防巴虎，全生狎楚童」：亦奇。

〔眉批〕「全生狎楚童」：劉云：狎至樵豎，且以自全。

日暮

〔眉批〕「風月自清夜，江山非故園」：劉云：人人能言，人人不能言，與「可惜歡娱地」同耳。

月

〔旁批〕「塵匣元開鏡，風簾自上鈎」：塵匣不開而鏡，風簾不上而鈎，不過形容樓月之好耳，故作幻語弄奇。

〔旁批〕「斟酌嫦娥寡，天寒奈九秋」：奇。

曉望

〔旁批〕「高峰寒上日，疊嶺宿霾雲」：一作「上寒」，則眼在「上」、「宿」。

〔眉批〕「高峰寒上日，疊嶺宿霾雲」：「宿」字猶言隔宿、信宿，對「寒」字也。

九月一日過孟十二倉曹十四主簿兄弟

〔眉批〕「藜杖侵寒露，蓬門啟曙烟」：字字着意。整理者按：指「侵」、「啟」二字。

〔旁批〕「力稀經樹歇」：用「稀」字生奇。

〔旁批〕「秋覺追隨盡，來因孝友偏」：「孝友」本俗，下一「偏」字，形神俱變。

孟倉曹步趾領新酒醬二物滿器見遺老夫

〔眉批〕「楚岸通秋屐，胡牀面夕畦」：四字迭出，自新。整理者按：指「秋屐」、「夕畦」四字。

〔旁批〕「飯爤添香味，朋來有醉泥」：用事强梁。

課小豎鋤斫舍北果林枝蔓荒穢净訖移牀三首

〔眉批〕「病枕依茅棟，荒鉏凈果林」：與上「秋屐」、「夕畦」同妙。有事便用，絶不自顧，亦不顧人。整理者按：指「病枕」、「荒鉏」四字。其一

〔眉批〕「薄俗防人面，全身學馬蹄」：「人面」不必有出，有出亦得。其二

溪上

〔旁批〕「溪邊四五家」：自然。

〔旁批〕「古苔生迮地，秋竹隱疏花」：實景，新句。

〔眉批〕「古苔生迮地，秋竹隱疏花」：下一「隱」字，連上「生」字，亦有情。

中夜

〔旁批〕「長爲萬里客，有愧百年身」：此等句，非鍛煉可得。

季秋江村

〔旁批〕「遠游雖寂寞，難見此山川」：此結，與王右丞「賴諳山水趣，稍解别離情」意味略同，氣格迥異。

季秋蘇五弟纓江樓夜宴崔十三評事韋少府姪三首

〔旁批〕「不眠瞻白兔，百過落烏紗」：猶言百通耳，然怪。其二

耳聾

〔旁批〕「猿鳴秋淚缺，雀噪晚愁空」：太色相，太拘泥，只末句足矣，何必如此！

〔旁批〕「黃落驚山樹，呼兒問朔風」：劉云：不聞風聲，唯見落葉。

小園

〔旁批〕「客病留因藥，春深買爲花」：句法。

自瀼西荆扉且移居東屯茅屋四首

〔旁批〕「市喧宜近利（西居近市，易巽『爲近利市三倍』，左氏傳晏子對景公語）」：俗甚，添注腳亦醜。其二

〔旁批〕「子能渠細石，吾亦沼清泉」：句法。其三

題柏大兄弟山居屋壁二首

〔旁批〕「静應連虎穴，喧已去人群」：奇。其二

〔旁批〕「筆架雲窗雨，書籤映隙曛」：細。其二

秋野五首

〔旁批〕「繫舟蠻井絡，卜宅楚村墟」：用得化。其一

〔旁批〕「禮樂攻吾短，山林引興長」：用得不俗，更覺老成。其三

瞿唐兩崖

〔旁批〕「入天猶石色，穿水忽雲根」：可想見峽景。

〔眉批〕「猱玃鬚髯古，蛟龍窟宅尊」：客有游蜀者，曾見白髮老猿如翁。

晨雨

〔眉批〕字字着色，句句有態。

〔旁批〕「霧交纔灑地，風折旋隨雲」：極細。

〔旁批〕「暫起柴荆色，輕霑鳥獸群」：「群」字不若，「色」字有情，何不用文字造句。

獨坐二首

〔眉批〕「暖老須燕玉，充饑憶楚萍」：如此剪裁，用事奇絶，它人不敢，敢亦發笑。

雨四首

〔旁批〕「山寒青兕叫，江晚白鷗飢」：新。其四

反照

〔眉批〕「反照開巫峽，寒空半有無」：即相離相，個中有神。

〔旁批〕「荻岸如秋水，松門似畫圖」：下句人常道得，此句難耳。

向夕

〔眉批〕「鶴下雲汀近，雞棲草屋同」：鶴鄰雞侶，極言幽僻。

大曆二年九月三十日

〔眉批〕「爲客無時了，悲秋向夕終」：若非九月卅，則「夕」字無力，對上句不過矣。

〔旁批〕「瘴餘夔子國，霜薄楚王宫」、「草敵虚嵐翠，花禁冷蕊紅」：兩聯句法略同。

十月一日

〔旁批〕「夜郎溪日暖」：瘴意。

〔旁批〕「白帝峽風寒」：冬意。

戲作俳諧體遣悶二首

〔旁批〕「異俗吁可怪」：奇。其一

〔眉批〕「家家養烏鬼，頓頓食黄魚」：用方言、土物、風俗，俱妙。戲作俳偕，益見作手。

〔眉批〕「於菟侵客恨，粔籹作人情」：選得好料。其二

〔旁批〕「畲田費火聲」：二字甚新。整理者按：指「火聲」二字。其二

其一

〔眉批〕「是非何處定，高枕笑浮生」：十字奇絶，結感慨無限。其二

有歎

〔旁批〕「白首寄人間，天下兵常鬭」：「人間」、「天下」，亦自不妨。

白帝城樓

〔眉批〕「急急能鳴雁，輕輕不下鷗」：字字生色，下「急急」、「輕輕」，妙處宛然。粘「能鳴」、「不下」，絶矣。

奉送卿二翁統節度鎮軍還江陵

〔旁批〕「寒空巫峽曙，落日渭陽情」：借對。

白帝樓

〔旁批〕「臘破思端綺，春歸待一金」：剪用，奇。

江梅

〔眉批〕半明不滅，有影無形，帶情寫物，最是佳處。

庭草

〔旁批〕「絶知春意早，最奈客愁何」：句法。

〔題批〕同上一題，工拙頓異。整理者按：「上一題」即「江梅」。

峽州田侍御長史津亭留宴得筵字

〔旁批〕「始知雲雨峽」：言速也。

泊松滋江亭

〔旁批〕「紗帽隨鷗鳥，扁舟繫此亭」：飄然。

乘雨入行軍六弟宅

〔旁批〕「令弟雄軍佐，凡才汚省郎」：自謂。

南征

〔旁批〕「百年歌自苦，未見有知音」：不意此公猶感慨如此，豈所謂調高知音稀耶？雖百世可知也。

地隅

〔旁批〕「年年非故物，處處是窮途」：隨口語，有味在。

舟中

〔旁批〕「結纜排魚網，連檣並米船」：亦江湖常事，人不能道，道出如畫。

江漢

〔旁批〕「片雲天共遠，永夜月同孤。落日心猶壯，秋風病欲蘇」：四句句法相似，非老僧所病拘之也。

遠游

〔眉批〕「永夜月同孤」、「落日心猶壯」：「夜月」、「落日」，亦似倒置，正不妨者。

〔旁批〕「雁矯銜蘆内」：三字未妥。整理者按：指「銜蘆内」三字。

哭李尚書

〔旁批〕「兒童相顧盡，宇宙此生浮」：殘生幾何，自悲悲人，情景衰颯。兩句承上，「餘白頭」成，同交死盡。

〔眉批〕「湖風井逕秋」、「賓客減應劉」：「井逕」、「應劉」，不可無注。

〔旁批〕「還瞻魏太子，賓客減應劉」：用得恰好，下「減」字更妙。

宴王使君宅題二首

〔旁批〕「漢主追韓信，蒼生起謝安」：言事磊落。其一

〔旁批〕「吾徒自漂泊，世事各艱難」：兩句多少煉達。其一

久客

〔題批〕題曰「久客」，正見人情物態。

移居公安山館

〔旁批〕「山鬼吹燈滅」：奇。

公安縣懷古

〔旁批〕「野曠吕蒙營，江深劉備城」：老蒼有力。

〔旁批〕「灑落君臣契，飛騰戰伐名」：着「灑落」、「飛騰」句，便迥別。

泊岳陽城下

〔旁批〕「留滯才難盡，艱危氣益增」：沉雄。

宿青草湖

〔旁批〕「青草續爲名」：拙。整理者按：指「續」字。

歸雁

〔題批〕賦物自傷，情景俱絕。

〔旁批〕「見花辭漲海，避雪到羅浮」：兩句倒裝，因用韻耳。

〔眉批〕「是物關兵氣，何時免客愁」：「是物」因雁開説，猶言凡物、物物耳。

〔旁批〕「年年霜露隔，不過五湖秋」：結亦借雁自謂。

銅官渚守風

〔旁批〕「不夜楚帆落」：起句就得。

〔眉批〕「飛來雙白鶴，過去杳難攀」：以飛鶴結守風，妙絶。

雙楓浦

〔眉批〕「江邊地有主，暫借上天回」：奇邁。

衡州送李大夫七丈勉赴廣州

〔旁批〕「日月籠中鳥，乾坤水上萍」：玄奇。

送趙十七明府之縣

〔旁批〕「山雉迎舟楫，江花報邑人」：用事化。

題張氏隱居

〔旁批〕「不貪夜識金銀氣，遠害朝看麋鹿游」：二句頗拙。

奉和賈至舍人早朝大明宫

〔題批〕曲家若高生黄門一賦，摩寫早朝，縷縷妙絶，使詞人易地操觚，四君亦當却手。

〔眉批〕「五夜漏聲催曉箭」：如此起，便無力量。

〔旁批〕「旌旗日暖龍蛇動，宫殿風微燕雀高」：佳句，似非早朝。

〔旁批〕「朝罷香烟攜滿袖」：亦尋常。

〔旁批〕「詩成珠玉在揮毫」：甚拙。此句何減宋人！。

〔尾批〕早朝詩，須莊重雄渾，四詩皆非絶唱，然七言律乃老杜專行，此首獨草草，落他人後，可惱！

紫宸殿退朝口號

〔眉批〕好景象。

題省中壁

〔旁批〕「落花游絲白日静，鳴鳩乳燕青春深」：恍在暮春臺榭。

〔眉批〕「落花游絲白日静，鳴鳩乳燕青春深」：不知其所來，非鍛煉可得。

〔旁批〕「衮職曾無一字補，許身愧比雙南金」：大家語。

曲江陪鄭八丈南史飲

〔旁批〕「雀啄江頭黄柳花」：奇。

〔眉批〕「雀啄江頭黄柳花，鵁鶄鸂鶒滿晴沙」：此起又别。○疊用鳥。

曲江二首

〔題批〕二詩又是一格，不足多法，法且墮落。其一

〔眉批〕「江上小堂巢翡翠，苑邊高冢卧麒麟」：柔細。其一

〔旁批〕「細推物理須行樂，何用浮名絆此身」：意高調弱，忽忽宋人。其一

〔旁批〕「朝回日日典春衣」：老年風致，自得自詩。其二

〔眉批〕「穿花蛺蝶深深見，點水蜻蜓款款飛」：較前結更弱。其二

〔旁批〕「穿花蛺蝶深深見，點水蜻蜓款款飛」：疊字新。其二

曲江對酒

〔眉批〕「桃花細逐楊花落，黄鳥時兼白鳥飛」：戲作小兒語。

〔旁批〕「吏情更覺滄洲遠，老大徒傷未拂衣」：如此結，才有氣力，才是老杜。

曲江值雨

〔旁批〕「林花著雨燕支濕，水荇牽風翠帶長」：更覺兒態，若學究對句。

因許八奉寄江寧旻上人

〔眉批〕「不見旻公三十年，封書寄與淚潺湲」：七言律如開口説話者，又是一體。

〔旁批〕「舊來好事今能否，老去新詩誰與傳」：宛轉老成。

題鄭縣亭子

〔旁批〕「巢邊野雀群欺燕，花底山蜂遠趁人」：隨意點綴，亦自新奇。

至日遣興奉寄北省舊閣老兩院故人二首

〔旁批〕「五更三點入鵷行」：大家隨口語，不妨。其一

〔旁批〕「愁日愁隨一線長」：稍作兒態。其一

恨別

〔旁批〕「洛城一別四千里，胡騎長驅五六年」：却自大家。

〔眉批〕「草木變衰行劍外，兵戈阻絶老江邊」：老邁。

堂成

〔眉批〕「暫止飛烏將數子，頻來語燕定新巢」：翻事勝。

狂夫

〔題批〕題有詩意。

江村

〔題批〕意亦清淺閑曠，但格調卑弱逼宋耳。

〔眉批〕「多病所須惟藥物，微軀此外更何求」：結更弱。

和裴迪登蜀州東亭送客逢早梅相憶見寄

〔眉批〕意外象外，飄脱老成，自是梅花詩第一。彼孤山佳句，直覺兒女小態，何以見稱？

送韓十四江東

〔眉批〕「兵戈不見老萊衣」至「君今何處訪庭闈」：前四句甚弱。

〔眉批〕「黄牛峽静灘聲轉，白馬江寒樹影稀」：要知妙處不在黄牛白馬。

便請邀高三十五使君同到

〔旁批〕「繡衣屢許攜家醖」：拙句。

奉寄别馬巴州

〔眉批〕「勳業終歸馬伏波，功曹非復漢蕭何」：平妥。

陪李七司馬皂江上觀造竹橋即日成聊題短作簡李公

〔旁批〕「伐竹爲橋結構同，褰裳不涉往來通」：起太庸俗。

〔眉批〕「顧我老非題柱客，知君才是濟川功」：二句意亦好，但「功」字大是押韻，必「才」字壓底始得。

野望

〔旁批〕「海内風塵諸弟隔，天涯涕淚一身遥」：何仲默詩云：「海内弟兄風雨夢，天涯兒女歲時心。」可謂青出於藍。

奉酬嚴公寄題野亭之作

〔旁批〕「枉沐旌麾出城府」：俗。整理者按：指「枉沐」二字。

野人送朱櫻

〔眉批〕「數回細寫愁仍破，萬顆匀圓訝許同」：太自村樸。

江上值水如海勢聊短述

〔眉批〕「老去詩篇渾漫興，春來花鳥莫深愁」：自言漫興，不失奇態。

嚴公仲夏枉駕草堂兼攜酒饌得寒字

〔眉批〕「竹裏行厨洗玉盤，花邊立馬簇金鞍」：意新句秀。

〔旁批〕「百年地僻柴門迥，五月江深草閣寒」：好景好句。

野望

〔眉批〕「山連越巂蟠三蜀，水散巴渝下五溪」：上聯布景雄渾，下聯托意深婉，布景之句易擬，托意之辭難法，所以三蜀五溪等臨摹比比。

送路六侍御入朝

〔眉批〕「更爲後會知何地，忽漫相逢是别筵」：此情此景常有，但不能如此痛快道出。

送王十五判官扶侍還黔中得開字

〔眉批〕「青青竹笋迎船出，白白江魚入饌來」：扶侍乃有此佳句，亦系作手。

章梓州橘亭餞成都竇少尹

〔眉批〕「主人送客何所作（音佐）」：便是自注也，不若入聲。

將赴成都草堂途中有作先寄嚴鄭公五首

〔眉批〕五首平平，老練自是作家口中語。

題桃樹

〔題批〕總有深意，亦非上格，惹得注家紛紛。

宿府

〔眉批〕「永夜角聲悲自語，中天月色好誰看」：句法。

至後

〔眉批〕「愁極本憑詩遣興，詩成吟詠轉淒涼」：結甚得詩情愁態，但辭疏調弱，頗似宋人。

撥悶

〔眉批〕「長年三老遥憐汝，捩舵開頭捷有神」：方言口號。

〔旁批〕「當令美味入吾脣」：拙。整理者按：指「入」字。

十二月一日三首

〔眉批〕三首又成一格。其一

〔眉批〕「短短桃花臨水岸，輕輕柳絮點人衣」：風韻冉冉。其三

立春

〔眉批〕是前臘詩體。

白帝城最高樓

〔眉批〕奇壯此格，惟子美勝。

愁

〔旁批〕「江草日日喚愁生，巫峽泠泠非世情」：新奇可誦。

〔眉批〕「盤渦鷺浴底心性」：底，方言，何也。

遣悶戲呈路十九曹長

〔眉批〕「白鷺群飛太劇乾」：「劇」，戲也。

〔旁批〕「白鷺群飛太劇乾」：生。整理者按：指「劇」字。

暮春

〔題批〕亦是遣興語。

寄常徵君

〔眉批〕草草。亦作家語。

峽中覽物

〔眉批〕對蜀思秦，漫遣歸興。

黄草

〔旁批〕「萬里秋風吹錦水，誰家别淚濕羅衣」：對法。

夜

〔校勘〕「步檐倚仗看牛斗」：「蟾」，一作「檐」，較勝。整理者按：原本作「檐」，别本有作「蟾」者，故有此校。

秋興八首

〔校勘〕「香稻啄餘鸚鵡粒」：「餘」，一作「殘」，「殘」勝。其八

詠懷古跡五首

〔眉批〕「群山萬壑赴荆門，生長明妃尚有村」：「明妃」起，乃落如此佳句，以景以韻。

其三

〔旁批〕「一去紫臺連朔漠」：「紫臺」，宫名。其三

〔眉批〕「武侯祠屋長鄰近，一體君臣祭祀同」：結無味。其四

〔旁批〕「諸葛大名垂宇宙」：率直。其五

〔眉批〕「伯仲之間見伊吕，指揮若定失蕭曹」：弔古詩必須議論，議論則句難好，此聯甚有風力。「之間」、「若定」下得妙，對得活；「見」、「失」二字，更是精神流動處。其五

〔旁批〕「伯仲之間見伊吕，指揮若定失蕭曹」：此等句，非作手便落宋調。其五

〔旁批〕「運移漢祚終難復，志決身殲軍務勞」：結且拙且弱。其五

見王監兵馬使説近山有白黑二鷹羅者久取竟未能得王以毛骨有異他鷹恐臘後春生騫飛避暖勁翮思秋之甚眇不可見請余賦詩二首

〔題批〕二首卒得二聯，題亦擁腫。

閣夜

〔眉批〕「歲暮陰陽催短景，天涯霜雪霽寒宵」：杜律首尾多對，然起宜於結，五言宜於七言。七言結對，往往氣弱。起如此聯自好，然終不如用韻發起得體。

〔旁批〕「歲暮陰陽催短景，天涯霜雪霽寒宵」：風急天高，不傷於對起，在用平韻發調也。

赤甲

〔眉批〕偶然遣興，不足爲法。

江雨有懷鄭典設

〔旁批〕「寵光蕙葉與多碧」：非詩語。整理者按：指「寵光」二字。

晝夢

〔眉批〕「桃花氣暖眼自醉，春渚日落夢相牽」：悟境神語，天然造化。

〔旁批〕「安得務農息戰鬬，普天無吏横索錢」：結雖叱吒，自是豪俠感慨。

即事

〔校勘〕「雷聲忽送千峰雨」：「峰」，一作「山」。

崔評事弟許相迎不到應慮老夫見泥雨走筆戲簡

〔眉批〕難題却好，只看它布景道情。

返照

〔眉批〕「返照入江翻石壁，歸雲擁樹失山村」：意細辭壯。

灔澦

〔眉批〕「江天漠漠鳥雙去，風雨時時龍一吟」：比上自然，別成佳句。

〔眉批〕「寄語舟航惡年少，休翻鹽井横黄金」：結更放恣。

〔旁批〕「休翻鹽井横黄金」：李于鱗詩云：「彭澤曾聞道，高陽横得名」，甚好，「横」必作去聲乃妙。○奇。整理者按：指「横」字。

季夏送鄉弟韶陪黄門從叔朝謁

〔旁批〕「拖玉腰金報主身」：拙俗。整理者按：指「拖玉腰金」四字。

登高

〔旁批〕「風急天高猿嘯哀，渚清沙白鳥飛回」：起不覺對者，有韻振起也，比仄起不同，所不妨者。

〔眉批〕「無邊落木蕭蕭下，不盡長江滾滾來」、「萬里悲秋常作客，百年多病獨登臺」：此聯句法不同，各極其妙。然上聯疏莽，下聯精緊，下聯縱人爲可造，上聯自天成難就。

〔尾批〕大抵七言律，寧中聯盡散而豪暢，無寧首尾皆對而局促。彼傷格，此傷氣。結對尤爲不宜，此結便弱，起賴一「哀」字耳。「新停」更弱，若作「新亭」，便成壯句，然非本格本旨。

暮歸

〔眉批〕「客子入門月皎皎，誰家搗練風淒淒」：天然景，天然句。

送李八秘書赴杜相公幕

〔旁批〕「貪趨相府今晨發，恐失佳期後命催」：辭意俱拙。

簡吴郎司法

〔眉批〕一聯可人，通篇難置。

〔眉批〕「雲石熒熒高葉曉，風江颯颯亂帆秋」：新奇。

〔旁批〕「雲石熒熒高葉曉，風江颯颯亂帆秋」：它只兩字重疊，每每弄出無邊佳致。

又呈吴郎

〔題批〕語曰：大賈肆中，長餘千金萬金至寶，亦有一銖二銖惡物。豈謂杜少陵耶？

〔眉批〕瑣事俚言，偶戲簡牘，不合成章，遂爲弊首與桃樹詩等，説者顧取其仁物，則六經可繞却矣！

題柏學士茅屋

〔眉批〕「碧山學士焚銀魚，白馬却走身巖居」：不問出處，自是佳句。

〔尾批〕梁學士張褒不供職，御史劾之，曰「碧山不負吾」，乃焚章，長嘯而去。唐制，章服之等，紫衣佩金魚，朱衣佩銀魚。

冬至

〔旁批〕「忽忽窮愁泥殺人」：生。整理者按：指「泥」字。

小寒食舟中作

〔眉批〕「娟娟戲蝶過開幔，片片輕鷗下急湍」：「片片」、「娟娟」，着在鷗蝶上，便別。

長沙送李十一銜

〔眉批〕「與子避地西康州，洞庭相逢十二秋」：起亦矯健。

與李十二白同尋范十隱居

〔旁批〕「攜手日同行」：亦巧。

臨邑舍弟書至苦雨黄河泛溢因寄此詩用寬其意

〔旁批〕「白屋留孤樹，青天失萬艘」：賦大水，却得佳句。

行次昭陵

〔旁批〕「往者災猶降，蒼生喘未蘇」：亦對亦轉，無痕。

奉寄河南韋尹丈人

〔旁批〕「盤錯神明懼，謳歌德義豐」：却如此用。

重經昭陵

〔眉批〕且頌且感，典稚雄渾。

奉贈太常張卿垍二十韻

〔眉批〕「建標天地闊」：奇。整理者按：指「建標」二字。

投贈哥舒開府翰二十韻

〔眉批〕「幾年春草歇，今日暮途窮」：用成語加一「今」字成句，對上却渾成無跡。

〔旁批〕「防身一長劍，將欲倚崆峒」：須此結自振。

上韋左相二十韻

〔眉批〕「應圖求駿馬，驚代得騏驎」：奇。

〔眉批〕「感激時將晚，蒼茫興有神」：悲壯有體。

奉送郭中丞兼太僕卿充隴右節度使三十韻

〔眉批〕「中原何慘黷」至「焚宫火徹明」：何情何景，狼籍許多佳句。

〔眉批〕「徑欲依劉表，能無厭禰衡」：兩事一用，恰好。

送許八拾遺歸江寧覲省甫昔時嘗客游此縣圖樣

〔旁批〕「壽酒樂城隍」：奇。

〔旁批〕「春隔雞人晝，秋期燕子涼」：新。整理者按：指「晝」、「涼」二字。

秦州見敕目薛三璩授司議郎畢四曜除監察三十韻

〔旁批〕「大雅何寥濶」：磊落。

〔眉批〕「唤人看騣褭，不嫁惜娉婷」：新奇。

〔眉批〕「侏儒應共飽，漁父忌偏醒」：工。

寄彭州高三十五使君適虢州三十韻

〔眉批〕「意愜關飛動，篇終接混茫」：妙處通神，又能指出。

〔旁批〕「舉天悲富駱，近代惜盧王」：奇妙。

〔眉批〕「似爾官仍貴」至「半刺已翱翔」：如此命意，真是創見。

〔眉批〕「三年猶瘧疾，一鬼不銷亡」：極其形容。

〔旁批〕「三年猶瘧疾，一鬼不銷亡」：對得起，便别。

〔旁批〕「何太龍鍾極，於今出處妨」：句法。

〔眉批〕「濟世宜公等，安貧亦士常」：好對法。

寄李十二白二十韻

〔眉批〕引事白冤，種種切到。

寄岳州賈司馬六丈巴州嚴八使君兩閣老五十韻

〔旁批〕「蒼茫城七十，流落劍三千」：險。整理者按：指「三」字。

〔旁批〕「浪作禽填海，那堪血射天」：用事入神。

〔眉批〕「且將棋度日，應用酒爲年」：意新詞老，應世名言。

〔眉批〕「去去才難得，蒼蒼理又玄」：神境。

〔眉批〕「笑爲妻子累，甘與歲時遷」：練達老成，有情有態。

寄張十二山人彪三十韻

〔眉批〕「静者心多妙，先生藝絶倫」：轉折，妙。

〔旁批〕「數篇吟可老，一字買堪貧」：新。整理者按：指「老」、「貧」二字。

〔眉批〕「此邦今尚武，何處且依仁」：二字甚俗，用得脱胎。整理者按：指「武」、「仁」二字。

敝廬遺興奉寄嚴公

〔眉批〕「江上憶詞源」：「文場」、「詞源」等，都非佳語，不得時用，即長卿賦亦嫌之。整理者按：「文場」見遺悶「世亂跼文場」、魏十四侍御就敝廬相別「惜别到文場」。

奉送嚴公入朝十韻

〔旁批〕「此生那老蜀，不死會歸秦」：看句法。整理者按：指「生」、「死」二字。

〔眉批〕「公若登台輔，臨危莫愛身」：要此結方是。

送嚴侍郎到綿州同登杜使君江樓宴得心字

〔旁批〕「此會共能幾，諸孫賢至今」：句法。

〔眉批〕「城擁朝來客，天横醉後參」：奇邁。

宗武生日

〔旁批〕「詩是吾家事，人傳世上情」：雖真亦鄙。

送陵州路使君之任

〔眉批〕「王室比多難」至「岳牧用詞人」：相形感歎。

傷春五首

〔旁批〕「得無中夜舞，誰憶大風歌」：對法妙。

〔眉批〕「君臣重修德，猶足見時和」：必要此結。

贈王二十四侍御契四十韻

〔旁批〕「長歌敲柳癭，小睡憑藤輪」：奇。

奉觀嚴鄭公廳事岷山沲江畫圖十韻得忘字

〔眉批〕句句要説畫，亦泥。

〔旁批〕「暗谷非關雨，丹楓不爲霜」：老人作小兒語，何哉？

謁先主廟

〔眉批〕「復漢留長策，中原仗老臣」：插入孔明，有力。

〔旁批〕「霸氣西南歇，雄圖曆數屯」：以上了其君臣事。

〔眉批〕「虚簷交鳥道，枯木半龍鱗。竹送清溪月，苔移玉座春」：着四名點景，不失佳句。

上白帝城二首

〔旁批〕「天欲今朝雨，山歸萬古春」：對法。其一
〔旁批〕「江山城宛轉，棟宇客徘徊」：句法。其二
〔旁批〕「勇略今何在，當年亦壯哉」：對法。其二

秋日夔府詠懷奉寄鄭監審李賓客之芳一百韻

〔眉批〕詩而律，律而排，排句百韻，甚哉濫矣！此篇前一段自好，後漸不稱，局於句，澀於韻也。但是此公本色，故多佳處。
〔旁批〕「回腸杜曲煎」：若思亦絶。
〔旁批〕「奴僕何知禮，恩榮錯與權」：兩句甚好，得體。
〔旁批〕「道里下牢千」：到此乃見。
〔旁批〕「色好梨勝頰，穰多栗過拳」：此亦牽强押韻。

〔旁批〕「借問頻朝謁，何如穩晝眠」：借對。整理者按：指「朝」、「晝」二字。

偶題

〔眉批〕「文章千古事，得失寸心知」：良工自道其若心，亦其自信自樂處。

〔眉批〕「漫作潛夫論，虚傳幼婦碑」：亦失學徒兒懶意。

〔旁批〕「漫作潛夫論，虚傳幼婦碑」：對得好。整理者按：指「潛夫」、「幼婦」四字。

哭王彭州掄

〔旁批〕「解黿生碧草，諫獵阻青霄」：奇。整理者按：指「黿」、「獵」二字。

西閣二首

〔旁批〕「百鳥各相命，孤雲無自心」：玄奇，大有禪意。其一

〔旁批〕「懶心似江水，日夜向滄洲」：奇妙。其二

〔旁批〕「畢娶何時竟，消中得自由」：對法。其二

夔府書懷四十韻

〔眉批〕「翠華森遠矣，白首颯淒其」：用助語句，有精彩乃佳。

〔旁批〕「賊壕連白翟，戰瓦落丹墀」：奇。

諸葛廟

〔旁批〕「蟲蛇穿畫壁，巫覡醉蛛絲」：奇。

寄劉峽州伯華使君四十韻

〔眉批〕「遠山朝白帝，深水謁夷陵」：不必對「謁」字。

〔旁批〕「翠虛捎魍魎，丹極上鵾鵬」：奇。

〔旁批〕「年華紛已矣，世故莽相仍」：對法好。

〔眉批〕「刺史諸侯貴，郎官列宿應」：「應」字平用，亦巇。

贈李八秘書別三十韻

〔旁批〕「一戎纔汗馬」：剪「一」着戎衣耳。

〔旁批〕「戰連脣齒國，軍急羽毛書」：變化好。

〔旁批〕「勢藉兵須用，功無禮忽諸」：終是押韻。整理者按：指「忽諸」二字。

東屯月夜

〔旁批〕「泥留虎鬬跡，月掛客愁村」：奇。

〔旁批〕「暫睡想猿蹲」：可笑。

天池

〔眉批〕奇景妙畫。

〔旁批〕「直對巫山峽，兼疑夏禹功」：以下句而勝。

〔旁批〕「魚龍開闢有，菱芡古今同」：以上句而勝。

〔旁批〕「欲問支機石，如臨獻寶宮」：巧。

又示宗武

〔旁批〕「假日從時飲，明年共我長」：老態兒情。

〔旁批〕「十五男兒志，三千弟子行」：老成句。

太歲日

〔旁批〕「閶闔開黃道，衣冠拜紫宸」：追往自歎。

〔旁批〕「愁寂鴛行斷」：挽上四句。

〔旁批〕「參差虎穴鄰」：正宗。

將別巫峽贈南卿兄瀼西果園四十畝

〔旁批〕「遠游長兒子，幾地别林廬」：直率有情。

〔旁批〕「具舟將出峽，巡圃念攜鋤」：宛然。

送大理封主簿五郎親事不合却赴通州主簿前閬州賢子余與主簿平章鄭氏女子垂欲納采鄭氏伯父京書至女子已許他族親事遂停

〔題批〕題甚拙樸，然它人不敢。

〔眉批〕詩亦無甚發揮。

大曆三年春白帝城放船出瞿唐峽漂泊有詩凡四十韻

〔眉批〕可惜千里好景，在大匠手頭，顧汩汩道漂泊羈愁，不及摹寫之也。恨恨！

〔眉批〕「丘壑曾忘返，文章敢自誣」：深厚宛轉，感慨得體，蓋近體之風騷也。

〔旁批〕「廷爭酬造化」：意作平聲用。整理者按：指「爭」字。仇注：「義從去聲，讀用平聲。」

〔眉批〕「喜近天皇寺，先披古畫圖」：此寺此山川，又有此字此畫，奈何草草？

〔眉批〕「伊呂終難降，韓彭不易呼」：此篇亦多用於韻腳。整理者按：指「呼」字。

行次古城店泛江作不揆鄙拙奉呈江陵幕府諸公

〔題批〕簡札語，不合入題。整理者按：指「不揆鄙拙」四字。

〔旁批〕「風蝶勤依槳，春鷗懶避船」：新妙。

秋日荆南述懷三十韻

〔旁批〕「苦摇求食尾，常曝報恩鰓」：句工，意若，太可憐生。

秋日荆南送石首薛明府辭滿奉寄薛尚書三十韻

〔眉批〕「賞從頻峨冕」至「曾是接應徐」：平仄任用，故是詞家横處，然法自可活，不足病也。

舟中出江陵南浦奉寄鄭少尹審

〔旁批〕「更欲投何處，飄然去此都」：開口旅情無限。

〔旁批〕「雨洗平沙净，天銜闊岸紆」：甚奇。

〔旁批〕「鳴螿隨泛梗，别燕赴秋菰」：新。

〔旁批〕「寂寥相呴沫，浩蕩報恩珠」：辭佳，意苦。

〔旁批〕「經過憶鄭驛，斟酌旅情孤」：恰好。

移居公安敬贈衛大郎

〔旁批〕「雅量涵高遠，清襟照等夷」：世間殘簡語耳。整理者按：指「雅量」、「清襟」四字。

贈虞十五司馬

〔旁批〕「百年嗟已半，四座敢辭喧」：最得情狀。

奉送王信州崟北歸

〔旁批〕「林熱鳥開口，江渾魚掉頭」：粗而得狀。

哭韋大夫之晉

〔眉批〕「貢喜音容間，馮招疾病纏」：「貢喜」、「馮招」亦險。

千秋節有感二首

〔旁批〕「舞階銜壽酒」：應馬。

〔旁批〕「走索背秋毫」：應女。

〔眉批〕「羅韈紅蕖艷」至「走索背秋毫」：四句寫得俊秀。

登舟將適漢陽

〔旁批〕「生理飄蕩拙，有心遲暮違」：非無心者。

風疾舟中伏枕書懷呈湖南親友三十六韻

〔旁批〕「軒轅休製律，虞舜罷彈琴（伏羲造瑟，神農作琴，舜彈五絃，歌南風之篇）」：何必自注。

清明二首

〔眉批〕七言排律，詩體之最難者。此亦單弱，李空同一篇絶佳。

八陣圖

〔題批〕吴蜀相違，因八陣圖，感興耳。

〔旁批〕「遺恨失吞吴」：還以不得吞吴爲恨，於上有情，蘇意太深刻。

復愁十二首

〔旁批〕「月生初學扇，雲細不成衣」：對法活。其二

〔旁批〕「貞觀銅牙弩，開元錦獸張」：「張」從弓，當是弩類。其六

〔旁批〕「莫看江總老，猶被賞時魚」：即此，見别處詩陳江總無他意。其十二

漫興九首

〔眉批〕「即遣花開深造次，便教鶯語太丁寧」：俚肆。其一

〔眉批〕稍似吴歌。其三

〔眉批〕意達，調可唐可宋。其四

〔眉批〕晚唐，且宋矣。其七

〔眉批〕遣興種種，豪横可人。其九

〔旁批〕「恰似十五女兒腰」：奇。其九

又於韋處乞大邑瓷碗

〔眉批〕幾絶代簡，率漫無味。

獨步尋花七絶句

〔眉批〕此老風情乃爾。其五

少年行二首

〔眉批〕宋甚。其一

戲爲六絶句

〔眉批〕此等詩，自不可少，但太漫興。其一

贈花卿

〔題批〕亦弱。

〔眉批〕此絶句之得體者，若有所見風。

三絶句

〔題批〕頗豪縱。

從韋二明府續處覓綿竹三數叢

〔眉批〕七言尺牘，多可發笑。

重贈鄭鍊絶句

〔旁批〕「囊無一物獻尊親」：造句俗。

謝嚴中丞送青城山道士乳酒一瓶

〔眉批〕因題且留在。

絶句四首

〔旁批〕「因驚四月雨聲寒」：截爲五字，甚妙。其二

少年行

〔題批〕較李白少年行似別，白更流麗自在。

投簡梓州幕府兼簡韋十郎官

〔眉批〕「不知貧病關何事，能使韋郎跡也疏」：厚厚發世情一笑。

奉和嚴鄭公軍城早秋

〔題批〕却輸元作。

解悶十二首

〔旁批〕「何人爲覓鄭瓜州」：奇。其三

夔州歌十絶句

〔眉批〕此歌宜拙，然無佳致好調，不如劉家竹枝。

三絶句

〔題批〕横自立格。

夏夜李尚書筵送宇文石首赴縣聯句

〔旁批〕「單父長多暇，河陽實少年」：借。

按，晚村手批杜工部全集六十六卷，明劉世教編，刻於萬曆四十年壬子，今藏浙江大學西溪校區圖書館。鈐「吕葆中」、「天蓋樓」、「樂在其中」、「華山馬仲安家藏善本」、「當湖胡篴江珍藏」、「如薰之印」、「問月軒印」、「張叔平」、「獨山莫友芝」、「嘉業堂印」諸印。末有吕葆中跋，曰：「憶自丱角時，家君子手批工部詩，朝夕講解。且訓學詩宜從老杜入手，謂是渾然元氣，大吕黄鐘，不作錚錚細響。五言七言，當於此求其三昧。」晚村所施評語，或述詩旨，或析詩體，或論詩法，判其優劣，審其格律，校其字詞，無關多寡，皆可參考。蓋晚村詩風，根本老杜，於此具可參見。其評語或題下、或眉端、或行間、或詩末，兹輯出成天蓋樓杜詩評語一卷，並以〔眉批〕、〔題批〕、〔旁批〕、〔末批〕别之；偶有校正文字者，則以〔校勘〕相區分。其論詩法處，凡僅就句中一二字而言者（原批有圈示），以「整理者按」爲説明，讀者察之。

呂晚村先生文集補遺卷八

雜著

天蓋樓硯銘

團硯

放翁詩：「富貴深知欠面團。」旦中與余同瘦削，恐其感於斯也〔一〕，戲作團硯以廣之〔二〕。

銘曰：

彼團者面，此團者硯。硯之團，尚可磨也；面之團，不可爲也。

旦中曰：「方中，何也？」又銘。銘曰〔三〕：

言可孫也，心匪石不可轉也。砥礪廉隅，是故惡夫原也。〔四〕出硯銘

風字硯

於爾身，謹所自。於爾家，期不墜。於邦國，視民志。惟詩文，及畫字。亦從中，分習氣。息相吹，八方異。誠能動，風之義。出硯銘

半眼硯

升中坐，綠眼破。天然邊，綠眼全。不欲見，去者半。存者半，必及見〔五〕。露一隻，河流逆。開半眸，萬鬼愁。長夜漫漫旭始旦，欲出未出光絢爛，君如望之登日觀。出硯銘

半月硯

文昌斗上半月形，稀疎分明六個星。白鷄綠酒禱不靈，何如此硯通神明，君試求之勝星精。出硯銘

白虹硯〔六〕

但有虹貫日，竟無軻入秦。可憐易水上，愁殺白衣人。出硯銘

蟲蛀硯〔七〕

端石有鸜鴿眼、蟮血黄、膘胞絡、黄龍、流金、硃砂、紅翡翠，皆下巖之驗，蟲蛀其一，舊謂之鑽。硯録云「皆石之病」，俗論也。石無是奇文異氣，乃病耳。但上巖亦有之，枯潤美醜，判然不同，當有真僞之辨矣。孟舉此石，真水坑蛀，更巉剥可愛，因斲而銘之。曰：

惜書不句，寶硯不污。閒過日月，曰天地蠹。此何蟲斯，尚有文字金石之慕。爬羅瑀鎪，寢食陶鑄。蠹哉蠹哉，吾甚慙乎蟲蛀。出硯銘

仇池洞天硯

東坡有奇石，曰「仇池」，取老杜「萬古仇池穴，潛通小有天」語也。是硯有穴達背，若洞然，是與坡石同寶，即用銘焉。

勿謂涯小，放乎尾閭。勿謂穴小，可以通車。迷陽郤曲，吾將安趨。空明一點，萬靈所都。不用而塞，於洞何居。出硯銘

圜硯

晦作圜硯，四正豐顛。觚稜圭角，磨之不刓。坤也而乾，是爲大圜〔八〕。大圜周天，小圜轉丸。周天道也，轉丸巧也。剛健中正，斯天下之表也。出硯銘

不滿硯

硯落角，名「不滿」。銘曰：

地不滿東南，天不滿西朔。富不滿仁義，士不滿口腹。不可滿者志，不能滿者福。人而滿必敗，器而滿必撲。日知其所亡，學然後不足。長存不滿意，是之謂自牧。出硯銘

東明硯

晝經天，夜食昴，金精睒睒芒四掃。北斗反身大星少，田家私指五更曉。出硯銘

瑞星硯

蒼彗掃陰街，蚩尤張赤幟。屈曲枉矢流，天狗鳴墮地。於彼爲妖此即瑞〔九〕，周伯含譽歸邪視。出硯銘

雙柱硯

天目生來雙柱長，中間不合落平洋。南龍盡處人誰記，五百年應續紫陽。出硯銘

仿子瞻東井硯

法南海之文章，辨西蜀之權術。白日青天，水涌山出。庶幾乎正學齋之希直。出硯銘

井田硯〔一〇〕

亦有村莊，亦有經籍。出田田甫，入田田尺。禮耕義種，學耨仁穫。合耦誰歟，吾菑吾石。陳修疆畎，爾勤斯食。

又

經界之行，長城天塹。用在要荒，體立丘甸。古聖人其有深意，非後世私心之所能見。爲問河汾滎洛間尚有可驗者乎？歸必語余以求其説於封建。

又 每田有牛

犁其外，平其中。鑿井耕田，八方既同。夜復旦兮，堯與舜逢〔一一〕。惟牛下之人之功。

又

宋子張子，買田井溝。思以一區，經界九州。志則不遂，遺我大憂。三代可復，守在甸丘。揆文奮武，於此焉求。出硯銘

帝弓硯

帝作弧矢，以威天下。五材利用，誰能去者。銷金釋兵〔一二〕，祖龍夾馬。謂萬子孫，無能害也。隆準既盡，衆肉委藉。率獸食人，用夷變夏。以爾私心，流禍及我。烏號在天，彤盧

在野。誰能張之，受成廟社。敢告來茲，監我硯瓦。去萬世患，封建乃可。出硯銘

鳳池硯

德未嘗衰，爾或不來。善以道鳴，必聖人生。出硯銘

力田硯

張子謂余，我輩今日，雖倒溝壑，有三種食，得之則生，決喫不得。請問其目：朱門上客，緑林中人，及善知識。變相雖殊，不義則一。矯節高名，苟且凡百〔一三〕。充類至盡，禽獸其實。我聞懼然，背漿流濕。屈指目前，幾人未必。何以免此，其惟力穡。曰余不能，寧耕片石。子曰詩云，較勝請乞。賣畫傭書，猶自食力。餓死事小，無忘硯側。〔一四〕出呂晚村先生古文

蟾腹硯

頑蟾食月蟲食蟾，蟾斃蟲盡魄復圓。皤腹一刳流紫煙，有光輪囷閶闔邊。吁嗟幺麽自絶天，曾於靈曜奚傷焉。出呂晚村先生古文

陸冰修硯

石無奇色，而何以刻？余曰不然，冰修之物，耻齋琢之，神斤妙質。茹精吐華，終古不蝕。苛非其人，雖有奇石，煨燼灺灰，無異瓦礫。敬哉吾友，永寶爾璧。出吕晚村先生古文

錢一士硯

一士送粤香，以硯索銘，即題四句十二字，一士少之，且以爲謔也。考夫請益之，因廣其意。

鸜舌四，孃子二。易數字，銘於是。初止此。者誰氏，錢一士，書破萬卷老將至。何如坐聽郴州語，張子命名考君志。君曰一士士何事？爲名士耶此石弊，爲真士耶此石棄。出吕晚村先生古文

宇宙硯

四方上下，往古來兹。不繇乎我，更由乎誰。出吕晚村先生古文

耻齋硯

冰雪肌膚藐姑射，近前面發桃花色。琵琶半掩無人識，翠袖牽蘿閉寒日。三千年，化爲石；歸吾齋，養耻德。出吕晚村先生古文

流金紫玉硯

有不毁之玉，無不流之金。故不畏謗焰，而畏無貞心。有可流之金，即有可毁之玉。故不貴英華，而貴慎其獨。出吕晚村先生古文

斷壺硯

八月斷壺頭，九月斷壺尾。十月壺架除，壺根連蔓起。雛壺烹作羹，老壺拗項煮。馬鈴摘無聲，乾羓載牛腿。輪囷大盤壺，會治供俎匕。剖壺取壺犀，然壺用壺菑。漆壺爲飲器，溺壺爲虎子。壺種收略盡，鼓腹治經史。勒此斷壺功，蒸我俊髦士。斷壺復斷壺，斷壺將何如？作器告成功，得佐笙與瑚。上象天地性，下賦萬物模。漆之可用享，鼓之可作歌。

斷壺復斷壺，斷壺將何如？此非杜公頸，此非越王顱。陛下食其母，臣請烹其雛。根荄亦除訖，毋使蔓難圖。我欲斷壺，誰能斷壺。能斷壺者，聖人之徒。以言以功，有以異乎？出天蓋樓雜著

鼉磯硯

鼉島骨，蒼龍精。隨樓船，貢神京。東門嘯，艮嶽傾。下天府，阻不庭。往復還，旋夷庚。摩陰崖，銘頌聲。膚寸澤，周環瀛。出天蓋樓雜著

交食硯

初虧東北，食甚中天。黑子摩盪，離位復圜〔一五〕。羅睺尾斷，蝦蟇腹穿。靈曜合璧，光被九埏。結鄰鬱儀，拜手萬年。惟帝念哉，毋再餲焉〔一六〕。出恥齋文集

洮河硯

漢域廣兮北斗高，犁紫漠兮蕃部朝。塞垣靜兮玉出洮，佐文德兮莫敢驕，染毫紫兮思祖勞〔一七〕。出天蓋樓雜著

八角硯〔一八〕

出鈔本晚村詩文集

星輝玉法硯〔一九〕

鐵可穿，石可泐。發爲文章，星輝玉潔。晚村。出沈氏硯林

蟲蛀硯

未著蟲書，底事飽蠹魚之腹。堪作石田，爾乃有潛龍之伏。長此逢年，受天百禄。晚村。出硯拓聚英

按，呂晚村友硯堂記曰：「予幼嗜硯石，所畜不下二三十枚，其佳者才四五耳。憶甲申與從子亮功游杭，見一青花紫石，兩人爭出直買之，互增其數，至過所索，賈反詫不售，歸相咎者數日。予卒以厚直得之，亟呼良工趙三者斲爲宋款，抱卧累月不厭。」古人所謂人不可以無癖者若是。故其友朋皆以硯石贈之，而自名其堂曰「友硯」，並撰文以記。呂氏藏硯亦斲硯，並作硯銘。後人多有彙輯，今可考者有六：一爲禦兒呂氏鈔本硯銘（殘本），附呂晚村詩集後，銘文十七條。二爲孫學顏刻呂晚村先生古文本，銘文十七條，與呂晚村詩集所附者間有出入。三爲精一齋蔡容天蓋樓雜著鈔本，銘文二十九條，然是本文字多有錯訛。四爲吴榜所鈔耻齋文集本，收入硯銘三十六條。耻齋文集吴榜跋曰：「道光戊子冬，於桐鄉友人處得先生講義、語録、塹書、記序、誌銘若干卷。」是知其所鈔録淵源有自。五爲鈔本晚村詩文集本，銘文三十三條。六爲道光二十七年丁未王煜青鈔本呂晚村先生文集本，銘文二十八條。又沈石友沈氏硯林著録力田硯、星輝玉法硯兩方，劉雪樵硯拓聚英著録宇宙硯、蟲蛀硯兩方，其中力田硯、宇宙硯已見上述諸本硯銘。兹即合諸本所有，成天蓋樓硯銘一卷，共四十條，每條之下分別注明所據出處，文字有可商者出校。其字有作「研」、「硯」與「詺」、「銘」者，今統一作「硯」、「銘」。

又按，其中「仿子瞻東井硯」條，諸本皆收入。惟已辨爲僞書之天蓋樓硯述載「方正學遺硯」，曰：「硯以金銀片，歙石之佳者爲之，通體色墨，有光澤，形正方。背有銘云：『法南海之文章，辨西蜀之權術。白日青天，水涌山出。庶幾乎，正學齋之希直。』下署『林右』二字。按：正學名孝孺，字希直，寧海人。嘗從宋濂學，蜀獻王聘爲世子師，名其讀書廬曰『正學』。建文即位，授文學博士，有大政事，輒諮之。燕兵起，廷議討之，詔檄皆出其手。燕王陷京師，逼草登極詔，哭罵不屈，磔於市。弟孝友亦死，妻與二子中憲、中愈俱自經，二女投秦淮河，誅十族，坐死者八百四十七人。」此處稍蹊蹺，殆作僞者雜糅以成者乎？

【校記】

〔一〕也　原作「文」，據鈔本晚村詩文集、王煜青鈔本吕晚村先生文集、耻齋文集及拓片改。

〔二〕作　鈔本晚村詩文集、王煜青鈔本吕晚村先生文集、耻齋文集作「斲」。

〔三〕銘　耻齋文集無。

〔四〕拓片末有「吕留良爲旦中契兄手勒，時乙巳首夏」十五字。

〔五〕及　鈔本晚村詩文集、耻齋文集作「欲」。

〔六〕此銘又見何求老人殘稿萬感集，題作「題白虹硯」。

〔七〕鄒安廣倉硯録著録，有徐蟄叟題記，曰：「此硯爲天蓋樓故物，繼在石門胡氏，後流入杭州夏氏，因得借拓。嗣聞爲人所竊取，今不知所在矣。石質甚佳，惜哉！」一九四六年爲林散之購得，作吕留良蟲蛀硯：「斯石何石龜趺蹲，不圓不方妥渾淪。剜取磨洗者誰子，明之孤臣吕光輪。風生五寸，紫氣崩奔。水巖暈結，冰清玉温。旁有點曰朱砂點，下有紋曰蟲蛀紋。紋作宛延古籀字，點成斑駁鮮血痕。如殘山鑿鑿，如朝日暾暾。訝盤古所開闢，上穹未破泄流坤。疑女媧之鍛煉，補天有罅闕有根。自其小者觀之，渺泰山之培塿；自其大者觀之，擴宇宙之昆侖。從來人間第一最奇物，必待第一最奇人始可與論。人因物顯，物以人聞。受而藏者爲吴子，鏤而銘者乃吕君。二君得石情彌洽，石得二君名益尊。嗚呼兹石！嗚呼光輪！天地元元，日月昏昏。大明之屬既已墟，小臣之屍自可焚。九原煩冤泣文字，四野陰雨黯丘墳。千秋萬歲悠悠口，可憐留此瑰石之精魂。奈何漂流其不遇，逃藏劫運留獨存。豈以不肖能付託，幽冥感召江上村。余小子，痛斯文。沾遺澤，日手捫。藐躬不足以懷葆，闡揚纘述期後昆。望空三拜三叩首，馨香永憶夫石門。」（江上詩存卷一六）後一九八七年林氏子女將之捐贈與江浦林散之書畫陳列館。

〔八〕爲　耻齋文集作「謂」。

〔九〕即　耻齋文集作「爲」。

〔一〇〕鈔本晚村詩文集、天蓋樓雜著同，有四銘；吕晚村先生古文無「經界之行」、「犁其外」兩銘；王煜青鈔本吕晚村先生文集無「經界之行」一銘；吕晚村先生家書真蹟僅録「亦有村莊」一條，文末有「耻翁與大火」五字，並附無黨識語，曰：「仿古溝洫之意，畫爲『井』字，其式先君子所創也，其石龍尾。」由此可見，以上四條非某一硯之銘，實分屬四硯，硯名皆稱「井田」者，是矣。盛澤華建平亦藏一井田硯，硯側題識曰：「此與鼓峰團硯同作，團硯歸方公，毁於火。乙卯春，方公過東莊，出此贈之，以志夙昔。留良識。」

〔一一〕逢　此字原在「惟」之下。據鈔本晚村詩文集、王煜青鈔本吕晚村先生文集、耻齋文集改。

〔一二〕銷金釋兵　耻齋文集作「銷兵去金」。

〔一三〕苟　原作「敬」。據鈔本晚村詩文集、耻齋文集改。

〔一四〕沈石友沈氏硯林著録，末有「圜表兄惜此銘爲人持去，出佳石，屬重書之。耻齋」十九字。硯側有吴昌碩題銘，曰：「耕此石田，吃墨亦飽。何必重言，餓死事小。丙辰仲夏，石友屬銘。老缶。」

〔一五〕圜　天蓋樓雜著作「還」。

〔一六〕 鍻 鈔本晚村詩文集作「鐲」，天蓋樓雜著作「蝕」。

〔一七〕 紫 鈔本晚村詩文集、耻齋文集作「素」。

〔一八〕 天蓋樓雜著、耻齋文集有字無圖。耻齋文集於題下注曰：「中有太極圖，旁書『傳書得意先圖立義』八字，可八讀。」並列二讀曰：「傳書得，得意先。先圖立，立義傳。」「圖立意傳，書得意先。立意傳書，得意先圖。義傳書得，意先圖立。傳書得意，先圖立意。」按，此即迴文法也，順反皆可讀，更舉四例：「立義傳書，傳書得意。得意先圖，先圖立義。」「立義傳書得，傳書得意先。得意先圖立，先圖立義傳。」「立義傳書得意，傳書得意先圖。得意先圖立義，先圖立義傳書。」「先圖立意傳書得，立意傳書得意先。傳書得意先圖立，得意先圖立意傳。」

〔一九〕 硯側有吴昌碩題銘，曰：「銘留晚村喪斯文，試磨斷墨生奇芬。乙卯冬仲，石友銘屬。吴昌碩書於海上。」

呂晚村先生文集補遺卷九

雜著

禦兒呂氏昏禮通俗儀節

親迎

吾鄉行禮，皆用鑷工作儐相，有「待詔大夫」之稱。女家用喜娘，即牙婆，或收生剃面之嫗爲之。斯二者，俗禮之所從出也。按古禮，賓贊擇於賓，主贊擇於子弟，女子則以保姆爲導，皆習於禮者，故無俚鄙魘魅之事。今以此等至賤極愚之人主禮，固宜其悖戮日甚而莫之正也。今欲廢此而復古之贊導，於勢未能。即用儐相，須先與講明，止許其贊唱興拜，往來傳語而已，不許主行禮數；即興拜，亦先與講明，某宜八拜、四拜、再拜及再揖、一揖、立拜等，皆要依儀贊唱，不許妄爲多少。其傳語，亦止許從直，不許用鄙俚詞賦及調不通之文談。至喜娘尤多事害禮，亦不可聽其主行禮數，止許扶掖新婦跪起，亦須先期與之講明，行時方得無差。

俗用儐相、喜娘、樂人，男家女家各一副，甚無謂。今擬儐相、樂人，則用男家而女家不必；喜娘，則用女家而男家不必，爲省事云。

俗禮之最鄙者，皆以禁忌立説。以爲如是則吉，如是則有妨，如是則利壻家，如是則利母家，如是則女强，如是則夫勝。於是，男女之家各有厭勝之法。夫合二姓之好而以魘魅巫蠱爲事，其心已失，豈有受福者乎？無論後應，即此夫婦爭雄，二姓忌嫉，凶德已具，何吉之有？然其説亦有所本，予嘗見元曲中有桃花女破法嫁周公一齣，則凡所謂厭勝之法，皆出於此。按此劇，戲言周公與桃花，各以妖術爭勝，陰相賊殺，而有此以見桃花之術之高耳，豈真有其事哉？即有其事，於我又何取哉？要之二姓胸中，各有自利損人之念，故邪説得行。凡一舉一動，不以禁忌利害爲心，則其説自破矣。然總以不聽儐相、喜娘及多聞老嫗主禮爲本。

古昏禮不用樂，昏爲陰禮，且著代也。今俗習已久，非兩姓皆好古篤行者，必反以爲怪。無已，止許於出門、到門、拜跪、送席時用鼓樂，餘時不許吹打。銃砲非禮，且驚人，去之。或女家不能免俗，止於女家用之，亦可。

先期俗有送轎前羊、酒迎絮、踏飯籮、紙花髻、兜底褲等，鄙俚可笑，去之。又有催嫁酒飯，於義無取，然相沿以爲重事，蓋喜娘之所有也，不得已，尚可從。

親迎隨從諸人，皆有簪花披紅，女家亦配賞，名曰「對紅」。虚費非禮，省之。壻亦有上紅之禮，村狀難看，去之存雅。

前期一日女氏使人張陳其壻之室 俗名「鋪房」。

俗亦用儐相、鼓樂、銃砲，今去之，止用家人女婢爲是。其衣服珍麗之物，不必盡行陳設。

張陳壻室，古無相見儀節，以是日無書帖往還，故不告主人。使人不必行禮見主人，若見，只行常見禮。匳目當於新婦拜見時親呈，或從俗於是日使人遞送亦可。主人以酒食勞來使，且犒之。男使回，留女使一二人看房。

亦有臨期隨迎船花轎送妝匳者，則於花轎未至門時，先入鋪房。

俗有「上幔」之例。陳設畢，儐相贊詞賦，女家使人拜幔，皆戲誕無義理，芟之。

是夕主人設席酌媒會親族，曰「發迎」。

厥明壻家設合巹位於室中 設一桌兩椅，東西相向，旁一桌置合巹杯酒。

古禮，婦至即入室合巹，他俗或有先拜祠堂者，有先拜父母主婚者，有拜壽星仙神者，具失禮意。蓋有夫婦而後有父子，有父子而後事祖宗，故舅姑見於成夫婦之後，祖宗又見於見舅姑之後，若壽星仙神，更怪誕不經矣。吾鄉入門即先拜天地，亦非古禮。然天地爲生人之始，於義尚無礙，今姑從俗。

設香案於堂上。

女家設次於外 以待壻次房舍也，路遠亦有設於舟中者，隨其便。

主人告於祠堂 如常儀，其告詞曰：「某之子某，將以今日親迎於某郡某氏。謹告。」

壻四拜出。

行醮禮

此禮廢已久，然必當舉行。按禮，父座設於東，向西；壻席設於西，向南。壻升自西階，南向，跪受飲拜。蓋古禮父皆西向，與近時南面之儀異。今從俗拜例。父南面贊引，壻北向再拜，贊酌酒，壻跪受酒，啐酒，父戒之，再拜，興。禮止，父戒之，俗禮遍告親屬。今擬告於母，再拜，餘親皆揖而行。禮獨壻往，今從俗。主人揖媒氏導之行。綵輿前導，用鼓樂，用燈燭，隨多少。俗有竹篩插箭，懸鏡於輿前，亦係厭勝邪説，不可用。

至於女家入俟於次

俗先遣儐相入報，廳唱賦，甚可笑。今但令先進宅，投送「請送親帖」可也。此時女家未戒女，女父未宜接見，但如古禮，壻獨俟於次，又難行。今從俗，女家親屬先出揖壻，就旁舍飲茶。俗有親屬劇分設酌接親，非禮，辭卻之。道遠者，主人待以酒飯亦可，但未拜見，不可領筵席。至演戲，吾家所戒，尤不可不固辭，雖遜避可也。

俗例，女家司閽者，故意閉門不納索賄，甚有講論增加至再三，饜飫而後開門者；甚有因而爭鬬成非者，可怪甚矣。主人當嚴飭閽者勿效惡俗，以致失禮；在壻家，則隨宜勞之。

女家主人告於祠堂　如常儀，告詞曰：「某之第幾女某，將以今日歸於某郡某氏。謹告。」

女立兩階間四拜。

醮　女

父母就坐，保姆導女就位，北面四拜，跪。侍者酌酒授女，女受酒，啐酒。略沾唇。興，四拜。遍辭諸親屬，尊者再拜，以下再立拜。即屈膝拜，俗名「萬福」。父母諸母各命之。古有命詞，今易隨常方言，教以敬聽舅姑，順事丈夫之義。

俗有踏軸之事，置機軸於地，軸邊安一紅紙竹籮，内盛寶瓶、萬年青等，名「踏飯籮」。軸北設櫈，櫈上安席，男家女家各一床，名「交福席」。其席男女家爭鋪於上以爲勝，爭之不得，乃平設，令女坐其上，腳踏軸籮，坐少許時起，名爲「踏軸」。女起，又各爭奪其席以爲勝。其鄙惡無禮如此。雖小事，斷當去之。

又俗例，是時男家人至女家者，必思陰竊器物歸，以爲吉利。及女家送親人至男家，亦如之。互爲偷竊，互相防閑，尤可笑可惡，當各戒勿爲。

奠雁

女家戒女，禮畢，主人出迎壻。主東壻西。揖讓請行。主人先入，壻從之。升階。主人升自東階，西向立，壻升自西階，北向立。從者進雁於堂上，壻整雁再拜。主人不答，出亦不送。

俗例欲屈壻，借奠雁之拜，陰使拜女。乃先以綵輿置雁北，令壻拜，非禮也。蓋奠雁者，執贄於女父，非贄於女也。故未奠雁勿進輿。

進綵輿

姆奉女出中門，升輿，壻垂簾。俗名「封轎」。降至西階，輿隨壻出。

俗於垂簾後，强壻使拜轎，是先教其悖婦順之道也。甚有壻逃而要擒誶怒，其失禮也甚矣。惡俗成風，以此爭勝，且其時族屬人多，每有主家知禮而族人猶執俗例者，須先期講明，不致臨時詬戾，有傷雅道。

俗於女踏軸後，即不許女履踐地。謂帶母家泥土去，即利夫家而損母家，於是使其兄弟抱女出升輿。若鄉人，則有竟抱下船三踊以爲利者。按禮，姑姊妹女子已嫁，兄弟不與同坐同食，以遠嫌也，況可令抱持乎？必當禁止勿從。若俗有「兜底褲」，亦即此意。物雖小而義實悖，不可從也。

壻先行俟於門

俗例，壻歸反避於内。女至，升堂，出輿立堂上，反俟壻出同拜。壻良久而後出，以報閉門拜轎之窘也。女立俟男，大失男先於女之義，不可從。聞他處有壻設高座，作讀書不肯出行禮狀，親賓再四强之，乃出。此何説也，豈非弋陽腔做作乎？

古禮無迎禮送親者一節，今禮有女父兄送親之禮。若女輿先至，則先合巹而後迎送親者；若送親者先至，壻家主人迎入，館於旁舍，醻酢交拜，待茶。

俗有親友劇分設酌接送親者，非禮，宜辭卻之。

女輿至

俗例，或姑或尊行，攜油燈往女輿，執女手使挑撥，名曰「撥迎路火」。鄙甚。且以尊長迎，非禮也，勿用。

壻導入

禮，女至門即下車，故壻揖以入。古所謂揖，即今之拱揖也。今轎直至堂，壻不便揖，但先行，引轎同入。

升堂，壻先立東位，贊者請女出輿，南向並立，對香案四拜或八拜。從俗用鼓樂，禁止歌唱。拜訖，即壻導婦入内。

俗有女入門「跨馬鞍」及「撒金錢」等，亦桃花厭勝之說，去之。

至室

男東女西相向立，交拜。

四拜亦可，但拜時，頗有喜娘忽止女，令立受男拜者，不可不飭戒之。凡拜，男子再拜，則婦人四拜，謂之「俠拜」。俠音夾。

俗於室外有「掘飯蒸」等鄙事，勿用。

就席

俗多南向設席並坐，因有喜娘陰引男衣裾，令女坐之，以爲厭勝，可笑。今東西對坐，自無此事。

進酒進饌者再 每進，用鼓樂。

俗令樂人唱曲，鄙褻不許。

合巹 從者以巹盃斟酒，互進之，各受巹，同飲畢。

俗有「結同心鏡」、「采花髻」之類，俱鄙褻不用。

徹饌

壻婦皆興，東西四拜。

俗有坐床、撒帳，他處更有鬧房之事，皆大悖禮義，當禁。

俗有床前拜見舅姑及送親父兄尊親者，此時尚未成婦，則舅姑之名猶虚，豈得先拜見乎？不可。

俗有以龍眼糖湯親送戚屬，名曰「遞圓」，其名既鄙，且未成婦，未得與親戚交際也。

脱服

壻脱服，女家侍女受之；女脱服，男家侍女受之。壻婦各易服，燭出。

俗於此時，請姑挑去婦之障面帕，名「挑兜金袱」，故不得不先拜見。今不用姑挑，或不得已，用他親挑去亦可。翰墨昏禮注云：「壻爲婦舉蒙頭，乃交拜。」似尤妥。

主人禮賓饗送者及媒 侑以幣，名「席儀」。

主人禮男賓於外堂，主婦禮女賓於中堂。

是夕新婦未拜見，不出與饗。若次夕饗送者，則與饗婦席。若子丑以後合巹，則饗禮行於次日之夕；若在初昏合巹，則當夕亦可行饗禮。俗於是時小酌，名「拂塵」，而於次日之夕，另行饗禮。隨俗酌宜可也。

饗送親者，俗多張戲，無論侈蕩非禮，即舉家勞倦之餘，亦苦支吾。且人衆而雜，起爭、誨盜、失煬之事，往往而有。吾家有永禁條約，一應讌會祝賀，俱不張戲。客有責其簡者，巽謝之可也。

賓主相敬以情，禮取竭誠盡分。若過於奢侈，施受均失，故凡席面儀文，概宜從實從簡。如筵席，俗鬭豪華，以桌多爲盛，其實糖菓、花草、龍鳳、牌樓、人物、生肖之屬，淫巧飾觀，毫無實用。虚費可惜，且於典禮爲僭，宜從俗芟之。但此事似以吝損敬，當委曲先達，商酌行之可也。

來使饗於外舍，主人之使主之。主人親送席以致敬，客辭乃已。

次日夙興

俗有「叫毛朝」禮。舅姑未興，往拜床下，即晨省意也。然未經拜見而先行晨省，非禮也，去之。

婦見於舅姑

俗禮先見諸親，後拜舅姑，非是。諸親必舅姑率之以見，如之何其不先見舅姑也？今正之。

舅姑就座，旁設一桌置贄禮，又一桌置答婦之物。壻婦並立，壻東婦西。四拜。

古禮止婦獨見，壻不同拜。今從俗。

獻贄。從者以盤盛贄儀，授婦獻之。從者即受，置桌上。其贄隨俗。

此即俗名「上見禮」也。俗於見後三朝方送贄，在房分他親則可。舅姑之贄，必當於此時親獻，並呈匳目。

又四拜，興。舅姑與婦幣珥之屬，隨俗。再拜謝。平身。

遂見於諸尊長

其不同居者，廟見後舅姑率往其家，拜見送贄。

親伯叔東向坐，受不答。從伯叔，立受答。揖兄嫂，東西對面答拜。諸親以次拜見，尊行從伯叔例東西立，壻婦北面拜；同輩，從兄嫂例東西對面拜，各有贈儀，隨俗。拜謝。凡尊行四拜，平等再拜，親戚亦如之，若宗子長兄，則亦四拜。

卑幼見

弟妹娌皆立西，壻婦立東，對拜。其兄弟之子女姪孫輩及親戚下一輩者，俱壻婦東面立，卑幼北向拜見，皆四拜。或受或答，以親疏輩行爲分。

家人男婦四叩首，壻婦東西上立，答以揖。

媵僕媵婢拜見主人，四叩首。

俗於是日，參謁家堂及竈神，但隨俗設拜，無獻。俗有上家堂紅旛及紙馬，此釋氏佛堂穢惡不祥之物，不可入家祠。若女家堅執備來，竟焚之門外，不用可也。

盥饋

禮於次日婦盥饋，示婦主中饋。進食舅姑，誠重禮也。俗廢已久，止於三朝進粥及茶食，雖猶存此意，然是夕舅姑例設席饗婦，而婦於是日反未曾進饋，殊失禮意。今擬即於饗婦前行之。古禮於拜見舅姑時，亦有禮婦禮，今并而爲一，行於此。

設舅姑二席於中堂，東西向。設饗婦席於姑席左。南向。

舅姑就席，婦立中間，北面四拜。興。詣舅席前再立拜，進酒饌；詣姑席前再立拜，進酒饌。復位四拜，興。

遂饗婦

侍者斟酒，捧至姑側，婦跪，侍者以盞授婦，受酒，啐酒，興。侍者接盞，送安於婦席。四拜，興。

從俗，姑與諸女親陪席，姑送諸女親席畢，引婦徧，再立拜，告坐，飲至徹。

廟見 古者三月而廟見，今依家禮以三日。

三日主人以婦見於祠堂 如常儀，其告詞曰：「某之子某，以某日昏畢，新婦某氏敢見。謹告。」

新婦見

壻婦並立，四拜。古無壻拜，今從俗。

俗例，是日婦自至廚，持杓分粥及小菜、茶食等，亦主中饋之意。從之。又分送贄於房分尊親，曰送「上見禮」。

録自禦兒吕氏昏禮通俗儀節，上海圖書館藏鈔本。按，此篇向未見著録，該本扉頁題「吕耻齋先生昏禮儀節」，首頁題「禦兒吕氏昏禮通俗儀節」，下一行署「晚村翁手定」。文中曰：「饗送親者，俗多張戲，無論侈蕩非禮，即舉家勞倦之餘，亦苦支吾。且人衆而雜，起爭、誨盗、失煬之事，往往而有。吾家有永禁條約，一應讌會祝賀，俱不張戲。」又曰：「至演戲，吾家所戒，尤不可不固辭，雖遜避可也。」及其臨死，猶在遺令之末條命之曰：「子孫雖貴顯，不許於家中演戲。」又，晚村視釋氏爲「異端」，稱之爲「妖異」，曾遇營僧廟者，立爲阻止，不果，至與友人斷絶關係相威脇，列數七罪，其痛恨也如此，事具與董方白書中。儀節有云：「俗有上家堂紅旛及紙馬，此釋氏佛堂穢惡不祥之物，不可入家祠。若女家堅持備來，竟焚之門外，不用可也。」文中又指斥「厭勝」法之鄙陋，斷不可行，辟邪驅妄之心，無處不在。其間儀節，一以禮爲歸，俗可從者從之，不可從者萬勿取焉。而晚村所留之儀，所去之節，吾幼年猶能見其二三，則其俗於吾鄉沿襲三百餘年而未有變未有正者，非先生之罪也。因循已久，亦難矣哉！今幸睹此書，爰知吾幼時所遇所聞之民風，實出有自，而三百年前禦兒呂氏家族不與焉。

呂晚村先生文集補遺卷十

雜著

東莊醫案

徐五宜先生患滯下膿血

業師徐先生，號五宜。壬寅秋，患滯下膿血，晝夜百餘次，裹急後重。醫診之，曰：「脉已歇至矣，急用厚朴、青皮、檳榔、枳殼、木香等，或可挽回。」業師與鼓峰最契，習聞理解，頗疑之，不肯服。時鼓峰歸四明，予往候。曰：「爾試爲我診之。」脉洪弦而數，或一二至，或三四至，或五六至，輒一止。予曰：「毒及少陰矣，當急顧其陽明。」方用生熟地黄各一兩，歸、芍、丹皮、黄連各三錢，甘草五分。群醫議予方云：「痢疾一症，雖古名醫所用藥，不過數味耳，今盡反常法，恐無當於病，服之必飽悶增劇矣。」次日往候，次數尚頻，而急重已除。診其脉，洪數亦減，至數相續。是日復用前方，病去大半。又次日，去生地、黄連，加人參、白术、山藥、茯苓等藥，飲食大進。午後師自按脉，曰：「爾前謂吾脉尚弦，此刻漸減矣。」診之果然，而至數復有止狀。或駭曰：「病退而脉復變，得無恙乎？」予曰：「無妨也。歇至者，即古代結促之俗名也。若沖氣中絶，臟脉自見者危，今吾師歇至，本以毒盛壅遏隧道，陰精不承，故一二至，或三四至，或五六至而止也。經曰：『數動一代者，病在陽之脉也，洩及便膿血。』今予去陰藥過甚，進陽藥太驟，中臟得和，則木土和而胃氣安，故飲食進，而毒尚未盡者，亦隨壯氣而旺，故復有止狀也。於方中仍加生地、黄連，即平矣。」如言而安。

痢疾一症，惟王損菴論獨得其奥，而法亦極其詳。故善治痢者，未有不以準繩爲準繩者也。是案議論症治與辨晰脉義處，尤足補準繩之所未及，學者其併入準繩痢疾條下參看可也。

陳紫綺内人半産胎衣不下

姚江姻友陳紫綺内人半産，胎衣不下，連服行血催衣之藥四劑，點血不行，胸痛瞀亂。予往視，曰：「此脾失職也。」先與黄芪一兩，當歸一兩，下咽而瞀亂頓減。時有以準繩女科中惡阻血不下及胞衣不下方書一本進者，上注某方經驗，某方試效。紫綺以示予曰：「中有可用否？」曰：「一無可取。」遂用大劑人參、白朮、芍藥、黄芪、當歸、茯苓、甘草等藥，一服而惡露漸至。皆驚歎曰：「古方數十，一無可用，而獨以是奏功。準繩一書，真可廢也。」予曰：「惡！是何言？王損菴，醫之海岱也，顧讀書者自不察耳。若唯以惡阻及胞衣不下條中，求合吾方，宜其謬也；試以血崩及血下不止條中求之，吾方可見矣。蓋此病，本氣血大虧而致半産，脾失統血之職，水湮土崩，衝決將至，故生瞀亂。不爲之修築，而反加穿鑿，是愈虚也〔一〕。吾正憂血下之不止，而彼且憂血之不下，其不合也，又何怪焉？」曰：「今從子法，可遂得免乎？」曰：「不能也。穿鑿過當，所決之水，已離故道，狂瀾壅積，勢無所歸，故必崩。急服吾藥，第可固其隄岸，使不致蕩没耳。」至第三日，診尺内動甚，予曰：「今夜子時以前必崩矣〔二〕。」去予家尚遠，因留方戒之曰：「血至即服。」至黄昏果發，如予言，得無恙。方即補中益氣湯，加參、芪各二兩也，次用調補脾腎之藥而愈。

凡半産，總屬氣血兩虧所致，可知半産後之胎衣不下，亦是氣虚不能推送，血虚不能潤利之故。行血催衣等劑，亟當禁忌。乃每見女科庸技臨此等症，非查肉、桃仁，即紅花、香附。祖授師傳，只此數味，而不知其入人腸胃，利如鋸斧也。特示此案以救之。

鍾静遠暑傷元氣便血

姪倩鍾静遠，暑傷元氣，便血，胸膈滿悶，數至圊而不能便。醫用半夏、厚朴、蒼朮、枳實、山查、青皮、檳榔、延胡索、杏仁、花粉諸破氣袪痰藥，便益難，胸益悶，遷延半月許。予往視，舌起黑胎，發熱，胸膈痛甚，脉浮數。曰：「此藥傷真陰，火無所畏，故焦燥也。」且問：「醫治法云何？」曰：「三次下之矣，邪甚不能解，今當再下之耳。」予曰：「脉數奈何？」則唯唯無所應。予乃重用生熟地黄，以丹皮、歸、芎佐之。飲藥未半甌，即寒慄發戰，通體振掉，自胸以上汗如雨。舉家驚疑，迎醫視之，則不知其爲戰也，妄駭謂：「吾固知補藥不可服，今果然。」急濃煎陳皮湯及生萊菔搗汁飲之，云唯此可解地黄毒也。繼進涼膈散，倍硝與大黄，下清穢數升。復禁絶飲食，粒米不許入口。舌轉黑，胸轉悶，群醫又雜進滚痰丸、大小陷胸湯等劑，劇甚，垂危。復邀予診之，脉數極而無倫，痰壅脅痛，氣血不屬，症已敗矣，非重劑參、朮不能救也。先以新穀煮濃粥與之，胸膈得寬，乃稍稍信予。試進參、朮等味，得汗，下黑矢，神氣頓安。而痰嗽不止，所咯皆鮮血。向有痔疾，亦大發，痛不可忍，脾下泄。其家復疑參、朮助火。予曰：「此參、朮之力不及，不能助火生土耳。」遂投人參二兩，附子六錢，炮薑、吴茱萸、肉桂、補骨脂、芪、朮、歸、芎。藥稱足，一服而咯血即止，痔痛若失。但恐悸不能寐，吸氣自鼻入口，覺冷如冰雪，雖熱飲百沸，下咽即寒痛欲利。乃製一當茶飲子，用人參二兩，熟地黄二兩，炮薑三錢，製附子六錢，濃煎頻飲，入口便得卧。每日兼用參附養榮湯，元氣漸復。時鼓峰至邑，同邀過看，鼓峰問静遠曰：「曾舉幾子矣？」静遠駭曰：「吾病豈終不起耶，何遽問此？」鼓峰曰：「非也，臟腑多用硝、黄攻過，盡變虚寒，生生之源，爲藥所傷。今病雖愈，不服温補，恐艱於生育耳。故予每與用晦言，醫當醫人，不當醫病也。」静遠乃震悟曰：「非二公，幾殺我！」

任醫如任將，皆安危之所繫也。然非知之深者，不能信之篤；非信之篤者，不能任之專。故惟熟察於平時，而有以識其藴蓄，乃能傾信於臨事，而得以盡其所長。使必待渴而穿井，鬭而鑄兵，則倉卒之間，何所趨賴？一旦有急，不得已而付之庸劣之手，最非計之得者。觀病家與東莊，誼關至戚，乃信任不專，而幾爲庸醫所殺，可鑒也。倘有閲是案而留意於未然者，又孰非不治已病治未病，不治已亂治未亂之明哲乎？

此症已瀕於死，而東莊復置之生，非如此破格挽回，豈能出奇奏效耶？觀其所製當茶飲子，具見良工心苦矣。

「醫當醫人，不當醫病」一語，深合内經治病求本之旨。從長洲醫案中細體之自見。

錢嶢都子病疹泄瀉

姚江錢嶢都子，五歲，病疹，泄瀉。兒醫謂瘄毒最宜於瀉，不復顧忌，以清火爲急，寒涼縱進，病勢殊劇。來邀予視，面色兩顴嫩紅，時咬牙喘急，口渴甚，飲水不絕，脉洪緩如平壯人。予曰：「脾急矣。」速投人參、白术、當歸、黄芪、陳皮、甘草、茯苓、木香以救之，一劑覺安。次日有鄰族人來候，驚阻之曰：「誤矣，小兒有專門，豈可令腐儒治之？吾所聞瘄病，以發散清涼解毒爲主。今半身瘄潮未退，而用温補，必不救矣。」其家懼，遂不敢再服。間二日〔三〕，嶢都復來見予，曰：「諸症復如故，如何？」予曰：「豈有是理哉？君戲我耳。」曰：「日來實不服尊劑。」乃述其故。予曰：「君試急歸，令郎天柱倒矣！」别去，頃之馳至，曰：「果如公言，奈何？急服前方何如？」予曰：「前方救虚也，今加寒矣，非桂、附不能挽也。」曰：「顴紅喘急，口渴飲水，俱是熱症，而公獨言虚寒，何也？」曰：「陰竭於内，陽散於外，而寒涼復逼之，陽無所歸，内真寒而外假熱。此立齋先生所發内經微旨，非深究精蘊者不能信也。」嶢都歸，違衆服之，一劑而天柱直，二劑而喘渴止，三劑起行，嬉戲户外。

觀此案，則知小兒瘄症，亦尚有陽虧者，誰謂稚幼純陽，必無補陽之法耶？

吴華崖先生館僮熱症〔四〕

吴華崖先生館僮，夏月隨役湖上，歸感熱症，下利膿血，身如燔炙。予過視之，曰：「此陽明病也，不當作痢治。視其舌必黑而燥，夜必多讝語。」其父母曰：「誠如所言，請診之。」則脉已散亂，忽有忽無，狀類蝦游，不可治也。華崖强予治之，云：「固知無生理，亦冀其萬一。」不得已，用熟地黄一兩，生地、麥冬、當歸、白芍藥、甘草、枸杞子佐之。戒其家曰：「汗至乃活。」次日復往，曰：「昨夜熱不減，而讝語益狂悖，但血痢不下耳。服藥後見微汗，少頃即止，殆不可治？」予曰：「無驚，且診之。」則脉已接續分明，洪數鼓指。予喜曰：「今生矣。」仍用前方，去生地黄，加棗仁、山藥、山茱萸、牡丹皮，連服六帖。其家以讝妄昏熱不減，每日求更定方。予執不可：「姑再忍，定以活人還汝。」是日診其脉，始斂而圓，乃曰：「今當爲汝去之。」用四順清涼飲子，加熟地黄一兩，大黄五錢，下黑矢數十塊，諸症頓愈。越二日薄暮，忽復狂讝發熱，喘急口渴，舉家惶惑，謂今必死矣。予笑曰：「除是服庸醫藥，不然，雖梃刃擊之，不死也。豈忘吾言乎？得汗即活矣。」遂投白朮一兩，黄芪一兩，乾薑三錢，甘草一錢，當歸、芍藥各三錢，盡劑，汗如注，酣卧至曉，病霍然已。或曰：「陽明熱甚，當速解其毒，在古人亦必急下之以存真陰之氣，今子先補而後下，其義何居？」予曰：

「毒火燔熾，涼膈、承氣症也，而其源起於勞倦，陽邪内灼，脉已無陰，若驟下之，則毒留而陰絶，死不治矣。不聞許學士治傷寒乎？發熱頭痛煩渴，脉浮數，曰此麻黄證也。然榮氣不足，未可發汗，先以黄芪建中湯飲之。其家煎迫發汗，語至不遜，許但忍之。至五日，尺部脉應，方投麻黄而愈。因謂醫者須顧表裏虚實，待其時日，若不得次第，暫時雖安，損虧五臟，以促壽限，何足貴哉？南史載范雲病傷寒，恐不預武帝九錫之賀，責良醫徐文伯以速效。文伯曰：『此誠不難，但二年後不復起耳。』雲强之，文伯燒地布桃葉，以法汗之，翌日果愈。雲甚喜。文伯曰：『不足喜也。』後二年果卒。夫取汗先期，尚促壽限，況可不顧臟腑脉症而妄下乎？」或曰：「此則聞教矣。間日復病，而子又以他藥愈之，何也？」曰：「病從陽入，必從陽解。今陰氣已至，而無以鼓動之，則榮衛不洽，汗無從生。不汗，則虚邪不得外達，故内沸而復也。」

先補後下與先補後汗，皆虚回後清邪意也。至於病從陽入，必從陽解之義，則更發前人所未發，非精察内經深藴者，未許窺其妙義。

孫子度姪女病半産咳嗽吐血

亡友孫子度姪女，適張氏，病半産，咳嗽吐血，脉數而濇，色白，胃滿脾泄。醫用理氣降火止血藥，益甚。予投理中湯，加木香、當歸，倍用參、朮而血止，繼用歸脾湯，及加減八味飲子，諸症漸愈。時鼓峰從湖上來，邀視之。鼓峰曰：「大虛症得平至此，非參、朮之力不能。今尚有微嗽，夜熱時作，急宜温補以防將來。」因定朝進加減八味丸，晡進加減歸脾湯。未幾遇粗工，語之，詫曰：「血病從火發，豈可用熱藥？」遂更進清肺涼血之劑，病者覺胃脘愈煩惋，飲食不進，而迫於外論，强服之。逾月病大發，血至如湧，或紫，或黑，或鮮紅。病者怨恨，復來招予，往視之，曰：「敗矣。臟腑爲寒涼所逼，榮衛既傷，水火俱竭，脉有出而無入，病有進而無退，事不可爲也。」未幾果歿。仁齋直指云：「榮氣虛散，血乃錯行，所謂陽虛陰必走也。」曹氏必用方云：「若服生地黄、藕汁、竹茹等藥，去生便遠。」故古人誤解「滋陰」二字，便能殺人。况粗工并不識此，隨手撮藥，漫以清火爲辭。不知此何火也，而可清乎？所用藥味，視之若甚平穩，詎知其入人腸胃，利如斧鋸，如此可畏哉！夫血脱益氣，猶是粗淺之理。此尚不知，而欲明夫氣從何生，血從何化，不亦難乎？操刀必割，百無一生。有仁人之心者，顧於此姑少留意也歟！

病家之要，全在擇醫。然而擇醫非難也，而難於任醫；任醫非難也，而難於臨事不惑，確有主持，而不致朱紫混淆者之爲更難也。倘不知此，而偏聽浮議，廣集群醫，則騏驥不多得，何非冀北駑群；帷幄有神籌，幾見圯橋傑豎。危急之際，奚堪庸妄之誤投；疑似之秋，豈可紛紜之錯亂？

一着之謬，此生付之矣！以故議多者無成，醫多者必敗，從來如是也。如此症，若信任專而庸技不得以間之，亦何至舉將收之功而棄之哉？每一經目，殊深扼腕。

徐鸞和内人病咳嗽

徐鸞和内病咳嗽，醫以傷風治之，益甚。邀予診，則中虛脉也。曰：「鼻塞垂涕痰急，皆傷風實症，何得云虛？」予曰：「此處真假，所辨在脉。庸醫昧此，枉殺者如麻矣。彼不知脉，請即以症辨之。其人必晡時潮熱嗽甚，至夜半漸清，至晨稍安，然乎？」曰：「然。」「然則中虛何疑乎？所可喜者，正此鼻塞垂涕耳。」乃投人參、白朮、當歸、黄芪、白芍藥各三錢，軟柴胡、升麻各一錢，陳皮、甘草、五味子各六分，三劑而咳嗽立愈〔五〕。再往診，謂之曰：「上症已去，唯帶下殊甚，近崩中耳。」鸞應曰：「然。」即前方重用人參，加補骨脂、阿膠各二錢數劑，兼服六味丸而愈。

南湖沈松如舉此案問予云：「於鼻塞垂涕中，診得中虛，人或能之；於咳嗽既愈後，看出帶下，東莊果何所見耶？」予曰：「東莊亦只是於中虛脉症中，討出消息耳。蓋中氣者，金賴以生，而水藉以攝者也。中氣一虛，則上不能生金而病咳嗽，下不能攝水而患帶下。蓋此症之咳嗽與帶下，論其標則上下分見，求其本則金水同原，總屬中虛所致也。得其致病之源，則自可據其現在之本病，以測其將來之流病矣，況其爲已見之病端哉？」又問：「東莊以鼻塞垂涕反爲可喜，其義何居？」

曰：「皮毛者，肺之合也。肺失所養，則腠理不密，外邪易入。其鼻塞垂涕者，乃太陽經傷風表症也。邪之所湊，必先皮毛，一入皮毛，即犯太陽。故凡感症，以見咳嗽爲輕，凡咳嗽以見表症爲輕者，以其邪未深入耳。」又問：「咳嗽與帶下既皆中虚所致，宜其病則俱病，治則俱治，何爲咳嗽既見，而帶下未見耶？且咳嗽既愈，而帶下反甚耶？豈其既能生我所生，而猶未能制我所制耶？」曰：「此則病之見也，有先有後；醫之治也，有次有序。緣土困則金即衰，故咳嗽先見。其不僅用補中而加白芍、五味者，以非補土無以生金，而補土又不可以不生金也。清升而濁始降，故帶下後見，其不僅用調中而加阿膠、故紙者，以非崇土無以攝水，而崇土又不可以不攝水也。尤妙在重用人參與兼服六味，蓋非重用人參，則不能峻補其下；非兼服六味，則不能使水歸其壑。所謂因其勢而利導之，使利機關而脾土健實也。揣東莊之意，大率如此，子以爲何如？」

吴尹明子患夜熱

吴尹明子，十歲，患夜熱二年餘。頷下忽腫，硬如石，面黄，時時鼻衄如注。孟舉致予看之，疑久病必虚，預擬予用參、朮等方。予脉之，沉鬱之氣獨見陽關。曰：「病敦阜也。」用石膏、藿香葉、梔子仁、防風、黄連、甘草等，頷腫漸軟，面黄復正。繼用黄芩、枇杷葉、玄參、枳殼、山梔、茵陳、石斛、天麥門冬、生熟地黄等，重加黄連，而衄血夜熱悉除。孟舉笑出所擬方，以爲非所料云。

如遇此等脉症，即東莊亦未始不用寒凉。看黄葉村莊與東莊最契，其所用方，尚難預料，可知寒熱攻補，須憑所遇脉症，隨宜而用，原未始先存成見也。乃有謂東莊派只一味好用温補者，此不知東莊之言耳。知東莊者，其敢爲此言乎？

從子在公婦半産惡露稀少

從子在公婦，半産，惡露稀少，胸腹脹甚，脉之濡數，當重用參、芪，不然必崩。因力艱未服，已而果崩潰不止，下血塊如拳〔六〕、如碗大者無數，神氣昏憒，兩足厥冷至少腹，兩手厥冷至肩，額鼻俱如冰，頭上汗如油，旋拭旋出。按其脉，至骨不得見。予投大劑補中益氣湯，加人參一兩，未效。急用人參一兩，附子一兩，炮薑二錢，濃煎灌之，至暮漸減。予戒曰：「俟其手足温即停藥。」至三鼓，手足盡温，崩亦止。家人忘予言，又煎前方進之。比曉，予往視，脉已出而無倫，痰忽上湧，點水不能飲，入口即嘔吐，并獨參湯不能下。予曰：「此過劑所致也。」即投生地黄五錢，熟地黄一兩，當歸、芍藥、枸杞子各三錢，甘草一錢，濃煎與飲。病者意參飲尚吐，况藥乎？不肯服。予强之曰：「試少飲，必不吐。」進半甌殊安，遂全與之。盡藥而痰無半點，神氣頓清矣。午後體發熱，予曰：「此血虚熱，恒理也。」復用十全大補調理而痊。

既因力艱，不能救虚於未崩之前。崩後見症，俱屬虚上加寒，則非薑、附不能挽矣。猶用前方，止以救虚，此均是失之不及處。迨至三鼓手足盡温，則一陽之復於半子者，已徧達於四表矣。乃又誤進前劑，以致脉出無倫，痰湧嘔吐，點水不入，不又失之過劑乎？舉此可見臨症制方，凡前後次第，及輕重緩急，皆當合宜而用。若過與不及，無論方不對症也，即使對症，亦堪殺人，其可畏如此。

吴維師内人患胃脘痛〔七〕

吴維師内患胃脘痛，叫號幾絶。體中忽熱忽止，覺有氣逆左脅上，嘔吐酸水，飲食俱出。或疑停滯，或疑感邪，或疑寒凝，或疑痰積。予脉之弦數，重按則濡，蓋火鬱肝血燥耳。與以當歸、芍藥、地黄、柴胡、棗仁、山藥、山萸肉、丹皮、山梔、茯苓、澤瀉，頓安。唯胃口猶覺劣劣，用加味歸脾湯及滋肝補腎丸而愈。

列症中既云覺有氣逆左脅上，嘔吐酸水，則即不知脉，而第以症驗之，已明明是肝血燥痛矣。何諸醫議論紛紜，茫無確見乎？想緣此症在四明、東莊以前，無人闡明其義耳。然試問四明、東莊兩家，從誰氏醫案中參究得來耶？

家仲兄次女患感症

家仲兄次女，年十四，新夏患感症，項强頭痛身熱，仲兄治之旋愈，惟熱尚未解。至第七日，予適候兄，命診之，予曰：「汗至解矣，不必藥也。惟身涼，當服補中益氣湯加黄芩數帖，不則慮其復耳。」果得汗愈，遂不肯服藥，越數日果復。又二日，兄召予視，則體燥熱甚，舌胎乾黄，口渴，遍身疼痛，舉手足俱呼痛不可忍，胸腹尤甚。臍上有塊，高起如鵝子大，按之堅如石，痛欲死。兄曰：「補之乎？下之乎？」予對曰：「下之則死，補之則甚，第可潤之耳。」兄曰：「得之矣。」用人參、地黄、當歸、芍藥、甘草、麥門冬、枸杞子、丹皮、煨薑飲之，即熟睡，醒覺寒慄發戰，汗沾被席，遂失臍腹硬塊所在，痛止熱解。翌日下黑矢而愈。

會得「陰氣外溢則得汗，陰血下潤則便通」之義，方知東莊此案中，「第可潤之」一語之妙。其「下之則死，補之則甚」二語，雖是專就此症而論，然足與景岳「實而誤補，不過增病，病增者可解；虚而誤攻，必先脱元，元脱者無救矣」數語合璧也。

長姓者患齒衄及手足心熱

一長姓者，好學深思士也。年十八，歲杪得齒衄及手足心熱，恍惚不寧，合目愈甚。

盜汗胸前出如油，間或夢遺，或不夢而遺。伊叔録脉症求方。予曰：「脉不敢憑，據所示症，乃三焦包絡火游行也。試用後方治之。」方用連翹、黄芩、麥冬、生地、丹皮、丹參、茯苓、石斛、滑石粉、辰砂、甘草、白豆蔻仁等，服七劑而愈。及明年，用功急迫，至夏其症復發，就便醫治。皆云不足症，用温補腎經及澀精等劑，服之日劇。又進温補腎經丸料觔許，愈劇，至不能立，立則足腕下刺痛。見者洶洶，謂爲弱症矣。始疑俗醫之謬，乃駕舟就診。予曰：「尊體雖尫羸，而面色憔悴之中，精神猶在。」已診，問曰：「近服何等湯劑？」出示方，予曰：「生藥舖矣，何得不凶？且少年樸實人，何必用温補？」曰：「手足心熱，奈何？」曰：「勞心人大抵如是。」曰：「夢洩則奈何？」曰：「夢洩，人人各殊。子乃心腎不交所致，與夫盜汗恍惚等，皆三焦包絡之火游行而然，藥宜清涼。」遂用連翹、生地、黄芩、丹皮、茯苓、丹參、甘草、升麻、石斛、麥冬、北五味、燈草，服十餘劑，又用麥冬、熟地、生地、滑石、石斛、茯苓、芍藥、丹參、神麯、辰砂作丸，守服而愈。

血從齒縫中或牙齦中出，名曰「齒衄」，係陽明少陰之症。蓋腎主骨，齒者骨之標，其齦則屬胃土。又上齒止而不動屬土，下齒動而不止屬水。凡陽明病者，口臭不可近，根肉腐爛，痛不可忍。血出或如湧，而齒不動摇，其人必好飲，或多啖炙煿肥甘，豢養所致。内服清胃湯，外敷石膏散，甚者服調胃承氣湯，下黑糞而愈。或有胸虛熱者，以補中益氣加丹皮、黄連亦得。少陰病者，口不臭，但浮動或脱落出血，或縫中痛而出血，或不痛，此火乘水虚而出，服安腎丸而愈。余嘗以水虚有火者，用六味加骨碎補；無火者，八味丸加骨碎補，隨手而應。外以雄鼠骨散敷之，齒動復固。又小兒疳症出血，口臭肉爛者，蘆薈丸主之。

東莊此案，可爲凡症屬三焦包絡之火游行者，立一準繩；并可使慣用温補者，推而廣之，不致誤以此火認爲無根之火，故從西塘治法備忘稿中録存之。

古人立一方，必有一旨。若近來醫方，見某病即用某藥，一方中必下數十味，直是一紙藥賬矣。案中「生藥舖」一語，快極。

許開雍病齒

新安許開雍病齒，上齦從耳根痛起，便苦楚不可耐。醫用平胃降火藥，日增劇。予診之，關滯而尺衰，授方以熟地黄爲君，杜仲、枸杞子、女貞子、甘草、黄檗、山藥、山茱萸爲臣佐。其尊人青臣舉以問醫曰：「此方何如？」醫云：「大謬，不可服。」問其謬狀，曰：「齒病爲陽明之火，與腎何干，而俱用補腎藥耶？」青臣曰：「果爾，則吾知此方之妙矣。」乃更邀予往視之。余曰：「病見於上，而治當從下起。此有步驟，不可責速效也。」青臣曰：「唯命。」乃仍用前藥數劑，繼用人參、白术、茯神、甘草、白芍藥、棗仁、遠志肉、當歸、黄芪、牡丹皮數劑，痛已減而未去也。予診其兩尺已應，右關以上皆平和，惟左關尚鬱塞，曰：「今當爲君立除之。」遂用補中益氣湯加龍膽草，即愈。後小發，復加減前方愈之。因囑之曰：「此雖小疾，而其根在下，當謹調攝，無使頻發也〔八〕。」青臣以爲奇，亦令予診脉，得風木之氣太過，法當即見痰症矣。微言之。未數日，夜間痰忽上湧，如中風狀，遂復召予診。脉洪弦而堅。予曰：「此類中風根也。今發幸輕，且精力尚强，實培脾土則風木自能退聽，可無害也。但杜征南所謂『平吴之後，正煩聖慮』耳。」乃用六君子湯，合玉屏風散與之，數帖而愈。予謂宜連服百餘帖，及都氣丸二三料，以絶其株荄。俗儒阻之曰：「服參過多，補住痰涎，禍不旋踵，不可從也。」因猶豫停止，然頗慎調攝，今幸無恙。

症見齒上齦從耳根痛起，診得關滯尺衰，在吾輩處此，必當投以大甘露飲，去茵陳、枳殼，而加柴、梔、丹皮矣。乃始則不用甘露而用左歸，繼又不用逍遥而用歸脾，後復不用歸脾而用補中，何令人莫測也。然細按之，則見其主方之當，加味之精矣。

孟舉僕錢姓者患夢洩肝脹

孟舉僕錢姓者患夢洩不止，夜熱羸弱。予用甘温治之，夢洩頓愈，惟夜熱未除。他醫進清凉之藥，身大熱，下利膿，腹痛不可忍。更醫治痢，雜薑、桂、芩、連，益狼狽，下鮮血，或如屋漏，或如豬肝，或如魚腦汁。復迎予視，脉數大而堅，此挾虚感熱，醫不得次第，致血虛而毒盛也。與當歸、丹皮、芍藥、澤瀉、茯苓、地黄，加黄連，數劑而痢止。時適與友人集公所，其家人馳至曰：「頃忽增一病，患小便内痛，點滴不能便，便後痛愈甚，正號呼牀席，求急解之。」予思良久，問：「痛連少腹乎？」曰：「否。」予曰：「吾知之矣。」急歸，取丸子兩許，令急吞之。下咽少許時，痛若失而便通矣。孟舉驚問何藥，其神如是？則「金匱腎氣丸」也。孟舉曰：「芩連、桂附，兩者冰炭，他人用之兩敗，而今則兩以奏功，何也？」予曰：「此所謂次第也。毒傳脾腎，不先解之，而驟用薑桂，則其焰益張，不得已用寒涼救之，熱毒既去，虛症乃見。命門無氣，腎將敗矣，故急以桂附回之也。」孟舉曰：「焉知便痛非毒甚乎？」予曰：「毒甚，則必下利仍頻，體反加熱矣。未有痢止身涼、食進而毒甚者，故知其非也。且毒甚而痛，乃火逼膀胱而致，則必痛連少腹。今少腹反不痛，故知其爲腎氣寒也。」孟舉驚案稱善。越數日，其人正飯，與人爭誶，復大發熱，此木抑土虛而食復也。與補中益氣湯，熱漸退，但不寐，左横骨下堅硬，飯食過之倶有礙。適有醫者過其門，令診之，曰：「傷寒心下痞，不當用參、朮。」孟舉問予，予笑曰：「渠輩慣誤下人，故熟此症。予未嘗妄下，故不識也。」孟舉曰：「吾固知其非，姑舉爲一劇耳。請問此何病也？」曰：「是爲肝脹。」曰：「得毋抑積停滯乎？」曰：「如所言，當連右骨下。」曰：「飲食不經於肝，過之而礙，何也？」曰：「肝怒則葉張，右侵於胃，胃虛受侵，賁門側寒，故礙也。經不云乎：『肝大則逼胃迫咽，迫咽則苦膈中且脅下痛，肝高則支賁切脅，悗爲息賁。』此之謂也。」乃以加味歸脾湯吞八味丸，加補骨脂、吴茱萸、杜仲等，飲之而平。

其反覆辨症處，遡流窮源，既極精透；其次第用藥處，得心應手，又甚神奇。此等案一出，真可拓後學之心胸，擴群醫之見解。識者諒不以予言爲阿其所好也。

每驗怒氣易動者，最多肝脹一症，其左脅骨下痛而有塊，扁大如痞，實非痞也，乃肝葉血燥，不肯下垂故也。

董雨舟勞力致感頭痛發熱

吾友董雨舟夏月搗膏，勞力致感，頭痛發熱，服解表之藥不效。其長君方白來問予，予曰：「子不觀東垣脾胃論乎？服補中益氣，加北五味、麥冬，自愈矣。」如予言，服之頓安。復起作勞，仍發熱頭痛，别用清解藥，增甚。予同葉御生往候之，四肢微冷，胸腹熱甚，煩悶，腰墜下，少腹脹痛不能小便。時旁觀者謂重感風邪所致，力主發散。予曰：「虚邪内鬱，正以勞倦傷中，真氣不足，不能託之使盡出，又遇清涼，其火下逼膀胱，責及本藏，故然。安可攻也？請以滋腎飲子合生脉散與之，何如？」御生論與予合，竟投之，得睡。醒，熱解，小便通矣。留方補之而别。翌日方白至，云：「内熱時作，煩悶頭痛，亦間發不盡去。」予曰：「餘火未散，移熱於上也。」用軟柴胡、人參、白朮、黄連、丹皮、甘草、茯神等而愈。

不能小便一症，除合補中合生脉症外，其餘非寒結膀胱，即熱逼膀胱所致，其辨驗全在少腹。如不能便而痛連少腹者爲熱，少腹不痛則爲寒。故同見是症，而前案以益火取效，此案以滋水得功。炎上潤下，判若天淵，互相研究，愈見前輩因症制方，一綫不走之妙。

董雨舟内人感症成瘧

未幾，其内人亦病感症，久不瘳。予用清肝醒脾之藥，病解。復患瘧，用六君子治之，不應；用補中益氣加半夏治之，又不止。予請再診之，曰：「得矣，此鬱火爲瘧也。」用龍腦葉、貝母、黄連、丹皮、生白朮、茯神、生芍藥、當歸、甘草、陳皮、柴胡，即安，復用補中益氣湯加黄連，數帖，遂健如常。

經云：「木鬱則達之，火鬱則發之。」加味逍遥散正所以透發鬱火之的劑也。然此案不用山梔而用黄連者，以山梔屈曲下行，不若黄連運用在上，尤能達心胃之鬱也。其復用補中者，升木以培土也。其又加黄連者，左金以平木也。前輩臨一症必尋其源，處一方必求其當類如此，學者須逐案細心參究之。

徐方虎妹唇焦舌黑體熱痰急

吾友徐方虎以妹病召予。病已浹旬矣，切其脉，弦而數，唇焦黑，生皮如蝙蝠翅，剪去復生。齒枯，舌黑如炭，中起刺，狀如焦荔枝殼，體熱痰急。予曰：「此小柴胡症也，何遽至此？豈服苦寒攻伐之藥耶？」方虎述病狀曰：「初病寒熱起，月事適至，醫用發散未效；繼用大柴胡下之，利行而病不解，舌始燥；始痰起填膈，又用陷胸加化痰藥，又不效，熱益甚；乃用三黄合犀角地黄湯服之，舌始黑，唇始生皮，煩惋不得卧。今當如何？」予曰：「少陽之邪，不得上達，熱抑在下，病及衝任。以苦寒逼之，火急水爍，逆乘於上，腎肝竭矣。」乃投熟地、生地各一兩，當歸、芍藥、丹皮、茯苓、山藥、麥冬、山萸肉、甘草佐之，頓安。而唇舌症未退，予曰：「無慮，得汗而便即解矣。」曰：「前已下而益甚，今何言便解也？」予笑曰：「正唯此處須讀書耳。」遂大進參、芪、歸、朮而汗至，下黑矢甚夥，諸症悉退。唯痰尚多，舌胎尚有未盡，每至夜則煩惋不了了。予曰：「此衝任病未解也。」仍用初方，加芍藥及桃仁泥各三錢，一劑而起。

據所述病狀云「初病寒熱起」，則知邪在少陽，顯屬小柴胡症矣。斯時若以小柴胡湯養汗以開玄府，使少陽之邪得以上達，何至熱抑在下，而病及衝任哉？即病及衝任，經水適來矣，不以苦寒逼之，而仍以小柴胡湯加歸尾等調之，又何至脣焦舌黑，變出爾許肝腎陰虧之危候哉？然此等處，吾不咎若輩之悍於誅伐也，咎若輩之昧於審症耳；并不咎若輩之昧於審症也，咎若輩之誤於讀書耳。東莊醫道得力於四明，四明於「左歸飲」條下云：「傷寒舌黑脣焦，大渴引飲，此必服攻伐寒涼之藥過多也，此方主之〔九〕。」今即就此一案，一一按其論病處方，足見高、吕兩家，固自心心相印也。

徐方虎病三陰瘧

時方虎病三陰瘧，已四年矣，幸所治皆武林名醫，服藥得法，不至潰敗。用人參幾十餘斤，然年久病深，至此遂不能支，形肉盡脱，飲食不進，每覺有氣從左脅上衝，即煩亂欲脱，奄奄幾殆。乃重用桂、附、芍藥、地黄，加以養榮逐翳之藥，冬至日，正發期，是日遂不至。

四明治久瘧不愈，諸藥不效者，以養榮湯送八味丸，仍於湯中加熟附子一錢，謂十劑必除。東莊亦云久瘧用補中益氣不效者，八味丸有神應。予每得其力。按八味丸乃益火之原以消陰翳者，然則案中所謂養榮逐翳者，固即祖四明以養榮湯送八味丸之家法也。而其愈於冬至日者，蓋陽生於子，陽回則陰自退舍耳。

徐方虎適蔡氏妹病感症

未幾，又有適蔡氏妹病感症，遣力迎予。時以事滯武林，不得往，來促數次，及予至，則病亟矣。方虎道病狀，謂：「此病甚怪，攻之不可，補之不可，調和之又不可，真反覆無計。」予曰：「攻法吾可臆度得之，請問其補法、調法？」方虎曰：「始用疎表及降火清痰之劑，半月愈甚，胸前脹痛；用溫膽湯及花粉、瓜蔞等，此調劑也，服之嘔逆，痰氣反急；昨用理中，加肉桂、延胡索、陳皮、枳殼、香附、半夏等，此補劑也，服之痛結不可忍，至今號呼不絕。醫謂調補不應，治法窮矣。」予笑曰：「所謂補與調和者是耶？無論理中湯外加入破氣傷胃之藥，反益其痛，即理中湯中甘草一味，若蚘發作痛，即非所宜。不記仲景安蚘散去甘草加椒、梅乎？」方虎曰：「向多蚘結症，今補不止，無疑矣。然則如何？」余曰：「吾仍用理中湯，去甘草，加白芍藥三錢，木香五分。」進之，痛減半。按其脉細數甚，口渴欲飲，水不能咽，進湯啜吐，手足時冷時熱，面顴嬌紅不定，體如燔炙。余曰：「此邪火內沸，怒木乘土，五陽火隨之上燔，下爍真陰，龍雷飛越，以藥敺之，陽格於外，伏陰沍結而致。」遂將大八味丸作飲與之，曰：「得汗病已。」黄昏初服藥，少頃，方虎出曰：「服藥訖，即少睡。看面上嬌紅，立退爲白，頃乃索被蓋。」予曰：「俟之，汗至矣〔一〇〕。」及三鼓，有老嫗叩門曰：「此刻熱急氣促，煩亂不可言，請再進視之。」予曰：「無庸，吾欲卧，無擾我。」至黎明起，診之，脉緊數至八九至。予曰：「汗已汩矣〔一〕，而虚不能發也。」急煎人參一兩，黄芪、白朮、當歸、白芍、五味子、甘草爲佐，飲之，汗大至沾席。余曰：「未也。」次日再服，汗又大至，通身如雨，諸症頓愈。方虎曰：「前之甘草不宜服，今兩劑俱重用甘草，何也？」曰：「初胃中氣血攻竭，空虚寒凝，故蚘發而痛，得甘則蚘愈昂上，故不可。今得濡潤之藥，胃氣沖和，蚘頭下伏，雖濃煎甘草汁數盃飲之，何害哉？法不可執，類如是也。」方虎歎以爲精言。

同此一症耳，且同此一方耳，他人用之而痛益甚者，名手用之而痛即減。可見凡方加減，俱有精義，不可不細講也。

沈凝芝内人類中風傷臟

沈凝芝内人時當就卧，忽作寒熱，至夜半即不能言，喘急。醫視之，或以爲感傷，或以爲往來寒熱，氣逆痰結，用烏藥順氣散，不效。邀予視之，則聲如曳鋸，手撒遺溺，口開不能言，自汗如雨。余曰：「此類中風也，已傷臟，不可治矣。」凝芝曰：「即無救理，應用何藥？」余曰：「初發，即當用易簡烏附子散，今無及矣。」凝芝自進之，喘聲忽止，且稍發語，疑尚可救，予曰：「五臟俱絶，今得參附，氣少甦耳，終無濟也。」果三日而歿。

甲午館安邑。九月間，仲弟以痢病，誤殺於庸手，悲憤交集，始究心醫理。至冬底十有二日，館尚未解，而家君復以先母中風，遣人走召，迨歸時則五臟俱絶，與是案所列諸症具見無異矣。急煎參附等劑，挖而灌之，不能挽也。翌日酉刻遂歿。因思病未見之先，與暴發之際，予若在家，或有挽回。乃以十數金薄資，遠館外邑，致抱無涯之戚，仰天錐心，恨何如之！每閲此案，不禁潸然淚下。

沈凝芝側室病傷寒神情昏憒

未幾，其側室復病傷寒，繼壯熱不止。醫疎散之，愈甚。神情昏瞶，不寐。凝芝恐蹈前轍，憂甚。予往診之，曰：「此則感症，無妨也。然起於勞倦，不當重虛其虛。」即投以參、朮等藥，得汗，神情頓清。次用地黄飲子，下黑矢，熟寐。唯熱尚未盡退。余曰：「此甚易事，於昨方中加炙甘草一錢。」如言即安，觀者皆以爲奇。繼以滋腎養榮等藥，調理復初。

汗以參、朮，下以地黄，除熱以炙甘草，此等治感症法，在病家未有不以用補爲嫌，旁觀未有不以用補爲異，即令庸醫見之，亦未有不駭然吐舌者，然其中有妙義焉。蓋感症而起於勞倦，則非助正無以託邪也，非滋陰無以潤便也，非甘温難以除熱也。彼惟不知此義，故妄駭以爲奇耳。

勞仲虎勞倦致感體寒熱口苦

姊丈勞仲虎初夏勞倦致感，體作寒熱，口苦，醫用重藥發散之，復用山查、厚朴、枳實、花粉、瓜蔞、半夏之屬攻其中，熱益甚，痰嗽喘急，語言無序。予往診之，曰：「誤矣。」急止其餘藥，重用滋水清金之藥，一服而痰嗽漸退，神情覺清。次日往診，脉浮洪而數，語急遽而收輕，手指時作微脹。予曰：「此皆虚症也。邪未嘗入陽明，而先攻之，傷其元氣，邪反隨而入陽明矣。重虚其虚，愈不能鼓邪外出。今雖稍定，夜必發譫妄，當急以人參救之。」適篋中所帶不多，止用人參二錢，黄芪一兩。至次日，家人來言：「夜來甚悖亂不安，其勢甚迫，似不可救。」予曰：「無妨，參力不足故耳。」時鼓峰在邑，予拉之同往。曰：「汗已至矣，何慮爲？」乃用參兩許，仍入前藥進之，其親友猶議參之與痰喘譫妄相背也。予與鼓峰曰：「無庸疑，吾輩在此坐一刻許，待其汗至而别，何如？」衆在猶豫間，因出酒食，過午，舉盃未盡，内出報曰：「汗大發矣。」是夜熱退，痰喘悉平。繼用補中調土之劑而起。

此症與前案，俱係勞倦致感，則得病之源，彼此固無或異也，乃其治法則兩不相同，何哉？蓋前案未經庸手發表攻中，則陰液尚未受傷，故宜先以參、朮補中之劑，鼓邪外出。此症則發表既多，攻中又峻，其熱益甚者，火得風而愈熾也；其痰嗽喘急者，陰被刼而益虧也。若遽投以參、朮補土之劑，而不先以滋水清金之藥，則陰液必亡，而氣自何生？汗從何化乎？夫藥之後先，即關病之生死。甚矣，用藥者不可不講次第也！

從子園丁咯血

從子有園丁，忽咯血求診。視其血，鮮紅中間有紫小塊。脉之濡濇，色白。問胸中作惡否？曰：「然。時頗作痛，直映至背〔一二〕。」予曰：「知之矣。」用桃仁泥三錢，紅花三錢，合理中湯，加肉桂一錢。戒之曰：「頻服之，必有黑血大至，待黑盡而鮮者來，乃再來告。」園丁如言，吐瘀積數升〔一三〕，胸痛即平。復再求診，則脉圓實矣。與以理胃養榮之劑，復用填補命門丸子一料，全愈。

治吐血一症，大法有三，然其要只在胸中辨驗。如胸中作惡者，乃七情飢飽勞力等因也；胸中作痛者，乃瘀血抑蓄，折土而奔注也；若不見惡心，不見胸痛，而驟湧出者，乃傷寒變熱，迫竅而出也。今案中血見紫塊，脉見濡濇，則症屬蓄血，東莊固已了了。而問及胸中，又云時頗作痛，則其爲蓄血也，愈明白無疑。而去蓄利瘀之劑，自宜投之立應矣。

明村王義方醫學甚明，其室人患血症，因氣禀怯薄，自進歸脾、養榮等劑，咯血如故，痰嗽殊甚。邀予診之，脉俱濇滯。予曰：「據脉論之，其血色當見紫黑，胸中必有微痛。」義方曰：「誠如所言。」予曰：「此蓄血症也。」遂用此案法治之。一劑而血見鮮紅，脉見充潤矣。仍用歸脾、養榮、都氣等，三十餘劑，諸症悉愈。附識以見前輩成案，俱是後學楷模，第變通則在善學耳。

孫子用患下血體熱

孫子用久患下血，夏末忽滯下，口渴，不飲食，繼而體熱，脉洪數。余曰：「若論滯下，則諸症皆死候也。今在下血之後，則不可盡責之滯下，當變法治之。」先用白朮、茯苓、山藥、神麯、薏苡仁、陳皮、甘草等藥，强其中以統血；次用黄連、澤瀉、黄芩、丹皮等藥，以解鬱積之熱；後用熟地黄、當歸、芍藥等藥，以復其陰。次第進之，乃痊。

開手便用白朮等以助脾，則其久患下血者，脾虚不能統血也。然其人必素多鬱結者，鬱久則積而生熱，故又患滯下耳。其實原只一串也。彼頭痛救頭，脚痛救脚者，試從此參之。

吴弁玉患寒熱肝鬱致感〔一四〕

吴弁玉偶患寒熱，旋至熱不退，胸中作惡。予診之曰：「此肝鬱而致感也。」遂用加減小柴胡湯，一劑減半，次進柴胡地黄飲子。予適欲往旁邑，遂留數方與之：次日仍用地黄飲子，後日用六君子湯加黄芩，再後日用補中益氣湯，加黄芩調之。且戒之曰：「明日若尚有微熱在内，則後日須再用地黄飲子一帖，而後用六君子湯，後皆有次第，不可亂也。」弁玉因服地黄飲子，覺熱已退盡，遂竟用補中益氣湯一帖，是夜即煩熱不安。弁玉曰：「用晦言有次第，果不可紊。」仍用地黄飲子，即安。然後依次服，至第三日，再用補中益氣湯，泰然得力矣。時予尚未歸，弁玉覺病後煩怒易動，體時虚劣，與友人商之，言今可改用歸脾湯矣，如言服之。予歸診之，曰：「今脉已無病，但夜寐不着耳。」弁玉驚曰：「正苦此，奈何？」予曰：「當用加味歸脾湯。」弁玉曰：「今已服此方而未效，何也？」予曰：「君試服我歸脾湯，自愈矣。」一劑而鼾睡達旦。

閲此案，愈見處方必有次第，其序不可稍亂。然方以立法，法以制宜，則方中之分兩，須有圓機焉，必當相所主以爲輕重也；方中之加減，皆有妙義焉，必當參兼症以爲出入也。予於是編，但列某方、某藥及加減法，而不填注分兩者，非敢略也，意正爲此耳。

沈禹玉妻寒熱鬱火虚症

杭人沈禹玉妻夏月發寒熱。迎邑醫治之，則以爲瘧也。時月事適下，遂淋漓不斷。醫又以爲熱入血室，用藥數帖，寒熱益厲，月事益下，色紫黑，或如敗醬。醫且云服此藥勢當更甚，乃得微愈耳。其家疑其説，請予診之。委頓不能起坐，脉細數甚，按之欲絶。問其寒熱，則必起未、申而終於子、亥。予曰：「此鬱火虚症耳。」因出彼藥示，則小柴胡湯也。彼意以治往來寒熱，兼治熱入血室也，又加香薷一大握，則又疑暑毒作瘧也。予不覺大笑曰：「所謂熱入血室者，乃經水方至，遇熱適斷不行，故用清涼以解之。今下且不止，少腹疞痛，與此症何與，而進黄芩等藥乎？即灼知熱入血室矣，當加逐瘀通經之味，香薷一握，又何爲者？」予用肉桂二錢，白朮四錢，炮薑二錢，當歸、芍藥各三錢，人參三錢，陳皮、甘草各四分，一服而痛止經斷，寒熱不至，五服而能起。惟足心時作痛，此去血過多，肝腎傷也。投都氣飲子，加肉桂、牛膝各一錢而全愈。使卒進前藥，重陰下逼，天僵地拆，生氣不内，水泉冰潰，不七日死矣！乃云更甚、方愈，夫誰欺哉？庸妄之巧於脱卸，而悍於誅伐如此夫！

以小柴胡湯治往來寒熱，兼治熱入血室，彼且以爲見病治病，藥甚對症矣。乃寒熱益厲，月事益下，直非對症者。蓋其所爲治病者，本非其治；其所爲見病者，實未嘗見耳。案中辨駁爽快分明，每讀一過，心胸爲之一拓。

朱綺崖大熱發狂昏憒暈絶

桐鄉朱綺崖文戰苦久，得補餼，臨闈適丁内艱，哀毁憤鬱，幾不自勝。旋又以内病憂勞，百感致疾。初發寒熱，漸進不解。時方隆夏，醫進九味羌活湯，不效。又易醫，大進發表消中之藥，凡狠悍之味悉備，雜亂不成方。三劑，勢劇。又進大黄利下等物，下黑水數升，遂大熱發狂，昏憒暈絶，湯水入口即吐。其家無措，試以參湯與之，遂受，垂絶更甦。次日予至，尚潰亂不省人事。承靈、正營及長强俱發腫毒，時時躁亂。診其脉數而大。予曰：「幸不内陷，可生也。」遂重用參、芪、歸、朮，加熟地一兩許。時村醫在坐，欲進連翹、角刺等敗毒藥，且力言熟地不可用。其家從予言進藥，是夜得卧，次早神情頓清。謂予曰：「吾前竟不解何故卧此，今乃知病也，心中如夢始覺矣。」又次日，脉數漸退，煩躁亦平，但胃口未開，腫毒礙事，旬日未便。予曰：「守服此，諸症悉治。」因留方及加減法，且囑之曰：「毋用破氣藥以開胃，苦寒藥以降火，通利藥以起後，敗毒藥以消腫，有一於此，不可爲也。」出邑，晤陸大勝，云：「兄功效及用藥已聞之矣，但邑醫議用黄芪、熟地，將來必發癰，果否？」予曰：「學術膚淺，初不知二藥能發癰。」於是恨張、劉、李、朱諸名家之論猶未備，而且恨東壁綱目一書，如許大疎漏也。大勝爲之鼓掌。因問綺崖病狀，予曰：「七情内傷，而外感乘之，傷厥陰而感少陽，從其類也。醫不問經絡而混表之，三陽俱敝矣，然邪猶未入府也；轉用枳實、厚朴、山查、瓜蔞之屬，而邪入二陽矣，然陰猶未受病也；用大黄、玄明粉，而傷及三陰矣。究竟原感分野之邪，不得外洩，輾轉内逼，中寒拒逆，勢將大壞。幸得參扶胃氣，鼓邪外發，其發於承靈、正營者，仍本經未達鬱怫之火也；其發於腰俞、長强者，乃下傷至陰凝冱而成也。」大勝曰：「諸醫方攻前參湯之爲害，而歸功於清解，今方將用清火消毒之藥耳。」予曰：「若輩烏能知此？毒之得發者，參之功也。今毒之麻木未塌，將來正費調理者，乃若輩清解之害也。急服參、朮，庶得起發收功。若再清火消毒，毒仍内陷，不可救矣。」乃如言守方服之而愈。

其囑咐周匝處，可爲瘍科藥石；其辨駁透快處，可爲粗技針砭；至其叙論病情處，因流以遡源，其間陰陽内外經絡穴道，分晰曲盡，與四明治發背一案，洵稱合璧。

細玩此案，則此症一綫生機，全在參湯一試，得以鼓邪外出，發爲腫毒，而不内陷耳。庸技反爲害事，而歸功於清解，煞是可笑！

朱綺崖弟患左眼痛連腦

時綺崖弟患左眼痛連腦。醫以頭風治之，不解。初時發寒熱，後遂壯熱不止。予診之，曰：「火伏於内，風燥泉涸，木乃折矣，非得汗不解也。」或曰：「汗須用發表藥，獨非風燥乎？且發汗藥須擁被悶卧乃得，身熱甚，苦此，奈何？」予曰：「庸醫汗藥皆屬强逼，故須擁被悶卧，然而汗不可得也。予藥非此類，雖薄衾舒體，時雨自至，豈能消遏哉？」乃用龍腦白朮飲子，夜分大汗淋漓，次日頭目爽然矣。

龍腦白朮飲子無從考核。有謂即趙氏加減逍遥散，亦未知是否？然按其案中所列症議，則其治法，必不出木鬱達之、火鬱發之二義，而其方意，亦可意會矣。

楊鹿鳴跋

四明、東莊兩家，其活人之奇驗，傳聞於人口者，不可殫述。是編所集計共五十八案，則尤擇其名言創論，闡發軒岐理奥，奇功異績，開拓後學心胸，無一不足以爲天下後世法者也。識者逐案研究，則其間診法之神，驗症之精，處方之當，應自得之，而吾大兄所以公世之心，亦不無小補云爾。同懷弟鹿鳴謹識。

録自楊乘六編醫宗己任編卷五，道光十年刻本。内中評注文字係楊乘六作，標題係整理者所擬。按，楊乘六，字以行，號雲峰，西吴（今屬湖州）人。精於醫，尤擅脉診。著臨證驗舌法、潛村醫案等。又按，東莊醫案中「陳紫綺内人半産胎衣不下」、「錢嶢都子病疹泄瀉」、「吴華崖先生館僮熱症」、「吴尹明子患夜熱」、「從子在公婦半産惡露稀少」、「吴維師内人患胃脘痛」、「長姓者患齒衄及手足心熱」、「方虎病三陰瘧」、「方虎適蔡氏妹病感症」、「孫子用患下血體熱」、「吴弁玉患寒熱肝鬱致感」、「朱綺崖大熱發狂昏憒暈絶」、「綺崖弟患左眼痛連腦」諸則，魏之琇輯入續名醫類案（該書後收入四庫全書）。續名醫類案卷三一另有一則，東莊醫案未載，文曰：「吕東莊治曹思遠内人，月水不至四月矣，腹痛不止，飲食少進，醫作胎火治。吕曰：『此鬱血也。然氣禀怯弱，當補而行之。』用八珍湯三大劑，果下血塊升許，腹痛猶未除也。以大劑養榮等藥調理，而痛除食進。」曹思遠疑爲曹遠思之訛。曹廣字遠思，晚村親家曹度字正則之弟。録附於此，以供參考。

【校記】

〔一〕愈　原作「虚」，據續名醫類案卷三四改。

〔二〕時　原闕，據續名醫類案卷三四補。

〔三〕二　續名醫類案卷四二作「三」。

〔四〕續名醫類案卷八此條引至「病霍然已」止。文末魏之琇評曰：「琇按，先補而下，再補而汗，治法固善，此症在初時數劑，能與天水瀉水並行，定不致如許決張。」

〔五〕愈　續名醫類案卷二〇作「止」。

〔六〕塊　原作「魂」。

〔七〕續名醫類案卷二四此條文末魏之琇評曰：「琇按，高、吕二案，持論略同，而俱用滋水生肝飲子。予早年亦常用此，却不甚應，乃自創一方，名一貫煎，用北沙參、麥冬、地黄、當歸、杞子、川楝六味，出入加減投之，應如桴鼓。口苦燥者，加酒連尤捷，可統治脇痛、吞酸、吐酸、疝瘕，一切肝病。」

〔八〕發　原作「復」，據續名醫類案卷二三改。

〔九〕主　高斗魁四明心法上二十五方主症作「救」。

〔一〇〕汗　原闕，據續名醫類案卷六補。

〔一一〕汩　原作「泊」，據續名醫類案卷六改。

〔一二〕映　續名醫類案卷一六作「牽」。

〔一三〕瘀　續名醫類案卷一六作「痰」。

〔一四〕此條文末魏之琇評曰：「琇按，此等病，予惟以地黄飲子，令服五七劑，永無他患。今必用六君子補中歸脾，以致紛紛，此何故耶？未免呆守立齋成法之過。」

東莊醫論

論小兒慢驚慢脾

小兒慢驚慢脾皆此義，但治法不同耳。高斗魁四明心法中風引「東莊云」

論陰症

陰症者寒邪直入三陰之經，以三陽主氣衰，無熱拒寒故也。三陰各有分症，今人卻以房勞後得病，不分陰陽脈症，輒命曰陰症。致令病家諱言，惡聞此二字，亦可笑矣。房勞得病，乃挾虚感，有陰有陽，非必爲陰也。高斗魁四明心法傷寒引「東莊云」

論瘧疾

久瘧用補中益氣不效者，八味丸有神應。予每得其力，然不若兼服養榮，其效爲尤速也。高斗魁四明心法瘧疾引「東莊云」

論痢疾

凡痢疾初起三日内，可皆用白芍藥湯，立除。此方用之初起三日内，無不立效，無疑於肉桂之大熱，而畏不敢用也。高斗魁四明心法痢疾引「東莊云」

論鼓症

治腫脹任其效否，當以前法爲樞機。疏鑿浚川神等方，非萬分禀濃，形盛氣實，不可妄用，丹溪補脾保肺清火，實不易之則也。高斗魁四明心法鼓症引「東莊云」

論膈症

噎膈亦有食入而吐者，但不同於翻胃之每食必出。翻胃止吐原物，有食必盡，噎膈則或食或痰或白沫酸水，或多或少，或初病不吐，而久之屢作。或吐糟粕，非痰非食非血，若醬汁然者。此上脘下脘枯槁，皆噎膈也。

損庵嘗言大黄治膈之妙，實出至理，但不可施於久病與羸敗者耳。如用，竟合四物湯或麻仁潤腸丸佳。

此症則王太僕之論爲的。壯水之主、益火之原二法，隨症並用。趙氏分噎膈爲無水，反胃爲無火，非也。噎膈但不能食耳，反胃必吐，即出久出，以遲速分也。以上高斗魁四明心法膈症引「東莊云」 第一、三兩條又見醫貫卷五噎膈論，文字稍有異。

論吞酸

吞酸一症，東垣作寒論，河間、丹溪作熱論，世人因有標本之説分屬之。但治酸常得芩連症，薑桂者甚少，豈東垣之法可廢與？緣治初見必用温散，久之寒化爲熱，未有不從熱治也。予特未遇初病者耳。高斗魁四明心法吞酸引「東莊云」

治癇方

東莊治驗方：桃仁一兩去油研如霜，朱砂五錢，川連一兩，礞石稍金色爲度錢半，蘆薈五錢，沉香錢半，寒水石、生黄芩、大黄以上二兩。上用薑汁一茶杯，將大黄切片浸透，於炭火上焙乾，再浸再焙，以收盡薑汁爲度。各研成末，水法爲丸，淡薑湯臨卧時每服二錢。高斗魁四明心法癇症引

治感症方

東莊治一人感症，六七日不解，熱甚，胸滿，不大便，發狂譫語。用熟地八錢，生地、麥冬、白芍各二錢，黄芩錢半，黄連、枳實、濃樸各八分，茯苓、知母各一錢，石膏五錢，甘草五分，生薑三片，竹葉三十片，煎成，入蘆根汁小半鐘。又方：用熟地八錢，生地、麥冬各二錢，花粉、枳實、黄芩、黄連、知母各一錢，石膏八錢，瓜蔞、霜玄、明粉各錢半，薑三片，竹葉三十片。此用白虎承氣之準的也。董廢翁西塘感症感症變病引

以上九則，録自楊乘六編醫宗已任編卷一、二、三四明心法與卷七西塘感症。標題係整理者所擬。

論内經十二官

按内經此篇本爲黄帝問十二藏相使，貴賤何如，而岐伯答之如此。謂十二官各有所司，而惟心最貴；心得其職，則十二官皆得其宜，猶孟子謂「耳目之官不思，而蔽於物」，「心之官則思，思則得之」。蓋心與百體分言之，則各有所官；統言之，則心爲百體之主，即此義也，故曰君主之官，曰主明，文義自見。若謂別有一主，則心已不可稱君主，豈主復有主乎？又謂下文當云十一官，不當云十二官，此拘牽句字而不求其義也。即以經文例之，

六節藏象論云：「凡十一藏取決於膽。」五藏六府，膽已在內，則宜云十藏，而云十一藏，又將别有一膽耶？靈樞邪客篇曰：「心者，五藏六府之大主，精神之所舍。」如趙氏言，亦止應云四藏六府之大主矣，又豈心非其心耶？夫曰君主，曰大主，經中明以心主爲重。惟心主，故可曰明。不明，可曰以養生，以爲天下正，爲神明出焉故也。如以命門爲主，文義皆不通矣。言豈一端，各有所當。内經止就十二官中分别貴賤，相使而言，初無别有一主之意。趙氏欲主張命門爲一身之要，未嘗無説，而必穿鑿經文以附會之，卻不可爲訓。至雜援儒異以强合自文，更失之矣。凡論學論醫，皆不可如此。

論食厥

又有食厥者，飲食自倍，適有感觸，胃氣不行，陽併於上。其症上半身熱，腹悶，或心煩頭痛，自臍以下至足冷如冰鐵，擁爐不熱，醫以爲陰寒而温補之，必斃。此足陽明氣逆作厥也，故兩手不逆冷，平胃加減保和丸主之。

論傷寒

當看傷寒論原本及婁全善綱目，近日喻嘉言尚論篇亦有發明。此篇與張景岳之論皆本薛新甫，並宜參究，不可求簡捷，守一説以誤世。

太陽經在最外一層，故邪入皮毛，即先傷之。皮毛不能傳變，由太陽之絡傳經而後內入諸經也。邪客於皮毛，即玄府閉。人身藏府之氣，無刻不與外氣通，故和暢。玄府閉，則內氣不能泄而生熱，非風寒能變熱也。此時但發其皮毛，玄府開而邪隨汗散矣。麻黄桂枝，汗皮毛之方，非解中之方也。表不解則熱積而日甚，從本經反而之內，及各經井榮俞原合交會之處，則熱交於他經，而各經病見矣。

肌肉不能傳變，肌肉之中皆經絡也。經絡皆謂之中，裏則府藏，表則皮毛。府藏之氣血惟經絡傳達，外邪之壅熱亦惟經絡傳變，故陽明、少陽皆從中治。中者，經病，非胃與膽病也。經病用和解，和解亦必由汗散，然非開發皮毛之法矣。蓋邪初客表，經中陰津未傷，但啟其竅而汗自通；及熱傳中經，血液燔爍，竅雖啟，而汗爲熱隔，不能達外。庸工不知，尚用風熱之藥以發其表，益助熱而耗陰，汗原乾涸，究竟不得汗而斃者多矣。仲景和解只清解熱邪，而津液自存，陰汁既充，涌出肌表，而外邪自然涣散。此養汗以開玄府，與開玄府以出汗之迴乎不同也。

熱既入裏，離表已遠，驅出爲難，故就大便通泄其熱，從其近也。得汗而經熱從汗解，非汗爲害，而欲袪之也。便矢而府熱從矢出，非矢爲難，而欲攻之也。醫不察此，專與糟粕爲敵，自始至終，但知消尅瀉下之法，禁絶飲食，惟求一便矢，以畢其能事。夭人生命如是者，曰矢醫。

陰症者，寒邪直入三陰之經，以三陽主氣衰，無熱拒寒故也。三陰各有分症，今人都以房勞後得病，不分陰陽脈證，輒命曰陰症，致令病家諱言，惡聞此二字，亦可笑矣。房勞得病，乃挾虚感，有陽有陰，非必爲陰也。

看金鏡三十六舌，當參其意而勿泥其法，然亦有三十六舌之所未及者，即以意通之。凡從陽經傳陰經者，不作陰症，仍從陽經中治。

固有不必傳少陰而亦壞者，即傳少陰，燥實止三條：一則病二三日而燥乾，此陽明急症，故宜急下，非久而傳者可待緩治也；一則自利清水，此熱逼少陰，非少陰不上濟也；一則腹脹不大便，此胃土實致腎水竭，非腎水竭而致胃實也。

論生地黄黄連湯

生地、川芎、當歸、梔子、黄連、黄芩、芍藥、防風。

此方與地黄丸有未合者，予用陽明陰藥治之，甚效。予友高鼓峰造滋水清肝飲，取地黄丸之探原而不膈於中，取生地湯之降火而不犯於下，真從來之所未及。與予法參用，無不應者。

論温病

其實傷寒、温熱瘧皆四時不正之氣太過，不及即是不正，非傷寒别有法也。渴只是津液少耳，乃陽明陰虧也。但津液原於腎胃，陰虧則腎水救之亦涸，故初則當清火而存胃汁，久而敗，乃當責之腎耳。趙氏直命之腎水乾枯，亦甚言之。

論鬱病

鬱理經此公發洩，幾無剩義矣。書中每抑丹溪，然終於丹溪「人身諸病，多生於鬱」一語悟入，何可抑也！

論古方逍遥散

柴胡、薄荷、此味可進退用。當歸、芍藥、陳皮、甘草、白朮、茯神。

以加味逍遥散、六味丸治鬱，自薛長洲始也。然長洲之法，實得之丹溪。越鞠之芎藭，即逍遥之歸芍也；越鞠之蒼朮，即逍遥之白朮也；越鞠之神麯，即逍遥之陳皮也；越鞠之香附，即逍遥之柴胡也；越鞠之梔子，即逍遥之加味也。但越鞠峻而逍遥則和矣，越鞠燥而逍遥則潤矣。此則青出於藍，後來居上，亦從古作述之。大凡如東垣之補中益氣，比枳朮萬全無弊矣，然豈可謂枳朮之謬而禁不用哉？

論歸脾湯

歸脾湯乃宋嚴用和所創，以治二陽之病發心脾者也。原方止人參、白朮、黄芪、茯神、甘草、木香、圓眼肉、棗仁、薑、棗。薛新甫加遠志、當歸於本方，以治血虚；又加丹皮、梔子爲加味，以治血熱，而陽生陰長之理乃備。隨手變化，通於各症，無不神應。曰歸脾者，從肝補心，從心補脾，率所生所藏，而從所統，所謂隔二之治。蓋是血藥，非氣藥也。後人見薛氏得力，亦漫浪效用之，而不解其説，妄爲加減，盡失其義。即有稍知者，亦止謂治血從脾，儱侗統燥健之説，雜入温中劫陰之藥，而嚴、薛二家之旨益晦。四明高鼓峰，熟於趙氏之論，而獨悟其微，謂木香一味，本以嘘血歸經，然以其香燥，反動肝火而乾津液，故其用每去木香而加芍藥，以追已散之真陰。且肺受火刑，白朮燥烈，恐助咳嗽，得芍藥以爲佐，則太陰爲養榮之用。又配合黄芪建中，龍性乃馴。惟脾虚泄瀉者，方留木香以醒脾；脾虚挾寒者，方加桂附以通真陰之陽。而外此皆出入於心肝脾三經，甘平清潤之藥，濟生之法，始無墮義。古人復起，不易其說矣。予特表而著之。

論八味丸説

熟地黄氣寒，味甘、微苦，味厚、氣薄，陰中之陽，手足少陰厥陰藥也。八兩，用真生懷慶酒洗淨，浸一宿，柳木甑砂鍋上蒸半日，曬乾，再蒸再曬，九次爲度，臨用搗膏。山藥氣温，味甘平，手太陰。四兩、山茱萸肉氣平，微温，味酸澀，足厥陰少陰藥。四兩、丹皮氣寒，味苦辛，陰中微陽，手厥陰足少陰。三兩、酒洗。白茯苓氣平，味淡而甘，陽也。白者入手少陰足太陽少陽。三兩、澤瀉氣平，寒甘鹹，味厚，陰也，降也。陰中微陽，手足太陽少陰。三兩、肉桂氣熱，味甘辛，手少陰。枝入足太陽，補下焦，通血脈。一兩、附子氣熱，味大辛，陽之陽。通行諸經，入手少陽三焦命門。一兩。

論张仲景八味丸用澤瀉説

此方加減之法，唯立齋最精，當從醫案中細體之，方悟其變化處一綫不走之妙。

王安道此論亦未得立方之意，趙氏引之止欲證其温補腎火，毫不敢滲瀉耳，於仲景本旨俱不免於顢頇。夫辛甘發散爲陽，酸苦涌泄爲陰，清陽出上竅，濁陰走五臟，製方之原也。此方主治在化元，取潤下之性，補下治下制以急，茯苓、澤瀉之滲瀉，正所以急之使直達於下也。腎陰失守，煬燎於上，欲納之復歸於宅，非借降泄之勢，不能收攝寧靜，故用茯苓之淡泄，以降陰中之陽；用澤瀉之鹹瀉，以降陰中之陰，猶之補中益氣湯用柴胡以升陽中之陰，用升麻以升陽中之陽也。如謂澤瀉亦止取其養臟起陰補虚之功，然則聚凡有補腎之藥以爲方，亦可與此方代興乎？謂諸藥皆腎經，不待接引而後至，是則然矣，人參、黄芪、白朮又豈必待升柴之接引而後至脾肺乎？升降者天地之氣交，知仲景之茯苓、澤瀉，即東垣之升麻、柴胡，則可與言立方之旨矣。

論六味丸説

此純陰重味潤下之方也。純陰，腎之氣；重味，腎之質；潤下，腎之性。非此不能使水歸其壑。其中只熟地一味爲木藏之主，然遇氣藥則運用於上，遇血藥則流走於經，不能制其一綫入腎也，故以五者佐之。山藥，陰金也。坎中之艮，堅凝生金，故入手太陰，能潤皮膚。水發高原，導水必自山，山藥堅少腹之土，真水之原也。水土一氣，鎮達臍下。山茱萸，陰木也。肝腎同位乎下，借其酸澀，以斂泛溢。水火升降，必由金木爲道路，故與山藥爲左右降下之主，以制其旁軼，二者不相離。觀李、朱拆用二味於他方，可悟也。丹皮本手足少陰之藥，能降心火達於膀胱。水火對居，瀉南即益北。而又有茯苓之淡泄以降陽，澤瀉之鹹泄以降陰，疏瀹決排，使無不就下入海之水。此制方之微旨也。仲景原方，以此六者駕馭桂附，以收固腎中之陽。至宋錢仲陽治小兒行遲齒遲、腳軟顖開、陰虚發熱諸病，皆屬腎虚。而小兒稚陽純氣，無補陽之法，乃用此方去桂附，用之應手神效，開聾聵而濟夭枉。明薛新甫因之悟大方陰虚火動，用丹溪補陰法不驗者，以此代之立應。自此以來，爲補陰之神方矣。趙氏得力於薛氏醫案，而益闡其義，觸處旁通。外邪雜病，無不貫攝，而六味之用始盡。然趙氏加減之法甚嚴，又稍異於薛氏。高鼓峰嘗詳論兩家加減之法而附以己意，以授其門人，甚辨，今述之左。

六味丸，薛氏一變而爲滋腎生肝飲。用六味，減半分兩，而加柴胡、白朮、當歸、五味，合逍遥，而去白芍藥，加五味，合都氣意也。以生肝，故去芍藥，而留白朮、甘草以補脾。補脾者，生金而制木也。以制爲生，天地自然之序也。

又一變而爲滋陰腎氣丸。獨去山茱萸，而加柴胡、當歸尾、五味，仍合逍遥、都氣，腎肝同治。然用當歸尾、生地者，行淤滯也。柴胡，疎木氣也。去白芍，恐妨於行之疎也。去山茱萸，不名滋陰者，厥陰也。皆用五味者，雖合都氣，然實防木之反尅瀉丁之義也。去山茱萸，不欲强木也。

又一變而爲人參補氣湯。其義愈變化無窮，真游龍戲海之妙。去澤瀉而加參、芪、朮、歸、陳皮、甘草、五味、門冬。夫白朮之與六味，其化相反，焉得合之？曰從合生脈來，則有自然相通之義。借茯苓以合五味異攻之妙，用當歸、黄芪以合養血之奇。其不用澤瀉者，蓋爲發熱作渴，小便不調，則無再竭之理。理無再竭，便當急生，生脈之所由來也。既當生脈，異攻之可以轉入也。且水生高原，氣化能出，肺氣將敗，故作渴不調，此所以急去澤瀉而生金滋水，復崇土以生金。其苦心可不知哉！

又一變而爲加味地黄丸，又名抑陰地黄丸。加生地、柴胡、五味，復等其分，愈出愈奇矣。柴胡從逍遥來，生地從固本來，五味仍合都氣。其曰耳内癢痛，或眼昏痰喘，或熱渴便澀，而總爲肝腎陰虚，則知其陰虚，半由火鬱而致也。柴胡以疎之，鬱火非生地不能涼，用五味仍瀉下以補金，補金以生水也。曰抑陰，非疎不可，疎之所以抑之，生地涼血，便有瀉義，瀉之所以抑之也。

又一變而爲九味地黄丸。以赤茯苓换白茯苓，加川楝子、當歸、使君子、川芎，盡是直瀉厥陰風木之藥，仍是肝腎同治之法。緣諸疳必有蟲，皆風木之所化。肝有可伐之理，但伐其子，則傷其母，故用六味以補其母。去澤瀉者，腎不宜再洩也。

又一變而爲益陰腎氣丸。加五味，仍合都氣。生地、當歸二味，則從四物湯來。何也？其列症有發熱、潮熱、晡熱，肝血虧矣，焉能再以柴胡疎之哉？最妙在胸膈痞悶一句，緣此症之悶，是肝膽燥火，閉伏胃中，非當歸、生地合用，何以清胃中之火，而生胃陰！若用柴胡，便爲逍遥，入肝膽，不能走胃陰矣。一用柴胡，一不用柴胡，流濕就燥之義，判若天淵，微乎微乎！趙氏則以爲六味加減法須嚴。其善用六味，雖薛氏啟其悟端，而以上變化，概未透其根底，故盡廢而不能用。見其能合當歸、柴胡而去芍藥，則反用芍藥爲疎肝益腎，此則其聰明也。乃謂白朮與六味，水土相反。人參脾藥不入腎，其論亦高簡嚴密，然細參薛氏，畢竟趙氏拘淺。薛氏諸變法，似乎寬活，然其實嚴密，學者當善悟其妙，而以意通之。大旨以肝腎爲主，而旁救脾肺，則安頓君相二火，不必提起而自然帖伏矣。

論八味丸説

此方主用之味爲桂附，即坎卦之一陽畫也，非此則不成坎矣。附雖三焦命門之藥，而辛熱純陽，通行諸經，走而不守。桂爲少陰之藥，宣通血脈，性亦竄發。二者皆難控制，必得六者純陰厚味潤下之品，以爲之濬導，而後能納之九淵，而無震盪之虞。今人不明此義，直以桂附爲腎陽之定藥，離法任意而雜用之，酷烈中上，爍涸三陰，爲禍非尠也。或曰：仲景治少陰傷寒，用附者十之五，非專爲保益腎陽耶？然仲景爲寒邪直中陰經，非辛熱不能驅之使出，附子爲三焦命門辛熱之味，故用以攻本經之寒邪，意在通行，不在補守。

故太陰之理中，厥陰之烏梅，以至太陽之乾薑、芍藥、桂枝、甘草，陽明之四逆，無所不通，未嘗專泥腎經也。唯八味丸爲少陰主方，故亦名腎氣，列於金匱，不入傷寒論中。正唯八味之附，乃補腎也。桂逢陽藥，即爲汗散，逢血藥即爲温行，逢泄藥即爲滲利，與腎更疏。亦必八味丸之桂，乃補腎也。故曰當論方，不當論藥，當就方以論藥，不當執藥以論方。

論噎膈

丹溪合而爲一，固爲未盡。趙氏竟以噎膈爲上腕乾槁不納食，而以嘔吐歸之反胃，則亦不盡其理。噎膈亦有食久而出者，但不同於反胃之每食必出。反胃止吐原物，有食必盡，噎膈則或食或痰或白沫酸水，或多或少，或初病不吐，而久之屢作，或吐出糟粕，非痰非血非食，若醬汁然者。此上腕下腕枯槁，皆噎膈也。

新墅姜爾强久膈幾殆，予於傷寒論悟其法，一服而愈。又變通作丸，以治沈子明之膈，亦效。

此症則王太僕之論爲的。壯水之主、益火之原二法，隨症並用。趙氏分噎膈爲無水，反胃爲無火，非也。噎膈但不能食耳，反胃必吐，即出久出，以遲速分也。

論補中益氣湯

黄芪、當歸、人參、炙甘草、陳皮、升麻、柴胡、白朮。

東垣此方，從潔古老人枳朮丸化出而青於藍者，其加減皆有妙義，法度甚嚴。有即原方加減法，有加減而别立主名法，每於一味二味之出入分别天淵，條例甚精，不可不細考。吾常見粗工輒云用補中益氣湯，及詳其方，截然背謬，不過偶用方中數味耳。即有名手全用此方矣，於中稍加減一二味，便失本指者，又不少也。可不從全書講明其故耶？東垣此方，原爲感症中有内傷一種，故立此方以補傷寒書之所未及，非補虚方也。今感症家多不敢用，而以爲調理補虚服食之藥，則謬矣。調理補虚，乃通其義而轉用者耳。

以上十四則，節録自醫貫，明趙獻可撰，吕留良評點，康熙年間刻本。標題係整理者所擬。

附録

生平資料

行略

呂葆中

嗚呼！先君之棄不孝輩也，已再期矣。日月不居，音容莫及。唯是生平言行之記，闕焉未備，每欲伸紙濡毫，次第梗概，而意氣填塞，弗克宣達。竊念先君立身大節，著在人寰；其學術文章議論，四方學者罔不聞知，固無待於不孝之稱述。惟其緒言遺事，或非外人所盡悉者，兹不筆載，誠恐日久散失疏忘，以至於後之人傳聞異辭，無所考據，是重不孝輩通天之罪也。故敢泣血而書之。

先君諱留良，字莊生，又諱光輪，字用晦，號晚村，姓呂氏。先世爲河南人，宋南渡時，始祖諱繼祖，爲崇德尉，阻兵不得歸，因家焉。十世而至竹溪公，諱淇，爲錦衣武略將軍，先君之高祖也。曾祖諱相，號種雲，沔陽別駕，妣孺人趙氏。祖諱煥，號養心，山西行太僕寺丞，妣宜人郭氏。考諱元啟，號空青，鴻臚寺丞，妣孺人黄氏。初，沔陽公以貲豪於鄉里，倜儻好施。倭寇逼，出藏粟三巨艘以餉軍；又助工築邑城之半，阮中丞表其間，曰「善人里」。公生三子，長爲太僕公。次諱炯，號雅山，泰興縣令。季諱熯，號心源，淮府儀賓，尚南城郡主，是爲先君之本生祖考妣也。本生考諱元學，號澹津，萬曆庚子舉人，繁昌縣令，妣孺人郭氏。繁昌公年六十九而卒。已生子四，長諱大良，字伯魯；次諱茂良，字仲音，刑部郎；次諱願良，字季臣，維揚司李；次諱瞿良，字念恭，邑諸生。卒後四月，而側室孺人楊氏生先君於登仙坊之里第，行第五。於是空青公卒，無子，乃以爲後焉。

先君生而神異，穎悟絶人，讀書三遍輒不忘。八歲善屬文，造語奇偉，迥出天表。時同邑孫子度先生爲里中社，擇交甚嚴，偶過書塾，見所爲文，大驚曰：「此吾老友也，豈論年哉？」即拉與同游。先君垂髫據坐，下筆千言立就，芒彩四射，諸名宿皆咋舌避其鋒。癸巳，始出就試，爲邑諸生。每試輒冠軍，聲譽籍甚。時同里陸雯若先生方修社事，操選政。每過先君，虛左請與共事。先君一爲之提唱，名流輻輳，玳筵珠履，會者常數千人。女陽百里間，遂爲人倫奧區。詩筒文卷，流布宇内。人謂自復社以後，未有其盛，亦擬之如金沙、婁東，而先君意不自得也。

壬寅之夏，課兒讀書於家園之棣花閣。息交絶游，於選社一無所與。時高旦中先生自鄞至，黄晦木先生兄弟自剡至，與同里吴孟舉、自牧諸先生，以詩文相倡和。嘗作詩曰：「誰教失脚下魚磯，心跡年年處處違。雅集圖中衣帽改，黨人碑裏姓名非。苟全始信譚何易，餓死今知事最微。醒便行吟埋亦可，無慚尺布裹頭歸！」人莫測其所謂。至丙午歲，學使者以課士按禾，且就試矣，其夕造廣文陳執齋先生寓，出前詩示之，告以將棄諸生去；且囑其「爲我善全，無令剩幾微遺憾」。執齋始愕眙不得應，既而聞其衷曲本末，乃起揖曰：「此真古人所難，但恨向日知君未識君耳！」於是詰旦傳唱，先君不復入，遂以學法除名。一郡大駭，親知無不奔問旁皇，爲之短氣。而先君方怡然自快。復作詩，有「甑要不全行莫顧，簀如當易死何妨」之句。但曰：「自此老子肩頭更重矣！」於是歸卧南陽村，向時詩文友皆散去。乃摒擋一切，與桐鄉張考夫、鹽官何商隱、吴江張佩葱諸先生及同志數人，共力發明洛閩之學，編輯朱子書，以嘉惠學者。其議論無所發洩，一寄之於時文評語，大聲疾呼，不顧世所諱忌。窮鄉晚進有志之士，聞而興起者甚衆。

顧先君身益隱，名益高。戊午歲，時有宏博之舉，浙省屈指以先君名薦。牒下，自誓必死。不孝輩懼甚，急走謁當事，祈哀固辭，得免。庚申夏，郡守復欲以隱逸舉。先君聞之，乃於枕上翦髮，襲僧伽服，曰：「如是，庶可以舍我矣。」寄清溪徐方虎先生，曰：「弟此病日深，浮生無幾，已削頂爲僧。從此木葉蔽影，得苟延數年，完一兩本無用之書，願望足矣。世間紛紛，總不涉病僧睹聞。」或疑之曰：「先生平生言距二氏，今以儒而墨，將貽天下來世口實，其若之何？」先君亦默然不答。僧名耐可，字不昧，號何求老人。築室於吴興埭溪之妙山，顔曰「風雨庵」。峭壁寒潭，長溪修竹。有泉一泓，構亭其上，題以「二妙」。先君幅巾拄杖，逍遥其間。惟四方問學之士，晨夕從游，有濂溪吟風弄月之意。

顧先君自此亦病甚矣。幼素有咯血疾，方亮功之亡，一嘔數升，幾絶。辛亥以後，遇意有拂鬱，輒作。至庚申夏，方對客語，而郡劄適至，噴噀滿地，坐客咸愕然。自後病益劇。先君自知不起，嘗歎曰：「吾今始得『尺布裹頭歸』矣，夫復何恨！但夙志欲補輯朱子近思録及三百年制義名知言集二書，倘不成，則辜負此生耳！」於是手批目覽，猶矻矻不休。門人子姪苦請稍輟，以俟病間。先君毅然曰：「一息尚存，不敢不勉。況此時精神猶堪收拾，後此更何及耶？」雖發凡起例，稍示端緒，然亦竟不能成也。易簀前三日，猶憑几改訂書義，命不孝執筆，一字未安，輒佇思商酌，其神明不亂如此。病革，門人陳鏦等入問，勖以細心努力爲學。呼不孝輩，諭以孝友大義而已。已而曰：「我此時鼻息間氣，有出無入矣。」言畢，叉手安寢長逝。此癸亥八月十有三日也。嗚呼痛哉！

先君少秉至性，事先祖母楊孺人極孝。孺人雖奇愛先君，而教督尤嚴。年十三，遭孺人喪，哀毁逾禮；又以生不得逮事繁昌公，平生每言及，未嘗不嗚咽流涕也。祭祀必竭誠盡敬，其粢盛羹饌，必豐以潔。夙興行事，未嘗不齋肅也。遇諱辰，未嘗不哀感也。已病劇支綴，家人祭祀，猶必强起行禮，不以憊故自免也。大宗祠堂圮，猶籃輿出城營度，不以瀕死怠於祖先也。少撫於三伯父，事三伯父如嚴父。已出爲鴻臚公後，貲藏甚厚。而三伯父故豪奢，好聲氣結納，輒揮霍盡之。歲大饑，嘗爲友代輸漕粟，一夕空其囷。先君驩然，以兄親愛，視財無爾我，絶無芥蔕恡惜也。三伯父卒，子亮功早世，以先君爲喪主。後十餘年，拮据營葬三伯父父子於高原，哭之盡哀。又以孫懿緒繼亮功後，曰：「吾以報三兄撫養，因亦使吾之子孫得以復奉本生繁昌公祀也。」二伯父與三伯父兄弟異居，以禮數相持責，讒間乘之，差不相能。四伯父撫於二伯父，而與先君友愛最篤，相與彌縫兩兄間。四伯父卒，先君曰：「吾兄死，無與爲善矣。」哀痛過常。遺孤纔歲餘，撫視如己子，以迄於成人。晚年事二伯父尤敬。二伯父性徑直，先君每事推讓，視形聽聲，極意承奉之。即有所諫正，必緩解曲譬，弗使傷其意也。常遘疾，先君爲之終夕不寐，思所以療治之法，復初乃安。先君每曰：「吾生而無父，今兄亦秖一人存，視兄猶視父矣。」

平生篤於朋友之誼，遇有事，不惜頂踵以赴其急。交游投贈，傾筐倒篋，忠盡歡竭，曾無倦意。嘗曰：「友，所以輔仁也。論交既定，則急難通財，乃分内事；今人以通財急難而求友，則不可以言友矣。」顧先君之所求者在此，而友之所望於先君者或在彼。雨雲翻覆，千變百幻，先君祗待以一誠，久而其人感動悔悟，遇之如初。其卒不可化，或自以負途之豕，反害先君之潔身浣行而讐之者，天下皆怪歎其爲人，而於先君知人之明固無傷也。初與陸雯若先生同社，時雯若惑於讒，與先君偶相失。他社之人乘間説曰：「請絶雯若，某等願執鞭弭以從。」先君笑曰：「吾與雯若小有言，然門牆之鬩也，於諸君何與哉？且諸君故可交，亦奚必絶雯若而後從也？」其人乃愧服。雯若早卒，先君爲之經紀其家，人謂真不愧生死者。有浮薄子盗名，常獲陸先生左右力；比其亡也，作陸雯若墓誌，痛加詆抹。先君甚不平之，乃爲刊其東皋遺選，序中悲涼感慨，極寓其意，所爲張耳、陳餘之事是也。甲辰歲，有故人死於西湖，先君爲位以哭，壞牆裂竹，擬於西臺之慟，已而葬於南屏山石壁下。高旦中先生與先君交最厚，許以女室先君之第四子，忽致札曰：「某病甚，將死矣。家貧，吾女恐不足以辱君子，請辭。」人或勸從其請，先君正色曰：「旦中與余義同車笠，不應有是言。此亂命耳。」卒娶之。時會葬高先生於鄞之烏石山，先君芒鞵冒雪，哭而往。山中人遥聞其聲，曰：「此間無是人，是必浙西呂用晦矣。」高氏子弟礱石將刻墓誌，先君視其文，微辭醜詆，乃歎曰：「銘之義，稱美而不稱惡，此何爲者也？」遂不復刻。平生愛人以德，不肯爲姑息，以非義相成，責難規過，人或不能堪，而諒其無他，卒相畏服。與吴自牧先生始以藝術文章交，既而進以道義，晚歲甚相依傍。忽暴疾殞，先君哭之慟，曰：「吾質已亡矣，吾亡以言之矣！」爰是有質亡集之刻。并及諸亡友之文章未表見於世者，綴拾其遺事以傳焉。蓋先君貧交死友，尤所鄭重。凡友人之後富且貴者，輒不復通。或以爲已甚，先君曰：「吾自與富貴不相習耳，非忘故人也。」

方在髫齔時，即能發明紫陽之學，偶與姑夫朱聲始先生議論及之，大驚曰：「不意君所見，便已到此境界，真神授也！」先君嘗謂洛閩淵源，至靖難時中絶；後來月川、敬軒、康齋、敬齋諸人，顛末由蘖，僅能敷述緒論，而微言不傳。白沙、陽明乘吾道無人之時，祖大慧之餘智，改頭換面，陽儒陰釋，以聾瞽天下之耳目。而陽明之才氣，尤足以鉗錘駕馭。自是以後，士之卑靡者，既溺於科舉詞章之習，其有志於講明此理者，倀倀焉如瞽之無相，總不能脱離姚江之圈禬。若羅整庵之困知記、陳清瀾之學蔀通辨，蓋嘗極力攻其瑕纇，而所見猶粗。至後此講學諸儒，未嘗不號宗朱，及論至精微所在，則猶然金溪黑腰子也。然則此學何由而明哉！先君於佛、老家言無不穿穴，諸儒學録悉所窮究，若倉、扁之於疾，洞見其肺腑受病所在，故能力斥其非，詖淫邪遁之辭，披抉呈露，莫得而隱也。嘗曰：「姚江之説不息，紫陽之道不著。」至人以攻王目之則不受，曰：「吾尊朱則有之，攻王則未也。凡天下辨理道，闡絶學，而有一不合於朱子者，則不惜辭而闢之耳，蓋不獨一王學也，王其尤著者耳。」或曰：「先生痛抹陽明太過，得無爲矯枉救弊之言耶？」先君曰：「不然。生平於此事不能含糊者，只有『是非』二字。陽明以洪水猛獸比朱子，而以孟子自居。孟子是則楊墨非，此無可中立者也。若謂陽明此言亦是矯枉救弊，則孟子云云，無非矯救，將楊墨告子，皆得並纏於聖賢之路矣。且論道理必須直窮到底，不容包羅和會。一着含糊，即是自見不的，無所用争，亦無所用調停也。即從陽明家言，渠亦直捷痛快，直指朱子爲楊墨，未嘗少假含糊也。然則不極論是非之歸，而務以渾融存兩是，不特非孔孟程朱家法，即陽明而在，亦以爲失其接機杷柄矣。」

又嘗歎曰：「道之不明也久矣！今欲使斯道復明，舍目前幾個識字秀才，無可與言者；而舍四子書之外，亦無可講之學。」故晚年點勘八股文字，精詳反覆，窮極根柢，每發前人之所未及，樂不爲疲也。有疑時文恐不足以講學者，先君曰：「事理無大小，文義無精粗，莫不有聖人之道焉。但能篤信深思，不失聖人本領，即擇之狂夫，察之邇言，皆能有得，況聖賢經義乎？其病在幼時入塾，即爲村師所誤，授以鄙悖之講章，以爲章句、傳注之説不過如此；導以猥陋之時文，則以爲發揮理解與文字法度之妙不過如此。凡所爲先儒之精義與古人之實學，概未有知，其自視章句、傳注文字之道，原無意味也。已而聞外間有所謂講學者，其説頗與向所聞者不類，大旨多追尋向上，直指本心，恍疑此爲聖學之真傳，而向所聞者果支離膠固而無用，則盡棄其學而學焉。一入其中，益厭薄章句、傳注文字不足爲，而別求新得之解。自正嘉以來，講學諸公皆不免此。故從來俗學與異學，無不惡章句、傳注文字者，而村師與講學先生，其不能精通經義亦一也。乃反謂經義必不可以講學，豈不悖哉！」自先君之説出，天下之士始而怪，中而疑，終乃大信。今者鹿洞之遺書同南陽之評本，無不家庋户肄。後生末學，皆知是非邪正，如冰炭之不可同器，駸駸然陰翳消而日月懸也，世皆以歸先君閑闢之功焉。

又見從來講學者，每以聲利相招集，意甚疾之。以爲學者當先從出處去就、辭受交接處，畫定界限，札定脚根，而後講致知、主敬工夫，方足破良知之黠術，窮陸派之狐禪。蓋自宋以後，春秋變例，先儒不曾講究到此，別須嚴辨，方可下手入德耳。平生不爲小廉曲謹，而於非義所在，一介不苟也。嘗曰：「吾輩今日雖倒溝壑，然有數種食決不可就也。矯節高名，而苟且凡百，目前紛紛名輩，或未能免此矣。然餓死事小，當無忘此志耳。」自棄諸生後，或提囊行藥，以自隱晦，且以效古人自食其力之義。而遠近復争求之，乃歎曰：「豈可令人更識韓伯休耶？」於是雖親故皆謝不往矣。每云：「吾性畏貴人，對宦僕如伍伯也，捧大字書帖如牌檄也，登朱門則惴惴焉大庭福堂也。」抱病村居，四方交游羔雁造門者，皆支扉拒之。官於浙者，皆以不得識先君爲憾。雖以勢强逼之，不可得而屈辱也。蓋先君嚴苦之節，出於至誠，而守之既久，天下亦知其素所樹立，故每能伸其志。世之不快於先君者，或能造作流言以相疑謗，至於立身持己，皭然不滓，則固不得而訾議之也。

嘗游金陵，遇施愚山先生於廣座。愚山論學，先君不數語，中其隱痛，愚山不覺汍瀾失聲，坐客皆驚，遷延避去。於禾遇當湖陸稼書先生，語移日，甚契。稼書商及出處，先君曰：「一命之士，苟存心於愛物，於人必有所濟，君得無誤疑是言與？」及先君卒，稼書在靈壽，爲文致弔，猶不忘斯語焉。龍山查漢園少負駿才，好良知、縱横之學，解后先君，相與辨論，往復甚苦。至夜分，忽蹷而起，曰：「不聞君言，幾誤此一生矣！願爲弟子。」即舍棄場屋，過南陽村。逾月而後歸，人問何如？曰：「殆非復人間世耳！」新安施虹玉與其鄉人篤守考亭之學，襆被過訪，告以綱目凡例未發之藴，歎爲聞所不聞。平居講習，未嘗標立宗旨，曰：「吾儒之學，正當從其支流脉絡，辨別精微，方見道理精切處耳。一立宗旨，即是顢頇鶻突。且無論其所標立者云何，已失時中變動之義矣。惟異端之學，有綱提訣授，吾儒無是也。」故凡與學者言，皆隨事指點，各就其識力功候之所至，或誘而進之，或折而奪之，煅煉人材之法，非可執泥。至於本領歸宿所在，則又未嘗不同也。誨人不倦，每講論常至丙夜。然辭旨明快，聽者忘疲。尤喜辨難，反覆竭其兩端。學者與先君游，經義治事，隨其淺深，無不各有所得。負笈擔簦，不遠千里。遐陬荒裔之士，或有設位遥拜名弟子者。天下方翕然以爲有所依歸，而中道捐棄，宜乎聞訃之日，世之學者無不震悼，以爲斯道之不幸也。嗚呼痛哉！

先君頎身嶽立，音如洪鐘，風采峻厲。遇事盤錯疑難，迎刃立解，精神過人。高旦中先生常曰：「晚村百冗蝟毛，八面受敵，則神愈閑，氣愈攝，精采愈焕發，殆神勇邪？」丁酉倡社邑中，數郡畢至，敦盤裙屐，讌樂紛沓，先君指揮部署之，終會不失一匕箸，人服其綜理之密。他人或分任什一，率不能辦也。二伯父馭下素嚴，猝有家奴之變，奴輩百餘人劫盟寢室，二伯父且受制，計無所出，先君爲密畫擒治之，皆伏法。從兄某，爲奴所誣累，事涉錢課考覆，邑令强欲坐之，先君執不可得，雖以是忤邑令意，失好友歡，不顧也。凡親戚有急呼將伯者，皆以身當之，弗避禍患。其居鄉也，歲饑則議賑；疾癘作，散藥裹，所活常數千人。萑苻充斥，則講保甲法，其措置方略皆有至理，非人所能及。有妖僧將構小九華於邑之北門，煽惑愚俗，富室輸金錢，豪猾恣漁獵，以福田形勢爲辭。既營建矣，先君適自金陵歸，見之大詫，乃貽書知交，責以衛道闢邪，且令門人董杲爲邑令言，指陳利害，數有不可者七，卒毁去之。

先君雖息影深鄉，而讜言清議，人猶有所畏忌，惟恐其聞知。其居家也，閫門之内，肅肅雝雝；教子弟，有家法；御臧獲輩，皆嚴而有恩。平生不事生産封殖，而以勤儉自勵，夙興夜寐，終日乾乾。木屑竹頭，處之各當，靡不經心。常指示不孝輩，曰：「即此便是學，汝等勿看作兩橛也。」其冠昏祭祀，皆痛除俗禮之非，自定儀節；喪事不用浮屠，邑中士大夫家多有效之者。嘗讀浦江鄭氏規範，慨然歎曰：「吾生不得與三代，此事猶堪式萬方。汝等其勉爲之，以成吾志。」

所著有詩集幾卷，文集幾卷，制義一卷；所評有諸先輩稿及天蓋樓偶評若干；於醫有趙氏醫貫評；所選有宋詩鈔初集、唐宋八家古文；惟朱子近思録及知言集二書，未就而卒。

先君博學多材，凡天文讖緯、樂律兵法、星卜算術、靈蘭青烏、丹經梵志之書，莫不洞曉。工書法，逼顏尚書、米海嶽，晚更結密變化。少時能彎五石弧，射輒命中。餘至握槊投壺、彈琴撥阮、摹印斲研，技藝之事，皆精絶。然別有神會，人卒不見其功苦習學也。世每以此相歎羨，先君曰：「此鄙事耳，君子不貴也。」常因吴自牧好弈，思諫之，遂終身不近碁局。晚年悉力屏謝，雖書字亦不爲矣。

生崇禎己巳正月二十一日，距卒康熙癸亥，享年五十有五。娶范氏，天啟甲子舉人翠華公諱金路女，與先君有偕隱志。子男七人，長公忠今名葆中、主忠、寶忠、誨忠、補忠、納忠、止忠。孫男五人：懿曆、懿緒、懿業、懿威、懿統，以懿緒爲亮功後。即以其年十一月二十九日，葬於識村東長坂橋西，祔太僕公之穆，遵遺命也。

先君生而孤露，長而患難，壯而風塵。及其晚也，方思寤歌泉石，而悲天憫人之意，與逃名畏禍之心，兩者未嘗一日去於其懷。素所負志甚遠大，既而生不逢時，乃一以著書立言爲己任，孳孳兀兀，不自暇逸，曰：「庶其假我年乎？」而孰知天之復靳而不予也。嗚呼，其命也夫！至於平日動靜語默，無行不與，神明狀貌，非可悉傳。而又嘗命不孝曰：「吾於人倫，往往皆值其變，汝等他日欲稱吾之善而傷吾心，不可也。」乃別作内傳，以紀隱德，不敢以示於人。兹所述者，僅其什一而已。惟世之有道君子，哀而垂覽焉。男公忠謹述。（吕晚村先生文集附録）

吕晚村先生行狀

柯崇樸

先生諱留良，字莊生，又諱光輪，字用晦，號晚村，姓吕氏。先世河南人。始祖繼祖，宋南渡時爲崇德尉，阻兵不得歸，因家焉。高祖淇，錦衣武略將軍；曾祖相，沔陽別駕；祖煥，山西行太僕寺丞；父元啟，鴻臚寺丞。沔陽公以資豪於鄉里，倜儻好施，生三子，長爲太僕公；次炯，泰興縣令；季熯，淮府儀賓，尚南城郡主，先生之本生祖也。本生父元學，萬曆庚子舉人，繁昌縣令。已生子四，卒後四月而先生生，生行第五。於是鴻臚公卒，無子，乃以爲後焉。

先生生而神異，穎悟絶人，垂髫屬文，下筆已驚諸名宿，然志存經濟，學研性天，不徒以藻繢爲工也。甲申之變，曾未弱冠，即自哀憤，散金結客，備嘗艱苦。蓋忠義之氣，得之性生，家既戚畹，世所指名。會姪亮功爲怨家所訐，辭連先生，禍且滅宗，縣令榜掠亮功備至，噴血大言，曰：「此獨余一人所爲，諸父不知也。」於是卒論死武林，事乃解。

癸巳始出就試，爲邑諸生，每試輒冠軍，聲譽籍甚。時同里陸雯若方修社事，操選政，邀與俱。先生爲之提唱，名流輻輳，女陽百里間，遂爲人倫奥區。人方矜其盛，先生意甚不屑也。壬寅夏，遽息交絶游，於選社一無所與，惟二三知己以詩文相唱和。至丙午歲，學使者以課士按禾，試朝傳唱，竟不復入，遂以學法除名。一郡大駭，親知爲之短氣，而先生方怡然自快。歸卧南陽村，摒擋一切，與桐鄉張考夫、鹽官何商隱、吴江張佩葱諸先生，共力發明洛閩之學，絶意進取。嘗與長安故友詩云：「故人今有程文海，莫便吹歸謝叠山。」蓋於出處之際，審計之決矣。

顧先生身益隱，名益高。戊午歲，時有宏博之舉，浙省擬以先生薦，先生堅執不就，當事者不能屈。既而郡守復欲以隱逸舉，先生懼不免，乃築精舍吴興埭溪之妙山，顔曰風雨庵，幅巾野服，遁跡其中。然其悲天憫人之意，與逃名畏禍之心，兩者交迫於懷，自此亦病甚矣。庚申後病漸劇，至康熙癸亥八月十三日，竟以疾卒於南陽村莊，享年五十有五。遠近之士聞者莫不震悼失圖，以爲斯道之不幸也。

先生風神峻整，氣度容與。望之儼然，而即之也温；其言藹如，而其指也遠。學足以窮古今之變，而未嘗立異以鳴高；才足以任天下之重，而未嘗矜己以自足。世之高明者患在好言「了悟」，先生惟循循于下學上達之常；世之卑庸者患在凡事拘牽，先生自優優於明體適用之際。自其少時即能發明正學，迨棄科舉業，益精專求道。資稟既粹，充養有方，嘗出入於佛家言，泛濫於諸儒學録，故能窮究其本末，洞見其是非，詖淫邪遁之辭，披抉呈露，莫得而隱也。嘗謂洛閩淵源，至靖難時中絶，白沙陽明乘我道無人之時，祖大慧之餘智，改頭換面，陽儒陰釋，以聾瞽天下人耳目。而陽明之才氣，尤足以鉗馭驅率天下而從之。若羅整菴之困知記、陳清瀾之學蔀通辨，蓋嘗極力攻其瑕纇，而所見猶麁；至後此講學諸儒，未嘗不號宗朱，及論至精微所在，則猶然金溪黑腰子也。然則此學何由而明哉？故曰：「姚江之説不息，紫陽之道不著。」凡於其所謂「無善無惡心之體，知善知惡是良知」之類，二百年來浸淫于人心而莫知其非者，必隨在致辨，大聲疾呼，直抉其病根所在而顯斥之。或疑其詆陽明太過，先生曰：「不然。平生於此事不能含糊者，只有是非二字。陽明至於洪水猛獸比朱子，而以孟子自居，豈得謂余言爲過耶？且論道理必須直窮到底，不容包羅合會。一着含糊，即是自見不的，無所用爭，亦無所用調停也。」

又嘗嘆曰："道之不明也久矣，今欲使斯道復明，舍目前幾個識字秀才，無可與言者；而舍四子書之外，亦無可講之學。"故晚年點勘八股文字，精詳反覆，窮極根柢，將以明聖賢立言之指，使窮鄉晚進有志之士，聞而有所感發興起，識理道之所歸，非猶夫揣摩家言，藉是爲決科之利也。有疑時文不足以講學者，先生曰："事理無大小，文義無精粗，莫不有聖人之道焉，況經義乎？其病在幼時入塾師，爲村師所誤，授以鄙悖之講章，導以猥陋之時文，以爲傳注不過如此，正坐不通經義耳，乃反謂經義不可以講學哉？"平居講習，未嘗標立宗旨，曰："吾儒之學，正當從其支流脈絡，辨別粗微，乃見道理親切處。一立宗旨，即是顢頇鶻突。且無論其所標立者云何，已失時中變動之義矣。惟異端乃有綱提訣授，吾儒無是也。"故凡與學者言，皆隨事指點，各就其識力功候之所至，或誘而進之，或折而奪之，裁成變化，因人而施，負笈擔簦，遠至千里，莫不虛往實歸。

崇樸嘗請問爲學之要，先生曰："爲學須是立志得盡，下手便做。從上聖賢道理已説得詳盡，又得程朱發揮，辨決已明白無疑，其要只以小學、近思録爲本，從此以求四書、五經之指歸，於聖賢路脈必無差處。若欲別求高妙，則非所知矣。"其教他弟子亦多舉二書，又特注釋刊布之，豈非博文約禮、循循善誘者歟？見從來講學者每以聲利相招徠，意甚疾之，以爲儒者當先從出處去就、辭受交接處，畫定界限，扎定脚根，而後可講致知主敬工夫。

嘗與當湖陸稼書語甚契，稼書商及出處，先生曰：「一命之士，苟存心於愛物，于人心必有所濟。君得無誤疑是言歟？」及先生卒，稼書爲文致奠，猶不忘斯語焉。龍山查漢園少負駿才，好良知、縱横之學，解后先生，相與辨論，往復甚苦，至夜分忽蹷起，曰：「不聞君言，幾誤此一生！願爲弟子。」即捨棄塲屋以從。門人在燕者寄問曰：「長安富人肯爲某捐納，以其輸錢得官，于心未安而止。」先生答曰：「此固是矣。然賢者見識，於理尚隔一鍼。以僕觀之，以文以錢，有以異乎？」其嚴如此！蓋先生持己以正，愛人以德，内直外方，責難規過，議論侃侃，必不肯詭隨附會，以故世之異趣醜正者，或反肆甚謡諑。然禮義不僭，公評具在，卒莫得而淄磷也。

先生至性過人，内行純備。生不逮事父，祭必竭其誠。少撫於其兄，事之極其敬。篤于友誼，終始不渝。急難相恤，有無相通，即或横逆之來，而先生祇自反其忠。至於貧交死友，尤意所加厚。其居鄉也，歲饑，則議賑；疾癘作，散藥裹，所活常數千人。萑苻充斥，則講保甲法，其措置方略，皆有至理，舉而行之，則治國平天下之道，不外乎是。或疑爲權略智計之所爲，先生要本廓然而大公，物來而順應，故能知明處當如此。閨門雖肅，教子弟有家法，御臧獲輩，嚴而有恩。不事生産封殖，而勤儉自勵，夙興夜寐，終日乾乾。雖木屑竹頭，悉經心處置。嘗以戒子曰：「即此便是學，汝等勿看作兩橛也。」其冠昏喪祭，皆痛除俗禮之非，自定儀節；喪事不用浮屠，邑中士大夫家多有效之者。嘗讀浦江鄭氏規範，慨然歎曰：「吾生不得與三代，此事猶堪式萬方。汝等且勉爲之，以成吾志。」

先生既才全德備，復博學多能。凡天文、讖緯、樂律、兵法、星卜、算術、靈蘭、青烏、丹經、梵志之書，莫不洞曉，書法遒勁，射必命中，餘至握槊投壺、彈琴撥阮、摹印斲硯，技藝之事，皆精絶。要其神悟理解，非可言喻；格物致知，自有獨得。故形上形下，一以貫之。初未嘗事事工，苦習學也。

所著有詩集幾卷、文集幾卷、制藝一卷；所評有諸先輩稿，及天蓋樓偶評行世；于醫有趙氏醫貫評；所選有宋詩鈔、唐宋大家古文。嘗欲評三百年制藝名知言集，會有薦舉事，遂中輟。又欲補輯朱子近思録，初則謙讓未遑，至疾作，乃手批目覽，矻矻不休。門人子姪苦請稍輟，以俟疾間，先生毅然曰：「一息尚存，不敢不勉。不乘此時，後更何及耶？」雖發凡起例，稍示端緒，亦竟不就。易簀前三日，猶憑几改訂書義，命諸子執筆，一字未安，輒佇思商酌，其神明不亂如此。病革，門人陳鏦等入問，勖以細心努力爲學。呼諸子姪，諭以孝友大義，言畢而逝。

嗚呼！先生抱負甚宏，志期遠大，而生不逢時，不能進而覺斯人，乃一以著書立言爲己任，將與斯世共明斯道。而天復不假之年，以竟其業，豈非命也夫！娶碩人范氏，與先生有偕隱志。子男七人，曰葆中、時中、宏中、黄中、甫中、立中、止中，皆能世其家學；女三人。即以其年十一月二十九日葬於識村東長板橋西，祔太僕公之穆，遵遺命也。

崇樸從游先生之門，然奉教日淺，凡先生精微之藴，美大之詣，未易得而窺也。姑識其學之大者：力行不厭，誨人不倦；篤信朱子，明斥禪學；辨異端似是之非，闡先儒未盡之奥，自宋以來，一人而已。夫程朱之在當日，僞學之禁甚嚴，其道歷久始益顯。今先生雖不得行其道，然先生之書，天下皆尊而信之，家庋户肆，後生末學由是知是非邪正之歸。人心蠱惑而復正，大道榛蕪而漸通，是先生之言行，道亦行矣。其繼往開來之業，閉邪衛正之功，顧不偉歟？是宜有當世大人君子表誌其墓，俾異日居史職者採摭，以冠儒林之傳。謹具其行狀以請。門人嘉善柯崇樸狀。（振雅堂稿）

吕晚村先生事狀

張符驤

先生諱留良，字莊生，别號晚村，姓吕氏，浙江石門人也。先世河南人，宋南渡時有爲崇德尉者，阻兵不得歸，因家焉。高祖淇，錦衣武略將軍；曾祖相，沔陽通判；祖焕，山西行太僕寺丞；考元敢，鴻臚寺丞。其本生考曰元學，繁昌知縣；繁昌之考曰熯，淮府儀賓，尚南城郡主朱氏，是爲先生之本生祖妣。

先生未生而孤，幼有異禀，穎悟絶人。八歲善屬文，十二歲即與里中人爲社，一時名宿皆避其鋒。時國勢窳潰，内外交訌，先生慨然有經世之志。未幾，李自成陷北京，烈皇帝崩於亂，先生哭臨甚哀。或過而勞之曰：「莊生何太自苦？」先生正色曰：「今日天崩地坼，神人共憤，君何出此言也！」於是散萬金之家以結客，往來湖山之間，跋風涉雨，備嘗艱苦。其詳不可得聞，然怨家嘗以訐先生，先生從子亮功，獨自引服，亮功竟論死，而先生幸存。

隱於醫，嘗提囊行市，以效古人自食其力之義。遠近爭求之，先生歎曰：「豈可令人更識韓伯休耶？」顧先生身益隱，名益高。戊午歲有宏博之舉，浙省屈指以先生名薦，先生自誓必死以免。其後三年，而郡守又欲以隱逸舉，先生聞之，噴血滿地，乃於枕上翦髮，襲僧伽服，曰：「如是，庶可以舍我矣。」或疑之曰：「先生言距二氏，今以儒而釋，天下其謂之何？」先生亦不答。嘗言綱目以後，天下之局大變，而義不明者更須爲之閑距。凡友朋涉世者，先生贈言，必寓規諷之旨。或北行來别，以隋珠彈雀爲喻，先生曰：「莫道不是珠，且恐不得雀耳。况此非雀也，一彈之後，豈復有珠哉？」門人在燕者，寄問曰：「長安富人皆爲某捐納，以其輸錢得官，於心未安而止。」先生答曰：「此固是矣。然賢者見識，於理尚隔一鍼。以某今日觀之，以文以錢，有以異乎？無以異也。」其嚴如此。

先生於諸儒語録、佛老家言，靡不究極其是非，而於朱子之書，信之最篤。病夫世之溺於異學而不知所返也，以斯道爲己任，故其教人，大要以格物窮理、辨别是非爲先。以爲姚江之説不息，紫陽之道不著；又以爲闢邪當先正姚江之非，而欲正姚江之非，當真得紫陽之是。其義論一發之於四書時文評語。老友桐鄉張考夫以書來曰：「行年即同衛武，已去其半；中夜以興横渠，猶將不及。事固有大於此者。乃爲無益身心、有損志氣之事，耗精神而廢日月，且將久與污濁中苟盜浮名者流動，若絜長角勝者，私心竊不爲兄甘之。」先生曰：「道之不明也久矣，今欲使斯道復明，舍目前幾個讀書識字秀才，更無可與言者。而舍四子書之外，亦無可講之學。」窮鄉晚進有志之士，聞而興起者甚衆。蓋自朱子殁，黄勉齋、輔漢卿僅足自守，不能發皇恢張，再傳盡失其意。王陽明乘吾道無人之際，祖大慧之餘智，改頭换面，陽儒陰釋，以惑亂天下之耳目，至詆朱子爲洪水猛獸。晚年定論之作，顛倒彌縫，尤爲陰譎。羅整庵、陳清瀾雖嘗極力辨之，而所見猶粗，無以攻其堅而撲其焰。後此講學諸儒，未嘗不號宗朱，而究其底裏，總無能出姚江之圈繢。先生當否塞之後，大聲疾呼，以覺一世，如執瞽者而予之以杖，天下之學者，亦漸曉然知紫陽、姚江之是非，判然如冰炭之不相入也，皆以歸先生閑闢之功焉。先生又疾世之講學者，多以聲利相招集，以爲學者當先從出處去就、辭受交接處，畫定界限，札定脚根，方可下手入德。而負塗之豕，往往害先生之絜身浣行而讐之，讕詆無狀，天下皆怪歎其爲人，而於先生究無損也。

自傷幼孤，不逮事繁昌，祭祀必盡其誠，不以病憊自免。仲兄性徑直，先生視形聽聲，極急承奉，即有所諫正，必緩解曲譬，勿傷其意；嘗遘疾，爲之終夕不寐，思所以療治之法，復初乃安。叔兄好結納，嘗爲友代輸漕粟，一夕空其囷，先生驩然以兄親愛，視財無爾我，不少恡惜。篤於交游，入其室者，譙贈投歡盡忠竭。經籍玩好，雖見攫敓而不忤。而於貧交死友，尤所鄭重。甲辰，有故人死於西湖，先生爲位以哭，壞墻裂竹，擬於西臺之慟，已而葬於南屏山石壁下。他日過其墓，猶作詩曰：「僧帽故人今不識，酒樓往事老難忘。」癸亥，忽賦祈死詩六篇，其末章云：「作賊作僧何者是，賣文賣藥汝乎安？」嗚乎！其志爲可悲也！竟以是年八月十三日没。病革，神明不亂，徐曰：「我此時鼻息間氣，有出無入矣。」言畢，叉手安寢而逝。距生崇禎己巳正月二十一日，享年僅五十有五。墓在識村東長板橋西，祔於太僕之穆。

𧫩自幼歲即讀先生書，而知好之。既長，出交於四方之名人，其爲浮慕先生者多，有獨以爲朱子而後傳聖人之道者，惟先生一人，是則𧫩區區之愚而已。顧恨不及先生之門。竊謂先生之言，廣大精微，無所不具。門人周在延、陳鏦各以己意編次，雖繁簡得失，不無互異，均之發明章句集注之奥，學者亦可以不外是而求之矣。獨嘗以爲近來人心風俗俱壞，匪直文字一事，凡先生之言，旁涉世故人品，皆今日膏肓之藥。嘗過不自揣，采摭一書，欲使天下之是非榮辱有所定，使天下之假道學假文字不敢吐氣，使天下浮談不根者稍知向學，使天下羡二鳥之光榮者可以知耻，顔曰呂子近思録，鋟板將出。

先生下世十四年，子葆中領皇朝丙子浙江鄉薦。

呂先生傳，志之十年而不敢下筆，頃從員虞肱見呂無黨所撰行略，愛其文而私心有不能無疑者，因参以别本，釐爲事狀一篇。然終不敢列於傳者，蓋有待於筆削，且以爲非門人小子之所爲也。然先生之出處言行，此要爲舉其端矣。（碑傳集補卷三十六）

祭呂晚村先生文

陳祖法

自予締交於親翁也，閲今蓋二十有七年矣。予里居，於選政中見君議論評騭，知非斤斤以文章士自命也。予釋褐，授語溪教諭。至即訪君，介賓主以入，肅然藹然，可敬也而可親。踰數日，飲予吴氏園，蓋君之契友孟舉、自牧，亦因君厚而厚余者也。是夕清絃雅歌，備極韻事。復移飲，坐石上，談論古今，至夜半不休。此燕享之始，故叙之，自是而彼此酬酢無間也。

予契友管襄指與君爲中表，謂予曰：「吕子有次女，曷不爲子子問名焉？」予欣然而君慨然。不幸君女夭，予愀然。襄指復令予問名於君之長女，予欣然而君復慨然。此以叙締婚之始末也。

予婦瀕危，予冢婦亦瀕危，君療治之。午夜往邀君，猶見君秉燭簡方書。按脈後，凝坐沉思。起行，自室以及堂，以及庭，自庭以返堂及室。心力殫矣，而病卒底於安。予爲凶妄搆，縣詳上督撫，咸爲予危，君孤舟往來，風雨不避，心力殫矣，而事亦卒白。救患扶危，在君不靳見之他人者，而余則何能以或忘也。

歲癸卯，學使者來。君先一日，盛服整容，再拜而告曰：「予從此不復爲諸生矣，敢辭！」予愕然。隨出示耦耕詩。予讀竟，曰：「謹如命。」此又叙君出處之大致云爾。自是而君果非僅文章自命之士矣！歲告祲，君出粟倡賑，計口授糈，無或盈，無或絀。里有警，君立團練法，賞罰明而捍禦無不備，此即横渠畫井一方之遺志也。君上有四兄，生時曲致友恭；於其卒也，周身周棺，以至殯葬封殖，無不躬爲完事。待子姪，嚴而有恩，教之以詩書孝弟之澤，桑麻樹植之宜。有侮必禦，有患必恤，而一家之倫叙惇矣。聞忠孝節義之倫，雖絶頸斷脰，骨化形銷，猶願結死後交，於臨没三致意焉。其大者在扶正道於將墜，闡微言之未絶，特於制藝中晰毫釐而抉精髓，終以朱子近思録、知言集二書未成爲憾。雖氣息淹淹，猶正襟危坐，甲乙丹黄不置。嗚呼！此濂洛關閩諸君子之憾，後世有心斯道者之憾，君何憾焉！此生平之大略，予非其人，不足以叙君也。

予移官祁陽，君率同志餞之北門蕭寺，復治肴核，攜壺觴，過予舟話别。始而淚影熒熒，既咯咯成聲，終仍大慟。相隨二十里，箸未嘗下而杯杓未嘗屢舉也。因念予究心内典，勸予棄去不能從，固宜以異己舍之，而何以厚予若是？聞君講聖賢之學，談忠孝節義之事，未嘗不敬而愛，愛而慕，固宜予之厚君，而君何以交相厚若是！抵祁數月，始命次子歸贅君家。踰年家書至，訃君女殞，幸有孫，予夫婦相對泣。戎馬震郊，君屢書勸余歸，或婉言以喻，或正言以動，或危言以激，詞旨纏綿。予感君意，解綬而歸。君已移居南陽村莊，扁舟亟晤君。迎之門外，喜動顔色，留連於君之左右者近一月。談心追舊，時傷悼於君女予婦，間則歡呼快飲，猜枚角勝。一夕，偶言曰：「倘予不幸，使者持訃音南來，君如何歎息於今日在座之陳子也？」君曰：「唯。子他日過村莊，主人已不在座，爲可歎息耳！」一時樂極之言，豈知即爲追痛之言，而歎息陳子者已無其人也！此以叙十年中離合悲歡之情事，而其不及叙已多矣！

五閱月，余復過君莊，爲予删定古處齋詩古文，復爲選定伯兄季弟寒松菴、北書樓二集詩，未及竟而予即言歸。後屢書促之，答以俟子來面訂，不三四日可卒業耳。不意予浪跡武川，因循一載，遂不果成。而予之私情，則與近思、知言二書有同憾也。予武川歸，次兒匆匆告曰：「外父病，當往候。」籛侯歸，又曰：「先生病亟矣！恐不利於長至！」予曰：「有是哉！予有事不得往，當亟舍之往。」至則卧牀甫兩日，相見勞以遠來，命進茶。旋曰：「向外則痰益升，將易側向內，幸弗罪！」夜卧，聞有詞云：「俟陳親翁至，當有以予之，以完予心。」家人告，延以入，則曰：「已至哉？兹晚矣！」始知爲夢語也。次日，延以入，出牀頭篋置几上，曰：「君家原聘及准釵釧物也。蓄此欲爲存孫計，已不可得，煩阿翁善爲計。」予哭泣受之。因言叩首者再。嗚呼！君甥孫，予孫也。勞君縈心於臨危時，至形夢寐，敢不祇承以負在天之靈！踰日，傳言危益急，五鼓，予同桐川聲始及門人輩進候。冢君告以某某至，目徧視，徐曰：「予氣止有出無入。」門人呼先生，答曰：「人皆如此！」聲半濯而字義楚楚也。隨令退。從容正容，命伸其足，叉手拱別者三四。甫出而哭聲已震耳矣。予長君六歲，不料於此紀君之正命，爲文哭君，而淚爲墨瀋也。

嗣君七人，長皆負雋才，最少者已岐嶷不群，於制藝已能紹述先緒，他日知言、近思二書必能爲君足成之。恐予不及見，爲之叙。予非其人，原不足叙君家學淵源也。醴筵空

陳，情詞莫盡。尚饗！（古處齋文集卷五）

祭呂晚村先生文

陸隴其

先生之學，已見大意。闢除蓁莽，掃去雲霧。一時學者，獲睹天日，獲游坦途，功亦鉅矣。天假之年，日新月盛。世道人心，庶幾有補。而胡竟至於斯耶？自嘉隆以來，陽儒陰釋之學起，中於人心，形於政事，流於風俗，百病雜興，莫可救藥。先生出而破其藩，拔其根，勇於賁育。我謂天生先生，必非無因，而胡遽奪其年耶？隴其不敏，四十以前，亦嘗反覆於程朱之書，粗知其梗概。繼而縱觀諸家語録，糠粃雜陳，珷玞並列，反生淆惑。壬子癸丑，始遇先生，從容指示，我志始堅，不可復變。所不能盡合於先生者，程明道有云：「一命之士，苟存心於利物，於人必有所濟。」斯言耿耿，横於胸中，遂與先生出處殊途。十年以來，雖日讀先生之書，高山仰止，夢寐以之，不能相聚一堂，面相訂正。方思一旦解釋世網，從先生於泉石之間，切瑑磨磋，以開其茅塞，變化其氣質，而先生竟至於斯，豈不痛哉！一芹之奠，無我或棄。（三魚堂文集卷十二）

輓吕晚村徵君

查慎行

屠龍餘技到雕蟲，賣藝文成事事工。晚就人誰推入室，蚤衰君自合稱翁。才今漸少衣冠外，名果難逃出處中。身後有書休論價，也應少作愧揚雄。（敬業堂詩集卷四西江集）

何求老人傳

言敦源

老人姓吕氏，名留良，又名光輪，字莊生，一字用晦，號晚村。其先河南人，南宋之世有崇德尉名繼祖者，始遷於浙，遂爲嘉興人。十世而至高祖淇，明錦衣武略將軍；曾祖相，沔陽州判；祖煥，山西太僕寺丞；本生祖心源，尚南城郡主，淮府儀賓；父元啟，鴻臚寺丞；本生父元學，萬曆庚子舉人，繁昌令，年六十九卒。卒後四月，側室楊孺人始生老人，時崇禎己巳正月二十一日也。兄大良、茂良、願良、瞿良，皆妣郭出。

老人生而神悟，八歲學爲文，出語奇偉，驚長老。及長，博學多才藝，尤篤信洛閩先儒義理之説。癸未入邑庠，越歲甲申，明亡。既而學使按臨，乃詣學官自陳，以學法除名，親知駴異，老人則怡然賦詩，有「甑要不全行莫顧，簀如當易死何妨」之句。康熙戊午，幾與於鴻博之選，力避得免。

幼嘗咯血，以姪亮功喪而益劇，幾絶矣。庚申夏，方對客而郡劄下，將以隱遺舉，乃噴噀徧地，一坐皆驚。自是落髮爲僧，更名耐可，字不昧，號何求老人。自恐病終不起，乃壹意著述，終日不輟。更補輯近思録，發凡起例，未及成書。病革，門人入問，勗以努力爲學；誡子姪以孝友。言畢，叉手安寢而逝。時康熙癸亥八月十三日，年五十五。妻范氏。子七：公忠、主忠、寶忠、誨忠、補忠、納忠、止忠。孫五：懿歷、懿緒、懿業、懿威、懿統。

老人於學，無所不通。凡天文讖緯、樂律兵法、星卜算術、靈蘭青烏、丹經梵志之屬，皆洞明本末。工顔米書法，能彎五石弧。下至執槊投壺、張琴撥阮、摹印斵硯，皆精絶。自遭國變，隱居求志。初居梅花園課兒。棄諸生後，歸卧南陽村。既削髮，築風雨廬、二妙亭於吴興埭溪之妙山。嗣是幅巾柱杖，往來於寒潭修竹之間，四方從游者甚衆。

老人夙多師友。方其少年氣盛，掉鞅文壇，玳筵珠履，遐邇輻輳，人謂自復社以來未之有也。顧擇交綦嚴，與同邑孫子度、吴孟舉、鄞高旦中、餘姚黄晦木兄弟、桐鄉張考夫，鹽官何商隱、吴江張佩葱、清溪徐方虎諸人，以道義相切劘，暇則以詩互相酬答。旦中以女許字老人子某，一日致書曰：「某病將死，家貧，息女不足以辱君子，請辭。」卒娶之。旦中卒，冒雪會葬烏石山。人聞哭聲異，決爲老人，覘之果然。高氏將刊墓志而文不稱，老人歎曰：「銘之義，稱美不稱惡。此何爲者？」遂止之。孟舉卒，哭之痛，曰：「吾質亡矣！」爰有質亡集之刻，並及諸亡友之文未著見於世者，復輯其遺事以傳焉。同社陸雯若因事偶相失，或請絶之，老人笑謝，乃愧服。及雯若卒，經紀其喪，爲刊其所著東皋遺選。故人某死於西湖，葬之南屏山下。蓋其結友推誠，通財急難，若將不及。極之雨覆雲翻，一秉誠信，積久感動，遇之如初。

尤篤於天性。年十三，居母喪，哀毁逾禮。又以生不逮事父，每言及，輒嗚咽流涕。遇誕辰必哀戚，家祭必竭誠備物，病劇時，猶强起行禮。自沔陽君擁貲好施與，倭警偪，嘗出粟三巨艘餉軍。又助築城工之半。邑人表其閭曰「善人」。老人席素封，以少孤，見撫於叔兄願良。願良性侈，好結納，輕於揮霍。一夕爲友人輸濟，舉老人之囷而空之，歡然無所芥蔕。仲兄茂良與願良異居，以禮數相責，讒間搆之，積不相能。季兄瞿良撫於茂良，與老人篤愛，相與調停兩兄之間。及瞿良卒，老人曰：「無與我爲善者矣！」哀之甚。視其孤，如己出。晚事茂良尤謹，有疾則終夕不寢，療治復初乃安；即有所諫，必曲譬之。一日，家奴聚衆脅刦茂良於寢室，老人以智擒得之，使伏法。茂良卒，其子亮功已前逝，老人爲喪主，又以孫懿緒後亮功，曰：「吾以報兄，且使其復爲本生祀也。」

居鄉里，饑則議賑，疫者議藥，有盜患則講保甲法以禦之。有妖僧惑俗，歛貲將立淫祀，遣門人言於邑令，卒毁去之。生平以道自任，服膺紫陽之學。嘗謂洛閩之淵源絶於靖康，至月川、敬軒、康齋、敬齋諸子，第述緒論而微言不傳；白沙、陽明祖大惠之餘智，陽儒陰釋，以欺天下。陽明才氣，尤足以鉗錘駕馭。厥後卑靡之士，溺於詞章科舉之習，有志理學者，倀倀無之不脱姚江藩籬。若羅整庵之困知記、陳清瀾學蔀通辨，蓋嘗力攻瑕纇，而所見猶粗。下此者未嘗不宗朱，及論至精微所在，則猶然金溪黑腰子也。然則此學何由明哉？又曰：「姚江之説不息，紫陽之道不著。」人有以攻王目之者，曰：「吾尊朱耳，非攻王也。凡辨道闡學，有一不合於朱者，則闢之。」或以其痛斥陽明爲太過，老人曰：「陽明以洪水猛獸比朱子，以孟子自居，孟子是則楊墨非，祇爭是非，不容中立。若謂陽明此言亦是矯枉救弊，則孟子所云無非矯救，將楊墨皆可比於聖賢矣。且論道宜直窮到底，不容含糊。否則即自見不的，無所用爭與調停也。即從陽明者，亦直指朱子爲楊墨，未嘗含糊也。然則不辨是非而務調停者，不特非孔孟程朱家法，即陽明亦以爲失所據矣。」

晚年閉户自精，無所發洩，往往寄意於所評制藝文字，中多發前人之未發。有疑於制藝文者，老人曰：「事無大小，義無精粗，莫不有道焉。但能篤信深思，即擇之狂夫，察之邇言，皆將有得，況聖賢精義乎？大抵俗學誤於講章，而不求章句、傳注，俗學與異學其失均耳，反謂經義不足講學，豈不悖哉！」其識解論議類如此。

論曰：自宋世有程朱，而義理之學大備，後儒講學多重語録，而略經傳，故踳駮雜出。老人生長名門，沈酣道義，自少至老，一宗朱子，於儒釋是非之界，辨别至嚴。蓋深得力於蕺山、梨洲二公之漸染，足與稼書異揆同符。其闢邪衛道，斥遠二氏，勇矣哉！厥後遭遇世變，僧服終身，迨有託而逃，後之人所宜閔其遇而原其心也。予讀老人子公忠所爲先君行略，乃約取大凡，更旁徵别采，以爲之傳。（何求老人詩稿卷首）

按，文中謂「孟舉卒，哭之痛，曰『吾質亡矣』」與「茂良卒，其子亮功已前逝」兩條與事不符，前者當爲自牧，後者當爲願良。

呂留良傳

徐世昌

呂留良，初名光輪，字用晦，號晚村，石門人。少負奇質，八歲能文。及長，讀四子書，輒心領神悟。時陸文霦修社事，邀與襄事，名流輻集。文霦嘗與語曰：「子是宋人文字，宋人議論繁，不如漢疏高也。」答曰：「憑君漢疏高，也須喫宋人議論。」乃與諸耆儒考訂考亭遺書。喟然曰：「吾道在是，奚事旁求！」嘗謂洛閩淵源，至靖難時中絶。及萬曆末，學益荒，雖名公鉅卿，爲宗工人望，而於是非邪正之歸，含糊儱侗，真僞莫辨。遂至國是淆亂，神州陸沈。故其所論著，一以朱子爲歸。陸清獻遺之書曰：「吾與君不同者，止出處耳，其趨一也。」楊園主其家數年，至晚歲，先生與何商隱猶致脩脯而不煩以教授。楊園殁，又共經紀其喪。著有四書講義、語録、文集，皆門人編輯。先世嘗爲明室儀賓，明亡後棄諸生，一意講學，齗齗於夷夏正閏之辨。殁後，雍正中，靖州曾靜讀其書而好之，自稱私淑弟子。遣其徒張熙勸岳鍾琪舉兵。事發，興大獄。先生當極刑，發冢斲棺。其子葆中字無黨亦先卒，諸子及弟子存者多牽連重比，遺孥遣戍。著述銷燬，流傳者甚罕。

案：吴江沈日富撰楊園淵源録，所録執友顔士鳳以下十人，吕晚村不與，以當時有所避忌也。晚村爲學，大指與楊園、清獻同出一塗，兹於兩家遺書中采輯數條，略見其言行梗概。晚村生平承明季講學結習，騖於聲譽，弟子著籍甚多。又以工於時文，竿木集之刻，當日已爲淩渝安所譏。楊園初應其招，秀水徐善敬可遺書相規，謂兹非僻静之地，恐非所宜。其語亦載在見聞録中。全謝山記其初師南雷，因爭購祁氏澹生堂書，遂削弟子籍。屏陸王而專尊程朱，亦由是起。可見名心未淨，終賈奇禍。且益見楊園之特立獨行，

爲夐然不可及也！（清儒學案卷五）

呂晚村傳

黄嗣艾

先生諱留良，字用晦，别號晚村，原名光輪。生於其鄉南陽村東莊，故亦字莊生，初號東莊。又自署耻翁，學者稱耻齋先生。與黄麗農先生子錫爲中表兄弟。諸生。尚氣節，惟性頗狷。虜覆南都，義軍蠭起。浙河列戍之際，奔走規籌，精力彌殷。江上潰師，延命鯨背，而四明抗虜，聯絡尤苦。如義士孫爽等，皆先生死友也。虜官偵狀，露章名捕，眷念同人，半填牢户，先生亦身危家敗。乃飾爲冬烘腐陋，寓三家村，授徒自給，僅僅頭面不掩。而仍還舊居語溪楳花閣，世所稱水生草堂是已。戊戌、己亥以後，南雷公已經十死之餘，於是於永曆十四年十月，再游崇德。十七年癸卯四月，至語溪，館於楳花閣。但一時吴孟舉暨其姪自牧、黄九煙、閻用卿、高旦中、沈眉生、汪魏美諸人，皆先後與之往還。南雷公兄弟，亦引爲至友。先生既限於賦性之偏，復不肯緘默忍受，故雖周旋觴詠，而諸公漸自相疏。因又以南雷公負望彌高，或不欲爲之稍稍下，然南雷公終善與先生交也。先生身帶鏃傷，陰雨痛絶，其貧也幾不舉火，南雷公必護惜之。先生耿耿於中者，憤懣獨甚。

更於時變盲如，彼游俠輕妄之夫，一言鬨座，輒爲之易移觀聽。立谿公亦固狷者，厥性差近。先生於是頗疑南雷公之不已類者，至詆諆之，南雷公一笑而已，亦偶規之以明哲之道。錢牧齋之易簀，南雷公偕先生往視，初無暌離之見兆也。南雷公嘗館於姜定菴家。定菴，舊友也，爲清奉天府府尹，先生不善之。周元亮亦仕清官，至福建布政司使，先生尤不謂然。南雷公母老家貧，志在館穀，定菴將薦之櫟園家，教其子弟。櫟園，元亮别號，名亮工，山陰人。早歲與林若撫、吴子遠道凝皆客南都詩社之友。子遠曾賦詩云：「誰家得種三株樹，老我如登群玉峰。」後來出處殊途，櫟園雖書寄引此詩，南雷公淡漠視之耳。迨定菴言薦館席，南雷公尚未意許，先生聞而怫然，遂賦問燕五古一章以嘲南雷。先生旋復自悔，又賦詩云：「倚壁蛛絲名士榻，荒碑宿草故人墳。」「名士榻」者，南雷往來先生家，必下榻，因先生偏執，不敢再近，故云云。「故人」則指高旦中，謂其已死而無調協之友矣。交易先是，祁氏澹生堂藏書出售，先生持吴孟舉三千金以往，南雷公亦以束脩之入參焉。畢，各載書歸。先生門人某中途破緘篋，竊南雷公所得衛湜禮記集説、王偁東都事略去。南雷公責之，門人竟反覆爲譖，致先生雖無事，亦皆以攻擊南雷公爲口實，進且攻擊王文成之學矣！先生之於南雷公也，其搆釁一自其門人。先生没後，其門人寫注遺詩，尚架虚造事以誣南雷公，洩所積恨，世每爲先生太息云。禾中吕氏，嚮爲望族。先生晚年，靜住小齋，在林木中，有傳呼則擊磬。諸生有所稟問，則書小帖投進，早晚一出接晤諸生而已。子葆中，初名公忠，字無黨，官清翰林院編修。先生著書，表章春秋大復仇之微義，而生平學術，似顔山農一派。其門人曾靜本其師説，使其徒張熙往謁清公爵岳總督鍾琪，勸舉義旗反正。鍾琪奏之，世宗下巡撫等雜治。獄具，并牽涉先生之門人嚴鴻逵等，詔駢戮之。子葆中亦被誅，家屬給旗户爲奴婢。掘墓，戮先生屍骨。其平日著述悉燒毁之。今僅存詩集八卷。

按：虜有中國，至聖祖時，文教大興。君子酌准春秋「夷狄近於中國則中國之」之説，胥彈冠以登朝。一姓不私，世運爲治，然其法網則日密矣。世宗益以嚴爲政，乃曾靜等不識時務，妄致顯戮，抑知夫先生之貽謀不臧也已！顧可鼓遺民之氣，亦適張異族之威。然則待時而動，厥義彌長乎？南雷公詩云：「書到老來方可著，交從亂後不多人。」其識之遠，而爲先生發之歟？第先生苦節毅力，南雷公卒未忍遽絶之。大凡讀書必先養氣，作事必先識幾。錢牧齋嘗贈先生字曰「留侯」，且發揮所以名「良」之微意，殆取圯橋授書老人而鍼砭先生之短也歟？南雷公集有題寄友人詩：「書來相訂讀書期，不是吾儕太好奇。三代之治真可復，七篇以外豈無爲？雖然鼠穴車輪礙，肯放高簾帽樣卑。一個乾坤方著脚，風風雨雨不能吹。」友人，即先生也。亦含有民心厭亂，清可爲政，待時自伏，明哲守身意義。而先生集載有答太沖見寄次韻詩云：「旦中賣藥殊可怪，晦木教書亦太奇。後世喜同高士跡，吾徒隱痛壯夫爲。乾坤定向人才轉，文字豈隨年代卑？誰向高峰深海過，天風不斷紫雲吹。」若謂人力勝天，若僅以賣藥教書博隱士之名，誠恐不爲後世原諒，且非涉險衝危，不足成丈夫已。顯然趣嚮各異。又南雷公之水生草堂及輔潛菴先生墓、鮑螺各詩，先生俱有同作，可知兩人交情，乃最吻合者。嘗側聞之於先公，如晚村集，先生凡有涉及南雷公者，輒有詆巇評注，此固其門人所爲。南雷公集中，於先生者，則不著姓名，又因清代文字禁令而主一公所諱言耳。要之，南雷公始終愛其才而悲其遇，忠告末由以進，偏執益走於榛蕪，允爲無可如何也。全謝山曰：先生欲求所以抗南雷者，乃講朱子之學以罵陽明矣！嗣艾識。（南雷學案卷六同調下）

書呂用晦事

章太炎

明末諸遺逸不入姚江之藩者，寧人、桴亭所成就爲遠大。其學蓋主經世，與勃窣理窟者稍殊。次如應潛齋、張楊園，皆密近朱學，苦節艱貞，爲時輩所不逮。此與夏峰、二曲諸公，立言雖異，其躬行皆足以爲人師，不專以著述重也。若呂用晦，則以俠士報國者，本非朱學。其始館黄太沖於家，用晦與子公忠皆北面請業。後與太沖立異，則以祁氏澹生堂書之爭。所爲者，不過禮記集説、東都事略二種。太沖發怒，因削其弟子籍。用晦遂以朱學與太沖抗。購書細故，成此大郵，用晦則誠薄矣。然祁忠敏本蕺山弟子，身既死節，其子傾家爲國復仇，竟坐遣戍。太沖乘其衰落，入化鹿寺，載其書十稛而出（梨洲年譜），又藉用晦資力以取之，亦於故舊爲恝也。用晦以太沖主王學，欲借朱學與競，乃覩用晦文集，尚信吕洞賓事，是果爲朱學者邪？陸三魚祭用晦文，稱年四十不聞道，用晦與語，見始定，蓋亦未探其本也。由今論之，以學則三魚差優，若夫分北華戎，義形於色，其媿用晦實多。祭文自傷不得從用晦於泉石間，蓋猶爲服善者矣。或視用晦爲坊肆評選之士，則不知用晦者。用晦本豪俠，祖父爲明淮府儀賓，家既給富。北都亡，年始十六，散萬金以結客，往來銅鑪石鏡間，竄伏林莽，數日不一食，事竟不就。清順治初，爲怨家所訐，從子亮功論死，而用晦得脱。爲保宗計，始易名光輪，出就試。至清康熙五年，仇復事定，乃棄諸生（見張符驤吕晚村先生事狀）。然性善治生，欲以家資有所就。公忠稱其大治宴飲，不失一匕；清世宗稱其日記所録，微及糞壤，皆善治生之證。其選録時文，蓋亦爲營業計，且以其易傳播，使人漸知有天蓋樓書耳。令方靈皋之徒，不幸而誅，遺書盡燔，則人亦徒知其爲科舉之俊也。吾儕生二百年後，不能爲科舉文，讀其獄辭，猶能勃然發憤，以蹈胡清，是豈科舉程選所感邪？用晦舉事既不就，以被迫應童子試，旋即棄去。其名留良，取子房報韓義。觀其詩，率爲故國發憤，時若獷厲（如人日詩云「鷄狗猪羊馬又牛，看來件件壓人頭」，獷厲之氣可見），要非可以飾爲者。繼志述事不得之於其子（公忠於康熙丙戌成進士，距用晦卒已二十四年），而得之於弟子嚴鴻逵、沈在寬，則其所不意也。要之俠士報國，其人足重，朱學科舉，皆非其素志云。用晦長子公忠，小字大火，後改葆中。次子毅中，小字辟惡。曾靜事起，用晦與葆中皆戮屍，毅中處斬，諸孫皆戍寧古塔，後以它事，又改發黑龍江，隸水師營。民國元年，余至齊齊哈爾，釋奠於用晦影堂。後裔多以塾師、醫藥、商販爲業，士人稱之曰「老吕家」。雖爲臺隸，求師者必於吕氏；諸犯官遣戍者，必履其庭。故士人不敢輕，其後裔亦未嘗自屈也。初，開原、鐵嶺以外，皆故胡地，無讀書識字者。寧古塔人知書，由方孝標後裔謫戍者開之。齊齊哈爾人知書，由吕用晦後裔謫戍者開之。至於今，用夏變夷之功亦著矣。

嚴鴻逵者，歸安人，其譜稱鴻逵字賡臣，自號寒村，順治廩貢生。烏程縣志稱鴻逵謀不軌，被逮至京，雍正八年死於獄。鴻逵與嚴元照、嚴可均爲一族，今其書尚有存者，則朱子文語纂編十四卷是。是書成於康熙戊戌（五十七年），刻於庚子（五十九年）。自序稱成先師吕子未竟之緒，與邵陽車鼎豐商訂者也。按順治末至雍正七年曾靜獄興之歲，首尾六十九年。據清雍正七年諭：嚴鴻逵日記，荒唐叛逆之語，自康熙五十五年至雍正六年，不勝枚舉，作何治罪之處，著速議具奏。是鴻逵是時固在也。其譜稱順治稟貢，則順治時必已弱冠，逮至雍正六年，年幾九十矣。一老秃翁，亦何能爲，尚與曾靜輩謀樹漢幟？殊不近情，恐譜有誤爾。

沈在寬籍貫不可考，清諭稱其雜志載沈崑銅、杭純夫、黄補菴詩，又有自著詩集，則當時詩人也。杭純夫詩言「漫嗟卻聘同君直」，又言「痛哭錢唐原隰哀」；黄補菴詩言「聞説深山無甲子，可知雍正又三年」。二子亦是時有志者。清既不問，其事亦湮没不傳，惜已。曾靜獄起，吕氏弟子蓋無孑遺，而齊周華猶稱私淑。周華與召南爲兄弟行，乾隆中處死。召南亦以故左降。所著有名山藏，於清虜不甚詬厲，或更有它書。（華國月刊第一卷第十期）

序跋資料

何求老人殘稿跋

嚴鴻逵

右何求老人殘稿七卷，總爲詩四百六十二首。記癸亥六月，子歸自妙山，病轉劇，攝養於觀稼樓西「竹深荷静處」，齋名。早晚一坐耕釣，居中會諸生，餘即不出。有傳呼則擊磬，諸生有所禀問，則書小帖投進，隨時披示。乃取平生所作詩删定卷帙，命三兄無欲總録爲一册，而自書「何求老人殘稿」六大字於册端，其餘悉焚棄。然前此朋友往往相鈔録，故既删之作，亦尚有流傳。某懼後之人或混收編入，失删定之本然，故别爲目録一卷，附於集後。子詩用意深遠，非嘗隨侍左右，見其行事者，卒難曉解。尤懼後人或妄爲穿鑿，浸失本旨，故又爲釋略一卷，附於目録之後。第取其中有爲而發及寓意深隱者，略爲指陳大意，覽之自當了然。其有明白易解及可以諷詠意會而得者，不復悉釋，欲人自得也。間舉一二則，亦不過欲人即此以求其餘，知全詩當作如是體會耳。有不敢臆斷爲必然者，則但爲疑辭，以俟後人參考。其使事出處，亦偶舉一二而不全注，以非其緊要且散在方策，自可考而知。昔人謂「不讀萬卷書，不可以觀杜詩」，豈無謂歟？至於譌字，往往不免。方三兄寫録時，如訪黄俞邰一首第四句云：「豈期醉影晝登牀」，「晝」字作「畫」字，予訝而詢之再三，三兄固以爲不誤，後見子親書卷，乃「晝」也。然則其原本誤處蓋不少，今亦細加考訂，爲之是政。或無善本可據，則但識云「疑當作某」，不敢輒改云。門人某某謹記。

（吕晚村先生詩稿舊鈔箋注卷末，上海圖書館藏）

按，文後姚虞琴跋曰：「此即其門人嚴鴻逵所記。讀新秋觀稼樓成第三首小注有鴻逵字樣，可證耳。虞琴讀竟記之。」

何求老人殘稿題記　四則

吴晉德

此吕耻翁詩稿也。翁名留良，字晚村，原名光輪，耻翁乃其自號，或作耻齋，禾之石門人。是册予得於古鹽故家某。前有其先人序跋兩頁，述所得原委及詩中隱微之旨頗詳。惜某過於謹慎，將序跋拆去燬之，並屬予諱其事。因識數語於簡端，告夫後之得是書者，知所寶護，弗輕視之。第七十六甲子之丁亥歲秋七月既望，養恬盦主書於武原邸舍。吴晉德（鈐）

又

昔漢武帝讀長卿賦，歎不與同時，蓋謂古人之作，是以惜之。予讀耻翁詩，亦發此嘆，奈翁作故已百有餘年，縱有狗監在，亦無如之何也已！恬道人燈下又筆。風塵逸客（鈐）

又

耻翁冢嗣公忠字無黨，後更名葆中，與查他山太史慎行、馬術齋上舍思贊及朱竹垞檢討彝尊交最密。予曾見無黨假寒中家藏圭塘小藁，手自鈔録。其借書手札與所鈔圭塘稾，均在武原。而手札載衎齋存稾，將來當有人栞而問世。其所鈔之書與是册較之，筆蹟相符，詢知乃翁亦命無黨繕寫者。益宜寶之。十七日飯後記於養恬行盦。養恬（鈐）

又

耻翁著作頗富，惜被燬幾盡，世人罕有見之者。或遇片紙隻字，珍同和璧。兹得其詩稾兩册，共九十六頁，五百有四章。分集曰「萬感」、曰「伥伥」、曰「夢覺」、曰「真臘凝寒」、曰「零星」、曰「東將」、曰「欬氣」、曰「南前倡和」。以年考之，計四十餘載。後附各集所删詩二十四首，蓋已删而復存者，以此足徵其去取之不苟矣！讀畢書此，用誌三嘆之意焉。十八日有客邀飲，意懶不赴。復展此册讀之，自覺情興勃然。因沽酒細酌，書此以志景仰。風塵逸客。晉德（鈐）（同前）

何求老人詩稿跋

吴騫

甲寅夏五收得此書。雖非舊鈔，而字畫頗工整，知非胥鈔也。去歲搆得亮功一硯，背有銘。今讀題諒功遺稿一絶，想見諒功之爲人。吴氏畺窩集中有諒功傳，可考也。漫記。騫（鈐）（何求老人詩稿卷末，中國國家圖書館藏）

何求老人詩稿跋

朱昌燕

是册爲拜經樓吴氏舊藏，後歸别下齋蔣氏。吾友徐寅盦司馬得之有年，以不署譔人名，出而見眎。余袖歸，挑鐙讀之，知是語溪吕留良所作。何求老人，其晚號也。當時列入禁書，故流傳絶尠。閲竟，爰誌數語以還之。丙申冬十一月，河濱朱昌燕書於詩海之南窗。（同前）

何求老人殘稿跋

張鳴珂

游丹霞洞天之明日，遇武陵漁父於碧濤翠嶂間，手是編畀予，驚喜欲絶，蓋塵埋扃閟者二百一十九年矣。相與坐盤石，就而視之，不名一格。其豪放如龍門飛瀑，奔騰溯湃，令人三日耳聾；其鑱削如奇峰怪石，森然如欲攫拏；其幽秀如孤花瘦蝶，風致自佳。迴環雒誦，又如雲車羽蓋，縹渺聞笙鶴之音。歷奇境，矜奇遇，讀奇書，是真足以怡我情矣！遂拈秃管而識之。壬寅夏五月既望，細林山樵時年七十有四。（何求老人殘稿卷末，上海圖書館藏）

何求老人殘稿跋

止隅老人

先祖父手録石門吕晚村先生詩集，先生際鼎革之時，未免語多怨諷。因係先人手澤，不忍棄毁，爰附數言，囑我後裔只可深弆，不可輕以示人也。須謹記之。曆數由來有草除，堪嗟野老重唏嘘。普天之下皆王土，率土之濱寄草廬。彭澤風流甘種秫，蒙莊放達玩游魚。先人手澤難抛却，吩咐兒孫謹束諸。時在丁亥春仲，止隅老人誌此。（同前）

何求老人殘稿跋

佚名

幼時聞師長言耻翁憎鼠詩云：「壞我衣冠皆此輩，斬除巢穴在明朝。」詠紫牡丹云：「奪朱真可惡，野種亦稱王。」今檢此册無之，則原詩芟落者尚夥也。又舊見友人摘録耻翁詩：「言臣不奉詔，勸帝且停樽」、「雞狗猪羊馬復牛，算來件件壓人頭」等句，觸忌獲咎。今詩在册中，益信傳鈔有自也。近書禁已寬，存之亦足鑒戒云。（何求老人殘稿卷末，中國國家圖書館藏）

何求老人殘稿弁言

言敦源

予幼時，嘗見先妣汪太夫人藏有寫本何求老人殘稿，無作者姓氏，謂受諸先祖妣左太夫人。祖妣爲陽湖仲輔中丞之女孫，又江陰陳吉甫先生之外孫也。陳左兩家，詩人繩繼，傳鈔祕籍，往往而有。比長，得讀晚村先生文集，於行略中知別號何求老人，則此詩彌足貴矣。光緒丁亥冬，先妣棄養，伯兄謇博至自河南。逌服闋，將挾以俱汴，謀付欹劂。乃偕吾婦丁蘊如分録一通，留以寓目。戊申伯兄知獲嘉，以病卒於位。余方攝鎮大名，乞假往經紀後事。遺書具在，梓工中輟。吾所寫本，巾箱自隨，漸漸漫漶。乃授之寫官，重事過録。當時吕詩禁例嚴而刊本鮮，然重其人與言者，流傳自不能已。詩近宋人，嘗於宋詩諸家，排比評騭，如數家珍，致力深矣。故發爲言詞，胎息近似。至別有家國之感，足以附庸梨洲，不得僅以詩人目之。光緒己酉元旦，常熟言敦源識。

辛亥冬，余從江安傅沅叔學使借得所藏寫本何求老人殘稿，計萬愁集、悵悵集、夢覺集，都一册，每葉十八行，每行二十一字，另有朱墨評校。與近日坊行國光社排印本曰東莊詩存者，夢覺集後尚有真臘凝寒、零星、東將、欬氣諸集，卷數不同，而與余家所存寫本，則大略無異。惟增補七律一首，注數處，並朱墨所校之字，據以過録。凡予所校正者，加按語以别之。一彈指頃，伯兄歿已廿年，吾婦歿將十年。影事前塵，感深今昔，故付排印，以廣流傳。世之人視爲單行别本可也。庚午夏五月，敦源再識。（何求老人殘稿卷首）

張公束手鈔本何求老人殘稿跋

潘景鄭

晚明文辭，多觸諱忌，故傳本芟落甚多。此何求老人殘稿七卷，是嘉興張公束先生手鈔本，存詩四百五十六首。近時風雨樓依舊寫本刊印，爲東莊吟稿七卷，殊多訛奪，而改易名稱，又失原本面目。頃以張本勘讀，如伥伥集哭黄坤五第二首「靈車闢税重」，刊本脱「重」字。又夢覺集管裏指示近作一首内，「知深語不忸」句下，脱去「首陽門户衰，霜飆擘敗柳，非假旄鉞威」十五字。外此文字互異者，不下數十處，要皆以張本爲勝，足徵張本傳鈔有自。前賢精力所及，自非偶然，又豈近時率爾操觚者所可同日而語哉！安得好事者，據是本重爲校刊，庶先生迻寫之苦心，不致湮没於無形矣！丙子四月既望，曝書檢得此册，莊誦一過，並校正訛脱於風雨樓本上，燈下漫誌數語於尾。（著硯樓書跋）

呂晚村詩稿舊鈔箋注跋三則

姚虞琴

呂君十千藏有晚村詩稿，傳鈔草率，訛字實多，屬爲校正，中有絶律十二首，爲此本所無，亟録而存之。丁丑九月，虞琴記。姚虞琴印（鈐）

又

風雨樓藏本訛脱殊多，以此本爲之校正，然亦有數字可正此本之誤者，注入行間，足稱善本矣。姚虞長壽（鈐）

又

辛未歲莫，假鄧氏風雨樓本復校。姚虞（鈐）（呂晚村先生詩稿舊鈔箋注卷末，上海圖書館藏）

呂晚村詩稿舊鈔箋注跋

陶毅

癸丑春日與臨川顔氏藏鈔本校讎一過。陶毅之印（鈐）中木具有（鈐）（同前）

吕晚村詩稿舊鈔箋注題記

鉢　彌

晚村爲文字獄首，歿後門人輩備遭慘禍，其顛末不能記憶。此册爲灰燼之餘，雖已印行，既爲無欲手蹟，即以名人書畫視之，亦可寶也。（同前）

何求老人殘稿跋

佚　名

右詩七卷，研銘一卷，前有晚村何求老人印，中多闕文，意有所諱。玩硃筆點定數處，非手稿，爲天蓋樓舊本可知。國初文字之獻，烈於身後，卷末燒痕儼然，豈當時出諸煨燼者歟？詩損十六字，銘缺過半。先生文集有雕本，而詩獨無，精氣不可磨滅，其有所待而然耶？丁巳夏獲於武林書肆，補綴完好，附識於後。（何求老人殘稿卷末，上海圖書館藏）

天蓋樓詩題記

夢禪

晚村文集有刊本，經禁綱後流傳已渺。詩有天蓋樓集，傳鈔舊本，尤爲希如星鳳。書衣所題，審爲芷翁手墨。戊辰蒲夏，夢禪謹誌。（天蓋樓詩卷首，上海圖書館藏）

天蓋樓詩跋

姚虞琴

丁丑九月，選青兄以家藏晚村先生詩稿見示，余出篋中無黨手鈔本互校一過。時正中日劇戰，烽火耀天時也。七十一叟姚景瀛校竟記之。（同前）

天蓋樓詩集跋　二則

徐益藩

晚村先生詩集，藩所知見者，有臨川顔氏、常熟言氏、江安傅氏、仁和姚氏、海寧呂氏、吳縣潘氏諸藏舊鈔本，及順德鄧氏風雨樓排字本（坊間石印本宷從姚本出，故不數）。姚、吕二本，藩幸而得睹，顔本異文具校於姚本，言、傅二本皆不全。言氏㹅莊合校爲一，亦排字以行，與鄧本皆較易獲。惟潘本聞爲嘉興張公束氏手寫，嘗致意景鄭丈，蕲目諗之，至今未果。友人有告以吴興劉氏亦藏有鈔本，亟俛葩廬丈作緣甌借，則其源亦出自張，可彌未見潘本之憾。既詳校一過，其篇章字句，大氐與鄧本爲近，其傳寫或譌者，烏程李伯壎氏又以鄧本校正。然鄧本譌處亦多，李校去取復未盡當，藩滋慊焉。它日決當薈諸本之善而筞定之，以備吾鄉之文獻。先述鄙懷，用諭嘉惠云爾。民國第一壬午歲不盡五日，邑後學徐益藩借讀謹識。

又

此本鈔於宣統庚戌季冬，李校則紀年辛亥閏六月，鄧本以辛亥三月印竣，故倀倀集題如此江山圖一首，校文有曰風雨本。他凡所校，亦莫非風雨本也。藩又記。（天蓋樓詩集卷首，中國社會科學院文學研究所圖書館藏）

天蓋樓詩集跋

苕溪漁翁

嘉興秀水學堂藏本，張公束手批。宣統庚戌季冬借鈔，苕溪漁翁題記。（同前）

妙山精舍集題記

張謙宜

吕先生，少年是豪邁人；後遭患難，是歷練人；收心向學，乃改轍人；逮所見愈深，則進德人矣！丁未末伏日，山民記。（妙山精舍集卷首，天津圖書館藏）

吕晚村先生古文序

孫學顏

宋五子後，以儒者之言，發揮聖賢經訓，俾斯文丕變，彝倫不至於終斁者，功莫盛於東海吕晚村先生。而先生之言，見於評隲時文中者，其高第弟子陳鏦大始，既爲編輯講義一書，而楚邵車遇上氏，又爲增删校訂，題以吕子評語。度今海内有志之士，欲由先生之言，以窺聖學之閫奥者，已莫不家傳而户誦之矣。惟是先生講學暇日，與其知舊門人往還問答，與夫各因一事論著之文，莫不有妙道精義，存乎其間。惜當時未有成書，而窮鄉晚出，雖欲購求片言隻字，以充布帛菽粟之需，終苦於無從物色已也。余不敏，自少有志先生之學，即以不獲盡讀先生著述爲恨。庚寅冬，客金陵，因與一二三同志講明先生所刊布諸宋儒書，遂相約悉心訪求先生遺文，以酬夙志，以示來學。然自始及今，十有餘年，僅得書叙、雜著、誌銘凡若干篇，而出於吾友江君歙谷之收羅者，頗十居四五。蓋先生固不屑以文章名後世，而其精神光怪，足以配光岳而昭人紀者；亦若顯晦有時，不輕與人以易覯也。余亟欲推所好，公諸同志，特繕寫以付剞劂，俾凡私淑於先生者，姑從事於是編，以稍慰其廣已造大之思。異時或得見先生全集，益以開拓其胷襟，而知聖賢經訓之旨，有不待他求而得者，即以是爲嚆矢可也。時康熙庚子六月望日，古桐鄉後學孫學顔謹書。（呂晚村先生古文卷首）

呂晚村先生文集題識

呂爲景

右曾大父晚村先生古文若干首，係王父冰蕸先生手輯，距今三十餘年矣。憶丁酉歲，爲景於舊簏中檢得，什襲珍秘，不輕以示人。近見白門刊本，僅十之二三，又其間叙次之舛錯、字句之謬訛，不可殫述，私心竊耿耿焉。懼先人之遺藁，反因是以貶損，非惟無以揚之，且抑之也。甲辰秋杪，龍山沈椒園枉駕南陽村舍，相與披誦竟日，沈子矍然起曰：「先生之書，衣被天下，海内之士，終以不得見全集爲憾。子寧能以舉世之所慕，而爲一家之寶乎？」爲景應之曰：「藏之名山，傳之其人，蓋將以有待也。小子何知，乃敢妄爲流播？」沈子曰：「不然。道之易晦而難明也久矣。朱陸異同之辨，幾如築室道傍，迄無定論。先生憫焉，於是大聲疾呼，慨然以斯道爲己任。是非邪正，一以朱子爲歸。今之學者，不啻撥雲霧而睹青天矣。是編所載，豈特昌黎之原道、廬陵之本論哉？先生之精蘊，具見於斯。學先生而因以學朱子者，此即紫陽一瓣香矣。其可以終秘也耶？」用是不揣愚惷，遂與椒園互相商訂，釐爲八卷，並附行略一帙於後，而記其梗概如此。或以是書之刻，爲繼先王父之志，則小子何敢！曾孫爲景謹識，時雍正乙巳長至後五日。（吕晚村先生文集目録後）

吕晚村先生文集跋

阮　元

余昔在都中，於友人處，借得吕子評語一册。退食餘暇，披閲參究。凡闡發奥義，黜駁常説，實能於聖賢心事，曲曲傳達。所有胸中疑團，豁然開悟。閲其書，知非積學功深，必不能然。今復得覩其文集，其所著作，皆具大手筆，於世道人心，煞有關係。展誦之下，心爲之折。因囑曰：「此希世之珍，不易獲也。亟宜什襲而藏，勿使異日有遺棄之憾。」因於卷首樂贅數語云。道光二十年歲次庚子杏月下浣六日，儀徵阮元書於愛蘭山莊之北牕

下。（呂晚村先生文集卷首，清華大學圖書館藏）

題鼓峰賣藝文後

李鄴嗣

萬生斯備謂予曰：「古今貧者，率苦無資身之策，今吾輩甚貧，奈何？」予曰：「凡人所謂資身，大者禄食，小者家食，皆是也。謀食而不得其道，辱身莫大焉。資身而反辱之，出下策矣。」萬生曰：「然則不辱身而得所資，其道若何？」予曰：「古人於此，有傭耕者，有爲冶工者，營葬者，賃舂者。」萬生曰：「是必至驪面熊脚，背上生鹽，此所不能也。」予曰：「其次則有如治漆者，賣屨者，如織簾者，補鍋者。」萬生曰：「巧者不過習者之門，此所未解也。」予曰：「然則爲其逸者，則有若賣卜者，爲巫醫者，售畫者，傭書者，鬻文者。」萬生曰：「此類近之矣。頃見高丈鼓峰賣藝文，此先得我心者也。」予曰：「吾曹但爲資身謀，則當視作一篇寫一紙，直如織一簾、補一鍋，使人貿貿然出所有餘，吾貿貿然資所不足，交易而去，不知姓名可矣，何用文爲？」萬生曰：「是誠然矣。但古今織簾者無數，而獨曰有織簾先生某；補鍋者無數，而獨曰有補鍋匠某，終以其人名耳。是非文不足以爲招？」予笑曰：「有是哉！諸君資身之念與好名之念平分之。」因爲題於鼓峰賣藝文後。（續甬上耆舊詩卷四十一）

耻齋文集跋

吴榜

道光戊子冬，榜於桐鄉友人處得先生講義、語録、尺書、記序、誌、詩若干卷，及張良御撰事狀一篇。息心往復，始知先生所學與天所以生先生之故。蓋自陽明以洪水猛獸詆朱子，大慧之餘涎，復浸淫於人心而不可滌濯，即一二負聰明者，亦皆眩惑於陽明之事功，謂其才真朱子勍敵。先生殫力近思録，決然信朱子爲頭等聖人。知朱子者真，故闢王氏者切。非毁王氏，距其背朱子耳。非阿朱子，尊其宗孔孟耳。而又非徒口舌爭勝也。生平立身接物，深體朱子居敬窮理之旨，能於日用行習，洞見天命人心之本然。凡片語隻字，皆欲使學者踐履篤實，由程朱而漸達乎孔孟。則其詩古文辭，直可作章句注脚讀。嗚呼！殆天使之羽翼程朱也。榜故閉户鈔録，以俟後之學朱子者。癸巳暮春，涑南後學吴榜蕊宫甫謹跋。

考亭授受久沉淪，陰釋陽儒太誤人。獨有先生傳絶學，纔教舉世見迷津。功真上燦天心日，稿豈長埋井底塵。目下揚雄知孰是，此書寢饋合終身。

紫陽尊聖斥佛老，不使周行生茂草。姚江學從頓悟來，改頭换面賊吾道。南陽高豎廓如樓，獨回狂瀾於既倒。永康眉州盡屏除，碧落無雲紅日杲。魯齋學朱豈不勤，可惜潔身見未早。（恥齋文集卷首，中華書局圖書館藏）

跋賣藝文

管庭芬

東莊，字光輪，爲儀賓石門吕熯之孫。有才名，縱横文場幾四十年。然言多詭辨，每以時事觸忤當道。後爲曾静之獄牽涉，至罹發冢戮尸之慘，蓋有所自取焉。今閲其賣藝文，見其篤於友誼，以佐其治生之術，使各得筆墨之資，而苟免餒死於牖下耳。然今日之將帥，喪師失地，減削軍糈，未聞廷臣議加顯戮者，視東莊之案何如焉！咸豐庚申八月初二日，花近樓主人記。（國粹學報第六十四期）

吕用晦文集跋

鄧實

是集爲余丙午秋借鈔於杭州丁氏，凡正集八卷，續集四卷，附録一卷。用晦先生之曾孫爲景所梓。時距乾隆曾静之獄尚未起，先生之書，尚得以刊行無礙，傳本正多。及後禁毁之令行，疆吏奏進書目，對於先生著述最烈，凡片紙隻字，無不蒐毁淨盡，遂爲世人所不敢道。百年以來，人亦尠見其書。意必以爲有甚憤激無狀者。今讀其書，慨然以道自任，焦思痛口，斷斷論學，一以朱子爲歸。即有時興懷故國，自以身遭多難，言有餘哀，迹類於避人絶世，然亦用意甚晦，人莫測其所謂，不應以此而生文字之獄也。余曩得先生手書家訓真蹟，亦治家論學常語，無一涉時政者。而迺以文字賈禍，何歟？或曰：「先生哀憤之語無所寄，則一洩於所批學子之四書文，其得禍以此，於著述無與也。」信歟？顧所批四書文，止不可見；雖見而時代既異，八股已廢，人亦無復取而視之者，而獨其遺書沈埋。國初浙中言學派者，首推先生，與黄梨洲並，而不爲强同，其言學有足稱者，則又不可不傳也。丁未出此本以示同學黄君，爲合刊之。越歲迺蕆事，因記於此。雞鳴跋。（呂用晦文集卷末）

呂晚村墨蹟跋

張　謇

謇年三十許時，讀晚村批評之制藝，義本朱子，繩尺極嚴，不少假貸，緣此於制舉業稍覩正軌。當時書禁之弛亦久矣。今觀此册，多朋好往還之箋札及他著。書法大都導源閣帖，而得力於米襄陽者爲多，老輩風流可慕也。石門吴待秋君，以所藏畀商務書館石印，公諸世，意至善。待秋即册中所稱孟舉之裔孫。孟舉號黄葉老人，著有黄葉村莊集者也。獲觀樣本，書此誌幸。張謇。（吕晚村墨蹟卷首）

吕晚村先生文集序

錢振鍠

朱子謂：「南渡以來，八字著脚，理會著實工夫者，惟吾與子靜一人。」黄石齋謂：「文成自説從踐履來，世儒説文成從妙悟來。」由此觀之，陸王之與程朱，未嘗異也。然以世人視之，則皆以程朱爲嚴，陸王爲寬；程朱爲難，陸王爲易。以爲嚴且難，則憚而遠之；以爲寬且易，則樂而道之。嗚呼！此世人之視陸王云爾，豈陸王之果異程朱哉！晚村先生，專主程朱，而嚴斥陸王者也。夫程朱陸王之是非，僕不敏，不足以知之，而猶以爲晚村先生有大功於天下，何也？天下之事，始爲之必難，而繼之者斯易；始爲之必嚴，而繼之者多寬。一代之興，必有道德之儒爲之正人心而維風化，其爲道德，亦必先務其嚴且難者，而後可以爲王化之基。譬之築室，詩云：「約之閣閣，築之橐橐。」嚴之至、難之至也如此，而後可以爲明堂太室，子孫世守之而無傾倒覆壓之患，何者？以基固也。一代之興，是築室開基之時也。夫程朱之學，非人心風化之基乎？是故明、清開國，其始皆崇尚程朱；中葉以後，始有取徑於寬且易者。此非時代升降之故乎？先生崛起於明季人心風俗既壞之後，而毅然以發明程朱之義爲己任，正言厲色以警教世之學者，赫赫如秋陽之燥萬物，虩虩如震雷之殛陰邪，非至誠救世者不能如此。夫一代之興，非特恃熊羆之士，不二心之臣，可以定天下，垂久遠也。定天下，垂久遠，必在真儒。本朝之興也，有湯文正、李文貞、魏文毅、果敏、張清恪、陸清獻諸公贊襄於朝，有夏峰、二曲、楊園、桴亭諸先生提倡於野，而後人心丕變，風俗日臻於治。此本朝三百年太平之所由來也。然而守程朱之學之嚴，無若先生者。清獻近之矣，猶未若先生之峻也。然則道學之有功於本朝，吾必以先生爲之首焉。有王者起，必來取法，先生當之矣。

先生文集極難得。族弟軼裴好聚書，歲戊辰，北游京師，求之書賈，竟得一部。無序，不載刊刻歲月。軼裴商之予，以活字印行之，原闕闕之，顯誤改之，疑者仍之。書内與董方白書重闕兩字，中夾小楮云：「據朝鮮本作今日。」惜乎吾不得朝鮮本爲質也。嗚呼，先生之書厄於天人者三百年矣！今幸而得之而傳之，使天下之人，讀先生書如對嚴師，如受夏楚，戰戰然有以戢其不肖之心，而策其向道之志，世運其有轉機乎？中庸有言：「不誠無物。」有其物則有其功矣。先生之學，天不能死，地不能埋，亦足以見誠之爲物矣哉！

己巳秋九月，陽湖錢振鍠庸人序。（吕晚村先生文集卷首）

吕晚村文集弁言

□ 炯

炯服務教育界五十年，今歲辛未，乃得退休。適年七旬，霽園同學諸君，有以集貲紀念爲言者。謝之不能，余乃喟然歎稱曰：「紀念之最大且久遠者，孰有如刻書乎！吾蜀書甚少，如朱子語類、朱子文集、薛文清讀書録、胡敬齋居業録、張楊園集、吕晚村文集、三魚堂集諸書，俱未有刻本，而晚村集尤不易購。今先將吕集印出。厥後母金子金，概交紀念委員保管，一律以之刻書，炯不敢私用一文，庶有以酬諸君之厚意，而餉後之學者於無窮。此則區區之心也已。」書將成，爰書數語於簡端。（日新印刷工業社吕晚村文集卷首）

吕晚村文集跋

姚虞琴

每見晚村先生遺稿，多半爲無黨手録，凡「留」均缺筆，作「畱」，此集全文都十七字，盡寫作「畱」，避先生諱也。又文中「學」字缺末半筆，作「學」，「啓」作「啓」，或亦避其先世之諱歟？往歲得先生詩稿，有其門人嚴鴻逵朱書小注，詩中所指，更覺了然。詩文兩稿，先後貯我篋中，延津劍合，殆有前緣。癸酉小陽春，姚景瀛虞琴甫識。（呂晚村文集卷首，上海圖書館藏）

呂用晦文集跋

徐益藩

三十一年秋，益藩方治晚村先生年譜，遍求其詩文集之異本，於舊刻近印之外，始獲見海寧呂十千丈所藏其鄉隱陸筠巖氏思劼鈔本，書牘取校刻本文集溢出九通，又一通之首多四十四字，一通之末多九十二字。既還甁矣，繼又假得虞琴翁此本，則陸鈔所溢出者皆有；而又有書四通，爲陸鈔與刻本所並無；一通之末較刻本多百二字；墓誌銘一首，二妙亭二聯，亦刻本所未載。刻本書九十通，以受者年輩爲次弟；陸鈔五十七通，或以作書年月爲次，而其例不純。此本書七十五通，首尾皆編年，偶有顛亂，不及什一。自餘刻本奪訛嫌讀之處，此本多足補正，詢先生文集第一善本也。矧經虞翁鑒定，全集凡遇家諱，無不缺筆，必爲先生嗣子繕正。益藩爲邑後學，敬展手蹟，益復肅然。虞翁又有舊鈔本先生詩集，前人題跋亦有以爲先生嗣子手蹟者，並請觀之，以饜吾嗜。崇德徐益藩謹記。（呂用晦文集夾頁）

呂晚村先生家書真蹟跋

員賡載

先生倡學東南，載束髮受書，即知嚮往，徒以一江之隔，負笈稍遲。壬申歲始得造南陽講習之堂，而先生謝世已近十年矣！徘徊廡序，不能自已。既因先生嗣子無黨瞻拜遺像，執瓣香之誼焉。無黨復盡出先生遺書手澤，共相展閲。中有家訓數帙，其言尤深切著明。載乃作而歎曰：「始吾知先生見道之高明也，今復見先生躬行之篤實矣。夫庭闈私語，皆可告人，立心之誠也。造次指揮，字必端楷，持身之敬也。巨細之務，至理具存，格物之精也。一事而引伸之，數善備矣。至其閒格言正論，皆可以砥挽頽波，綱維人紀。抑是訓也，豈惟先生之家，若播諸天下，繫世教實有賴。」因與無黨共相簡綴，成一編，以垂惠來學。此固載平生私淑之微志云爾。康熙癸未冬十月，三原門人員賡載盥手謹識。（呂晚村先生家書真蹟卷末）

天蓋樓四書語録序

錢陸燦

天蓋樓四書語録者，晚村先生評選歷科時藝，其論辨經義，闡明章句之語也。先生歾，大梁周子龍客纂次，都爲一集，以行世。

按，宋儒及勝國薛、胡諸先生，皆有語録之刊，所以正人心、辨學術也。龍客述曰：在延聞之吾師：人主之治天下，未有不以聖人之道治之者也。聖人之道見於經，其治天下，未有不以聖人之經治之者也。今夫六經之道，備於我夫子之一身。夫子者，覆生人之器；夫子之語言，覆六經之器也。夫子之後，曾子、子思、孟子，皆羽翼夫子治六經之書者也。考經學，在西漢立學官，議太常掌故，置博士弟子，或廢或興。余讀太史公儒林傳序，其終篇雖皆以孔子爲主，然當是時治經如董仲舒輩，不及四子，而學、庸編入禮記中，鄭、孔言人人殊。宋興，諸儒始知推崇四子。以冠於諸經之上，蓋莫盛於朱夫子之書焉。章句集注二十六卷而外，或問、輯略、精義、問答、語類，凡又百餘卷，皆以發明章句之義。自朱子之書出，然後人知四子之經，冠於諸經之上，而爲聖賢語論之樞機，道德之橐籥焉。然余考宋史藝文志，當是時，非置學、庸未有是正，即論語、孟子，尚依班固例，序爲「語類」，而與朱子之書未合爲一。以頒於學宫，行於天下，蓋又莫盛於勝國洪武取士之制藝，與永樂刊序之大全焉。自大全之書出，夫然後學者欲治各經，先治四子之經；欲治四子之經，先發明四子之理於八股。蒙以養正，習與性成，義霑肌髓，言本心術。上以此求，下以此報。理之是非，如黑白之入明鑑也；文之輕重，如鐵炭之載權衡也。材何不周、邵，俗何不成、康，此我國家所以仍其取士之制而不廢。然而安於習俗之敝，蓋亦已百餘年矣，而於今爲甚，則何哉？一曰：大全所采諸家之説，自漢歷宋，一百五十餘家，大抵以朱子爲宗，而牴牾朱子者復不少，則所當辨正者一矣。二則曰：隆、萬以後，俗師之講章出，講章出而朱子之章句被其抹摋矣。三則曰：俗學之時文出，時文出，聖賢之道理併語氣，受其詆讕割裂無餘矣。此三者，敝之綱也。雖然，略舉大全之當辨正者，如雜舉他家之説與章句合者存之，與章句謬者去之，釐正一書，匡厲學官，俾學者有所折衷，此猶易爲功焉。至俗師之講章，束大全而不觀久矣。條目中預提出一條目，如聖經四節之預重修身也；一節中忽拈一字以串之，如中庸「思修身」節之「思」字也；一章中忽拈一二字以貫之，如「衣錦」章之「闇然」字也。自張窠臼，妄生意解，箋注紛羅，顛倒曲直。諸如此類，疑誤弘多。

有俗師之講章，因而有俗學之文字。隆、萬以前，先輩先體貼語氣，次發揮理學。其所引用入文之字句，非出五經，次亦取史、漢、古文也。隆萬以後，束五經、史、漢而不觀又久矣。初掠禪，既襲子，至於今時，兔園之册，腐鼠相嚇，壞爛而不收，空虚而無用。孔孟之書未嘗不在也，不於其書而求之，則無以得其言；言且不得，況其意乎！朱子之書亦未嘗不在也，不於其書而求之，則無以得其解；解且不得，況其所解之理乎！蓋所聞於其師者曰不必也，所聞於其父兄曰且亦不暇也。不必亦不暇，程效於數十日之間，考業於數十葉之内，希冀時命，苟且一得。心術如是，人材奚由正？報稱如是，風俗亦奚由醇！此二者之流敝，則非人其人，火其書不爲功矣！

經論治天下之道，「正辭，禁民爲非，曰義」，此辭之不可不正也，猶夫非之不可不禁者也，夫豈治天下之細故乎哉？於是入國朝以來，吾師起而憂之，而思所以救之。曰：其道無他，亦即以其所爲科舉之文而論次其所爲文之義。曰：文如是矣，夫子之理不如是也，夫子之理蓋如彼。文之理如是矣，夫子之語氣不如是也，夫子之語氣蓋如彼。理如是矣，語氣如是矣，而所引用入文之字句不出於經史，則必區而别之曰：此亦俗學所得於俗師之時文之字句，而非先輩所得於經史之字句也，先輩之學蓋如彼。要而論之，有先輩之學，自有先輩之文者，其勢也；有俗師之學，自有俗學之文者，亦其勢也。此流之所以承其源，敝之所以日甚也。於是專舉朱子章句之説，先辨去其俗師俗學之説，次辨去其大全某氏某氏之説，又旁舉或問、語類、他書發明章句之説，歸於衆説之一説。朱子嘗曰：一部論語，白頭亦解説不盡。於是則又反覆抽繹朱子所未説之説，以補足千秋萬世所必説之説，而説止矣。三十餘年間，閱文何啻數十萬。文之去取，説之去取也。自吾師之説出，而天下之文始定；自吾師所説之文行，而後四書之説始定。蓋此數科以來，天下之學者翕然望走南陽，奉其書如拱璧。而吾師固已竭心力於文字之間，告無罪於孔孟之世。細書飲格，午夜燭暈，病息綿惙，勤勤不怠，書既成而吾師圽矣！悲夫！

在延親侍聿牘，謹謹薈蕞。初因文以次案其説，不見其文之多；今離文以孤行其説，不見説之少。删其繁複，節其冗長，録分百卷，積葉千餘。於乎！其心可謂勞，其功可謂勤矣。而在延之收輯無遺憾矣。於是謀於同人：「誰可出手作序者？」曰：「有虞山錢湘靈先生在。」龍客則又述曰：「在延侍師久，平生論今古文字源流，近日所心折者，先生一人耳。先生序之，在延得藉手報吾師於異日。」余泫然曰：「於乎！予何敢序晚村哉！文章之敝且百餘年，賴晚村覺悟一世，世既宗之矣，不幸而死。倘假靈於我夫子，而馮儀於有德之在位者入告：吕某書應經義，較正大全，表裏章句，請敕著功，令下所司，副在朱子之書左右，準是以去取文字，掄別人材。其俗師俗學，則人其人，火其書，治勿赦。審爾經正則民興，將天下興起於聖人之學，以成三代之治。其鏡源澄流，正辭禁非之效，豈不功高於有宋、業茂於勝國哉！顧晚村命之矣。」蓋曩歲訪余常州，道相左也。已而以書來，曰「相慕如吾兩人，千載上下，固當几席遇之」云云。於乎！晚村竟先我侍諸夫子矣！詎意几席千載，墜言遺札，遂爲橋公車過腹痛之約哉！因叙龍客之述冠於端，書以俟之。

晚村吕氏，浙之石門人，名某，字用晦，學者不以其名，咸稱曰晚村先生。

康熙二十三年歲在甲子六月朔旦，虞山同學弟錢陸燦盥手拜書於金陵之留湘館，時年七十有三。（天蓋樓四書語録卷首）

天蓋樓四書語録序

王登三

聖人之學，有體有用，而天德王道之旨，仁義中正之歸，以及禮樂政刑，憂世覺民，因事立教之論，莫備於四書，故四書者，六經之指要也。秦灰值厄，至道不彰，及魯壁壞垣，論語始出，然猶未甚較著直。至有宋諸儒起，乃能破意見拘墟，探聖賢理奥，而紫陽朱夫子更統其大成，衷以己見，爲四書集注、或問、語類、精義等篇，而孔曾思孟所以闡述六經，垂訓萬世之墜緒微言，遂無不昭然沛然如揭日月而行江海。大哉！真聖人之徒歟？

暨勝國本朝因之，頒諸天下，詔諸學宫，一以昌明傳注爲主，以故博士家奉爲矩矱，凡發諸制義，莫不根柢程朱。第俗學蒙晦，多因陋就簡，父師子弟，轉復承訛，僅取敷文而止，於是朱子之書每不能卒讀，而聖學荒蕪甚矣！心竊憂之。適龍客氏出一編相示，曰：「此余數年來所編次吕先生語録，而湘靈錢君爲序以行之者也。曷讀之？」爰受歸，誦竟旬朔，研其旨趣，究其統宗，然後知龍客所編次，與錢先生所序行者，非吕先生之書，而紫陽朱夫子之書也。今時下所習講章，未嘗不曰尊傳注、體朱子矣，究之承謬習，舛得其麤，而遺其精；襲其文辭，而忘其根極。若語録則致大極精，而貫之以正，固穿天心，出月脇，銖積尺量，而不失夫秒黍分寸者也。其足以垂世立教也宜哉！

述評爲吕先生長公無黨所著，其記載皆所以發明偶評之説，蓋得於趨庭授受之餘，聞見親切，與吕先生之説相表裏，故龍客亦編次及之。此非獨不欲遺先生之片言隻字，亦冀大闡朱子之言，不使有毫髮遺憾，庶聖人有體有用之學，燦然較著於天下後世，不爲俗學所榛蕪。噫！是固龍客所以編集，錢先生所以序行之意也夫。乃予於龍客尤有所仰止焉。龍客嗜古力學，工詩歌及古文詞，下筆立就，蔑不斐然。至爲制義，則主於發明聖賢精微，不肯泛然爲科舉之學，故於其師説如水乳針芥，雖久困菰蘆中，不以易慮也。

夫不肯以四書經義，泛然爲科舉之學，斯誠聖道之所以益明，而人心之所以復古也歟？吾願天下讀是書者，皆奉此爲舉業之宗，而又不泛然視爲科舉之學，則幾矣！康熙甲子立冬日，江浦王登三漢若書於屏山精舍。（同前）

四書講義弁言

陳鏦

揚子雲曰：「古者楊墨塞路，孟子辭而闢之，廓如也。」自象山爲陽儒陰釋之學，朱子終身力排之，是非明白，炳如日星。後數百年而有王伯安，乘吾道無人之際，竊金溪之狂禪，以惑亂天下之耳目，至詆朱子爲洪水猛獸；晚年定論之作，顛倒彌縫，尤爲陰譎。羅整庵、陳清瀾亦嘗極力辨之，而本領不足，所見猶粗，無以攻其堅而撲其焰。後此講學諸儒，未嘗不號宗朱，而究其底裏，總無能出良知之精蘊。蓋陸氏之言，復盈天下，而朱子之學之不明也久矣。先生當否塞之後，慨然以斯道爲己任，於諸儒語録、佛老家言，無不究極其是非，而於朱子之書，信之最篤，好之最深。病夫世之溺於異學而不知所返也，故其教人大要以格物窮理、辨别是非爲先。以爲姚江之説不息，紫陽之道不著。又以爲闢邪當先正姚江之非，而欲正姚江之非，當真得紫陽之是。是以四方來學者，問難之際，是是非非，不少含糊假借。又以爲欲使斯道復明，舍此幾箇讀書識字秀才，更無可與言者，而舍四子書之外，亦無可講之學。是以晚年點勘文字，發明章句集注，無復剩義，而凡説之不合於朱子者，辨析毫芒，不使稍混。天下讀其書者，如撥雲霧而睹青天，其復見所謂廓如者乎。而不幸先生已即世矣。鏦自甲寅歲受業於先生之門，於先生之書，尋繹蓋亦有年，而未有以得其要領。自先生之亡，嘗欲掇其大要，編爲一書，俾夫窮鄉晚進，有志之士，便於觀覽，而未之敢也。近睹坊間有四書語録之刻，謬戾殊甚，其中有非先生語而混入之者；有妄意增删，遂至文氣不相聯貫者；有議論緊要，而妄削之者；其所載無黨述評，十居其四，甚有以述評語爲先生語者：種種謬戾，不可悉數！鏦竊懼夫後之學者，昧其源流，而以爲先生之書真如此，其爲惑誤不小也，用是不揣固陋，編爲講義一書，間與同學蔡大章雲就、嚴鴻逵庚臣、董采載臣及先生嗣子葆中無黨更互商酌，自春徂夏，凡六閲月而後成。讀者誠由是書以求朱子之書，則孔孟之道可得而復明矣！門人陳鏦謹識，時康熙丙寅立冬後四日。（呂晚村先生四書講義卷首）

呂子評語正編略例 二十五條

車鼎豐

朱子而後，學朱子之學，心朱子之心，而氣魄力量又實足以發揮朱子傳注遺書之藴者，晚村呂先生一人而已。今特尊之曰「呂子」，尊呂所以尊朱也。

宋末元明以來，儒者守朱子家法，闢邪崇正，代不乏人，大槩見粗力小，不足與斯道之傳，故亦無以撲異端之燄。杯水車薪，滅乃益熾。一經呂子辭闢，便如日月之出，爝火不復有其光。山陬海澨，聞呂子之説者，莫不感發興起，宇内得再覩一番經正，此是何等力量。

呂子之説，大約散見於時文評語，評文寔皆所以明道，則集呂子之説者，即謂之評語可。舊本以語録、講義爲名，不知語録乃門弟子記録其師之詞，講義當自成一書，或自成一首。吕子自云生平未嘗開堂説法，則知本無講義流傳；而評語出吕子手筆，初非門弟子記録語也。此等名目，固已不得其寔，甚至有無限要義，拘於語録、講義之名，槩從節去，學者不能無憾，故不得不另爲編集。

是非二字，不知世間必欲含糊過去，是何肺腸？是非不明於人心，此邪説之所以横流，江河之所以不返也。吕子之説，只不肯含糊是非；不肯含糊是非，只爲要正人心；人心正，則邪説者不得作。故嘗論評語之功在人心，直與孟子好辨等，不是尋常事業。附録明云：「先生非選家也，偶評非時書也。」先生之言間托於是爾，今必曰「選家」，且妄推曰「選家高手」，吕子所以屢歎不幸其形迹似之也。

吕子評刻時文，不過借爲致其説於天下之具耳，認煞便不是。究竟道理逼塞逼滿，無往不是，時文亦即其發見之一端。批摘點勘，只是此理，言借尚看成兩橛也。

吕子評文，正吕子知言處，我輩閲吕子所評之文，即我輩窮理處，胸中眼中總可不存時文見識也。知此意者，可與讀吕子評語，並可與讀吕子所評之時文。

吕子是以評文發揮道理，其就題論題，就文論文，針鋒各有對處，如題係一節兩節，一句半句，上下截斷牽搭，移步换形，其文各有結撰，而評亦因之以立論，更有因文感發推論。時或不盡爲本文本旨所有，然融而會之，無不互相發明。我輩讀書，本只求此理之明。時下講章，越細密，越支離，儒先議論，越開闊，越通暢，此意非俗學所知也。

讀是編者，須知每條前自有時文在，而此爲評語，其議論推廓處，本不得槩以字箋句釋之義例求之，要使吕子就書作傳注，又另有説，然道理總無二也。

此編自成吕子明道救時之書，與從來講章本頭絲毫不相比附。時下動將吕子之説，夾和蒙存等説數，一例編纂混看，此種寃苦，直是無處申訴。

時講惑亂益深，俗學蔽錮益甚。凡一切拘文牽義、破碎支離之解，從前無不誤中蠱毒，直當徹底吐瀉一空，方可與領是編之奥。否則胸腹有宿痞，喉間早已壅滯，雖排列珍異，强之使食，豈能適口下咽乎？

孟子謂「仁，人心也」，説得是。程朱謂「人之心未便是仁，心之德方是仁」；吕子謂「單説心，即本心之學，非聖學也」，又説得是。告子謂「生之謂性」，説得不是；明道亦謂「生之謂性」，却説得是。荀卿謂「性惡」，説得不是；明道謂「惡亦不可不謂之性」，却又説得是。異者不異，同者不同，此間總須解人，强聒不得。

程朱直接孔孟，吕子而外，敢道無人真信得及。無論假竊孔孟，非毁程朱者，直是異教兒孫，吾道蟊賊！即自負爲尊信程朱者，亦僅以爲程朱者孔孟之功臣，由程朱可漸至孔孟。論未嘗不當理，而語實出於隨聲，微窺其胸中，便有老大信不及，畢竟勉强帶三分周旋世情在。展轉遷流，終歸異學俗學，皆此一點勉强周旋處爲之伏根。試看吕子評語中，孔孟程朱，連稱並舉，夾縫不必更著一字，總由其本領印合，洞然無疑。寔見得前聖後聖，道脉心原，揆同致一。其間縱不無些子層級，總非境地隔絶遼遠者所得妄加擬議評騭也。時下貴遠賤近，輕置低昂，都是無知耳食人，門外猜疑，影響夢話。名爲尊信，其實去背畔者無幾。凡此等只在見地上爭高下，所見不真，不但不能尊信程朱，即孔孟亦何嘗受汝曹尊信來？

竊嘗謂四書之後，當續以小學、近思録，更集朱子語爲一書，與四書而七，使萬世學者首先誦習，痛下工夫，打定盤針，而後徐及諸經史，庶不至蹉却路頭。閲向來編朱子語者，如蔡覺軒續近思録、葉雲叟語録類要、丘瓊山學的、高景逸節要諸本，皆有未安，而吕子晚年欲成此書，未及而殁，徒爲千古恨事。今於吕子評語一編，亦願與當世學者重加商訂，一體先行誦習。否則盤針不定，雖窮經而博考注疏，讀史而横生論斷，到底都成錯鑄，求一言之幾於道而不可得也。

吕子趁快説去，亦間於章句集注小有出入，然枝葉之失，總無傷於其大本之同也。

程子曰：學者全要識時，不識時，不足以言學。吕子所下之藥，多是薑桂大黄，時症不同故也。然每以此攖衆喙，滋羣疑，甚矣此事之難言！孔父談仁義，期其萬一回。聾者自不與，豈能廢神雷？東海老腐儒，歌哭出蒿萊。其樂有餘樂，其哀有餘哀。噫嘻！呂子固不得已耳。

朱子文集語類中，有問目極長而答止一二語、一二字者，無不收録，祇欲由此得聖之是非耳。此編兼載時文及他評者，即以時文他評當問目也。文仍其姓名，評仍其字甫，或即仍其書名，總不欲掩是非之由以便查考。間有數條合爲一條者，取其意義貫通，彼此相足，庶不失呂子之意，非敢妄爲比附也。

首大學，次論孟，次中庸，此朱子讀法次第也，今遵之。

呂子評語，研窮精微，辨析同異，其於書義文法，皆歸斯理不易之極則，雖若條分縷析，其實同出一源，不可分而爲二者也。但編次雜和，不便觀覽，今以發明書義者編正，其論文則別爲餘編，一並付梓，庶學者得覩評語之全。

塹書三十首，以理則透宗，以文則絶頂，正呂子所謂道所生之文也，今亦附載各章之末。若謂必守溪、鶴灘而後爲經義正則，則余不敢知矣。

余之爲此編也，恐其評本久久磨滅，不得已而出此。固不能盡得呂子之意。且收拾，雖云略備，而遺漏終復不免。呂子評本未至磨滅，正須尋求，此編不過爲窮鄉晚進無力全購者地，非謂有此可廢評本，亦非導人以簡便也。

此編自壬辰迄乙未，繙閱反復，中間以事作輟，凡四年而成。胡君虹山，與余季弟須上，更互商訂，又幾一載，固已章分節次，黑白瞭然。若呂子生平評文公案，則卷首數篇自道已盡，而此編之指要亦明。故不敢復以己意輕爲之序，懼褻也。（呂子評語正編卷首）

呂子評語餘編略例八條

車鼎豐

呂子之評文，非爲評文也。即以評文論，亦自獨有千古。近代諸名選家不足論，六朝唐宋以來，論定詩文者夥矣，有一足與之頡頏者乎？有目者試取從來評語細加對勘，當自得之，實非予阿好也。

呂子所評者時文，其實古今文字之變，無所不盡。正惟其不止於文者無所不盡，故古今文字皆不能出其範圍也。讀者僅以評文求之，毋怪其與時選一例看承矣。

呂子論文，最惡顢頇。故雖零星偏曲，辨析研窮，必無剩義。正如江河之水，曲港支流，罔不充溢。學者於此逐字反覆潛玩，即可以得其原本之妙。蓋此理本無微不入，心思不到，遂使義理有遺，非細故也。

呂子於先輩，每論一家，必各揭其精神命脈之所寄。憑他用意用筆，奇詭要渺，而是非、真僞、疑似，不容瞞過分毫。即起歸、唐諸公於今日，亦應頫首受判，知言之能事，至是而極。於時下文字，雖不無節取恕收，要多大槩指陳，以本文證合，著語分寸，令閱者高下了然。其泛論源流派别，又隨處發明，彼此互見，故編次但從各本摘録，善讀者自可融會得之。若以詞理體格分類攙和，或反失其本意之所在，且亦無從查核矣。

此編本即正編之餘，故凡已見正編者，皆不復載。如「辭達章」中云云，皆論文精義要語，然正編既詳，兹槩從略，學者參觀之可也。

各本序、例、記言、附録，皆出呂子手筆，雖非評語，而實評語之弁冕也。今於關係某集者，仍就某集評語内首載之，其有通論文字，及雜出他集者，皆附見末卷後。

文章之變，自當從原評本逐一講求，此編亦止節存其槩。其就文細論處，多不能詳録，簡棄更爲不少。閱者諒之。

竊嘗聞之呂子門人寒村叟云：「先師之有事於評選也，非以爲時文也。閔人心之陷溺，而爲是納約自牖之方也。然必其爲文也，而後可與之論是非；藉非文也，而又奚論乎？譬諸人焉，五官具，而後可與言五事；五官未具，則將不得謂人矣，而何恭從明聰之足云？故曰：『文所以載道也。』自世之爲文者，一以詭隨捷取爲心，遂不惟理法之是議，而惟流俗之所尚是趨。正聲既微，淫哇迭起。末流波蕩，變怪百出。始爲輕浮佻達，繼以歆詖俚俗，而文章之法，滅亡盡矣。然理義人心所同然。使人人去其詭隨捷取之心，而從事於文章之正道，則必有以釐然辨其是非好醜之歸，而自厭薄其目前之所爲者。」又云：「先師謂『文以理爲主，理精則文自高』，蓋指夫徒事於法者而言也。若直謂之無法矣，皮之不存，毛將安傅乎？夫文之理與法，有合而助之功焉，而其事尤莫先於勿助長。」準斯説也，則余是編或亦不戾於呂子之意，而卷首數篇，學者尤宜三致意焉。（呂子評語餘編卷首）

呂子評語跋

曾習經

呂晚村評語正編四十二卷，餘編八卷，坿慙書、親炙録。原十二册，湖樓舊藏，癸亥十月八日夜重裝，併四册。晚村得罪本朝，此在燒毁之列，然此書以制藝論學，尚無畔道之言，因過而存之。蟄厂。晚村事當參閱大義覺迷録，大義覺迷録湖樓有之。陸清獻不薄晚村，其學亦未可厚非也。（呂子評語卷首，清華大學圖書館藏）

理學世系圖

張謙宜

- 周敦實 正宗
  - 程顥 正宗
  - 程頤 正宗
    - 謝良佐 傳述
    - 游酢 傳述
    - 尹焞 傳述
    - 楊時 傳述
      - 羅從彥 傳述
        - 李侗 傳述
          - 朱熹 正宗
            - 黃幹 傳述
              - 何基 傳述
                - 王柏 傳述
                  - 金履祥 傳述
                    - 許謙 傳述
                      - 黃溍 傳述
                        - 宋濂 傳述
                          - 方孝孺 正宗
                            - 中絕
                              - 薛瑄 嗣起
                              - 呂留良 嗣起
          - 張栻 分支
          - 呂祖謙 分支
    - 胡安國 分支
  - 張載 分支

- 趙復 分支
- 許衡 傳述
- 劉因 傳述

張謙宜曰：由堯舜以至周孔，孟子既言之已。自此以後，湮汩斷滅，無緒可尋。趙宋開基，濂溪挺出，程衍其派，朱會其流，至方子而絶。薛子繼起，不失宗旨。自是之後，無其人，但存其書。有能讀是書者，真千聖之嫡傳也。約計品弟，共有四等。得□遺經，契合聖人者，曰「正宗」。承教大賢，有離有合者，曰「傳述」。得其緒餘，各成一派者，曰「分支」。雖無授受，竟臻堂奧者，曰「嗣起」。若夫踳駁邪雜，支詞曲説者，不在此列。譜而藏之，以待君子焉。康熙丙戌八月初八日誌。（妙山精舍集卷首）

錢吉士先生全稿序

沈受祺

文自萬曆之季至天啟而亂，斯爲極。號爲經生者，不復省章句傳注爲何語，諸子、百家、二氏皆可爲宗，幾不知孔孟曾思爲何人。此豈復有文字哉？東鄉艾千子起而大聲疾呼，而後天下瞿然復知有儒者古文之學。然千子猶時出己意，改易程朱之説，其不悖於章句傳注者十得六七已耳。吴門錢吉士、楊維斗從而詳正之，其説必本之章句傳注，其體必以成弘諸大家先輩之法爲率，而後儒者古文之學昭然不息於天下。蓋至於今日，猶得以章句傳注正文字之得失者，千子、吉士、維斗之功居多也。

吉士持論較維斗尤嚴。謂制義期於演聖賢之言，令理真語肖而止。題雖數百言，吾以尺幅演之，使無一字之遺；題雖單句隻字，吾以數百言演之，亦止還其爲單句隻字。絲繩縷削，必不可使有稍軼於章句傳注之外。可謂嚴矣。天下固服其精明，而亦或苦其纆束。然試讀吉士自爲文，於其所持之法無毫髮之憾，而洸洋流宕，變動不居，有從容之樂，無布置之痕。世之豪縱自命爲古文者，其奇横未有能出吉士之上也。然後知苦纆束者，乃不善學之過，非吉士之論太嚴也。

吉士館余家久，與余論文最契。乙酉夏，吴郡難作，吉士遽歸，登舟復起者數四，若戀戀不忍舍者。最後持此稿付余曰：「吾平生所作盡此，不欲持歸，留君篋矣。」是夜抵家，即爲賊所殺。嗚呼！千子維斗猶以乙科鳴世，老死致命，皆不負所學，足以自傳。吉士有大功於文字，而不得一第，卒罹慘禍，文人之無命，未有如吉士者也。今年春，晚村吕子過余北山，蒐訪舊人之文，聆其議論，與吉士神合，而又有聞所未聞者。余喜吉士之文之有所托也，遂以全稿授晚村。吉士生不食稽古之力，而死猶得以老經生之文，離跂攘臂於先輩科甲大家之間而無愧，非晚村其又安望焉？然則吉士臨别，遲廻授記，詎非天意在斯歟？嗟乎！吉士今乃可以不憾矣。麟湖弟沈受祺謹序，時康熙戊午暮春之望。（錢吉士先生全稿卷首）

質亡集序

徐　倬

質亡集者，晚村呂氏不死其友之所爲作也。

人之自足長留於天地者，固不盡以文字也。其以文字傳者，古今多有，制義又其末矣。制義之傳，必士之舉於鄉、成進士，而其文乃行於世。然且有舉於鄉、成進士，而文竟不傳者，甚矣其傳之難也！而自明經以下至於布衣，文雖造微極遠，曾不得一附卷集之末，以自見其精英；老甕牖下，平生心血爲人糊壁覆瓿，雖子孫亦不甚珍惜，以爲是不祥無用之物。豈其文誠不足傳哉？黄土青燐，幽悲沉痛，亦知其無可奈何，而安之若命也。晚村氏悄然悼之，作而歎曰：「吾舌猶在，吾友可以不死。」於是盡取昔友自明經至布衣之文，選而刊之，離奇光怪，無所不有。試舉近時舉於鄉、成進士之牘與較量工力，但有不敵，無或過者。因思古今來士不得志，鬱塞無聞，不遇知言論世之友，奇文妙義，與宿草同腐，不復自存於宇宙者，更不知凡幾，獨制義然乎哉？有晚村斯義，士即不得志於生時，亦足自信其傳於後世。

窮老讀書，燈寒無焰，其氣猶爲之一振。於是益歎晚村用心之至，爲不可及也。

晚村之友，强半即余友。其間雨雲晦冥，風濤百變，余與身歷之。而晚村光霽如一，日斗室之中，未嘗旦夕無四方之客，詩箒詞版，流布人間。入其室者，供讌贈投，歡盡忠竭，經籍玩好，雖見攫敓而不忤；及乎離去，多以慚生怒，因忌成悁，或至擠排讕詆，加以不堪。旁觀皆疾其無良，而咎晚村之不智，然晚村退然以爲吾誠有過，不則以爲吾命合爾，終於無所言；後有來者，亦未嘗懲前而改度也。蓋性篤於交游，而心忘怨憾如此。使紛紛翻覆之子，老死而有文足傳，晚村必且咨嗟永歎，以之入是集無疑也。天下讀質亡集，可以得晚村之與人，即爲人友者，亦可以知所愧厲矣。

是書之例，凡科甲之友不與，入知言集者不與，雖同社而未面者不與，不長於制義者不與，其餘多與。余嘗與聞其說，因并書之。苕南同學弟徐倬序，時康熙辛酉首夏書於南陔草堂。（質亡集卷首）

宋詩鈔初集凡例

吴之振

宋詩向無總集，亦無專選。東萊文鑑所録無幾，至李于田宋藝圃集所選，名氏二百八十餘人，詩僅二千餘首，宜其精且備矣，而漫無足觀，非其見聞儉陋，則所汰者殊可惜也。曹能始十二代詩選，所載有百數十家，中如陸務觀、楊誠齋，宋之大家也，集又最富，然存者甚少，誠齋尤寥寥，他可知矣。潘訒菴宋元詩集亦止三四十種，雖去取未精，然每集所存較多。蓋宋集爲世所厭棄，其存者如秦火後之詩書。余兩家幸收得此，歐陽所謂：物聚於所好，聚多而終必散。則古人之精靈，由我而滅矣。欲如古唐詩紀例全刻，則力有不能，故寬以存之。卷帙浩繁，亟於行世，先出初集，以見崖略。宇内同志之家，收藏必更多，倘有隱僻難得之集，近者乞以原書借抄，遠者望録副本惠教，當厚酬繕值，以報明賜。至表章古昔之功，敬識集端，不敢輒忘所自也。

是刻皆以成集者入鈔，其不及五首以下無可附麗者，或雖有集而所選不滿五首者，皆以未成集例，另作一編，附全集之後。雖稗史雜録、地志山經、碑板家乘，所有無不捃摭，同志有得，亦望録貽。

詩文選録，古人間有品題，而無批點。宋以來方有之，亦自存其説，非爲一代定論也。若一加批點，則一人之嗜憎，未免有所偏著，而古人之全體失矣。是選於一代之中，各家俱收；一家之中，各法具在。不著圈點，不下批評，使學者讀之而自得其性之所近，則真詩出矣。由是取其所近者之全書，而饜飫展拓焉，始足以盡古人之妙。朱子所云「以爲取足於此而可」，則非今日纂集此書之意也。

癸卯之夏，余叔姪與晚村讀書水生草堂，此選刻之始也。時甬東高旦中過晚村，姚江黄太沖亦因旦中來會，聯牀分檠，蒐討勘訂，諸公之功居多焉。數年以來，太沖聚徒越中，旦中修文天上，晚村雖相晨夕，而林壑之志深，著書之興淺。余兩人補掇較讎，勉完殘稿，思前後意致之不同，書成展卷，不禁慨然。

金元詩鈔，隨全集嗣出，其隱僻難得文集，亦望好我，或假、或售，拜酬雅惠。四方見投新篇，及家藏近時文集，幾於充棟，欲專選今詩爲一集，作家巨手，已刻、未刻，俱望賜教。（宋詩鈔卷首）

四書朱子語類摘鈔題識

呂葆中

昔者先君子與楊園張先生欲續朱子近思録，謂諸書皆經朱子手定，唯語類一編出於門人所記録，其間或有初年未定之説，且條多繁複，雖同出一時之言，而記者之淺深工拙不無殊異，精別之爲難。遂相約採輯之功當自語類始。甲寅之春，先生坐南陽村莊，既卒業，乃掩卷嘆曰：「不知天假我年，得再看一過否！」然是歲而先生歿矣！

癸亥之夏，先君子自知病勢日亟，皇皇然唯以續録未成爲生平憾事，乃取張先生所定本，重加簡閲。易簀前數日，是書猶在几案，竟絶筆於論語泰伯之篇。然則語類一書，爲先君子與張先生未竟之緒，而實其平生志念之所繫焉者也。先君子臨終以藁本付公忠俾藏之，距今十有九年矣。公忠自惟惷愚，不足以纂述前人之志，然又恐藏弆笥篋，日就蠹㪤，一旦并其僅存之端緒而亡之，則公忠之爲罪滋大。乃取其中論四書數帙，合兩家之所採，彙而録之，名曰四書朱子語類摘鈔，凡三十八卷，先以行於世。嗚呼！四書者，六經之户牖；近思録者，又四子書之階梯也。昔朱子集諸儒之大成，摘取周、程、張子之言以踵繼孔、孟不傳之墜緒，而朱子之微言奥義，訖無續而録之者，豈非宇宙間一大缺陷事哉！然則朱子之微言奥意，又豈更有切要於其論四書者哉？語類居朱子諸書之一，論四書者又居語類之一。然古不云乎？一隅三反。使學者果能沈潛反覆是編，默識夫所以精別取捨之意，即因是以盡讀朱子之書，霈然無疑，則不惟講明四書，於章句集注之旨更多闡發，而所以爲近思續録之根柢者，亦且過半矣。嗚呼！此固先君子與張先生之遺志也。禦兒吕公忠謹識。（四書朱子語類目録後）

晚村先生八家古文精選序

吕葆中

先君子晚歲選定古文，其於唐之韓、柳，宋之歐、曾、王、蘇諸家，則又撮其精腴若干篇，以付家塾，而命葆中曰：「汝試爲點勘，以授學者。毋繁冗，毋穿鑿。但正句讀，分段落，於一篇要害處稍爲提出，粗示學者以行文之法。至精妙處，則在學者熟復深思自得之耳。」葆中既受命，隨點數卷以進。先君子覽之，亦不以爲非。常語學人曰：「今爲舉業者，必有數十百篇精熟文字於胸中，以爲底本。但率皆取資時文中，則曷若求之於古文乎？夫讀書無他奇妙，只在一熟。所云熟者，非僅口耳成誦之謂，必且沈潛體味，反覆涵演，使古人之文，若自己出，雖至於夢囈顛倒中，朗朗在念，不復可忘，方謂之熟。如此之文，誠不在多，祇數十百篇，可以應用不窮。」又常曰：「讀書固必熟而後用，亦有用而後熟，此又不可不知也。若必待熟而後用，則遂有雖熟而不用者矣。此其法當先勉强用之，用之既久，亦能成熟。譬之人家有百十僮僕，爲主人者終日不曾呼喚使令，此等亦遂成偃蹇。今但遇有事輒呼而用之，久久習常，其初猶必俟主人之命而後至，其後主人雖未命之，亦自能窺承意指，趨蹌而前矣。」今者諸弟共請以選本付雕開，以余所批點大半曾經先人過目，因逐仍之。而余并述緒語於簡端，以爲學者讀是書之法。康熙甲申長至後三日禦兒吕葆中謹識。（晚村先生八家古文精選卷首）

吕晚村手批杜工部全集跋

吕葆中

憶自丱角時，家君子手批工部詩，朝夕講解。且訓學詩宜從老杜入手，謂是渾然元氣，大吕黄鐘，不作錚錚細響。五言七言，當於此求其三昧。葆中識之不敢忘，但恨賦質愚惷，詩學一途，至竟無成，追悔奚及。惟願後之子孫，恪守斯訓，庶無負爾祖批注之苦心也夫！葆中謹識。（杜工部全集卷末，浙江大學西溪校區圖書館藏）

研莊遺稿序

吕葆中

憶自丁卯，藍衍從寒石叔訪先君子於南陽村莊，把臂話闊。藍衍時尚丱，牽衣拱聽，了無倦色，叩所讀經義如響，先君子器重之。臨分，出所刻朱子遺書以授，藍衍歸而卒讀。既先君子與寒石叔相繼即世，余衣食奔走，音問遂疎。迨居母憂，藍衍過唁，余取宋詩鈔及何求老人殘稿去，後四月寓書，云：「詩之爲道，自歷下派盛行，士大夫心思性靈，幾成頑鈍無用；竟陵矯枉過正，舍康莊而由溝竇，温柔敦厚之旨，蕩然矣。比者三復伯父所選宋詩，及所自著，始知元音猶在人間。」余因是益知藍衍之深於詩。會計偕北行，過吴，坐研莊者累日夕，因盡出其所爲詩，見有若春容翱翔，磊落而華贍者，居然臺閣之詩也；見有若流連景光，追逐而纖巧者，又居然山林之詩也。其旨微，其思深，其辭簡古純粹，手一編而不能釋矣。藍衍且起而言曰：「子美夔州以後，和仲海外諸篇，始足垂世行遠，則前此者可知也。暴所長，勿摘所短，箴規雅意乎？」余聞其言而壯之。酒半，復起而言曰：「使吾如小年在南陽村莊時，獲承伯父提命，其有成就，或有可觀，惜乎其無及也。」余非獨壯之，抑不勝歎且羡焉。夫以藍衍之才，又抑乎自下，漸摩淬厲，以底於成子美和仲，並驅先後，以傳於世，亦不難矣。爰附數語簡末，以爲後日券。壬午仲冬朔，兄□□書。（研莊遺稿卷首）

研莊遺稿序

吴瞻泰

吕子煙農，與語溪□□先生爲族屬，少從□□學程朱之學，精研理窟，晚村深器重之。已而爲舉子業，嶔崎歷落，跌宕於塲屋，然非其好也。獨長於詩，一時盛稱吴下。朱竹垞檢討負人倫鑒識，於江東菰蘆之士嘗少所許可，而深愛煙農諸什，謂峭折生新，天然與涪翁、後山相肖。世之言詩者，未讀煙農之詩，而聞檢討論煙農之詩，即知煙農之詩之工矣。

孟東野之文，得昌黎而益彰，不洵然歟？抑吾聞子桓氏之論文也，以爲年壽有時而盡，榮樂止乎一身，文章爲不朽盛事，傳之無窮，而人多不殫力，忽焉與萬物遷化，誠爲大痛。當世之士，闇淡無奇，傳而不遠，其不爲子桓氏所痛者幾希。今煙農一生善病，年僅三十而隕，而其名可傳遠如此，謂非其詩之可壽人耶？衛洗馬之言愁，李昌谷之嘔心，不以年之不長而減。且煙農性孝友，嘗刲股爲糜，以愈其親，而事兄尤謹。其蓄之也有本，其發之也愈華，故宜其奏塤箎而鳴金石也。煙農已赴玉樓，而其兄孚嘉惓惓於煙農之詩，謀所以壽棃棗者甚勤，斯其愛弟之心又何如哉？爰不辭莽陋，綴數語以應其請。歙州吴瞻泰撰。（同前）

唐四家文序

胡會恩

五岳之尊，青城、峨眉、羅浮、匡廬、天台、鴈宕之勝，無不知其高且大也，而其宗支脈絡，好奇者有所未悉焉；溟渤之寬，四瀆、五湖、三湘、七澤之險，無不知其深且廣也，而其源流派別，博識者有所未詳焉。建章之宫，淩雲之臺，上林之苑囿，其壯麗窈深，無不知也，而陰陽向背、高低冥迷之位，果孰能辨其精巧乎？握奇之營，天地風雲，龍虎鳥蛇之陣，其制勝出奇，無不知也，而形名分數，虛虛實實之用，果孰能明其變化乎？ 蓋凡境象之大而能該者，固如是其難窮也夫！ 大家之文亦若是，則已矣。

唐之大家，莫如韓、柳，韓、柳之文，唐之人未知尊也，迨宋而始尊之，至於今而無異，然韓、柳之所以爲韓、柳也，疇悉之。 宋之大家，莫如歐、蘇、曾、王，歐、蘇、曾、王之文，自宋而已尊之，至於今而無異，然歐、蘇、曾、王之所以同於韓、柳也，孰知之？ 蓋未能負繩束緼，裹糧攜炬，固不足以窮探荒遐；未能乘槎汗漫，往返萬里，固不足以歷溯河源；未能研窮精微，辨析同異，固不足以上窺作家也。 昔之論文者多矣，其有識如東萊、西山、迂齋、疊山、荊川、鹿門數公，取捨各有異同，評點亦互有詳略，覽者蓋不無擇焉不精、語焉不詳之憾，而況於其他乎？ 孟子云：「説詩者不以文害辭，不以辭害志。 以意逆志，是爲得之。」又曰：「誦其詩，讀其書，不知其人可乎？」是以論其世也夫，惟知人難，故逆志難。 桓譚、侯芭不足以知楊雄，而有待於後世子雲；王、徐、應、劉輩不足以定曹植之文，而有望於後世之相如，豈不有賴乎其人之學與識哉？

朱子作韓文考異，悉考衆本之同異，而一以文勢義理決之。 朱子之法，孟子之法也。自時文專行，選評漸盛，艾東鄉始以雒閩之理爲主，而參以歷代大家行文之法，以爲甲乙棄取，蓋前此所未有也。 顧入理淺而爲法麤，未可以爲知言。 至近日晚村呂先生出，而後於時文之文勢義理，始窮微達眇，而不復有所遺隱。晚村先生之論文，孟子、朱子之法也，惜乎於古文僅有選而未暇評，爲後學之深憾焉。癸未春，其高第弟子董力民設教洪川蔚蘿之間，便道過京師見訪。亟索其行笥，得手批韓文一編，蓋本呂先生之所選而加評點焉。其評點之法，一如呂先生評點時文之法，昔人所稱鯨鏗春麗，驚耀天下，栗密窈眇，章妥句適者，然後人人可以共喻嗟乎？仲達按行岐山行營，桓公周覽定軍石壘，非夫才略足相抗衡，安能心解而服膺之至此耶？時與力民談讌累日夕，因戲語之曰：「使予得侍呂先生，恐聞道不在諸君後。」力民亦笑頷之。今秋復薈萃所批唐四家文，從曹南寄示，並乞荒言以爲弁首。蓋洵以予爲能見其一斑也，因不辭而序之。其先唐者，便於行也，宋文蓋將嗣出云。康熙四十三年歲次甲申仲秋，清溪胡會恩書。（唐四家文卷首）

唐四家文序

吴涵

予少讀晚村呂先生所評點時文，見其閑衛正道，梯接後學，俾人人得由所行習之帖括，以馴至於聖賢之塗，淒心懇切，理致精微，輒篤信而深嗜之。同業之士方疑其有戾於歐陽「順時」之旨，而予弗之顧也。既而本其意以應科舉，亦未見其轅轍之相反，同業之士始翕然相信，風靡景從，殆遍天下。予謬以通籍金閨，得讀書中秘，而亦以此弗獲遂執經之初志，蓋至今猶有遺憾焉。

無何，先生下世，而其道益光。居數年，嗣君無黨來都下，風流文采，絶出一時，而意致恬然，淆之不濁，予益以信先生之教爲不苟也。又數年，其門人董力民便道見訪。力民係予同里故交，其爲人勤勤懇懇，長於論説，而瀾翻峽倒，無非儒先義指與作家妙諦。年來講席所敷，自吴越及於魯衛，又次及於趙魏之東，恒代之北，使荒陬絶塞，後生末學，無不知有南陽之教尊，而奉之力民之爲功於師門，亦云偉矣。

當吕先生評點時文之暇，自國語國策，以及漢、唐、宋諸家文，率皆有選；而於唐、宋八家，則俱有廣選又別有精選。頃者力民館於桑乾、壺流二水之濱，與其門下士講論唐、宋文，因取先生廣選而加評點焉。其韓文先成，予間得而閲之，則不惟分肌析理，動中肯綮，而於閑衛正道，梯接後學之意，又直有以上承先生之心傳。蓋先生雖殁，而瓣香滴乳之真不在兹耶，而豈非後學之深幸耶？因倒槖出俸金以助之，使付諸剞劂氏。而其關外門人李應陽、李雲陽、魯陽、子布、廷和五人者，亦樂襄成事焉。今秋郵寄所刻成唐四家文示予。予惟平生私淑之心，隱隱難忘，用深喜力民之親炙有成，而又能發明其未竟之緒，以惠來學焉，是亦予之幸也夫！因不辭而爲之序云。康熙四十三年歲次甲申菊月，年家眷

弟吴涵書。(同前)

九科大題文序

戴名世

自乙卯、丙辰至於己卯、庚辰，其間爲鄉試者十，爲會試者九。余選此九科之文分爲三集：曰墨卷、曰大題文、曰小題文，將次等刊刻而布之於世。夫此三集之選，何以始於乙卯、丙辰也？曰：以晚村呂氏之選，終於壬子、癸丑也。今夫制義之有選本也，始於萬曆壬辰。而自乙卯而後，日益多且盛，至於一科之文，其爲選本輒有數百部；順治以來猶有數十部；迄今日而或不能盈十部。其多寡雖懸殊，而文之不可無選本，與選本之未必盡美也，則已非一日矣。蓋昔者有明之季，東鄉艾氏嘗深歎以謂天下之爲選政者，以草莽而操文章之權，其轉移人心，乃與宰執侍從及督學之官等。而深有望於大儒者爲之別黑白而定邪正，使天下曉然知所去取。余考艾氏之時，文訞疊起，而諸選家爲之揚波助瀾，以故文日益趨於衰壞。艾氏乃不顧時忌，昌言正論，崇雅黜浮。而承學有志之士，聞艾氏之風而興起者，比肩接踵。然而艾氏之爲書也，擇焉而不精，語焉而不詳，後之論者，猶有憾焉。而近日呂氏之書，盛行於天下，不減艾氏。其爲學者分別邪正，講述指歸，由俗儒之講章而推而溯之，至於程朱之所論著；由制義而上之，至於古文之波瀾意度。雖不能一盡與古人比合，而摧陷廓清，實有與艾氏相爲頡頏者。嗚呼！文之難知久矣。其謬迷顛倒而無所取裁，不獨衡文者之不可憑也，即選家亦往往是非邪正之莫辨。蓋有佳文而沈埋於廢紙破簏之中者多矣，而大書特讚，乃在於臭腐爛惡。至於義理之幾微疑似，毫釐千里之隔，尤不能爲之剖晰而辨别。吾讀吕氏書，而歎其維挽風氣，力砥狂瀾，其功有不可没也。雖其興起人才不能如艾氏之盛，而古今運會之際，要非有可以强而同者。而二十餘年以來，家誦程朱之書，人知僞體之辨，實自吕氏倡之。自丙辰以後之文，吕氏無所點定。而其家有三科述評一書。三科者，自丙辰而己未而壬戌。或曰即吕氏作，或曰非也。吕氏以癸亥歲卒，而其後數科之文，多有遠盛於前者，惜乎吕氏未之見也。而余爲編次斯集，以補吕氏之所未及。亦使讀者可以考數十年來文章之盛衰得失，而艾、吕兩家之緒言，猶可於此書得之也。（戴名世集卷四）

醫宗己任編弁語

吴之振

天之好生，其德大矣。胡人之自殺，每甚拂乎天？兵戎水火、刑罰賦役，人皆知其能殺人也，則思所以避之。其避之而仍蹈焉，不免者不過十之二三耳。乃有不知其殺而殺焉者，就之乞生而反得殺焉者，則庸醫之殺人是矣。十室之邑，三家之村，提囊而行藥者，莫不家盧扁而人岐黄也。日操刀殺人，而人不之覺，且致命焉。余見童稚夭折，少壯羸瘦，喪車累累，夜長鬼哭，黄耇皤髮之老，百里内外不易多覯。此仁人君子惻怛痛心，日夜不寧，而思所以振濟之者也。於是鼓峰、東莊，慨然以醫天下爲己任。鼓峰習醫術已二十餘年，原本於性命理學之要，窮研於靈樞、素問之旨，參究於張、李、朱、薛之説，神奇變化，不可端倪，往來兩浙，活人甚多。庚子過東莊，意氣神合，一揖間即訂平生之交，相與講論道義，留連詩酒，因舉其奥以授東莊。東莊天資敏妙，學有源本，性命理學之要，向所研精。因源以潮流，窮本以達末，不數月間，内外貫徹，時出其技以治人，亦無不旦夕奏效。鼓峰奇驗傳聞於人口者，不可殫述，因裒集其所著，與來語溪與東莊所治之案，彙爲一編。非敢謂二子之名藉是而傳也，誠願天下庸醫末技，一旦虚中無我，洗滌腸胃，焚生平所讀之書，棄俗師所授之術，一從事於此焉。將見殺人之手反而爲生人之具也，豈非天下之幸歟？雖然，周官，聖經也，而壞於元豐；馬服君書，良法也，而敗於長平，是固聾者不可與語雷霆，而瞽者不可與語黼黻，古今一轍。則二子之書，固當藏之名山，以待其人懸之國門，而究無一識者也。州錢吴之振序。（醫宗己任編卷首）

己任初編啟

楊乘六

蓋聞名山有不朽之藏，本待傳之其人；前哲所未刊之典，端在公諸斯世。茲惟四明鼓峰高氏著有醫家心法遺稿，其理根太極講，來論彌简而無不該；其方就五行配，出法既要而又加詳。闡靈樞素問所應闡而難闡之微言，允矣内經羽翼；發張李朱薛所欲發而未發之餘藴，洵哉醫學朱程。辨晰病機，罔不精透，分列治驗，尤極神奇。第以醫之見是書者甚少，則此書之活夫人也有限。況從前以來，尚未繡諸梓；恐自今而後，又或失其傳。爰是不揣疏陋，次其簡編；並且無逃僭踰，增以評點。不敢秘之枕中，爲開梨棗之雕；欲以公諸天下，應仔校劇之任。肅裁里句，敬呈清鑒。惟願以頂格之原文，逐一句爲斟而字爲酌，何莫非斯世之厚幸乎；再祈於雙行之小字，細加駁其謬而正其偏，則尤爲本堂所甚快矣。潛村啣三堂謹啟。

醫宗己任編序

王汝謙

昔范文正公作諸生時，輒以天下爲己任。嘗曰：「異日不爲良相，便爲良醫。」蓋以醫與相，跡雖殊，而濟人利物之心則一也。四明高鼓峰先生，由儒而精於醫，其謈脈辨症，處方用藥，理解超豁，迥出凡流，一時負盛名，幾如秦越人之聽聲寫形，隨俗爲變，嗚乎神矣！晚年輯生平所治驗醫案若干卷，并繪五行、五臟、天人一理等圖，名其書曰己任，其即文正之心歟？李氏瀕湖著本草綱目，徵引古今書籍，最稱繁富，而極精核，兹編已嘗采入。余幼年曾於是書熟讀而玩索之，頗得其要。兵燹以來，藏書灰燼，是編亦蕩然無存。遍覓坊板，竟不可得，歎曰：「先生畢生心血，胥在是書，豈終泯滅無傳耶？」

余不復睹此書忽忽三十年，往往臨危殆之症，群醫望而卻走者，輒宗先生法藥之，得生者十居八九。然則余之服膺先生，而先生之有以詔我者，豈偶然哉？一日，兩門人偶於舊書肆中購得此本歸，亟告余。翻閱之下，喜逾獲寶。惜字跡漫漶，語句間有殘缺，爰不辭譾陋，繹其上下文義，妄爲補苴。其眉批旁注，則時及門人講論，以暢其奥窔，非敢僭也。同鄉李君象春謂曰：「此書誠醫林不可少之書，盍付梓人，以公同好？」余因思昔賢著述，顯晦有時。先生以息脈血之精，著六門二法之目，不朽自在天壤。獨怪余與是書，忽離忽合，積有歲年，隱然假我復起先生繼文正以天下爲己任之心，而使後世業醫者，皆同此心，卒之劍不掩於豐城，珠仍還於合浦，豈非有數存乎其間耶？書凡八卷。原附東莊醫案、西塘感症，皆法奇而正，旨簡而賅，發前人所未發，足堪嘉惠來兹。校刊既成，誌其

緣起如此，序云乎哉！光緒十七年秋七月既望，旌德後學王汝謙鏡堂甫題於金陵鴻雪山房知足知不足軒。（同前）

醫貫砭序

徐大椿

小道之中，切於民生日用者，醫、卜二端而已。卜者，最不可憑而可憑；醫者，最可憑而不可憑者也。蓋卜之爲道，布策開兆，毫無據依，而萬事萬物之隱微變態，俱欲先知洞察，此最不可憑者也。然驗者應若桴鼓，不驗者背若冰炭，愚夫愚婦皆能辨其技之工拙也。若醫之爲道，辨症定方，彰彰可考。薑桂入口即熱，芩連下咽知寒，巴黄必瀉，參朮必補，莫不顯然。但病無即愈即死之理，症有假熱假寒之異。上下殊方，六經異治。先後無容顛越，輕重不得倒施。愈期有久暫之數，傳變有淺深之别。或藥不中病，反有小效；或治依正法，竟無近功。有效後而加病者，有無效而病漸除者。有藥本無誤，病適當劇即歸咎於藥者；有藥本大誤，其害未發反歸功於藥者。病家不知也，醫者亦不知也。因而聚訟紛紜，遂至亂投藥石。誰殺之，誰生之，竟無一定之論。此最無憑者也。事既無憑，則技之良賤，何由而定？曰：有之。世故熟，形狀偉，勦説多，時命通，見機便捷，交游推獎，則爲名醫。殺人而人不知也，知之亦不怨也。反此者則爲庸醫，有功則曰偶中，有咎則盡歸之。故醫道不可憑，而醫之良賤更不可憑也。若趙養葵醫貫之盛行於世，則非趙氏之力自能如此也。晚村吕氏負一時之盛名，當世信其學術而並信其醫。彼以爲是，誰敢曰非！況祇記數方，遂傳絶學，藝極高而功極易，效極速而名極美，有不風行天下者耶？如是而殺人之術遂無底止矣！嗚呼！爲盜之害有盡，而賞盜之害無盡。蓋爲盜不過一身，誅之則人盡知懲；賞盜則教天下之人胥爲盜也，禍寧有窮哉？余悲民命之所關甚大，因擇其反經背道之尤者，力爲辨析，名之曰醫貫砭，以請正於明理之君子，冀相與共弭其禍。雖甚不便於崇信醫貫之人，或遭謗讟，亦所不惜也。乾隆六年二月既望，洄溪徐大椿題。（醫貫砭卷首）

風骨淩霄圖跋

褚德彝

晚村身後以曾静案，一門被禍甚烈，文字之存遺者，皆遭官吏搜毁殆盡，片紙隻字流傳甚罕。此畫竹一幅，當以收藏秘密，僅存於世。觀其用筆奇古，墨瀋淋漓，頗似苦瓜和尚。余曾見友人劉蒽石藏石濤爲晚村畫家塾讀書圖卷，石濤題詩，晚村和作，情義甚深，故畫法亦復相似。甘延仁兄以此幅見示，江樓展閱，爲題數語以識古歡。甲戌秋桼月，褚德彝記。松窗（鈐）（上海崇源藝術品拍賣有限公司二〇〇四春季大型藝術品拍賣會圖録）

風骨淩霄圖跋

曹銓

逃禪故自矜高節，插架猶傳天蓋樓。休論寃沉文字獄，即觀餘藝亦千秋。晚村生於明季，浙之石門人，善屬文，與張履祥等闡程朱之學。明亡，誓不仕清廷，乃削髮爲僧。歾後猶以文字獄被禍，論者惜之。晚村初不以畫名，此幀筆致瀟灑，直入文湖州之室，可寶也。次庵曹銓題。次盦（鈐）（同前）

風骨淩霄圖跋

余霖

何求老人翰墨，以遭禁綱，故傳世甚稀，而六法尤所罕見。甘延先生得此幀于易代之餘，重裝徵題。竊謂自來文人類能旁及繪事，所作亦别具風範，特爲他學所掩，或游藝無多，或不爲人作，故後來傳畫人者，每綱羅不及。老人爲理學名儒，遺文猶在，固不必以繪事見。而即此一楨，吉光片羽流傳人世，亦足與錫山王氏所藏晚村手書家訓同爲瑰寶矣。乙亥季春，嘉興余霖識。了翁（鈐）（同前）

書信

與吕用晦 張履祥

一 丁未

暑月曾一至郭外，度不能從容請益，復恐一宿再宿，即不免應酬之煩，非賤軀所堪，故寧不見兄而遄返也。前書一十四册，已達東壁無誤否？韞兄東來，具述雅意。因雲兄苦心，量其事勢亦有難以恝然者。重違台命，實非初心所期也。韞兄嘗以弟之行逕類乎柳下一派，今竟援而止之。而止矣，仁兄得無觖觖乎？

竊意令子春秋方盛，正宜强學勵志，以規無疆之業，萬不當以弟之故，久虚師席也。且弟實碌碌無可相益，恒自深咎，塾書三十餘年，子弟從之，未有一二當意者，即其效亦可睹矣。鄉國名賢不乏，兄亦何取此人而懃若是哉？平生拙學，不敢自掩者，惟是篤信儒先，以小學、近思録爲四書、六經之户牖階梯。而吾人立身爲學，苟不從此取塗發軔，雖有高才軼節，焜耀當世，揆以聖賢所示之極則，終有偏頗駁雜之嫌，未足與於登堂入室之林者也。然此二書，展卷讀之，刻期可了，無俟經年越歲始能得其嚮方。加以令子美質，稍得良師友之助，以弟廢鈍之餘，方耻瞠乎其後，何心抗顔承命，冒昧以前耶？疾疢日侵，志氣頽落，匏繫若此，惡能復進於學，以期桑榆之收？徒然永歎，仁兄其何以啟我也？久感至誠，謹陳區區，以爲就正之端，不盡不盡。

二　丁未

月杪曾抵郭門，因館人艤舟待發，遂邀韞斯兄同歸，不及踵門請益也。韞兄具述明德，於鄙人輒有葑菲之采，慚愧殊深。又懼無以奉報知己，謹效芻蕘之貢，惟垂鑒焉。

仁兄文章可追作者之林，德誼足希賢哲之位，先代傳書既富，而生生之資又足，無求於人。年來徒以活人心切，亟亟於醫，百里遠近，固已爲憔悴疾癘之託命矣。但自仁兄而論，竊恐不免隋珠彈雀之喻也。昔者大禹過門不入，爲放龍蛇；周公仰思待旦，爲寧百姓；若夫顔之陋巷，澤不被於一夫，績罔效於一業，天下歸仁焉。儒者之事，自有居廣居、立正位而行大道者，奚必沾沾日活數人以爲功哉？若乃疲精志於參苓，消日力於道路，笑言之接不越庸夫，酬應之煩不踰鄙俗，較其所損抑已多矣。況復絜長短於粗工，騰稱譽於末世，尤爲賢者所耻乎？弟固於知交之欲以岐黄之道行世者，往往諫止，而於仁兄彌切切也。非不知衰病餘生，緩急幸有賴藉，然不敢以私利忘公理也。仁兄往歲嘗與祥言，於擊干之書連屋，亦既夙有是意矣，何以久而未決也？將亦求者踵至，弗忍遽絶耶？鳳凰翔於千仞，烏鳶莫得而干之，夫物情則固有然者矣。

韞兄耿介之性，困而益堅，去冬非理横干，得仁兄爲之排解，所患亦復無恙。雖祥聞之，猶將手額，何況身受之者？語云：「善人在患弗救不祥」，獨異從而擠之如弗克勝者，誠不知其何心耳！來年敝友嚴貞虚席以迎之，而以親老不能遠出固辭矣，不審上邑父兄有能爲子弟致良師者否？方今師道難言之矣，如烏程淩渝安、嘉興朱洽六、武塘計廉伯諸兄，德行文學，均足師表於時，而均苦於處非其位，如旅之九四「我心不快」者。若韞兄所遇尤窮，則幾於上九「鳥焚其巢」矣，度亦仁者爲之惻心已久。自古獨行之士，其窮容有甚於韞兄者，然或慕義於遠方，或推高於異代，至同閭並世，則婦豎靡不侮而嗤之。以今視昔，人情殆無不然。自非達識，不能破流俗之拘攣，違衆咻而持獨鑒者也。附便及此，不盡區區。

三

初春一晤，備聞教益，高明所見，俱非時賢能及，服膺之私，何日忘之。晝永春深，緬惟進德不倦，自傷老大瞠乎後之，慚負何言。西安葉静遠訪道抵吾郡，其於仁兄文章道誼之慕，既非一日，弟忝同學，敢介以前。然於旦兄亦有素也。仁兄相見，淺深當自悉之。舊作二稿附教。回思去日忽已一紀，齒髮空衰，業靡增舊，悲歎如何。

四　壬子四月

陸婿荷先生一體之仁，三錫寵視，雖生死未可知，爲德已至渥矣。孝垂兄廿六日劄附覽。過此，又下積垢一二，腹痛亦止，雖粒食不進，日飲酒二三盃，痢色亦澹。弟告之當守尊方服藥，以俟天命。竊取解「利西南，無所往」之義，未知宜如何也？

弟自疾初作，及今十月，不敢親書卷筆墨，自知過失日多，義理昏塞，故奮然出門以親道誼，不謂德旌已西指矣。案頭忽見天蓋樓觀略之顔，深疚修己不力，無一可爲相觀之益，而復直諒不足，不能先事沮勸，坐見知己再有成事遂事之失。凡連歲以來，所爲適館授粲之德，將何所爲？夙夜内省，其亦何以爲心耶？仁兄少壯折節求友，可謂衆矣，總始終而論，負兄之德意者蓋已不少，若弟今日之疢惡，豈非又增一人乎？如兄賦稟之高明，嗜善之饑渴，與夫擇道之不惑，見義之勇爲，種種懿美，何難進退比肩於千古之人豪？顧將久與昏濁之日，苟盜浮名之輩流動，若絜長角勝者，某雖志行不立，私心不爲兄甘之。往時嘗止兄之學醫，實懼以醫妨費學問之力。今去此又幾春秋矣，自兹以往，少壯强力更有幾何？誠慮行年即若衛武，已去其半，中夜以興雖若横渠，猶將不及，堪爲若此無益身心，有損志氣之事，耗費精神，空馳日月乎？昔上蔡强記古今，程子尚以爲玩物喪志，東萊日讀左傳，朱子亦以其守約恐未，何況制舉文字益下數等，兄豈未之審思耶？鳳凰翔於千仞，何心下視腐鼠？隋侯之珠，不忍於彈鳥雀。祥固知言之於今日，無及於事矣，但前此未之聞，抑古人有言非咎既往，實欲慎將來耳。伏惟鑒此硜硜，急卒此役，移此副精神，惜此時歲月，爲世道人心久大德業之計。作字至此，心煩手震，不能復作。然餘生得此，亦兄之賜也，奚所愛焉？

五　壬子

吾兄一載以來，往往疾作，已可驗精力不及舊時矣。近自一門之内，遠而覆載之間，有多少擔荷須此身以幹濟，何可令其漸就衰損乎？老氏之養生，總是私其身，吾儒之養生，只爲公其身也。統惟珍重。

六　壬子八月

十有八日舟至，不及待兄之歸，雖爲秋祀遄返於舍，然抱歉甚矣。尊體竟已復初否？東行汲汲，未嘗不深西馳之懷也。屢歲承吾兄德義之愛，自慚德薄義涼，無以爲賢子姪分毫之益，内省之疚，莫甚於兹。

至於春間所商名臣言行之録，輾轉思之，有未易從事者。非特耳目所及百無一二，又自揣量非著作才，而三百年間紀載，大都失實，不可信於後世，國史、家乘一耳。又開國之時，文臣不如武臣，其間豈無訏謨碩畫，堪勒彝鼎者？但幾經永樂諸臣變亂删修，則已盡非事實。其後數大節目，如「復辟」、「議禮」以及「三案」等事，當時人物闕之不可闕，載之弗堪載。至於嘉、隆以後，大臣之行修言道者幾人？録其節義則似獨爲節義一科，録其循良則似祇爲循良一種。乃若學問之士，其自月川、河東、聘君、敬齋而外，則已不免墜緒茫茫矣。文學則自遜志、一峰諸君子而後，如其人者有幾？然遜志之文，存亡幾半，一峰之集，純駁互有，其餘無論已。更有難者，東事始末是也。種種三思，未得其妥，若欲旁搜廣覽，發潛導隱，無論海内文集難以備收，兼自賤疾至今，心力衰短，晚暮韶光，寧復幾歲？先代遺經，未暇玩心以祈有獲，庶幾桑榆之末效，而復馳情野紀？知小謀大，妄希表見於斯世，真所謂徇外爲人，去珠玉而求敝屩也。

初夏承商兄委批傳習録，此固商兄斯世斯民之心，切切於出焚援溺，故不擇人而呼號以屬之。竊意人心胥溺之久，有未可以筆舌爭者，抑中間詖淫邪遁之病在在而是，本原已非，末流之失蓋有辨之不勝辨者，故亦未之舉筆。

年來燕居，深念先師遺訓：「非其義所出，一簞之食不可受於人。」而漫承兄與商兄之惠，夙夜怵惕，不能自寧。今幸賤體較之去秋稍覺安健，意欲仍如異時，就一課讀之館，以畢餘齒，猶得自食其力，託於没世無聞之義。但平生未嘗就人覓館席，今使無人相招，固已自分枯槁楊園之鄉。若非意所及，或以子弟見屬，則往而就之，度亦兄與商兄之所許者。因小伻便走語溪，布此區區。來月望後，收穫西歸，圖晤不盡。

七　癸丑

琴書出門之後，耳目開滌，胸中日加灑落，知所得彌多也。但游通都之會已閲三朔，南北人士往來繁庶，交游必日廣，聲問必日昭，恐兄雖欲自晦亦不可得。迂鄙私憂，誠及於此。以兄高明，固已洞察微隱，無俟多言，種種多懷，不敢贅及。

春前承有東莊度暑之約，及今思之，修竹高梧，紅蓮碧沼，坐使幽人獨寤其中，爲樂雖自有餘，而意終未盈也。何若主人來歸，共此晨夕乎？韓子云：「有以志乎古，必有以遺乎俗。」近本此意，致書友人，略言：君子之儒，遯世無悶，究竟爲法天下，可傳後世；小人之儒，同乎流俗，合乎污世，贏得身名俱辱。其界分所争，要亦無幾，只在辨之於蚤。固知微生之見，宜爲舉世所疾。附此相質，未必不爲知己所可也。

手目作苦，暑月有加，爲字不恭，希鑒。

日前與佩蔥論及以約鮮失之義，佩兄云：「此意可進之用兄。」并及。

連歲災歉，既無禄仕之義，復絶上下之交，自分溝壑無疑。承兄與商隱歲致粟米兼金，疾病則加之以藥物，因得稍延視息，德至渥矣，賜至重矣。但商兄嗣息未舉，諸姪親戚類皆下愚不移之人，惟沈氏群從有意爲善，而賦質鈍弱，不能興起。夙夜念此，惟有靖節所云「冥報相貽」而已。兄則子孫衆多，生具美質，遠維周南、召南之盛，近追中原文獻之休，咸可幾及，不使古之人專美於前也。是以經月不通聲問，中心輒已弗寧，間過語溪，未或不以道義相示。此則區區素懷，所欲竊效於兄者也。願兄早歸，詩書師友，日相敦勉，以期有成。十年五年之後，氣象更將何如！祥又啟。

望日之夕，與兩令子、載臣、霜威宿於東莊，夢書「檢東」二字贈無黨。覺而思之，不爲無義。無黨平日，終是此二字分數少。康節先生稱風流人豪，然往往書此，用意可知。所以百泉山中，能冬不爐、夏不箑也。查漢園兄竟已古人，海瀕氣色何宜零落至此？先是祝開美、吴仲木、裒仲俱已早世，今復失漢園，可歎可歎。又及。

弟年來每至炊煙幾絶，意外輒有相繼，而又非不義。自信人生有命，何必傾心以營一飽。間以舉似朋友，有議者曰：『此不可效也，吾人若此則立槁而已。』竊以議者之意，誠爲愛我，然尚是信命不及。論語曰：「不知命無以爲君子」，然否如何？載臣將來，聞有賣藥語溪之意，果爾，將與詩書日遠，賈衒日近，初志不期損而日損已。佩葱往歲欲學醫，尚不敢相勸，載臣又未及佩葱，如何下此險著？（楊園先生全集卷七）

與吕用晦書

吴肅公

肅公喦壑鄙人也，往有友人過，謂曰：「子知天下稱□□先生者乎？吾旨其言，甚似吾子。」肅公曰：「予守環堵三十年，天下名公奇士，予何自知之？子以其説似我，何也？」友人出一編指示，則制舉藝所傳□□者也。肅公咤曰：「予自目眇，謝生徒，弗覩制藝且十年，斯又何足以知之？」退而展視所評隲及例論，不禁擊節解頤。制藝非所詳，而其辨儒釋、駁盱姚，以羽翼於經傳，則群天下茫昧鶻突不能言，而學者之所聽熒也。蓋今天下，高者胥溺於二氏；卑者脂韋茅靡，以幾速化。而聖經賢傳、諸家訓注，直弁髦土苴之。肅公之愚，心知其謬，然而不敢發也，發之未敢以告人也。學疏而跡賤，非有聲譽之隆，壇坫之幟，而言之祇足以媒訽耳。先生淹經術，能文章，學稱其才，而卓然壇坫聲望，於以沾溉科舉文藝之士，以梯引夫有志聖學者，不亦斯道斯人之大幸耶？

日客有自東越來者，曰：「□□先生數問吾子。」抑不知先生何自知吴子而訊之，毋乃愚山謬語及之耶？抑以肅公有所正王氏書，不禁針芥之孚耶？尊詩一册，如劒鍔霜華，燿然四射，刁斗夜鳴於悲風邊月中。竊嘗謂今之士既以其學媚二氏，又以其詩媚於唐初，盛明中原而已。夫人而詩也，無詩也；非無詩也，其戛然而鳴，勃然而感之本不在焉。皋羽、放翁所由，與孟頫、集生輩不侔矣。肅公鹵莽於詩，而謬學爲文，皆不足以辱先生之知，服先生之教。然先得我心同然者，同聲之應，奚能自外？謹繕所著正王序例及四無論一首，略見本末；又曩著論辨三教同源，友人所謂與先生似者。譬諸草木，予其臭味焉耳，先生葅而劑之，以所不逮，幸甚！

肅公生而魯，志奪於衣食，蓋絶意學業久矣，間賣文贍朝夕，無足齒者，不自匿醜，聊布陳於左右。他如儒釋之分，盱姚之謬，弟一得之愚，恨無緣班荆，相與面質之也，曷勝仰

止!(街南文集卷六)

按,文後朱其恭跋曰:「與街南均不取姚江學,故千里應求,而時有辨論,詞致純似歐曾。」

與吕晚村

陳祖法

屢惄寒松、北書樓二集,訂成全書,屢蒙賜允,尚未如願。前坐足下南陽村莊,時以選事紛紜,又尊體病初痊,欲言而未敢者數四。最後冒昧陳之,蒙有春正必當竣局之諭。聞命踴躍,旋且疑懼,蓋喜局之能竣,而懼局之尚不克竣也。每見古人詩文,埋没已久,忽得高賢引譽,遂傳之千百世下。吾兄吾弟實經營於筆墨者有年,而賫志以没,幸與足下生同時,故深以引譽望我高賢。況經選録而付剞劂者,清神已費過半矣。雖吾兄然諾不苟,必無有以不竣者,盡捐前功,而弟年力衰口,恐不能久待。則即告成全書,兒輩以爲父志也,取一册向墓前焚之,死後踴躍,未必有補於生前之疑懼也。管襄指兄於詩亦苦吟不輟,而古文則偶及焉。每歲終,於是歲所題詠者,手録二本,一送吾兄,一送弟,令各出意見,披閲之竟,則又手録之,併入吾兩人評詞,珍藏焉。經吾兄删録,而光采絢發可傳,曾於弟赴祁時,諄諄以此事相託。不意襄指亡後,詩隨散失,實負良友,而兄亦深惋惜。今遍搜得詩數十首，附以偶及之古文，惜乎皆非兄之所云甲選者也。然亦當録刊之，以了生前之諾。承委小價造酒之役，時慮失手，今接有加冽之言，或出小價口中，不敢信。不然，冽尚不可，何堪復加，令開宴時衆客攢眉終席耶？韓文公云：「大好大怪，小好小怪。」真堪爲貴邑評酒確論也。語溪人酒味嗜甘，獨晚村喜吾姚三白，每歲令僕周豹依法製之，邑中人飲此酒者，咄咄不勝其苦。（古處齋詩集卷十）

與吕晚村書

許承宣

弟與舍弟師六，十四五歲，輒不爲四方士所棄，車騎過市者必相訪，既通姓字，遂訂生平懽。其隔地不相識，或數百里及二三千里，通使郵問，殆無虚日。顧獨與足下漠如也。余兄弟之知足下自天蓋樓選始，而天蓋樓選中，弟輩未得厠名其間，則弟輩雖知足下，而足下未必知弟輩。欲如百千里之不相識而相問者，蓋有間矣。近日文章之壞，初則脂韋以取容，後乃矜張以欺世，選家襲常蹈故，未能卓然獨有所見，遂疑作者之難其人。夫楝梁之木，騏驥之馬，無日不在天下，而公輸般九方皋自任者，鬥削之而喪其材，品題之而失所重，使天下昧所趨嚮，未必非選家有以惑之也。今之選家亦嘗互相詆誹矣，其所詆誹者固足快人意，及取身爲詆誹者之選本觀之，究與所詆誹無異。嗚呼！是所謂笑楚人者亦楚人而已矣！惟足下能自振拔，芟除一切因仍苟且之習，而獨存正始之音，使文章一途，披雲霧而見青天，斯道之不亡，其功詎在禹下耶！雖然，嶢嶢者易缺，皦皦者易污。足下之選，固選人之所未嘗選，設使今之選家反其向之互相詆誹者，并出其詆誹之力以詆誹足下一人，此亦易缺易污之時也。然而天下讀天蓋樓選，未嘗不仰爲景星慶雲之見於世。雖襲常蹈故，混混與世相濁者遂爲不及焉則多矣，出而詆誹者未嘗有，此文章敝極將興之會，而弟輩不能無冀於足下者也。拙稿大小二種附呈左右，倘不吝大誨而賜之筆削，幸甚。（金臺集卷下）

按，文後跋曰：「厚責選家，自是砥柱中流之識，覺晚村諸選爲之增重。」

與某書

王錫闡

半年不通問，不知氣體何似，念極。昨聞無黨還自白下，即往候官，馳驅兩京之間，不太煩劇邪？廿六日，敝邑顧茂老遺信到，云亡友周安石遺書盡廢，内有崇禎曆書、志、樂等集二十六本，有南京坊人以尊刻五種易之。茂老以爲坊人得之，不若同志得之，力阻其事，以俟尊命。弟亦念此書可惜，特令門人九鉉走叩玄關，望不惜尊刻，收此祕書，且無虚茂老之盛意也。九鉉近與四夏、九華共録力田史稿略備，其赤民手筆在笥篋中者，聞已請諸吾兄，許其兑鈔矣。九鉉所以身任此行，一則切欲望長者，一則欲面商史事，望吾兄以赤民稿本畀之全鈔，鈔畢彙致案頭，取大總裁補苴删削，以成一書，使異日有志此事者得言所考，則□□先生功在三百年間，亦不細矣！半邏事頗相聞否？小人道長，爲之奈何！（曉菴先生文集卷二）

題詩

放舟至石門懷亡友吕晚村因過南陽村莊約無黨同行

徐　倬

蒲帆先指禦兒鄉，亟訪城南處士莊。竹篠抽叢藏略彴，柳花吹雪遍池塘。遺書自有兒孫讀，正氣猶存草木香。昔友如存商出處，此行未必苦迷陽。曲徑依然水檻清，軒窗猶隱讀書聲。寒泉未了生前事，晚村欲編朱子語録以續近思，未成而卒。腐鼠憑猜身後名。黄壤青雲君不朽，緇衣素領我何成。招邀令子出門去，汗漫從游當耦耕。（道貴堂類稿野航集卷上）

無黨招飲南陽村莊出晚村遺照及先賢像相視復細觀便面墨蹟

徐倬

蠶忙天氣麥秋時，尚肯留賓把酒巵。春草不荒楊子宅，斜陽猶戀習家池。高冠博帶風流在，臥虎跳龍手澤遺。重向壚頭尋昔夢，江山文藻不勝悲。（道貴堂類稿鼓缶集卷下）

贈同里董載臣

勞之辨

吾友吕晚村，奇才世無敵。人中百鍊金，馬中照夜白。往歲文酒場，把臂稱莫逆。余粗通制舉，章句僅尋摘。又以浮名早，根柢鮮滋殖。晚村志倜儻，中年謝羈靮。博極古今文，沈酣聖賢籍。談理黜新奇，紫陽爲準的。至今吕氏書，風行不假翼。東莊諸弟子，董生最超特。晚村如昌黎，生殆過籍湜。吾道本自南，今更行西北。北出居庸關，中外此阸塞。慨然發長嘆，天險歸有德。西望雲中山，綿亘無窮極。三面盡臨邊，時平偃金革。丈夫不封侯，擁書當列戟。講席擬河汾，重把宗風闢。余老不知學，荒落無所獲。董生勉乎哉，

淇園詠金錫。（静觀堂詩集卷二十一）

和家雪客兄秋雨懷人詩　吕晚村

周在建

偶爾論時藝，高明遂擅場。但教傳理學，不止重文章。遺佚煩剞劂（刻宋元諸書），風流未渺茫。慙書難更讀，寂莫禦兒鄉。（近思堂詩）

憶自髫齡□□大伯以朱子或問語録諸書手授誌感

吕種玉

道岸高千尺，誰歟登其巔？考亭子夫子，領袖諸儒先。深入冒奇險，孤峻杜攀緣。千載遥相望，寥寥孰與傳？危疑絶續時，禦兒産大賢。曰若我伯父，終日以乾乾。神悟達心華，聞道得自然。微茫搜厥奥，衆理彙其全。如以鐙取影，抑以月落川。遂使聖之心，白日懸青天。言論開生面，雷厲排狂禪。矇發破顓愚，奚啻策一鞭。互相析譜牒，先子齒隨肩。角丱坐春風，手授以韋編。瓊瑶比珍重，紅碧抽牙籤。篝鐙百回讀，精義未貫穿。黽勉永勿諼，屈指經廿年。斯人不可作，欷歔淚流泉。（研莊遺稿卷上）

兒時過南陽講習堂忽忽二十年矣念舊懷賢不勝悒怏

呂種玉

研經人去講堂空，草木何由發巨鐘。尚有濂溪舊風月，一宵爲我滌塵容。（研莊遺稿卷下）

題呂晚村東莊詩鈔後

徐豫貞

牢落東莊一卷詩，深情古抱異今時。故應此老扶疏筆，學得誠齋樸妙詞。化後蟲沙供涕笑，夢中日月老頑癡。且須祕著中郎枕，他日終同鄭史垂。（逃莽詩草卷三）

夜讀玉屏書晚村先生講義後詩次和一首

孫學顔

時書坊中有批抹講義舊本以攻王守仁爲非，且有醜詆之語，故玉屏有此作。

妄勘楳花閣裹書，兒曹那值一軒渠。登天不借風爲馬，涉險都憑紙作驢。廢苑幾時無枳棘，先生赤手費誅鋤。正如今夜中天月，豈但清光照里閭。（麻山詩集卷一）

次韻觀晚村先生真蹟并懷寒村時寒村讀書妙山

孫學顔

學到精金一樣純，偶然弄筆筆如神。但輸顔柳爲前輩，若擬蘇黄便不倫。瀟灑風流真作者，端莊剛健老成人。高齋拜手頻繙看，定武蘭亭那足珍。

當年老筆太無端，欲遣春風變歲寒。應笑吾曹虧白日，空憐紙上舞青鸞。南龍舊蹟迷芳草，東海多時歇釣竿。寄語妙山松與柏，好留高節待予看。（麻山詩集卷二）

讀晚村先生梅花詩跋後

成永健

寒山寂歷晚烟村，一代風流在石門。最愛先生幽絶處，梅花香土葬詩魂。晚村詩：「安得梅花花下土，留與詩人葬魂魄。」（毅齋詩稿卷八）

題吕晚村詩卷

金　梁

西風夕照海王村，書劍飄零有幾存。太息古今文字獄，帝王不及布衣尊。（一息吟下息廬詠史）

得何求老人詩鈔漫題於後　蔡容

儒雅風流一代師，高吟越調起騷詞。煙雲氣向毫端集，冰雪光從紙上抒。矢口皆爲天性語，驚才不顧世人嗤。其中寄託情無論，只論詩誰有此詩。（天蓋樓雜著卷末）

丁未得錫山王氏所藏呂晚村家訓真蹟付之石印因題三絶　鄧實

白髮而翁不盡思，一編珍重付兒時。米鹽瑣屑年年事，坐老英雄種菜詩。時余方蒐得晚村種菜詩六首。

早歲才名枉自誇，空餘憔悴此生涯。先生本自無家者，豈愛旁人不若家。

摩挲手澤淚潸潸，忌諱之朝例必删。可慨燒書燒不盡，尚留真蹟在人間。（呂晚村先生家書真蹟卷末）

呂留良年譜簡編

崇禎二年己巳（一六二九）　一歲

農曆正月二十一日（陽曆二月十三日），生於浙江嘉興府崇德縣登仙坊之里第。排行第五。本生祖熯，娶明宗室淮莊王女南城郡主，爲淮府儀賓。父元學，萬曆二十八年庚子舉人，官繁昌知縣。生時，父卒已四月，母楊氏體弱，由三兄嫂願良夫婦撫養。按，呂元學妻郭氏，福建鹽運副使郭鼎女，進士郭子直妹，生大良、茂良、願良；側室楊氏，生瞿良、留良。呂留良戊午一日示諸子：「吾遺腹孤也，父喪四月而始生，墮地之日，即縗衰麻。生母抱孤而泣，暈絶而甦，分撫於三兄嫂。」

是年，復社成立。

崇禎三年庚午（一六三〇）　二歲

是年，陸隴其生。

崇禎四年辛未（一六三一）　三歲

是年，三兄願良妻卒，即出繼給伯父元啟爲嗣。呂留良戊午一日示諸子：「三歲而嫂亡，已而出嗣。」呂公忠行略：「考諱元啟，號空青，鴻臚寺丞。妣孺人黄氏。……空青公卒，無子，乃以爲後焉。」

崇禎六年癸酉（一六三三）　五歲

二月，二兄調良卒。曹度明故文學德長吕府君暨配沈孺人改葬墓誌銘：「府君諱調良，字公典，號德長。……生萬曆己亥某月亥日，卒崇禎癸酉二月十二日，年三十有五。孺人生同歲正月十一日，後府君四十五年而殁，年七十有九，丁巳正月二日也。」

崇禎九年丙子（一六三六）　八歲

是年，已善屬文。吕公忠行略：「八歲善屬文，造語奇偉，迥出天表。」

是年四月，皇太極即皇位，國號大清，改元崇德。

崇禎十一年戊寅（一六三八）　十歲

是年，三兄願良舉澄社，得交孫爽。吕留良孫子度墓誌銘：「崇禎十一年戊寅，余兄季臣會南浙十餘郡爲澄社。雜遝千餘人中，重志節，能文章，好古負奇者，僅得數人焉。孫君子度，其一也。」

崇禎十二年己卯（一六三九）　十一歲

是年，三兄願良應徵北上。吕留良東皋遺選序：「己卯以後，季臣應徵辟，詣京師，不復徵會四方。」

崇禎十三年庚辰（一六四〇）　十二歲

是年，作文已驚社中耆宿。陸文霦塹書序：「用晦年十二，即操管與同社角，社中耆宿皆謹避其鋒。其文之奇，無所不盡，忽爲南華禦寇，忽爲楞嚴唯識，忽爲三傳，忽爲騷賦，忽爲蔚宗昭明，忽爲馬班賈董，忽爲韓蘇，每出，必闃然不能測其騰騫所至。」

是年，吴之振生。

崇禎十四年辛巳（一六四一）　十三歲

是年，與孫爽、王暤、侄宣忠等十餘人爲徵書社，交陸文霦。呂留良東皋遺選序：「予時年十三，因與從子紡同里孫爽子度、王暤浩如者十餘子爲徵書。浩如乃以雯若來會，予之交雯若始此。」

是年，母楊氏卒。呂留良戊午一日示諸子：「十三歲本生母又卒，母年僅三十七耳。」

崇禎十五年壬午（一六四二）　十四歲

是年，徵書社始選文，有壬午行書臨雲行世。呂留良東皋遺選序：「凡社必選刻文字以爲囮媒，……選與社例相爲表裏。雯若於是與同社有壬午行書臨雲之選，選自此始也。」

是年，遇黄宗炎、宗會兄弟。呂留良友硯堂記：「己亥，遇餘姚黄晦木，童時曾識之季臣兄坐上，拜之東寺僧寮，蓋十八年矣。」

崇禎十六年癸未（一六四三）　十五歲

十月，李自成陷潼關。

崇禎十七年甲申（一六四四）　十六歲

三月，李自成攻北京，明思宗自縊死。聞之，哭臨甚哀。張符驤呂晚村先生事狀：「李自成陷北京，烈皇帝崩於亂，先生哭臨甚哀。或過而勞之曰：『莊生何太自苦。』先生正色曰：『今日天崩地坼，神人共憤，君何出此言也。』」

四月二十九日，李自成即帝位於北京，國號大順，改元永昌。次日，撤出北京。四月，清兵入山海關；五月，據北京。

五月三日，明福王由崧監國南京；十五日，即皇帝位。

九月，清世祖至北京。

是年，始脱衰絰。吕留良戊午一日示諸子：「計自始生至十五歲未嘗脱衰絰，視他兒衣彩繡，曳朱履，如袞舄之不易得。人世孤苦，無以加此。」

是年，與侄宣忠游杭州，得硯數枚。吕留良友硯堂記：「憶甲申與從子亮功游杭，見一青花紫石，兩人爭出直買之，互增其數，至過所索，賈反詫不售。歸相咎者數日，予卒以厚直得之，亟呼良工趙三者斲爲宋欵，抱卧累月不厭，其癖可笑率如此。」

是年，焚棄少作。吕留良寄秦開之先生：「憨予當甲申，焚棄少所作。」

順治二年乙酉（一六四五）　十七歲

四月，清兵攻揚州，督師史可法死之。

五月，清兵渡江，弘光帝奔太平。吴昜、沈自駉起義師於太湖，與侄宣忠同往。吕留良祭董雨舟文：「憶年十七，追逐亂始。余毁厥家，公妙頰齒。經營岩澤，連絡首尾。塵扇所及，如潮赴海。」

侄宣忠受魯監國命，聯絡太湖散兵。黄宗會哀孫子度文：「吕宣忠者，間走東浙，受監國命，約束太湖亡命。」

兵敗，竄跡山林，事多不詳。呂留良看宋石門畫輞川圖依太沖韻：「憶我乙酉避亂初，全身持向萬山棄。銅爐石鏡公山溪，磬轉灘開負奇致。」張符驤呂晚村先生事狀：「散萬金之家以結客，往來銅爐石鏡間，竄伏林莽，常數日不一食，事竟不就，其詳亦不可得聞。」

順治三年丙戌（一六四六） **十八歲**

五月，浙東江上師潰。

六月，吴昜被執遇害。

八月，明紹宗隆武帝遇害汀州。

是年，侄宣忠被執，孫爽力保之，致受杖，幽禁於杭之慧安寺，孫爽有丙戌除夕見幽吴山僧樓卻寄仝難者詩。呂留良孫子度墓誌銘：「當從子被收，適在君墨兵齋中，獰卒並縛去，錮吴山閲月。及訊，從子謾罵，君力爲之爭其善，致受杖。」

順治四年丁亥（一六四七） **十九歲**

三月，侄宣忠殉難杭州，年二十四。三兄願良因而破産，與四兄瞿良各割田百畝養其兄。張履祥言行見聞録：「崇德呂□□兄子被禍以死，家破，□□與其同母兄（念恭名瞿良）各割田百畝養其兄。」

宣忠死，咯血數升。呂公忠行略：「幼素有咯血疾，方亮功之亡，一嘔數升，幾絶。」

四月，陳子龍被執殉國。

順治五年戊子（一六四八） 二十歲

年初，結束亂離，返崇德。吕留良友硯堂記：「戊子以後，歸理筆札。」

春，孫爽游吴門，有送子度游吴門詩三首，孫爽有將自苕入吴吕莊生以三詩贈行次韻答之唱和之作。

秋，游嘉興，有亂後過嘉興詩三首。

順治六年己丑（一六四九） 二十一歲

是年，鄉居。與二兄茂良、三兄願良、四兄瞿良及孫爽等詩酒唱和，有過仲音兄村居、季臣兄卧病欲荒園、東莊閒居貽孫子度念恭兄諸詩。

秋，作秋行詩，有「因思管仲父，是汝論功時」句。

順治七年庚寅（一六五〇） 二十二歲

是年或稍前，與四兄瞿良、曹度飲酒唱和，有飲四兄處與曹叔則分韻詩。

四月，黄宗羲至崇德訪孫爽，陸圻來會。黄炳垕黄梨洲先生年譜：「至崇德，訪孫子度，方欲與之劇談，而陸麗京聞公至，强之入城，同宿吴子虎家。」

秋，看張鈯菴所種菊花，有看張鈯菴種菊醉歌詩。

與胡涵、孫爽訂東莊詩約約在是年至九年壬辰間。

是年，四兄瞿良卒。曹度吕耕道後死集序：「歲在崇禎之戊寅……甫十二齡耳。……年二十四，死矣。」

是年，查慎行生。

順治八年辛卯（一六五一）　二十三歲

十一月，三兄願良卒。錢謙益吕季臣詩序：「語溪之士，游於吾門者十餘人，皆懷文抱質，有鄒魯儒學之風，吕願良季臣其哀然者也。」孫爽辛卯冬月苕上雜懷第八首自注：「聞吕季臣棄世。」

順治九年壬辰（一六五二）　二十四歲

夏，購朱子語類殘本。吕留良書舊本朱子語類：「壬辰夏買此書，爲書船所欺，自三十一卷至六十六卷俱闕，而自此本至末凡十本又重出。全書中又多爲庸妄人所批抹，侮聖人之言，小人而無忌憚至此，每展閱時，恨怒無已。」

五月，孫爽卒。吕留良孫子度墓誌銘：「生萬曆甲寅四月十五日，得年三十有九之五月二十有八日卒。」

秋，游西湖，遇杜祝進，有送杜退思之金陵詩。吕留良黄九煙以奇才吟見贈歌以答之：「壬辰湖上逢老杜，謂我酷肖閻古古。」

是年，交吴爾堯。吕留良哭吴自牧契兄親家文：「與君相知，壬辰之歲。笑視莫逆，不解所謂。」

順治十年癸巳（一六五三）　二十五歲

是年，易名光輪，應清廷試，爲邑諸生。張符驤吕晚村先生事狀：「當是時黿折塵揚，巢傾卵覆，甕繩無蔽，風雨溶漂。先生悲天憫人，日形寤歎。而怨家狺吽不已，曬先生者咸曰：『君不出，禍且及宗。』先生不得已，易名光輪，出就試，爲邑諸生。」

與吳之振定交。顧楷仁吳孟舉墓誌銘：「十三應童試，即與□□□定交試席間。」

是年，吳偉業應清廷之徵赴北京。授秘書院侍講，國子監祭酒。

是年，周在延生。

順治十一年甲午（一六五四）　二十六歲

是年，作寄秦開之先生詩，有「人心忽異類，成群畔傳注。罔畏聖人言，充塞仁義路」句。

順治十二年乙未（一六五五）　二十七歲

冬，與陸文霦至吳門同事房選，編成五科程墨。吕留良庚子程墨序：「乙未之冬，燕坐玄覽樓，群居凷然，無所用其心，因與雯若同事房選，於吳門市傭一室如農車大，鍵閉其中，匝月而竣事。……時又無事事，樂爲其所驅，且迫之以程期，限之以額，兩人從事苦不給，因分理之，故五科程墨則予之論居多焉。」

順治十三年丙申（一六五六）　二十八歲

是年，以近思録贈吳爾堯。吕留良哭吳自牧契兄親家文：「憶辛亥秋，大麻舟中。米鹽絮語，驟驚不同。問胡從得，勿恡我告。君曰無他，即子之教。十五年前，受近思録。如嚙木札，心口不屬。比來讀之，分外有味。」

是年，吳之振從學詩。吳之振夏日口占四絶寄晚村兼示自牧侄：「十七從君學賦詩，東塗西抹總迷離。」

是年，魏裔介選刻觀始集，録憶故山鄉里詩。

順治十四年丁酉（一六五七）　二十九歲

正月，倡社崇德，數郡畢至。呂公忠行略：「時同里陸雯若先生方修社事，操選政。每過先君，虚左請與共事。先君一爲之提唱，名流輻輳，玳筵珠履，會者常數千人。女陽百里間，遂爲人倫奥區。詩筒文卷，流布寓内。人謂自復社以後，未有其盛。」

是年，錢陸燦中丁酉江南第二名舉人。呂留良與錢湘靈書：「自丁酉讀行卷來，夢寐傾倒於先生至矣。」

是年，陳祖法任崇德教諭，來訪。陳祖法祭呂晚村先生文：「予釋褐，授語溪教諭。至即訪君，介賓主以入，肅然藹然，可敬也而可親。」曹度陳子執先生六十壽序：「呂子用晦，禦兒之雄駿君子也，而先生率先我得之。於時與用晦意氣相推，結群吴越之士，舲轅而薈禦兒之境。先生以師儒之長，折節載簡，下儕髦士，考證古今，相與修揖讓之節，弘虚受之懷。善問者多所更其端，而賢者樂與並立，其於志念深厚，質行雅馴，逡逡乎儒也。」

是年，谷應泰視學兩浙。

順治十五年戊戌（一六五八）　三十歲

十月，谷應泰自序明史紀事本末。曾有答谷宗師論曆志一文，摘其訛誤。

是年，仍與陸文霦從事評選時文。

是年，張履祥與何汝霖訂交。錢聚仁何商隱先生年譜：「順治十五年戊戌，與張楊園履祥訂交。」

是年，與陸文霦有隙。呂留良質亡集小序章金牧：「戊戌己亥間，雲李、六象、方虎、雯若與予同游湖上。時雯若不快於諸子。西陵、吴門之仇雯若者，聞此過從甚殷，置酒蕭寺，飲酣奉卮曰：『請謝去雯若，願終執鞭弭隸麾下。』雲李與諸子毅然起，對曰：『公等自可相與，何必去雯若而後交。吾輩有口血自相責耳，豈爲公等哉！且如公言，又何取於吾輩耶？』其人乃大慚謝。」

順治十六年己亥（一六五九）　三十一歲

是年，遇黃宗炎於杭州，有次韻答黃晦木詩二首。黄氏贈詩存「勸君截斷千條路，收拾聰明一綫尋」二句。

順治十七年庚子（一六六〇）　三十二歲

夏，陸文霦爲序慚書。後黃周星、陳祖法亦序之。陸文霦慚書序：「以用晦之文，而目之曰『慙』，古今誰復有不慙者？……問何以名『慙』，曰：『吾文不及古人耳。』天下讀其文，果不及古人乎哉！吁！其慙吾不知，知其無慙而慙爲可歎而已。順治庚子夏，同學弟陸文霦拜手書於東皋草堂。」黄周星慚書序：「僕生平有二恨：其一阿堵，其一帖括。……昨得用晦制義讀之，乃不覺驚歎累日。夫僕所恨者，卑腐庸陋之帖括耳。若如用晦所作，雄奇瑰麗，詭勢瓌聲，拔地倚天，雲垂海立，讀者以爲詩賦可，以爲制策可，以爲經史子集諸大家皆無不可。」

六月，病熱癥，黃宗炎同高斗魁來訪，爲醫治。有贈鄞高旦中詩三首，結爲至交；且留二人小住，並向高氏問醫。吴之振己任編弁言：「庚子過東莊，意氣神合，一揖間訂平生之交。相與講論道義，流連詩酒，因畢其奥以授東莊。」

八月，與黃宗炎、高斗魁會黃宗羲於杭之孤山。呂留良友硯堂記：「己亥，遇餘姚黃晦木。……謂予曰：『予兄及弟，子所知也，有鄞高旦中者，此非天下之友，而予兄弟之友也。』庚子遂與旦中來。其秋太沖先生亦以晦木言會予於孤山。晦木、旦中曰：『何如？』太沖曰：『斯可矣！』予謝不敢爲友。固命之，因各以硯贈予，從予嗜也。」

秋，有孤山道士余體崖乞募大滌依韻答之詩。

十月，黄宗羲自廬山歸，至崇德，十一月去，有贈餘姚黄太沖詩。黄炳垕黄梨洲先生年譜：「之金陵，復買舟，至崇德，適高旦中、澤望公在城中，入宿其寓。十一月己巳，發崇德。」

冬，與黄宗炎、高斗魁訪黄子錫，有同晦木旦中宿黄復仲表兄山堂不寐詩。

是年，與黄宗炎、高斗魁、黄子錫、朱洪彝諸友相約賣藝，作賣藝文。吴之振與焉。呂留良賣藝文：「東莊有貧友四，爲四明鷓鴣黄二晦、檇李麗山農黄復仲、桐鄉殳山朱聲始、明州鼓峰高旦中。四友遠不相識，而東莊皆識之。東莊貧或不舉晨爨，四友又貧過東莊。……吾友賣畫，此當與結伴，而鷓鴣意又欲賣文與詩，謂此事可吾輩共計耳。……因約聲始竟賣文，餘友共賣文與詩，麗農鷓鴣共賣畫，鷓鴣東莊共賣篆刻，東莊獨賣字。鼓峰掀髯曰：『終不令子單行。』……於是鼓峰東莊共賣字，既以字食，且以食友。約成，草於吴孟舉之尋暢樓。孟舉書畫故奇艷，涉筆成趣，得天然第一。謂：『吾手獨不堪賣耶？』『然如子家不貧何？』曰：『請以字佐鼓峰東莊，以畫佐鷓鴣麗農。吾出藝，而諸君共收其直可乎？』衆曰：『幸甚。』東莊乃脱稿而屬孟舉書。」

順治十八年辛丑（一六六一）　三十三歲

二月，黄周星來訪，贈奇才吟詩，有黄九煙以奇才吟見贈歌以答之詩，後戚玾作奇才吟答鍾山黄九煙先輩兼寄石門呂用晦秀才詩。戚玾奇才吟答鍾山黄九煙先輩兼寄石門呂用晦秀才：「殷勤遥寄尺書來，情文歷歷皆心血。卷中寄我奇才吟，讀之光怪而雄深。具言所見才人少，蹉跎未遂平生心。近於石門得我輩，呂生光輪字用晦。更分青眼到仇猶，遥舉戚生相與對。檇李人文説語溪，呂生生斯才可知。……當湖董子我何有，語水呂生君可憑。呂生之才無不可，近或因君得知我。」

三月，過常熟錢謙益，爲三兄願良詩集求序，並請爲己更字。呂留良秋崖族兄六十壽序：「辛丑三月，予過虞山紅豆村莊，蒙叟先生時八十辰，在重九之後，請以數言壽先生。」錢謙益呂留侯字説：「崇德呂子呂留良，請更其字於余，余字之曰留侯。……呂子起家布衣，足跡不出閭里，非有如子房五世相韓，破産結客，東見倉海君，震動天地之事。今呂子名曰呂留良，則已兼子房之名與號而有之，余又字之曰留侯。……呂子摇筆爲歌詩，師承太白，其於子房，固有曠世而相感者。余之更其字也，竊有望焉。……爲呂子更字，中心癢癢然，恐不得一當也。作留侯字説以贈呂子，俾其藏之篋衍，須余言之有徵也，而後出之。」

是年，呂章成六十，爲文壽之。

是年，謝去社集坊選，課子侄於家，作梅華閣齋規。呂留良庚子程墨序：「今年，家仲兄以予之馳騖而漸失先人之志也，錮予於梅華閣中，命授二猶子業。戒出入，謝賓客。閣之陽又爲構講室數椽，予挈二幼子與二三友人之子，哦於其間。口爲唱，手爲讀，心爲解。」

是年，姊丈朱洪彝成進士。

康熙元年壬寅（一六六二）　三十四歲

是年，清廷改崇德縣爲石門縣。

四月，明昭宗遇弑。鄭成功仍奉永曆年號。

秋，爲業師徐甘來診疾。呂留良東莊醫案：「業師徐先生，號五宜。壬寅秋，患滯下膿血，晝夜百餘次，裏急後重。醫診之曰：『脈已歇至矣，急用厚樸、青皮、檳榔、枳殼、木香等，或可挽回。』業師與鼓峰最契，習聞理解，頗疑之，不肯服。時鼓峰歸四明，予往候。」

冬，與黄周星、黄子錫、黄宗炎、高斗魁、萬言省高宇泰於杭州，游西湖，請謝彬畫像，有同黄九煙黄復仲黄晦木高旦中萬貞一飲西湖舟中招謝文侯畫像分韻詩二首。

是年，序陳祖法詩。吕留良古處齋集序：「昔嘗問黄太沖：『浙以西人稱多慧，而學者每出南岸，何也？』太沖曰：『浙西之材，未十歲許，便能操觚，文與年進，至三十許而止。自是以後，則與年俱退，亦如進，故日就銷落。吾地人差樸，然三十後，正讀書始耳。』……若某蒲柳之質，向未嘗有所進取，今又不自力學，行年三十有四矣。……三復太沖斯語，能不瞿然悔懼哉？」

是年，寓杭州法雲菴，有諭子公忠書。吕留良諭大火帖：「我十六日繇德清入省，隔二日即會黄二伯，方知姨夫歸念堅決，斷不可復留之意。……黄二伯德性誠明，見識高遠，形跡之間，可不必簡點。廉遠性庯識小，此等處必不能免。吾所以細細詳慎者，非以自解，實欲使異日自省無纖毫愧怍而已。此是汝第一次任事，成父志，歷世務，俱於此覘汝，汝慎毋忽。」

是年，黄宗羲著留書。

康熙二年癸卯（一六六三）　三十五歲

正月，與黄周星、吴之振飲酒；又與黄周星、吴之振、陳祖法、陳紫綺等至東莊賞梅，有詩唱和。

春，與黄宗炎、高斗魁訪陸嘉淑，有同晦木旦中過陸冰修辛齋二首。

四月，黄宗羲館於楳花閣。黄炳垕黄梨洲先生年譜：「四月，至語溪，館於吕氏楳花閣。」

與黄宗羲、高斗魁、吴之振、吴爾堯於水生草堂唱和，共選宋詩。吴之振宋詩鈔凡例：「癸卯之夏，余叔侄與晚村讀書水生草堂，此選刻之始也。時甬東高旦中過晚村，姚江黄太沖亦因旦中來會，聯床分檠，蒐討勘訂，諸公之功居多焉。」

夏，與黄宗羲、高斗魁訪董雨舟，雨舟之子董采飲以含山泉，引起黄、吕詩爭，有飲含山泉次韻答太沖三首、太沖又以詩爭含山泉用韻再答三首、旦中以詩解爭而實佐太沖也再用韻答之三首諸詩。

夏，黄宗羲子百家、百學南旋，有送黄正誼主一歸剡山詩二首。吕留良送黄正誼主一歸剡山其一：「愛煞黄家老弟兄，讀書萬卷只躬行。教君年少窮經術，媿我諸兒雜友生。詩力驟增南海格，鄉音漸減上江聲。喁喁夜語促歸去，知是而翁不及情。」

六月，黄宗羲以弟宗會病，偕高斗魁東歸。黄炳垕黄梨洲先生年譜：「踰月，以弟澤望公報病，馳歸。」

九月九日，與吴之振、黄子錫等集飲力行堂，子錫出示如此江山圖，各有詩。吕留良題如此江山圖：「興亡節義不可磨，説起一部十七史。十七史後天地翻，只此一翻不與亡國比。故當洪武年間觀此圖，但須舉酒追賀畫圖氏。不特元亡不足悲，宋亡之恨亦雪矣。」

秋，陸汝和來訪，有餘姚陸汝和至得太沖詩札依韻寄懷詩。

秋，黄坤五來訪，與陳祖法、黄子錫、高斗魁、萬言、吴之振、吴爾堯集飲尋暢樓、力行堂。

吕留良哭黃坤五自注：「先生閩人，流寓白門。病甚，余勸還寓居，曰：『吾何歸哉！在彼猶在此也。』」

秋冬間，吴之振奉母命贈以山繭綢。吕留良孟舉以詩贈山繭紬次韻答之詩自注：「孟舉致其母夫人意，藏此前朝時物，特令見惠。」

冬，陳祖法東歸，有送別陳子執先生詩。

歲末，作歲除雜詩十首，以俚語、土俗入詩，頗具風味。

是年，黃周星移居海寧，有送黃九煙移寓海寧二首。

康熙三年甲辰（一六六四） 三十六歲

正月，作甲辰一日詩，有「廿年不檢戊申曆，一日剛占甲子經」句；又有新歲雜詩八首。

正月初七，高宇泰出獄，來訪，有喜高虞尊事解過話四首。宇泰南旋，作送別虞尊即寄太沖復仲晦木旦中送之。全祖望高隱君斗魁小傳：「蒼水之死，隱學之出獄，莊生皆大有力焉。」

正月，黃文焕卒，有哭黃坤五二首。

二月，黃宗羲、宗炎、高斗魁至崇德，館於楳花閣。黃炳垕黃梨洲先生年譜：「二月，同弟晦木公偕高旦中之語溪。」

三月，高宇泰重入獄。全祖望高武部宇泰小傳：「甫出，甲辰又逮入獄。」高宇泰甲辰三月重入獄次晦木韻：「當暑相離霜又新，相思忽到自關神。單祠於我慚容喙，片語須君可立身。黃葉夢深華髮客，青山寒共白衣人。攜來玉笛將誰識，難遇知音涕滿斤。」

四月，與黄宗羲、宗炎、高斗魁、吴之振至常熟，視錢謙益疾。錢謙益以喪事托黄宗羲。黄炳垕黄梨洲先生年譜：「四月杪，益以吕用晦、吴孟舉同至常熟，適虞山病革，一見即以喪事相托，公未之答，虞山言：『顧鹽臺求文三篇，潤筆千金，使人代草，不合我意，知非兄不可。』即導公入室，反鎖於外。公急欲出，二鼓而畢，虞山叩首稱謝。」

五月，錢謙益卒。

七月，錢行正卒。黄宗羲錢孝直墓誌銘：「其後十九年丙申，而陸文彬雯若、吕光輪用晦復舉社於其邑如故時。子與之子孝直，又主其事。……年十四，補博士弟子。二十二而卒，爲舉社後八年之七月壬辰也。」

七月，張煌言被執；九月初七日，遇害。有九日書感詩。嚴鴻逵釋略：「此詩作於甲辰九日，乃張司馬致命時也。」吕公忠行略：「甲辰歲，有友人死於西湖，先君爲位以哭，擬於西臺之慟，已而葬於南屏山石壁下。」

九月，劉汋卒。黄宗羲劉伯繩先生墓誌銘：「先生諱汋，姓劉氏，伯繩其字，家世具余所撰子劉子行狀。子劉子者，念臺先生諱宗周，先生之父也。……生於某年癸丑六月十日，卒於某年甲辰九月八日。」吕留良跋八哀詩曆後：「伯繩余所願見。甲辰將渡江而不果，識其子子本於杭。」

十月初，黄宗羲復至崇德。黄炳垕黄梨洲先生年譜：「十月初，復之語溪。十二月初，旋里。」

十二月，高宇泰出獄。高宇泰甲辰臘八日脱難歸和大人韻：「殘生暮歲來相合，到岸還憐泛水槎。屋角寒梅春動蕊，雪中縲客夜歸家。迷人熟犬疑霜鬢，傍我新鵑叫月華。一切生涯都罷斥，只除杯酒對庭花。」

冬，以明年之館席請張履祥，張氏不就。蘇惇元張楊園先生年譜：「己酉館語溪。館主人請自甲辰之冬，屢請屢辭，主人虚席待二年，今始就焉。」

康熙四年乙巳（一六六五）　三十七歲

二月，黄宗羲、宗炎、萬斯選至崇德，館於楳花閣。黄炳垕黄梨洲先生年譜：「公之語溪，同晦木公暨萬子公擇登龍山。」

四月，以團硯贈高斗魁。吕留良團硯跋：「吕留良爲旦中契兄手勒，時乙巳首夏。」

夏，過妻族，與范汝瓚話舊，並視范汝聽病，有過范玉賓兄弟話舊詩二首、重過内家問范鄰音疾詩二首。

六月，黄宗炎南旋，有送晦木歸餘姚詩二首。

七月，汪渢卒。

八月，自平湖返崇德；黄宗羲攜萬斯選來聚，同徐相六、鍾靜遠、胡圓表飲酒唱和，有喜太沖至同改齋萬公擇徐相六飲耕瑶亭依改齋韻二首、鍾靜遠攜酒同胡圓表集飲次改齋韻詩。

九月，第五子定忠生。吕留良哭阿彗文：「汝生於乙巳九月……將於晬日命汝正名曰定忠。」

九月，高斗魁仲兄斗權來訪，有喜高辰四至遂送之閩詩三首。

九月，向吴之振乞炭、乞西香、乞書副本，有詩。黄宗羲有乞炭、乞西香、乞書副本三詩；吴之振原次韻詩已佚，今存後十五年續補之作。

秋冬間，同黃宗羲、宗炎、吴之振、爾堯、萬斯選等至官村看菊；謁輔廣墓，議重爲立碑，有同德冰晦木孟舉自牧官村看菊二首、同德冰晦木孟舉自牧謁輔潛菴先生墓詩。黃宗羲輔潛菴傳：「乙巳歲，余拜輔漢卿先生之墓於崇德。」

十一月，黃宗羲、宗炎、高斗魁、管諧琴、萬斯選南旋，送之，有菜市橋小菴送別晦木旦中四首、送德冰東歸四首、送管襄指、送萬公擇歸鄞寄貞一諸詩。

歲末，與吴之振、自牧叔侄飲酒唱和，有集飲自牧齋分韻得渠字詩。

是年，成耦耕詩十首。呂留良耦耕詩第二首：「誰教失腳下漁磯，心跡年年處處違。雅集圖中衣帽改，黨人碑裏姓名非。苟全始信談何易，餓死今知事最微。醒便行吟埋亦可，無慚尺布裹頭歸。」

是年，跋黃宗羲八哀詩。呂留良跋八哀詩曆後：「黎洲八哀詩，余同哭者只牧齋、魏美耳。……耿寒燈於霜木，許故劍於南枝，其聲光氣力能使後世惻愴如見，而況於余乎？」

是年，黃宗羲爲删存舊稿。呂留良送德冰東歸第二首自注：「今年爲予删舊稿爲一集。」

是年，張履祥與何商隱來訪。呂留良張考夫同錢商隱過訪：「劉門弟子別傳多，實踐無如張考夫。死友生交依半邏，荒山古伴約南湖。支頭壞壁當痕滿，立腳寒磚印濕趺。聽雨休時提舊話，分明師意在程朱。」

康熙五年丙午（一六六六）　三十八歲

初春，門人祝潛過訪，有喜祝生潛過詩。

春，黄宗羲館於楳花閣。黄炳垕黄梨洲先生年譜：「五年丙午，公年五十七歲，仍館語溪。」

春，浙江學使課考嘉興學子，拒絶入試，以學法除名，革去秀才。陳祖法耻齋有答予詩再坐弘文館復次韻答：「壁立高牆似碧磯，光輪字畫筆無違。」自注：「光輪，係應時之名，今已削去。」吕留良即事：「僮無人色婢倉皇，底事懸愁到孟光。甑要不全行莫顧，簣如當易死何妨。十年多爲汝曹誤，今日方容老子狂。便荷長鑱出東郭，荳花新紫菜花黄。」柯崇樸吕晚村先生行狀：「一郡大駭，親知爲之短氣。而先生方怡然自快，歸卧南陽村，摒擋一切，與桐鄉張考夫、鹽官何商隱、吴江張佩葱諸先生共力發明洛閩之學，絶意進取。……蓋於出處之際，審計之決矣。」

夏，與黄宗炎登臨平山，有登臨平山同晦木詩。

夏，托黄宗羲購得山陰澹生堂藏書三千餘本，有得山陰祁氏澹生堂藏書三千餘本示大火二首。陸隴其三魚堂日記：「己巳正月初六，往府，會晉州陳名祖法，言：『黄梨洲嘗爲東莊買舊書於紹興，多以善本自與。』」全祖望小山堂藏書記：「曠園之書，其精華歸於南雷，其奇零歸於石門。」

夏，作後耦耕詩十首。嚴鴻逵釋略：「題曰耦耕，終以無真耦而歸去，所謂知之明而行之決也。益將以千秋之事業自任，是豈高、黄輩之所能識哉？」

六月，至杭州。歸而第五子定忠卒。吕留良哭阿彗文：「六月十八日，吾以事須往杭州。……不謂汝病劇於廿三日，身熱洞瀉，家人妄冀吴門之約，又望吾之歸，因循五晝夜，變症蠭起，始遣塀報，吾冒暑奔歸，已無及矣。此是吾方術之疎，而期人之過，急外務而不飭家人以速聞，使汝失治以死也。」

九月，至嘉興，訪巢鳴盛，有贈巢端明詩。

秋，姜希轍序刻劉宗周遺書。校勘者署「後學吕留良同校」，後引起不滿。姜希轍子劉子遺書：「二三子非敢爲一辭之贊，粗寄誦讀，以歷盛衰者如此，今出之以示共學。其校讎則黄宗炎、高斗魁、吕留良、陸嘉淑分任之。學人姜希轍識，時康熙丙午秋日也。」

康熙六年丁未（一六六七）　三十九歲

是年，黄宗羲不復館語溪。黄炳垕黄梨洲先生年譜：「二月，之郡城。……子劉子講學於證人書院，正命之後，虚其席者二十餘年。」

二月，爲作問燕、燕答、管褰指示近作有夢伯夷求太公書薦子仕周詩戲和之諸詩。嚴鴻逵釋略：「此以下三詩，皆爲太沖作也。凡浙東之館浙西者，皆必以二月到館，又其輕薄情事有與燕適相類者，故藉以爲喻。蓋自丙午子棄諸生，太沖次年便去，而館於寧波姜定菴家，所以誣詆子者，無所不至，此問燕、燕答之所爲作也。」

春，得黄周星書，有得黄九煙書並示瀟湘近詩。

春，游嘉興，遇古燈上人，有游東塔寺二首、登真如塔、游鶴洲二首、坐鶴洲梅花下、重過鶴洲二首、次韻酬古燈諸詩。

春，管諧琴六十，有壽管褰指六十詩。

秋，游德清，高斗魁出示黄宗羲詩，有與旦中夜話次所示姚江詩韻；與萬斯選唱和，有又同萬公擇夜話次前韻二首。

是年，有與黃宗羲書信。呂留良與黃太沖書：「貞一歇夏時，曾附數行相候；旦中來，得近況而無字；貞一到館未得晤，然聞其有字與公擇，亦不言太沖有札語也。餘自越中來者，輒言太沖有與呂用晦書，淋漓切直，不媿良友。而某竟未之見，何也？……後問旦中，則曰：『誠有之，不過責善意耳。』……或者又云：『此太沖絶交之惡聲耳，非真責善也。子必欲見之，是又起爭端矣。』此則大不然。縱使太沖立言有私意在，是太沖自己病痛；太沖所言，自是某之病痛，兩者豈相除算哉？即如或言，不可知者心耳，其言豈有不是者，此某之所以引領拳拳也。千萬録示，以卒餘教。」

是年，有與姜垚書信，論刻劉宗周遺書事。呂留良復姜汝高書：「去歲委刻念臺先生遺書，其裁訂則太沖任之，而磨對則太沖之門人，此事之功臣也。若弟者因家中有宋詩之刻，與刻工稍習，太沖令計工之良窳，值之多寡已耳。初未嘗讀其書，今每卷之末必列賤名，於心竊有所未安。……若較爲磨對之名，則萬公擇獨任者，偶一及之，而某未嘗磨對者，反每卷數見，尤所不安也。因其時太沖愛弟過厚，不覺其失耳。至小兒呂公忠則並無計工之勞，豈以其受業太沖門下，故亦濫及耶？則劉門弟子尚多未及，其爲弟子之弟子，殆有不勝書者，即如尊公門下，庸詎無人，而濫及稺子，豈此本爲太沖之私書乎？果其爲太沖之書，則某後學之稱，於心又有所未安也。」

是年，與吴之振有隙。呂留良與沈起廷書：「昔弟與孟舉非尋常悠泛之友也，其才情穎朗，意氣展拓，謂可同切劘於正人君子之塗，冀各有所成就，非世俗徵逐酒食往還體面以爲歡也。其母夫人識弟於稠人之中，命之納交，如其嫡從之屬，孟舉亦竭情盡歡，表裏無間者十有五年。而有劉胤楷、余蘭之變，賴兄與諸友綰合，至今又五六年矣。弟受其解衣推食吉凶同患之德，既渥且久，夢寐不敢忘，今日但有弟負孟舉耳，不可謂孟舉負弟也。」

是年，與張履祥有書信往還。吕留良與張考夫書：「向知老兄於錢氏有『死者復生，生者不愧』之訂，故數年願慕之誠，不敢唐突以請。所請者，期滿謝事後，必欲重累杖履耳。凡某之區區固不僅爲兒輩計也，此理之不明又數百年矣。毒鼓妖幢，潛奪程朱之坐以煽惑天下也亦久矣，此又孟子以後聖學未有之烈禍也。……某竊不揣，謂救正之道，必從朱子；求朱子之學，必於近思録始。又竊謂朱子於先儒所定聖人例内，的是頭等聖人，不落第二等；又竊謂凡朱子之書，有大醇而無小疵，當篤信死守，而不可妄置疑鑿於其間。此數端者，自幼抱之，惟姊丈聲始頗奇其神合，故某喜從之論説，餘皆不之信也。今讀手札所教，正學淵源，漆燈如炬，又自喜瓦聲葉響，上應黄鐘，志趣益堅，已荷鞭策不小矣。」

康熙七年戊申（一六六八）　四十歲

春，送范道願之北京，有送范道願之燕詩；並托帶詩寄陸嘉淑，有「生憎腐鼠從鵷嚇，不惜明珠向鵲彈」句。

八月，吴之振赴北京，以背瘡發作未能餞别，有送孟舉北游二首、臨行餘以背瘡作惡不得執手諸作。後又書信往還，極盡關切之意。吕留良與吴孟舉書：「千里遠别，乃以瘍累不得執手河梁，殊用耿耿。兄體中初和，宜加意保攝。出門與在家不同，飲食起居，分外當慎，雖藥餌勿妄投也。途中雖衣船足恃，然萬勿侈張，以招意外之虞。關津鬧口，勿臨險登眺。至燕尤以收斂謹密爲主。最要勿譏評，重然諾，勿爲快意之舉，勿爲炙手之緣。禁絶鬭戲，屏遠聲伎，庶足以保身進德，省費避尤。但以詩文風雅，自重於儒林。」

秋，游德清蠡山、名園，訪余體崖、徐倬，有游蠡山、游德清名園、至楊山昇元觀訪余體崖不遇、再游蠡山語徐方虎諸詩。

九月九日，作詩寄懷高斗魁，有九日舟中作寄高旦中二首。

是年，漸謝卻醫事。吕留良答某書：「自别後，醫藥之事，凡外間見招者，一切謝卻，已一年矣。只知交及里中見過有不能辭者，間一應之。初亦未嘗計及醫品損益，但於斯有未能自信處，恐致誤人，以此謝卻耳，不意其已有合於良箴也。」

是年，黄宗羲會講於杭州，又講學於鄞。黄炳垕黄梨洲先生年譜：「至郡城，仍與同門會講於證人書院。……甬上諸門士，請主鄞城講席。三月，公之鄞，與諸子大會於廣濟橋，又會於延慶寺，亦以證人名之。」

康熙八年己酉（一六六九） 四十一歲

正月二十日，張履祥館於吕氏東莊，作東莊約語。張履祥答張佩葱：「吕家十九日舟來，弟次早行矣。」蘇惇元張楊園先生年譜：「八年，先生五十九歲，館語水。……先生館語水數年，勸友人門人刻二程遺書、朱子遺書、語類及諸先儒書數十種，且同商略。迄今能得見諸書之全者，先生之力也。作東莊約語。」

三四月間，出游德清。立夏日，卧病徐倬齋中。與萬斯備、許旂、沈宗元、徐尚綸、徐主一、沈應旦等飲酒唱和，有游慈相寺、三游蠡山、雨夜同大辛方虎允一素絲飲、游五石菴、四游蠡山、半月泉、同大辛主一從烏巾山至西茅山二首、沈方平給諫招飲、送甬上友人寄高旦中二首、立夏日卧病方虎齋中諸詩。

四月，旋里，修建房屋。吕留良與高旦中書：「近小葺蘭森堂，初意不過砌磚止溼，換窗蔽風雨而已。事機一動，勢不自止，又須改東西兩廊，又須於南牆架數間作書舍，未免多事浪費，然業已至此，只得成之。」

六七月間，徐倬有約用晦用寓、待用晦不至詩。徐倬約用晦用寓自注：「用晦約予結茅鼇山。」

七月，何汝霖來訪。張履祥謝友序：「七月戊申，同錢雲士問醫語溪。」

八月，黄宗羲六十生日。

秋，爲仲子娶婦。吕留良與高旦中書：「弟今秋爲次兒娶婦，冬營窆季臣先兄父子。」

九月，張嘉玲來訪，有喜張佩葱過留廓如樓次韻二首、佩葱閱舊稿見贈次韻詩。

十月，張履祥至崇德；與同往湖州訪張嘉玲，並赴海鹽訪何汝霖，有過湖州有感二首、至佩葱隱居次韻、同佩葱過半邏次韻、宿何商隱萬蒼山樓同張考夫王寅旭二首、同考夫商隱寅旭登雲岫諸詩。張履祥與張佩葱：「弟十月二日得至語兒城，因致尊意於用兒。大約望後決抵成上晤面也。」張履祥與何商隱：「本擬二十三日，同寅旭兄東上，因□□兄來甑山留宿，勢竟不能。而使乎適承命以至，其事雖微，亦見氣志之應也。晦兄欲早至湖樓，諸務牽之，然日内努力行矣。」

冬，營葬三兄願良、宣忠父子夫婦，並以孫懿緒續侄宣忠後。張履祥言行見聞録：「兄死，嘗立嗣，久不克葬，主亦不立，不得祀者十有九年。兄之棺在荆棘，幾不可問，□□惻焉。葬其兄嫂，求兄子及兄子之婦之棺砆焉。由是四喪得歸泉壤，始爲作主，使一子嗣之，主其祭祀墳墓。」

歲暮，至海鹽，於何汝霖萬蒼山樓度歲。王錫闡、張履祥、許大辛、吴曰夔、巢鳴盛繼至，詩酒唱和。吕留良錢墓松歌：「紫雲宋松圍一丈，萬蒼明松八尺餘。所爭二尺頗不足，主人疑彼年歲虚。我謂主人勿復疑，今古豈爭尺寸殊。紫雲未必五百壽，固當繫之在德祐。萬蒼不止三百多，只合題名洪武後。其中雖有數十年，天荒地塌非人間。君不見三代不復千餘載，漢高唐太猶虛懸。不妨架漏如許日，何況短景穹廬天。除卻戊年與未月，宋松明松正相接。寄語新松莫癡絶，偷得春光總無涉。」王錫闡贈石門：「報國傷心往事空，騷壇豈肯復爭雄。撐扶日月詩篇裏，檢點君臣藥案中。我性本疏仍帶癖，兄年差小已成翁。南陽一脈來伊洛，可許菅茅在下風。」

是年，董杲以第十二名中是科舉人。

康熙九年庚戌（一六七〇）　四十二歲

正月，於何汝霖家，有元日存雅堂詩二首感懷；訪丘上儀將軍，有贈丘將軍維正詩。

是年，張履祥館於呂氏東莊。蘇惇元張楊園先生年譜：「九年，先生六十歲，館語水。」

四月，游嘉興。張履祥答張佩蔥：「弟二十有四日歸自語溪。用兄尚在郡，恐目下正未能去此塵鞅也。」

五月，高斗魁卒。

六月，江南大水，歲大歉。張履祥言行見聞録：「庚戌六月，江南大水，被災之邑，禾大無。呂□□家歲入僅能供賦。……□□承先世之舊，家僕衆而無用，歲大歉，或謂之食指可損。□□曰：『若輩有何生業，吾一日遣之，溝壑中物矣』。且與度凶饑，徐爲之計耳。」

八月，張履祥及諸友均來崇德。張履祥與何商隱：「日者，禦兒之鄉，群賢畢至，其聚不亦樂乎？但來年所以處弟者，太踰其分。雖先生與用兄養老好賢之盛心，與敦舊恤災之厚誼，有加不倦，而弟非其人，爲可耻耳。」

秋，托張嘉玲發出東皋遺選數十册。姚璉楊園訓門人語：「庚戌秋，璉兄弟謁先生於張佩兄齋中，適語溪以東皋遺選數十册托佩兄發出。」

十一月，至鄞會葬高斗魁。吕公忠行略：「高旦中先生，與先君交最厚。……時會葬高先生於鄞之烏石山，先君芒鞋冒雪哭而往，山中人遥聞其聲，曰：『此間無是人，是必浙西吕用晦矣。』高氏子弟礱石將刻墓誌。先君視其文，微辭醜詆，乃歎曰：『銘之義，稱美而不稱惡，此何爲者也。』遂不復刻。」

留鄞上旬日，遇僧人竾在募緣。吕留良僧竾在寄詩次韻答之二首小序：「竾在，爲宣城沈眉生從子。時欲興造開堂，募緣明州。適余會葬鼓峰，相遇於桐齋。謂余曰：『願先生扶翼名教，不教貧僧倒卻刹竿。』余應之曰：『和尚倒卻刹竿，便是扶翼名教。』」

十二月底，返崇德，艱難度歲。吕留良與范道願書：「仲冬會旦中之葬，留甬上旬日。而風雪載途，無從寄問。近除歸里，爲凶歲所困，田租竟不可問。」

康熙十年辛亥（一六七一）　四十三歲

是年以後，張履祥往來何、吕兩家，不拘常課。蘇惇元張楊園先生年譜：「自是以後四年，何商隱與語水主人，以先生年老，不應復有課誦之勞，宜以餘年，優游書籍。乃各具脩俸，爲先生家用。請先生往來語水、半邏間，相與講論，往留任便焉。」

二三月間，張履祥居崇德，姚瑚、姚璉至請業。姚璉楊園訓門人語：「辛亥春仲之望，自莘里至語溪，見先生於力行堂。三月四日，同兄往力行堂候先生。吕先生見賜朱子遺書一册。」

春，寓陳孟樸齋，查雍從許奝來訪。呂留良質亡集小序：「辛亥春，聞予之狂言於許子大辛，甚疑異。適予寓趙家橋陳孟樸齋，漢園同大辛見訪，遂留榻相與劇論此事，所持甚堅。至中夜忽披衣起揖曰：『廿年之疑，於茲盡釋。』乃大悔向來之過。又談竟日而別。」

春旱，倡分里散米之議，全活甚衆，作賑饑十二善，吴之振效之。張履祥言行見聞録：「見流亡日衆，憫而歎曰：『人各恤其鄉，焉有流亡乎！』又見邑之爲粥者法不良，暴子弟多得食，貧無告者饑自若。因與所親徐君謀，即其所居之區，擇最貧者計口日給米三合，及麥秋而止。其友吴生亦效之。以是兩區之鰥寡煢獨得所賴，人服其義。」

八月，宋詩鈔初集成。吴之振宋詩鈔序：「余與晚村、自牧所選蓋反是，盡宋人之長，使各極其致，故門户甚博，不以一説蔽古人，非尊宋於唐也，欲天下黜宋者得見宋之爲宋如此，其爲腐與不腐，未知何如，然後徐議其合黜與否。或由是而疑此數十年中，文人老學游居寢食於唐者不翅十倍，後人何獨於嘉隆之説求一端之合而不得，因忽悟其所以然。則是集也未必非唐以後詩道之巫陽也夫。時康熙辛亥仲秋之朔，洲錢吴之振書於鑑古堂。」按，此篇孫學顔編呂晚村先生古文卷下及槩兒呂氏鈔本呂晚村文集亦收入。

秋，與吴爾堯論學於大麻舟中。呂留良哭吴自牧契兄親家文：「憶辛亥秋，大麻舟中。米鹽絮語，驟驚不同。」

秋，王錫闡於力行堂晤萬斯大。王錫闡答萬充宗書：「客秋於力行堂中，片時晤對，未及深領教益。」

冬，查雍來訪，見張履祥、何汝霖、淩克貞、王錫闡。呂留良質亡集小序：「辛亥冬，復過予廓如樓，晤考夫、商隱、渝安、曉菴諸友，歸語人曰：『如游天外。』問：『其説何如？』曰：『非爾所知也。』」

是年，侄至忠游邪放蕩，嚴加督責，張履祥亦屢訓導之，至忠最終改邪歸正。呂留良諭家人帖：「大叔偶被親族匪人所悞，今幸悔悟，家門之福。但恐此輩孽根不斷，仍來煽惑，特設立門簿，著爾等衆人，輪流值日管門。如□□□□□□□□□四人，乃騙誘罪魁，今後不許往來。……即有是非，我自與理論，爾等無畏也。特諭。貼四房後門内，不許損壞。」張履祥與呂仁左：「同人每稱百里而西，子弟之賢，無如呂氏。用老父子，使仁左無父而有父，□□兄弟，使仁左無兄弟而有兄弟，而仁左之於用老不啻父子，於□□兄弟不啻親兄弟。一門孝友，真不易得。而今日足下一比匪人，百度迷亂，竟至於此，可爲痛心也！」

是年，陸隴其輯四書講義續編。楊開基陸清獻先生年譜原本：「輯四書講義續編，取石門□□□、甬上仇滄柱之説爲多。其有可商，亦必以己意折衷之。」

是年，黄宗羲與李鄴嗣、陳錫嘏書，論高旦中墓誌銘。黄宗羲與李杲堂陳介眉書：「萬充宗傳諭，以高旦中誌銘中有兩語，欲弟易之，稍就圓融，其一謂旦中之醫行世未必純以其術，其一謂『身名就剥』之句。……夫銘者，史之類也，史有褒貶，銘則應其子孫之請，不主褒貶。而其人行應銘法則銘之，其人行不應銘法則不銘，是亦褒貶寓於其間。」

是年前後，有與葉敦艮書信往還。呂留良與葉靜遠書：「兩接手書，皆發蒙鞭駑之言。……考夫先生雖在舍間，而違離之日多，親炙之時少。今年又得渝安、寅旭、佩蕙諸君子相聚邑中，友朋合併之緣，從來希覯。」

十二月，吴偉業卒。

幼得咯血之疾，是後屢作。呂公忠行略：「幼常有咯血疾。……辛亥以後，遇有拂鬱輒作。」

康熙十一年壬子（一六七二）　四十四歲

三月，表兄黄子錫客死廣州。魏禧貢士黄君墓誌銘：「辛亥，禧客嘉興，則君已之粵。今年再之嘉興，冀君歸，相與結友，申知己之言，而粵中訃至矣。……君之卒也，歲在壬子，月季春，日二十有一；距其始生，享年六十有一。地在羊城之旅。」吕留良與吴孟舉書：「昨得復仲表兄之訃，竟客死粵中，爲之痛悼。」

三月，姚璉至桐鄉張履祥家。姚璉楊園訓門人語：「三月之杪，璉留楊園一月。時先生選閱朱子文集，本何、吕兩先生所請也。」

四月，張履祥來書，勸阻批選時文。張履祥與吕□□：「案頭忽見天蓋樓觀略之顔，深疚修己不力，無一可爲相觀之益。而復直諒不足，不能先事沮勸，坐見知己再有成事遂事之失。……堪爲若此無益身心，有損志氣之事，耗費精神，空馳日月乎！」

五月，爲避修志書，久駐杭州。張履祥答姚大可：「前月之杪，曾一至語溪。用老避修志書，久駐會城，歸期未定。擬欲初旬一往，然未可必也。」吕留良與吴孟舉書：「志書之事，非吾人之所宜爲。弟之愚，自審所處，固不必言。在吾兄亦萬萬不可。義理有是非，世故有利害，兩者皆不可也。」

並出游嘉興，會陸隴其於旅舍。陸隴其松陽鈔存：「余於壬子五月，始會東莊於郡城旅舍，諄諄以學術人心爲言。」陸隴其祭吕晚村先生文：「隴其不敏，四十以前，亦嘗反復於程朱之書，粗知其梗概。……壬子癸丑，始遇先生，從容指示，我志始堅，不可復變。」

六月，周亮工卒。

秋，查雍來訪，居兩月。吕留良哭查漢園詩注：「壬子秋，家人逼之赴試，紿以入省，竟過予東莊兩月，甚樂。」

八月，赴杭州，張履祥有書論明代名臣言行録編纂事。張履祥與吕□□：「至於春間所商名臣言行之録，輾轉思之，有未易從事者。」

冬，張履祥復至崇德。張履祥與何商隱：「弟初九日至語水。……弟自壯歲以後，自一身以及舉家，疾病之作，初則聽之程長年先生，繼則委薛楚老，今則全憑□□兄矣。常醫之藥，概不敢服，然往往因以得生。」

除夕，作壬子除夕示訓。

康熙十二年癸丑（一六七三）　四十五歲

四月，爲搜書出游，至南京。得交徐州來、徐子貫、黄虞稷、周在浚、張芳、王槩、王潢、胡澂、胡曰從、倪燦、李子固、徐與喬、丁繼之、左仲枚諸人，互相詩酒唱和。借鈔黄氏千頃齋、周氏遥連堂藏書。爲周亮工遺稿櫟園焚餘作序。並將所刻書發售。吕留良東皋續選論文：「癸丑夏，余尋宋以後書於金陵，得借鈔黄氏千頃齋、周氏遥連堂藏本數十種，又與諸友倡和飲酒樂甚，留秦淮再閲月。攜昔友陸雯若墨選鬻於市，市人謂風氣乍旋，此書如飆激也。……余感其言，因合諸名本删之，共點次得若干首，以附今集後。」吕留良答張菊人書：「自來喜讀宋人書，爬羅繕買，積有卷帙，又得同志吴孟舉互相收拾，目前略備。……近者更欲編次宋以後文字爲一書，此又進乎詩矣。室中所藏，多所未盡，孟浪泛游，實爲斯事。至金陵見黄俞邰、周雪客二兄藏書，欣然借抄，得未曾有者幾二十家，行吟坐校，遂至忘歸。憶出門時，柳始作綿，今又衰黄矣。」

六月，張履祥作書趣歸。張履祥答張佩葱别楮：「既聞晚村有初秋方歸之信，深恐初秋亦不果，故亟往語溪，寓書趣其歸旌。」

六月，龔鼎孳欲約至北京選房書，吳之振代爲謝却。呂留良得孟舉書志懷第三首：「自古相知心最難，頭皮斷送肯重還。故人誰似程文海，便恐催歸謝疊山。」自注：「燕中友人欲購致予，孟舉以書爲我卻之。」嚴鴻逵釋略：「備忘録云：『方虎、喬三致龔鼎孳意於孟舉，欲我至京選房書，且商迎請之禮當如何。孟舉答云：晚村一至長安，則晚村先失其晚村，合肥又何取於晚村哉。孟舉可謂深知我矣。』末章所以志也。」

六月，查雍卒，有哭查漢園二首。

七月，許奝卒，有又得許大辛凶問哭之二首。嚴鴻逵釋略：「備忘録云：不知今年是何運數，大辛、漢園相繼殞謝，海上志士略盡矣，從此龍山不堪再過耳。」

九月，龔鼎孳卒。

秋，與施閏章論學。呂公忠行略：「嘗游金陵，遇施愚山先生於廣坐。愚山論學，先君不數語中其隱痛，愚山不覺汍瀾失聲。坐客皆驚，遷延避去。」

十月，歸舟過句容，有詩。過常州，訪錢陸燦不值。呂留良與錢湘靈書：「癸丑刺船毗陵，奉訪不遇，歸來怏怏。」錢陸燦天蓋樓四書語録序：「蓋曩歲訪余常州，道相左也。」

返崇德，過北門，見有建佛殿者，與董方白、沈廷起、吳之振、吳自牧書信，論其不可，縣令杜森、教諭管鳳來聽取意見，廢止工程。呂公忠行略：「有妖僧將構小九華於邑之北門，煽惑愚俗，富室輸金錢，豪猾恣漁獵，以福田形勢爲辭。既營建矣，先君適自金陵歸，見之大詫。乃貽書知交，責以衛道闢邪。且令門人董杲爲邑令言，指陳利害，數有不可者七。卒毀去之。」

歲末，移居南陽村莊。呂留良與魏方公書：「弟去歲浪游白下，臘盡歸里，即有移居村莊之役。」

是年冬，吴三桂倡亂滇中，耿精忠、尚之信回應，波及十餘省，史稱「三藩之亂」。

康熙十三年甲寅（一六七四）　四十六歲

居鄉，謝絶世務，作甲寅鄉居偶書。張履祥與姚大也：「用晦令表叔竟居東莊，以課子種植爲事，不入城市矣。」

三月，費密來訪，與論禮。費錫璜費中文先生家傳：「甲寅春，初游浙，與呂公留良論禮。呂公後謂袁君勉欽曰：『吾終身未見此人。』」

七月，張履祥卒。蘇惇元張楊園先生年譜：「秋七月庚寅，終於正寢。庚寅二十八日也。先是二十三日先生在語水。張佩葱偕姚攻玉、四夏問疾。……先生旋歸家。……二十八日時加戌，命具衣冠，居正寢，恬然而逝。」

八月，二兄茂良卒。呂留良仲兄仲音墓誌銘：「甲寅春，年七十有六，拊臂加頞曰：『吾已朽，復何求？旦夕蓋棺，得全父母之遺，朝廷之禮，足矣！』亡何感疾，以八月十有六日卒。」

是年以後，不復評選時文。呂留良答許力臣書：「故於癸丑後，立意不復評點。」戴名世九科大題文序：「自乙卯、丙辰至於己卯、庚辰，其間爲鄉試者十，爲會試者九。余選此九科之文，分爲三：其曰墨卷，曰大題文，曰小題文。將次第刊刻而布之於世。夫此三集之選，何以始於乙卯、丙辰也。曰：以晚村呂氏之選，終於壬子、癸丑也。」

是年，德清陳鏦來受業，其兄鑅因之得聞緒論。陳鏦呂晚村先生四書講義弁言：「鏦自甲寅歲受業於先生之門。」呂留良質亡集小序：「西長，吾門鏦之兄也。陳氏多强穎之資，然皆憎疾根本理義之學。獨西長聞其弟說，雖不能爲，輒欣然信之。」

是年，吴肅公來書，寄正王諸文。呂留良答吴晴岩書：「前者正王之教，似以某有一知半見之仰同足以共論者。……且某尊朱則有之，攻王則未也。凡天下辨理道，闡絶學，而有一不合於朱子者，則不惜辭而辟之耳。蓋不獨一王學也，王其尤著者耳。……夫陳獻章、王守仁，皆朱子之罪人，孔子之賊也。……谿朱子而程子，而孟子，而孔子，此一先生也；谿尊刻所述而湛若水，而陳獻章，亦一先生也。則谿陳獻章、王守仁，而陸九淵，而達摩，而告子，亦一先生也。凡此先生者宜何從，則千古必有能辨之者矣。」

是年，營葬四兄瞿良。張履祥言行見聞録：「呂□□之兄念恭（行四，名瞿良）没二十四年矣。及葬，哀泣不已，經營窀穸，罔間晨夜。」

是年，沈磊、張嘉玲卒。

康熙十四年乙卯（一六七五）　四十七歲

正月，營葬三兄茂良。呂留良仲兄仲音墓誌銘：「以乙卯元月庚申，合葬於南官村繁昌墓之西。」

五月，陳鏦序大題觀略。陳鏦大題觀略序：「補癸丑偶評成，先生見之曰：『是何偶之多也。既偶矣，奚補爲。』曰：『亦偶補之耳。』……因退而共名之曰更仰集，同十二科程墨行世。門人陳鏦謹記於集端，時康熙乙卯重午。」

七月，唱和吴之振種菜詩二首。呂留良和種菜詩小序：「自牧出示時輩和種菜詩甚夥，皆不堪置目，不覺失笑，走筆和之。」第二首曰：「雕欄曲護緑畦斜，土沃肥多易長芽。燕麥兔葵爭一笑，此間那有故侯瓜。」

十月，至杭州，黄宗羲遣子百家候之，有送人詩三首；除夕，復作黄太沖書來三詩見懷依韻答之三首。嚴鴻逵釋略：「按備忘録：乙卯十月朔，子在杭城，太沖遣其子主一持書及詩扇三首來索文，以卒歲夜次韻作詩答之。」

是年，大兒公忠喪妻。吕留良諭大火帖：「謝文侯爲汝婦畫遺像，形神極肖，空中懸揣，得此大是奇事。此後可永傳不死，亦大足慰也。」

是年，孫爽入葬，作孫子度墓誌銘。吕留良孫子度墓誌銘：「自子度死，習俗益污下，向之同社面目變换至不可識。驕者以奴隸辱故人；諂者多潦倒自貶，白頭拜門，走於時貴；後起恣惑聲利，不復知名義爲何物，狂敗無恥，恬不相詫，使子度及見之，其憤疾當復何如，固不如不見之爲愈耶？然子度而在，意其人有所畏，都不至此，亦未可知也。以是歎賢者之存亡，其繫人士風俗之重也如此，若子度者烏可復得哉！夫子度一人耳，其名位甚不足動人，然則士誠賢正不在多也。生萬曆甲寅四月十五日，得年三十有九之五月二十有八日卒。又二十三年十二月庚申，其孤慎卜葬於其祖墓之左。」

康熙十五年丙辰（一六七六）　四十八歲

所刻書於南京書坊寄售，爲人欺蝕，命長子公忠往經紀之。吕留良與徐州來書：「弟經年不至金陵，所發書坊葉姓者，頗萌欺蝕之意，敝友索之不吐，倘終於頑梗，欲仗大力與雪客兄以法彈壓之，深感相愛之誼。」

二月，黄宗羲至海昌，許三禮請之講學兩月。黄宗羲留别海昌同學序：「歲丙辰二月，余至海昌。酉山許父母，以余曾主教於越中甬上也，戒邑中之士大夫，胥會於北寺。余留者兩月餘。」

三月，至杭州，作詩答黄宗炎。吕留良晦木過村莊用太沖韻見贈依韻答之詩嚴鴻逵釋略：「備忘録：『丙辰三月在杭城，作答晦木三詩。』當即此也。」

是年，又追和吳之振種菜詩八首。

是年，作客坐私告。呂留良客坐私告：「某所最畏者有三：一曰貴人，二曰名士，三曰僧。……又有九不能：一曰寫字，二曰行醫，三曰應酬詩文，四曰批評朋友著作，五曰借書，六曰薦牘，七曰晏會，八曰貨財之會，九曰與講會。」

是年，許承宣成進士。後有與書信往還。許承宣與呂晚村書：余兄弟之知足下自天蓋樓選始，而天蓋樓選中，弟輩未得廁名其間，則弟輩雖知足下，而足下未必知弟輩，欲如百千里之不相識而相問者，蓋有間矣。……拙稿大小二種附呈左右，儻不吝大誨而賜之筆削，幸甚。」呂留良答許力臣書：「乙卯坊刻，膾炙海內，與酒後呼天而奮決者若合符券，亦既自信而信諸人矣。今於已售已行之後，復生疑憾，又何自信之不堅也。……千里命使，愧無以塞責，但能爲決未必傳之疑，亦執事之所快聞也。」

康熙十六年丁巳（一六七七） 四十九歲

春，尋書至嘉興，訪沈受祺。呂留良質亡集小序：「丁巳春，余尋知言集佚藁於鴛湖，有友言憲吉所藏之富，遂移艇子訪之。……憲吉與錢起士友善，其論文宗旨亦與起士合。起士選同文録，憲吉與有功焉。……憲吉乃起簡篋中，並自所作文授余曰：『吾老矣，不足以慰亡友之托，今且以累公。吾文不足傳，公選知言集，有節義諸公而失其文者，以吾文繫之。吾文賴賢者以傳，亦吾志也。』余拜而受之，且約余過其北山消夏，共商知言集事。」

七月，吳爾堯卒。有哭吳自牧契兄親家文。始輯諸亡友之文爲質亡集。呂留良質亡集小序：「自牧，吾黨之第一流也。……今亡矣！吾亡以爲質矣！吾亡與言之矣！」

秋，張元聲、胡嵋攜胡涵（夏古丹）遺稿來訪，有喜張午祁攜胡天木遺詩過訪、胡山眉瘗天木於家山同午祁過訪感贈詩。張詔葫蘆藏稿序：「先生固越中望族，生長燕山，繼遷白門，三吳華胄，無不盡識先生，然與往來最契者，惟語溪呂氏。」

是年，有書寄董杲，時董杲在北京。呂留良與董方白書：「得近札，知以館穀北留，較之奔馳，此爲良矣。……惟幕館則必不可爲，書館猶不失故吾，一爲幕師，即與本根斷絶。」

是年，晤葉敦艮。呂留良與葉靜遠：「某衰病日深，支骨待死。較丁巳追隨時，先生所睹憔悴之容，已不可復得矣！」

是年，張嘉瑾卒。

康熙十七年戊午（一六七八）　五十歲

正月，作戊午一日示諸子。呂留良戊午一日示諸子：「吾遺腹孤也，父喪四月而始生。……母年不能及四十，而幸己之五十爲榮。以父喪母哭之日，爲置酒張樂之辰，其可乎不可？……凡親朋以壽盒祝儀來者，慎勿受，雖以此得罪勿顧也。」

正月，買得妙山。弔胡涵墓，有至胡天木墓所哭之詩。呂留良寄董方白柯寓匏書：「正月入埭，買得青山潭石壁一帶。溪山幽峭，樂而忘返，留連者兩月，昨始歸家。」

二月，訪張元聲、胡嵋，有過胡山眉二首、題張午祁楊園竹屋次夏古丹原韻六首。

八月，吴之振陪周士儀來訪。時有封呂氏家塋地樹之令，適周氏客石門縣知縣署中，因得免。呂留良衡陽周令公見訪村莊衡陽周令公見訪村莊其一：「四載聞聲一面遲，虚堂落踐又離思。君山南望家猶遠，湘水西來人未知。鈐閣銀船浮舊史，倡樓鐵笈按新詞。村中花木爭迎笑，也感恩私曲護持。」嚴鴻逵釋略：「周名士儀，永曆時登科。戊午八月過訪時，湖湘間阻亂未通，故次聯云云。周有史貫之作，故第五句稱之。有令封大樹，子家先塋樹慮不免，適周在邑令署中，因得免封，故落句云云。」

十月，曹度序十二科程墨觀略。曹度十二科程墨觀略序：「晚村氏評論乙丙以來諸家所選程墨之文，其子弟殺青以行世，既卒業，持卷視予，蓋晚村講學之書也。……故其言根柢乎六經，而繩尺以雒閩之旨，本之以辨志敬業之修，而即達之於順時榮譽之技，曰：『吾將舍是以爲教，不若自其幼學者而教之之爲便也。』則其操筆也不可謂不勤，而其用志也不可謂不苦矣。……時康熙戊午冬十月，同里學人曹度書於帶存堂。」

是年，王錫闡爲結交事致書顧炎武。王錫闡答顧亭林書：「至若□□兄，文章行誼，邁絶等夷，當今人傑也。少遭坎壈，玩世不羈，而力學篤行，已非人所易及。中年潛心理學，弦轍一新，常言：『由傳注以求程朱，由程朱以溯孔孟，庶有階梯而無歧路之虞。』僕素服膺此言，不知高明以爲何如。尤可喜者，資性爽闓，而處事倜儻。先友嚴穎生謂其八面受敵之才，未見其比。穎生平日不輕許，可以見□□之大概矣。昨已寓書語水，致先生願交之意。俟相見時，再當委悉道達耳。」

是年，清廷有詔舉博學宏儒。浙江欲薦之，固辭得免。呂公忠行略：「先君身益隱，名益高。戊午歲，時有宏博之舉，浙省屈指以先君名薦。牒下，自誓必死。不孝輩懼甚，急走謁當事，祈哀固辭，得免。」

是年，高宇泰、沈受祺卒。董雨舟約卒於是年。

康熙十八年己未（一六七九）　五十一歲

是年，顧炎武有答李因篤書。顧炎武答李子德：「梨洲、晚村，一代豪傑之胤，朽人不敢比也。」

秋，周士儀歸楚，爲餞行，有送周令公二首、送別令公再次元韻二首。

歲末，倡行保甲賑濟，詳爲規畫。石門知縣劉佐明取其法而行之。呂公忠石門縣保甲事宜注：「己未之歲，年穀不登，萑苻充斥。先君子謂力行保甲賑濟，則可無虞也。因條畫規制，精詳美備，邑令劉君佐明善而舉行之。先君子躬先以爲之倡，闔邑帖然，實其驗也。」

是年，萬斯同、萬言應徵北上，參修明史。黃宗羲送萬季野貞一北上：「史局新開上苑中，一時名士走空同。是非難下神宗後，底本誰搜烈廟終？此世文章推婺女，定知忠義及韓通。憑君寄語書成日，糾謬須防在下風。」

是年，曾靜生。大義覺迷録卷一：「曾靜供：彌天重犯是康熙十八年生，呂留良是康熙二十二年死。……實未曾與他會晤。」

是年，「三藩之亂」平定。

康熙十九年庚申（一六八〇）　五十二歲

春，爲吳之振尋暢樓詩稿作序。呂留良尋暢樓詩稿序：「孟舉之詩，神骨清逸，而有光豔，著語驚人，讀者每目瞯而心蕩，……陸務觀曰：『外物不移方是學，俗人猶愛未爲詩。』余愛誦此句，輒自咎平生言距陽明，而熟於用處，不事撿束，正坐陽明無忌憚之病。爲詩恨偪盛唐，而未離聲律，兩騎夾帶，猶爲所牽挽，思欲坐進古人，所待於後甚遠。不汲汲有求於今世者，心知其甚難，然不敢不與孟舉同厲之也。」

夏，清廷有山林隱逸之舉。地方官復薦及，遂削髮襲僧服。黃周星爲畫僧裝像，自題像贊。呂公忠行略：「庚申夏，郡守復欲以隱逸舉。先君聞之，乃於枕上翦髮，襲僧伽服，曰：『如是，庶可以舍我矣。』……僧名耐可，字不昧，號何求老人。築室於吳興埭溪之妙山，顔曰風雨菴。」呂留良自題僧裝像贊：「僧乎不僧，而不得不謂之僧；俗乎不俗，亦原不可概謂之俗。不參宗門，不講義録。既科唄之茫然，亦戒律之難縛。有妻有子，喫酒喫肉。奈何衲裰領方，短髮頂秃。儒者曰是殆異端，釋者曰非吾眷屬。」

冬，送張元聲歸埭溪，有庚申歲暮雪後送午祁歸埭溪詩。

是年，王錫闡爲結交事再致書顧炎武。王錫闡與顧亭林書：「去冬晤□□，言已接尊翰，嫌近聲氣標榜之習，未敢報書。大約此兄向頗廣交，翻雲覆雨，嘗之熟矣。非識面知心，不輕結納。姑徐之耳。」

是年，徐元文延黄百家參修明史。黄炳垕黄梨洲先生年譜：「徐公又延主一公參史局。公以書戲之曰：『昔聞首陽二老，托孤於尚父，遂得三年食薇，顔色不壞。今我遣子從公，可以置我矣！』」

是年，巢鳴盛、黄周星卒。

康熙二十年辛酉（一六八一）　五十三歲

二月，王超遯過訪南陽村莊，不遇。三月初一，歸自妙山，作辛酉仲春台州王薇苫先生過訪南陽村舍不遇題句留至季春之朔歸自妙山得晤次韻奉答詩。

三月，有山中絶句六首。

初夏，涂穉陸來訪，有初夏同涂穉陸坐長灘二首、送涂穉陸歸黄州詩。

七月，觀稼樓成，有新秋觀稼樓成四首。呂留良諭大火帖：「莊中東北角造觀稼樓成，須柱聯兩對，煩鄭公爲一揮灑。」

連年鬻書南京，命長子公忠等經紀其事。近復赴福建銷售，又命前往。吕留良諭大火帖：「一逕南行，親知皆有惋惜之言。兒得無微動於中乎？人生榮辱重輕，目前安足論，要當遠付後賢耳。父爲隱者，子爲新貴，誰能不嗤鄙。父爲志士，子承其志，其爲榮重，又豈舉人進士之足語議也耶？兒勉矣！一路但見好書，遇才賢，勿輕放過。餘無所囑。」

是年，王錫闡爲編吴炎、潘檉章明史遺稿事來書。王錫闡與某書：「昨聞無黨還自白下，即往候官，馳驅兩京之間，不太煩劇耶！……九鉉近與四夏、九華共録力田史稿略備，其赤民手筆在笥篋中者，聞已請諸吾兄，許其兑鈔矣。九鉉所以身任此行，一則切欲望長者，一則欲面商史事。望吾兄以赤民稿本畀之全鈔，鈔畢彙致案頭，取大總裁補苴删削以成一書，使異日有志此事者，得有所考。」

康熙二十一年壬戌（一六八二）　五十四歲

正月，顧炎武卒。

年來衰病日甚。嚴鴻逵親炙録：「壬戌正月，見先生於驛司橋舟中。先生曰：『去歲幾登鬼録，今自分必得危證，不久於人世矣。』」

五月，有台州王薇苦以長律見贈次韻奉酬、讀薇苦桐江隨筆再次原韻奉題詩。

九月二日，攜門人馬允彭、董采、陳鏦、嚴鴻逵、查樞及長子公忠、從子至忠乘舟東游。三日至海寧，訪陳翼不遇。四日游金粟，至邵灣訪何汝霖，重過湖天海月樓。五日同何汝霖等登雲岫。六日同汝霖游澉浦，飲於吴曰夔書屋。七日至海鹽，訪胡申之，觀書。八日游秦駐山，同何汝霖飲朱彧賓樹滋堂。九日集飲裴翰小齋。十三日集飲張小白涉園。十六日何汝霖歸半邏，集飲曹希文廉讓堂。十七日集飲俞漢乘海樹堂，同席有余懷。十八日觀潮海塘。十九日登天寧寺塔。二十日歸，夜抵南陽村莊。有東將詩一卷。

九月，王錫闡卒。

是年，吴涵成進士。吕留良與吴容大書：「敬賀吾兄掇巍第，步清華，開吾邑二三百年未有之盛事。鄉里之榮，何以逾此。」吴涵唐文吕選序：「予少讀晚村吕先生所評點時文。見其閑衛正道，梯接後學，俾人人得由所行習之帖括，以馴至於聖賢之途，褸心懇切，理致精微，輒篤信而深嗜之。……予謬以通籍金閨，得讀中秘，而亦以此弗獲遂執經之初志，蓋至今猶有遺憾焉。」

十月，萬斯大序黄宗羲吾悔集。吕留良與魏方公書：「惠示南雷文案，雨中無事，卒閲之。其議論乖角，心術鍥薄，觸目皆是，不止如尊意所指摘僅旦中一首也。」

十一月，刻成江西五家稿。

康熙二十二年癸亥（一六八三）　五十五歲

歲首，作祈死詩六首。嚴鴻逵釋略：「歎宇宙之變更，而不願生，乃祈死之本旨也。……總計一生，而悔其死之不早也。故歷舉平生之事，皆其所悔恨者；而其所至者，則一事而無成焉，殆死而猶有遺憾云。」

二月，游杭州西湖，與魏尚策往還。七日，至南屏山張煌言墓，有同游西湖過南屏石壁下詩。嚴鴻逵釋略：「張蒼水墓在南屏九曜山下，南陵廟後，時欲買地建白衣菴，故往相視也。」呂留良答萬祖繩書：「仲春過湖上，欲看西溪河渚梅花，而雨雪爲虐，竟阻勝事。悶坐魏舍親齋中，忽接尊札，惠以公是、改之二集，不禁眼爲明而膈爲爽，忘沉痼之在體與陰霾之在庭也。」

於杭州遇黄宗炎。黄宗炎武林逢吕用晦次日别去代簡送之：「依回往事千雙淚，慘澹貧交四十年。今日與君皆老病，未知何物可留連。」

四五月間，居妙山，作癸亥初夏書於風雨菴中。金陵徐子貫來訪，有金陵徐子貫攜其尊人詩文過妙山見示信宿别歸感賦詩。

五六月間，有答黄晦木詩。吕留良答黄晦木：「寄語南山老鷓鴣，真行不得也哥哥。虚疑世亂人材少，只覺年衰病痛多。雖甚難爲猶下藥，直無可説已成魔。還思共吐胸中積，將子能來及早過。」

六月，自妙山歸南陽村莊。嚴鴻逵何求老人殘稿跋：「癸亥六月，子歸自妙山。病轉劇，攝養於觀稼樓西竹深荷静處。」

病甚，猶補輯朱子近思録及知言集二書。吕公忠行略：「夙志欲補輯朱子近思録及三百年制義名知言集二書，儻不成，則辜負此生耳。於是手批目覽，猶矻矻不休。……易簀前三日，猶憑几改訂書儀，命不孝執筆。一字未安，輒佇思商酌，其神明不亂如此。」

閏六月，施閏章卒。

夏秋間，徐倬有詩念及。徐倬卧病月餘人事放廢室無瓶儲户無履跡藥裹之外兀然形影而已感物觸事漫成斷句不忍棄去約積至四十首東野雲主人夜呻吟皆入妻子心遠客晝呻吟徒爲蟲鳥音夫呻吟猶是也若爲主爲客則余既兩忘之矣（録二）：「優孟論詩詩莫論，廬山真面幾人存。近時重整西江社，筆路先驅吕晚村。○南陽萬卷病摩挲，高枕危言愈不磨。憔悴面龐骯髒骨，斯文未喪病其何（聞晚村病）。」（道貴堂類稿蘋蓼間集卷上）

七月，作遺令；至八月十一日絶筆。吕公忠遺令跋：「先君子終於癸亥八月十三日，遺命絶筆於十一日之晨，然中有數條，則自七月來已書之矣。」

八月十三日（陽曆十月三日），卒。十七日，何汝霖來弔。黄宗炎爲詩哭之，陸隴其、陳祖法爲文祭之，查慎行作挽吕晚村徵君。

十一月二十九日，入葬。吕公忠行略：「即以其年十一月二十九日，葬於識村東、長阪橋西，祔太僕公之穆，遵遺命也。」

呂留良著述目録

呂留良生前著述，刊刻者唯時文與評點之時文耳。後遭乾隆一朝數十年之禁毁，其見諸禁毁書目之著作，大都具在。今存於世者，略可分爲四類：一詩文創作，二經典箋注，三時文評點，四雜著。兹分述如下。

一 詩文創作

何求老人殘稿

呂留良詩集名何求老人殘稿，當時流傳，唯有鈔本，故名稱不一。徐益藩曰：「晚村先生詩集，藩所知見者，有臨川顔氏、常熟言氏、江安傅氏、仁和姚氏、海寧呂氏、吴縣潘氏諸藏舊鈔本，及順德鄧氏風雨樓排字本（坊間石印本采從姚本出，故不數）。姚、呂二本，藩幸而得睹，顔本異文具校於姚本，言、傅二本皆不全。言氏甝莊合校爲一，亦排字以行，與鄧本皆較易獲。」所謂江安傅氏即傅增湘（尋樂軒鈔本），仁和姚氏即姚虞琴，海寧呂氏即呂十千，吴縣潘氏即潘景鄭，唯於臨川顔氏不知耳。余歷年所見，另有餘姚謝光甫永燿樓、海寧蔣光焴衍芬草堂、海寧徐光濟用拙齋、吴興沈氏萬卷樓、杭州楊氏豐華堂、直隸徐世昌晚晴簃、怡古齋等舊藏鈔本若干種。餘如風雨樓叢書石印本、中華圖書館石印本、言敦源排印本等，皆祖上述鈔本，校訂未精，錯訛不少。余以餘姚謝氏舊藏之禦兒吕氏鈔本爲底本，參校衆本，輯録散佚，計得詩二百九十九題五百四十四首，外附録三題十二首。

吕晚村先生文集

吕留良生前未曾刻印文集，後出諸刻本亦非全帙，故各種鈔本皆具參考價值。余歷年所見，刻本有康熙五十九年庚子孫學顔刻本、雍正三年乙巳南陽講習堂刻本、光緒三十四年戊申國學保存會排印本、民國十八年己巳錢振鍠活字排印本，鈔本有姚虞琴舊藏禦兒吕氏鈔本、康熙五十五年丙申張謙宜鈔本、道光十三年癸巳吴榜鈔本、道光二十七年丁未王煜青鈔本、清蔡容鈔本、杭州楊氏豐華堂藏舊鈔本等。

吕晚村先生家書真蹟

康熙四十二年癸未吕氏家塾刻本。又，光緒三十二年丁未順德鄧實得錫山王氏藏本，即付石印，入風雨樓叢書。

呂晚村墨蹟

民國六年丁巳商務印書館石印本。册中書札與吴孟舉者二十八通，與芥舟者七，與巨平侄婿、鹿柴、大始、正則者各一，另有宋詩鈔小傳十一篇。

二　經典箋注

四書語録

周在延輯，康熙二十三年甲子金陵玉堂刻本。版銘署「吕晚村先生四書語録」，前有康熙二十三年甲子錢陸燦、王登三兩序。

四書講義

陳鏦、吕葆中編，康熙二十五年丙寅吕氏天蓋樓刻本。版銘署「吕晚村先生四書講義」，目録後有陳鏦題識。是書與周在延語録無甚差異，特於每章中增删一二句文字而已，如末章「由堯舜至於湯章」，講義無「要做頭等聖人」、「所知之道一也」、「孟子生平願學孔子」等三段，而餘文無一字之異者；所删之文，蓋即陳鏦所指摘者也。

詩經彙纂詳解

書名，版銘署「詩經詳解」，書口署「詩經合參詳解」，正文署「三元堂新訂增删詩經彙纂詳解」。署名，版銘署「呂晚村先生彙纂，仇滄柱先生鑒定」，正文署「臨川筆峒徐奮鵬删補，金甫晉雲江環輯著，天池徐自溟重訂，禦兒晚村呂留良彙纂，甬上滄柱仇兆鰲參閲」。得月樓藏板。前有康熙十九年庚申呂留良序，後爲凡例，其第一條曰：「解注以朱子集注爲主，如大全、疏義及朱子語録、程氏外傳、毛氏萃談並蔡氏蒙引、唐瞿詩訓等書，並有裨於詩學者，靡不細研采貫，以備朱傳所未及處。」末條後按曰：「予之用心於此，亦甚勤，亦甚密。竊謂詩義至此，或者其庶乎！不識四方之遠，萬世之下，以爲何如？」按，此書疑是托名之作。

易經彙纂詳解

書名，版銘署「易經詳解」，書口署「易經彙纂詳解」，正文署「三元堂新訂增删易經彙纂詳解」。署名，版銘缺失，目録頁署「禦兒晚村呂留良彙纂，男無黨葆中參訂，太史滄柱仇兆鰲先生鑒定」。板式同詩經彙纂詳解。前有呂留良序，未署時間。後無凡例。按，此書疑是托名之作。

天蓋樓偶評

呂留良評點，署「同邑諸子參訂，門人子侄集校」，康熙十四年乙卯呂氏天蓋樓刻本。前有康熙十四年乙卯陳鏦序、康熙十一年壬子吴之振序、康熙十一年壬子吴自牧序，後爲癸丑大題附録七條，自牧凡例七條。

天蓋樓制藝合刻

呂留良評點。無序，前有吴自牧凡例七條，文同天蓋樓偶評。正文分大題觀略初刊、大題觀略二刊，各有目録，書口亦分初刊、二刊。晚村點評時文，常能切入政事，故不得以「選家」目之，如評王履昌「君子周而」節曰：「其所見甚高，而出之以簡老，便有古敦彝劍履之氣。○萬曆以來，門户之爭，害人家國，只消一『比』字耳。祁虎子問一門户要人於東林鉅公，曰：『此君子也。』將薦矣，問於山陰劉念臺，曰：『此小人也。』遂劾之，天下稱其公直。鉅公亦長者也，然未免比矣。如念臺先生，其庶幾焉。而虎子能信山陰而不顧門户，亦不可及哉。後人猶以山陰爲東林，此門户人引以爲重耳，其實不然。」按，此段評語另見呂子評語卷五。

十二科小題觀略

吕留良評點，署「同邑諸子參訂，門人子侄集校」，康熙十二年癸丑吕氏天蓋樓刻本。書名，版銘署「十二科小題觀略」，旁署「吕晚村先生天蓋樓偶評」，正文署「晚村天蓋樓偶評」。十二科指順治三年丙戌至康熙十二年癸丑。前有康熙十二年癸丑董杲序，後爲力行堂諸子凡例。

十二科程墨觀略

吕留良評點，署「同邑諸子參訂，門人子侄集校」，康熙十七年戊午吕氏天蓋樓刻本。書名，版銘署「十二科程墨觀略」，旁署「吕晚村先生天蓋樓偶評」，正文署「晚村天蓋樓偶評」。十二科指順治三年丙戌至康熙十二年癸丑。前有康熙十七年戊午曹度序，後爲吕公忠客語後記、凡例。

錢吉士先生全稿

錢禧撰，吕留良評點。前有康熙十七年戊午沈受祺序。康熙二十年辛酉吕氏天蓋樓刻本。

歸震川先生全稿

歸有光撰，吕留良評點。康熙十八年己未吕氏天蓋樓刻本。前有門人記言。

唐荆川先生傳稿

唐順之撰，吕留良評點。康熙年間吕氏天蓋樓刻本。前有吕葆中記言。

黄陶菴先生全稿

黄淳耀撰，吕留良評點。康熙年間吕氏天蓋樓刻本。前録崇禎十四年辛巳錢謙益原序、十五年壬午錢謙益黄藴生制藝序。

質亡集

呂留良評點，康熙二十年辛酉呂氏天蓋樓刻本。呂氏録五十餘亡友之制藝文章，輯成此書。康熙二十年辛酉徐倬序，曰：「是書之例，凡科甲之友不與，入知言集者不與，雖同社而未面者不與，不長於制藝者不與，其餘多與。」後呂爲景將評點文字中涉生平者輯出四十九人，成質亡集小序，編入呂晚村先生文集續集。

江西五家稿

呂留良評點，康熙二十一年壬戌呂氏天蓋樓刻本。江西五家指艾南英、章世純、羅萬藻、陳際泰、楊以任。前有謝文侯所繪「晚村先生小影」，後爲呂葆中刻江西五家稿記言。

呂晚村評選四書文

呂留良評點，舊鈔本。收四書文六十六篇。有泉唐丁吉臣題記：「乾隆三十二年花朝日，得於吴山古書鋪。」

吕子評語

車鼎豐編，康熙五十五年丙申金陵顧麟趾梓，車氏晚聞軒藏版。車氏又名道南，字邁上，號雙亭，邵陽人，居上元。雍正十一年癸丑涉吕案以死。此書實晚村一生時文論評之總結，車氏雖未受教於晚村，然渴慕之情，於斯可睹。此書正編保存原來風貌，餘編則摘録文中重要語段，其救世救文之心蓋可睹見。其内容：卷首「纂録文集十三條」，卷一至卷四爲大學，卷五至卷二十三爲論語，卷二十四至卷三十七爲孟子，卷三十八至卷四十二爲中庸，「内附慚書三十首」，「外附親炙録八十九條」。餘編内容：卷首爲「纂録文集七條」，卷一爲「歸振川稿内摘録、唐荆川稿内摘録」，卷二爲「黄葵陽稿内摘録、金正希稿内摘録、黄陶庵稿内摘録」，卷三爲「江西五家稿内摘録」，卷四爲「陳大樽稿内摘録、錢吉士稿内摘録、質亡集内摘録」，卷五爲「大題觀略内摘録」，卷六爲「小題觀略内摘録」，卷七爲「程墨觀略内摘録」，卷八爲「東皋續選内摘録、慚書内摘録、各本序例附録内摘録」，「外附親炙録六條」。

四 雜著

慚書

順治十七年庚子，吕留良選其八股文三十首，彙而成集，名曰慚書。康熙初年吕氏天蓋樓刻本。卷首有謝文侯所繪「晚村先生小影」，今傳本卷首有黄周星、陸文霦兩序。文中有旁批，有尾評，有自記，前兩項當爲陸文霦所批所評，可資參考。陳祖法古處齋文集卷一有慙書序。

東莊醫案

收入楊乘六醫宗己任編卷五，與高斗魁四明心法四明醫案、董廢翁西塘感症同刊，康熙年間銜三堂刻本。吴之振序，曰：「庚子過東莊，意氣神合，一揖間即訂平生之交，相與講論道義，留連詩酒，因舉其奥以授東莊。東莊天資敏妙，學有源本，性命理學之要向所研精，因源以潮流，窮本以達末，不數月間，内外貫徹，時出其技以治人，亦無不旦夕奏效，鼓峰奇驗傳聞於人口者，不可殫述。」此書後有道光十年庚寅重刻本、光緒十七年辛卯王汝謙補注本等。

醫貫

趙獻可撰，吕留良評點，康熙年間吕氏天蓋樓刻本。版銘署「吕晚村先生評」，目録頁署「醫無閭子著，吕醫山人評」。

天蓋樓硯銘

呂留良硯銘，後人多有彙輯，今可考者有六：一禦兒呂氏鈔本硯銘，附呂晚村詩集後，銘文殘存十七條；二孫學顔呂晚村先生古文刻本，銘文十七條，與呂晚村詩集所附者間有出入；三蔡容天蓋樓雜著鈔本，銘文二十九條，是本文字錯訛較多；四吴榜耻齋文集鈔本，銘文三十六條；五鈔本晚村詩文集本，銘文三十三條；六道光二十七年丁未王煜青呂晚村先生文集鈔本，銘文二十八條。又沈石友沈氏硯林著録力田硯、星輝玉法硯兩方，劉雪樵硯拓聚英著録宇宙硯、蟲蛀硯兩方，中力田、宇宙兩硯已著録。兹合諸本所有，去其重複，實得硯銘四十條。

禦兒呂氏昏禮通俗儀節

呂晚村手定，傳鈔本。扉頁題「呂耻齋先生昏禮儀節」，首頁題「禦兒呂氏昏禮通俗儀節」，下署「晚村翁手定」。柯崇樸呂晚村先生行狀曰：「其冠昏喪祭，皆痛除俗禮之非，自定儀節；喪事不用浮屠，邑中士大夫家多有效之者。」與此正合。

晚村先生論文彙鈔

吕程先、曹鍴輯，康熙五十三年甲午吕氏家塾刻本。目録後有曹鍴題識，述説輯刻之由；書末有吕程先跋，略叙所輯文字。

宋詩鈔

吕留良、吴之振、吴自牧編，康熙十年辛亥吴氏鑒古堂刻本。自康熙二年癸卯始，吕留良與吴之振、吴自牧、黄宗羲、高斗魁商討編選，至十年辛亥完成，選宋人一百家詩（實爲八十四家）。前有吴之振序，實出吕留良手。吴之振晚年與宋犖函，有「振之選詩緣起，因牧齋先生以僞盛唐流弊，後人不可底止，屬以選訂宋詩，救正俗學」云云，則宋詩鈔之選，與牧齋亦有關聯。

朱子四書語類

張履祥、吕留良摘鈔，康熙四十年辛巳南陽講習堂刻本。旌德汪乘六繕寫，劉子禮鐫。目録後有吕公忠跋及凡例十二條。

吕留良評點杜工部全集

劉世教編，萬曆四十年壬子刻本。吕留良批點。鈐「吕葆中」、「天蓋樓」、「華山馬仲安家藏善本」、「當湖胡篴江珍藏」、「如薰之印」、「問月軒印」、「張叔平」、「獨山莫友芝」、「嘉業堂印」諸印。書末有吕葆中跋。

晚村先生八家古文精選

吕留良選，吕葆中批點，康熙四十三年甲申吕氏家塾刻本。歐陽修論尹師魯墓誌文後葆中批曰：「近人有爲窮交作志而巧詆者，人怪之，則引斯文爲解。先君子深以爲不然，常作書力辨之，始知士君子欲抗古義，必如永叔之於師魯而後可也。」實指黄宗羲之高旦中墓誌銘事，嘗引起一段爭論，事具文集卷二與魏方公書。

唐文吕選四種

吕留良編，董采評點，康熙四十三年甲申困學闇刻本。前有康熙四十三年甲申胡會恩、吴涵兩序。收唐代韓愈、柳宗元、李翺、杜牧四家文。

唐詩選注

署「禦兒吕留良晚村甫選」，三十四册，舊鈔本。分體編排，雙行夾注，天眉、詩末偶有評語。按，此書疑是托名之作。

附著述存目

禮記題説　四書題説

明文録　啟禎大小題文讀本

小題合評文在　今文大小題商

今文得　東皋續選

陳大樽先生全稿　金正希先生全稿按，此本疑僞

黄葵陽先生全稿　寶誥堂遺稿

吕留良題鏡　備忘録